REBEKAH STOKE
POLLY

Copyright © 2025 Rebekah Stoke
Herausgeber: Rebekah Stoke
c/o Autorenbetreuung | Caroline Minn
(Impressumservice)
Kapellenstraße 3
54451 Irsch
rebekahstoke@web.de
Lektorat: Lilian R. Franke, Youndercover Autorenservice
Korrektorat: Dominique Daniel, Korrektorat Rechtschreibretter
Covergestaltung: Buchcoverdesign.de | Chris Gilcher –
https://buchcoverdesign.de
Bildmaterial AdobeStock ID 124573637
AdobeStock ID 361114058

Besuchen Sie die Autorin:
Facebook https://www.facebook.com/rebekahstokeautorin/
Instagram @rebekah_stoke_autorin

ISBN: 978-3-7693-6709-6
Verlag: BoD · Books on Demand GmbH, Überseering 33,
22297 Hamburg, bod@bod.de
Druck: Libri Plureos GmbH, Friedensallee 273, 22763 Hamburg

REBEKAH
STOKE

PSYCHOTHRILLER

„Vertraue niemals einem Mädchen. Sie sind alle gleich.“
Eine Mutter zu ihrem Sohn.

PROLOG

Der Junge hatte das alles nicht gewollt.

Doch das Mädchen hatte nicht gehört.

Der Tag versprach, der schönste des Jahres zu werden. Kühle, frische Luft, ein kleines bisschen Wind, nur so viel, dass er ihm dann und wann über die Nase strich. Die Sonne strahlte von einem herrlich blauen Himmel hinunter. Für September war es genau die richtige Temperatur: nicht zu warm und nicht zu kalt.

Sie waren schon immer Abenteurer gewesen.

Der Junge und das Mädchen.

Sie hatten die Gefahr und das Spiel mit dem Feuer geliebt.

Das Mädchen genau wie der Junge, was sie zu einer echten Draufgängerin machte. Doch genau das liebte er an ihr. Sie befand sich immer auf seiner Augenhöhe: Er musste ihr nicht die Welt zeigen; denn sie zeigte sie ihm.

Manchmal war ihm das Mädchen etwas zu gewagt – und an jenem Morgen, als sie sich auf den Weg in den Osten von Oakdale zu ihrem ersten Etappenziel machten, hatte er im Gefühl, dass er sie auf dieser Reise besonders zügeln müsste.

Doch das Mädchen ließ sich nur ungern bremsen. Sie sagte dann stets, sie würde allein gehen, sollte er es nicht wagen. Dann war er in seinem Stolz gekränkt und folgte ihr, auch wenn der Weg noch so unzugänglich war.

Der erste Tag neigte sich dem Ende. Die Rucksäcke wogen schwer, doch die Mühe des Fußmarsches wurde von einem prächtigen Sonnenuntergang bei Bayou Chicot belohnt, wo sie unweit eines kleinen Tümpels ihr Zelt aufschlugen. In der Nähe befanden sich zwei Häuser, und der Junge fragte sich, ob sie vielleicht gleich mit der Schrotflinte verjagt werden würden, doch das Mädchen hatte nur mit den Schultern gezuckt und sich in den Schlafsack gehüllt.

Ja, das Mädchen hatte niemals Angst. Vor nichts.

Auch das bewunderte der Junge an ihr und kroch zu ihr in den Schlafsack.

Die nächste Etappe auf ihrem Weg mit dem Ziel New Orleans gelang ihnen zügiger. Das Mädchen und der Junge waren geübt. Sie wanderten gern, schon immer, doch noch lieber als das Land hatten sie das Wasser. So entschieden sie sich am Abend des zweiten Tages für ein Nachtlager an einem stark zugewachsenen Fluss, wo ein ganzes Orchester Frösche und Kröten nur für sie zu musizieren schien. Weit und breit gab es keine Menschenseele, keine Lichter einer Stadt, nur das leise Flackern der Flamme ihres kleinen Lagerfeuers vor dem Zelt.

Nachdem sie sich geliebt hatten, sprach er sie darauf an, warum sie so plötzlich zu Fuß von Oakdale nach New Orleans gehen wollte.

Wieso aus dem Nichts.

Und wie immer, wenn das Mädchen in seine geheimnisvollen Momente abtauchte, ließ sie ihn an ihren Gedanken nicht teilhaben.

Es blieb ihm dann nichts anderes übrig, als sie in Ruhe zu lassen. Und als sie sich hinlegte, nackt, weil der heutige Tag um so vieles wärmer als der gestrige war, sank er zu ihr und sagte ihr diese bedeutenden Worte der innigen Liebe, die er für sie empfand, obwohl er sich doch so sicher gewesen war, niemals ein Mädchen zu lieben.

Doch dieses hier – bei Gott –, dieses liebte er.

Sein Mädchen.

Der dritte Tag ihrer Reise war mühsam, denn die Sonne brannte noch heißer auf ihre Nacken als an den beiden Tagen zuvor. Die Luftfeuchtigkeit stieg, je näher sie dem Atchafalaya River und dem gleichnamigen Sumpfgebiet kamen. Dass sie einen Großteil der

Etappe durch einen tiefen Wald gingen, der permanent Schatten auf sie warf, machte den Marsch nicht einfacher.

Immer wieder sah er sich um, fragte, ob sie pausieren sollten, doch das Mädchen wollte weiter. Ihr Ehrgeiz motivierte ihn dazu, stärker als sie sein zu wollen – ohne jede böse Absicht. Am Ende des Waldes erreichten sie die kleine Stadt Melville und damit den Atchafalaya River.

Da sie ohne Telefon mit Navigationssystem, sondern schlicht mit einer nicht sehr aussagekräftigen Landkarte losgewandert waren, schlug der Junge vor, hier zu rasten und den Fluss am nächsten Morgen über die Brücke zu überqueren.

Doch dann fiel dem Mädchen etwas ins Auge: die Eisenbahnschienen, die in Melville den Atchafalaya River überführten.

Sie erreichten sie innerhalb weniger Minuten. Eine gigantische Stahlbrücke quer über den Fluss, dessen Breite hier um die 280 Meter betragen musste. Das Wasser war braun, als wäre es mit Schlamm gemischt, die Strömung ordentlich.

Das Mädchen fragte den Jungen, ob wohl Züge über diese Strecke fuhren, doch die Antwort kannte der Junge nicht. Woher denn auch? Doch jäh ahnte er das Vorhaben des Mädchens.

„Tu es nicht", sagte er und wiederholte es mehrfach, immer lauter, als das Mädchen an der Böschung vor dem Deich nach oben kletterte.

In der ganzen Zeit kam kein Zug vorbei. Aber die Strecke schien nicht unbenutzt. Es gab zahlreiche Eisenbahnschienen entlang des Flusses, und diese hier war gut in Schuss – es war nur eine Frage der Zeit, wann ein Zug kommen würde.

Als das Mädchen oben angekommen war, hob es die Hand und grinste. Er tat es ihr nach und ging zu ihr rauf.

Der Junge folgte dem Mädchen überallhin.

Die Aussicht über den Fluss war spektakulär, das Wasser rauschte gegen die dicken Betonpfosten, die die Brücke trugen.

„Ich gehe", sagte sie und drehte sich zu dem Jungen um. Warum sie ihm einen Kuss gab, verstand er nicht. „Bleib hier", bat sie ihn. „Ich gehe zuerst."

Er protestierte, doch ließ sie sich nicht reinreden. Sie wollte unbedingt allein gehen. Seufzend stemmte er die Hände in die Hüfte und ließ sie ziehen. Es hatte keinen Sinn, dieses Mädchen von etwas abzubringen.

Nach etwa zehn Metern drehte sie sich zu ihm um und hielt den Daumen hoch. Sie sah mutig, aber wackelig aus. Da es nur eine Spur gab, musste sie im Gleisbett laufen.

Auf der Hälfte angekommen, gab das Mädchen dem Jungen endlich ein Zeichen hinterherzugehen. Noch einmal vergewisserte sich der Junge, dass kein Zug kam, dann begann er, über die Schienen zu laufen, hastig, weil ihm nicht wohl dabei war, so weit von ihr entfernt zu sein. Sein Blick haftete auf ihrem Rücken, er ging schneller als sie und holte doch nicht auf, bis sie sich umdrehte und erschrocken nach hinten zeigte.

Ein Zug?

Der Junge fuhr herum.

Da war kein Zug. Was meinte sie?

Er suchte nach dem Grund ihres Schreckens. Er hörte einen Laster aus der Ferne, ein paar Reiher zogen rufend über ihnen ihre Kreise, dumpf ertönte das Horn eines Dampfers flussabwärts.

„Was?" Er schaute wieder nach vorn.

Doch das Mädchen war verschwunden.

Sofort schrie er ihren Namen, gleichzeitig sackte sein Herz in die Hose. Eilig rannte er über die Schwellen, zweimal fiel er auf die Knie, weil sich seine Füße verkeilt hatten, immer wieder starrte er zur Wasseroberfläche.

Er hatte kein Platschen gehört. Doch auf der Brücke war das Mädchen nicht mehr zu sehen!

Als er an der Stelle angekommen war, an der sie gestanden hatte, ging er auf die Knie und suchte das Wasser ab. Es war hoch und der Fluss tief und reißerisch, ja, aber ganz sicher hätte er ihren Aufprall auf die Wasseroberfläche gehört oder gesehen!

Erneut schrie er ihren Namen, setzte sich an die Kante, wollte springen – doch was, wenn sie gerannt war? Einfach gerannt und am Ende der Brücke verschwunden war?

Konnte er sich sicher sein, dass sie gesprungen war? Warum hätte das Mädchen so etwas tun sollen?

„Ich habe das nicht gewollt", flüsterte der Junge zu sich selbst, während ein Schmerz seine Seele und sein Herz flutete wie der Strom diese Landschaft im Süden Louisianas …

KAPITEL 1

9 Jahre nach Pollys Verschwinden

Freddie Morshawn hatte den Süden nicht ein einziges Mal verlassen, obwohl es dazu viele Gelegenheiten gegeben hatte. So hatte sein Vater ihn mit nach Chicago nehmen und seine Mutter mit ihm Washington D. C. besuchen wollen, doch beides hatte Freddie abgelehnt. Er sagte, dass ihn nichts fort aus *The good old South* bringen könne.

Sein Großvater hatte mal gesagt, dass Louisiana einfach alles besaß, wovon die anderen Staaten jeweils nur einen Teil aufweisen konnten. Wo hatte man Städte, die kulturell so viel zu bieten hatten wie New Orleans, gepaart mit jahrhundertealter Geschichte wie die der Cajuns, Land, so weit das Auge blicken konnte, oder die Vielfalt der Natur wie in den Bayous? Eine Küstenmarsch, Strände, Moränen, Fluten, Brücken, Plantagenhäuser – einfach alles war hier zu finden.

Jeder kam auf seine Kosten – aber der Mensch neigte dazu, immer und überall etwas Negatives zu sehen. So hatten seine früheren Schulkameraden, die es nach ihrem Abschluss in die weite Welt getrieben hatte, beim Klassentreffen gespottet, wie man nur in der Provinz bleiben wollen könne – doch Freddie hatte das nicht verunsichert.

Heute, an diesem wunderbaren Montag im Juni, hatte er sich schon um sechs Uhr auf den Weg nach Oakdale gemacht, weil er zwischendurch noch bei Dads Schwester, seiner Tante, vorbeischauen wollte. Damit lag Dad ihm schon seit Wochen in den Ohren. („Besuch doch mal deine Tante, sie hat dich ewig nicht gesehen, und wer weiß, wie lange sie noch hat!")

Die Strecke von New Orleans nach Oakdale tat man sich bei dieser frühsommerlichen Hitze schon nicht gern an, auf halber Strecke einen Stopp in New Iberia einzulegen, war schier geisteskrank. Es bedeutete mindestens eine Stunde Umweg, und wenn besagte Tante genauso viel schnatterte wie sein Dad, würde Freddie noch eine weitere Stunde verlieren. Außerdem war Dads Sportwagen nicht für solch lange Touren gemacht („Bist du sicher, dass du mit dem fahren willst? Nimm doch den Mercedes!"), weswegen er schon nach den ersten 100 Meilen begann, Mätzchen zu machen.

So hatte Freddie bereits an einer Tankstelle in der Nähe von Morgan City halten und Öl nachfüllen müssen und heimlich seinen Vater verflucht, der nicht vorher nachgesehen hatte, ob noch genug drin war. Er war ein ganzes Stück von New Iberia entfernt, als sein Navi anzeigte, er müsse rechts abbiegen, obwohl der Ort laut der Straßenschilder weiter nördlich ausgewiesen war. Gab es eine Sperrung, die von hier noch nicht zu sehen war?

„Merkwürdig." Mitten in dem kleinen Ort Jeanerette blieb Freddie stehen, holte sich aus dem Supermarkt eine Soda und trank sie in zwei Zügen aus. Es war entsetzlich heiß draußen. Im Radio warnte man alte Leute, im Haus zu bleiben. Obwohl die weniger gefährdet wären als die jungen Leute, wären sie doch diejenigen, die damals bei diesem Wetter von früh bis spät auf den Feldern geackert hätten, um Baumwolle und Zuckerrohr zu ernten – so tönte Grandpa jedenfalls immer.

Freddie sah auf die Uhr. Jetzt war es halb neun. Mittlerweile hatte er auch die Baustelle auf der Strecke im Navi entdeckt. Tatsächlich müsste er eine ellenlange Umleitung fahren, und er würde noch mehr Zeit verlieren.

Und wenn ich Tante beim nächsten Mal besuche? Sein Bruder Alex hatte sie schließlich das letzte Mal vor 13 und Freddie sie vor fünf Jahren gesehen …

Seufzend schaltete Freddie das Navi aus, beschloss, seinem Instinkt zu folgen und so nach Oakdale weiterzufahren, ohne seine Tante zu besuchen und ohne die Umleitung zu fahren. Er würde Schleichwege nehmen und mittags endlich an seinem Ziel sein. Er stieg in den Wagen, ließ das Dach des Sportflitzers herunter und die Reifen quietschen.

Die letzte Straße, die ihm bekannt vorkam, hörte mitten im Nichts auf. Es gab auch eine Metallschranke. Dort, wo sich Wasser und Land unerbittliche Kämpfe lieferten, verschwanden Straßen schon mal, während woanders neue entstanden. *Mist, verdammt.* Er drehte um, um einen anderen Weg zu suchen.

In die Gegend, in die Freddie anschließend gelangte, hatte er vorher noch nie einen Fuß oder einen Reifen gesetzt. Freddie sah kein einziges Fahrzeug, hatte schon ewig kein Straßenschild mehr gesehen, was ihn nun doch verzweifelt im Navi nach einer Route suchen ließ.

Der Empfang war grottenschlecht, die Karte lud nicht, sodass er einfach der blauen Linie folgte, die hoffentlich einen Weg zurück in die Zivilisation anzeigte.

Links und rechts der Straße befand sich nicht mehr als Wald und sumpfiger Boden, Gestrüpp und fast auf die Straße wucherndes Gras.

Er fuhr langsamer, betete, in keines der Schlaglöcher zu brettern, als die Straße immer enger und schlechter wurde. Irgendwann war sie nur noch einspurig und voller Schlaglöcher, wirkte Jahrzehnte alt. Fast im Schritttempo fuhr er die Straße entlang, dicht über das Lenkrad gebeugt, und inspizierte die Gegend durch die Windschutzscheibe. Irgendwann leuchtete eine Lampe im Display des Wagens auf. Eine Sonne – oder war es eine Glühbirne? – und dahinter ein Ausrufezeichen. Freddie hatte keine Ahnung, was diese Anzeige bedeutete, wusste nur, dass das Blinken nichts Gutes verhieß.

„Scheiße, Scheiße, Scheiße!" Er hielt den Wagen einfach an. Mitten auf der Straße. Es kam ja eh niemand vorbei. Als er ausstieg und Davids Nummer wählte, ging der Ruf nicht raus.

Freddie seufzte und stemmte die Hände in die Seiten. Sein weißes Hemd, das Mom gebügelt und er nur auf der Hin- und Rückfahrt nach New Orleans getragen hatte, um es zu schonen, wies Schweißflecken unter seinen Achseln und am Rücken auf. Er wusste nicht, ob das von der Hitze herrührte oder von der Angst davor, Dads Auto zu schrotten.

Er zog das beige Jackett ein Stück zur Seite, schnüffelte – puhhh! – und verzog das Gesicht. Aber es sah perfekt zu der gleichfarbigen Hose und den guten Schuhen aus. Freddie war schon immer etwas extravagant gewesen und kleidete sich gern gut und elegant. Früher hatte er sogar bei seinem Hemd ein paar Knöpfe offen gelassen, doch seit er einundzwanzig war, bevölkerten ziemlich viele Brusthaare diesen Bereich, und es gab Girls, die das zwar männlich und stark fanden, die meisten erinnerte es aber leider an ihre Väter, und sie mochten es gar nicht. Aber auch Haare auf der Brust verunstalteten ihn nicht, und nur der Vollständigkeit halber: Freddie hatte schon mal bei einem Talentwettbewerb als James Dean den 1. Platz geholt.

„Hallo?" Es war dumm und völlig unsinnig, aber Freddie rief einfach. Er wollte schließlich hier weg und brauchte Hilfe. Wenn er sich nicht getäuscht oder eine Fata Morgana gehabt hatte, hatte er ein Haus abseits der Straße ausmachen können. Er lief ein paar Schritte über die kaputte Straße. Der Wald spendete Schatten, aber die Luftfeuchtigkeit war unerträglich.

Und tatsächlich: Es gab einen schmalen Sandweg, ein paar Reifenspuren, und als er denen folgte, sah er hinter den Bäumen eine Lichtung mit einem Haus, versteckt und zugewachsen, ein Flachbau, vielleicht sogar nur ein großer Schuppen, und davor stand ein Typ.

Ein Mensch!

Er bewegte sich nicht, stand reglos da und starrte.

„Howdy!", grüßte Freddie und dachte dabei an seine Mutter, die die Hände über dem Kopf zusammengeschlagen hätte. „Howdy" bedeutete im Süden „How do you do", sprich „Wie geht's", doch

19

genau so, wie „Y'all" „you all" bedeutete, gefiel dieser Slang seiner Mutter gar nicht. („Rede wie ein vernünftiger Mensch!")

„Entschuldigen Sie!" Freddie starrte auf den Boden. „Verdammt!" Der Boden war matschig, Schlamm lag überall. Er zückte ein Taschentuch und huschte auf ein Rasenstück, wo er flink seinen schwarzen Schuh abtupfte. „Also ... Wie komme ich bitte nach Lafayette oder New Iberia? Ich scheine mich völlig verfahren zu haben."

Der Mann grinste. Erst jetzt musterte Freddie seinen ungepflegten Körper, das mit dicken, tiefen Poren und roten Pusteln übersäte Gesicht. Der Typ trug ein dreckiges Shirt und fleckige Hosen. Die Sandalen waren zerschlissen, die Zehen schwarz. „Lafayette?"

„Ja ... von dort aus weiß ich, wie es weitergeht." Er stöhnte. „Also nach New Iberia wollte ich eigentlich, aber ... Ach, wissen Sie, meine Tante ist alt, ob nun dieses Jahr oder nächstes Jahr wird ihr auch egal sein. Wenn ich in Lafayette bin, finde ich allein nach Oakdale. Also, können Sie mir helfen?"

„Irgendwie?" Die Stimme des Kerls klang eigenartig. Nicht normal.

Freddie runzelte die Stirn. Das Gesumme von Insekten dröhnte in seinen Ohren, er spürte, wie sich Moskitos in den Schweiß auf seinem Nacken setzten. Weil die Sonne ihm entgegenschien, konnte er nicht genau erkennen, was das für ein Gebäude war, vor dem der Typ stand.

Dann überfiel ihn der Gestank wie eine Welle. Er rümpfte die Nase. „Herrschaftszeiten, was stinkt hier so?" Er konnte den Geruch nicht beschreiben. Es roch nach Fett, nach Blut, nach abgestandenem Urin, nach Kot, nach allem. Dazu kam eine süße Brise, die er vorher noch nie gerochen hatte, und er war sich sicher: So musste eine verwesende Leiche riechen.

„Ich ... Ich versuche es einfach noch mal ..." Freddie nickte und machte kehrt. Er wusste nicht wieso, aber er hatte das Bedürfnis, schnell hier wegzukommen. Krampfhaft versuchte er, den mit Schlamm gefüllten Erdlöchern und den unter Wasser stehenden Grasstücken auszuweichen.

„Hey!"

Freddie drehte sich noch mal um. „Ja?"

„Wollen Sie Eier?"

„Eier?" Eine Farm! Ja, und der Typ schlachtete sicher Schweine oder so was. Das hatte Grandpa auch mal gemacht, und Mom hatte immer gesagt, es würde nach Tod und Verwesung stinken.

„Ja, haben frische Eier. Wollen Sie welche?"

„Nein, danke." Freddie war erleichtert, eine Erklärung für den Gestank gefunden zu haben. „Keine Eier."

„Wie Sie wollen."

Doch der Wunsch, hier nicht länger als nötig zu bleiben, wurde stärker.

Er musste hier weg, floh förmlich zu Dads Sportwagen und stieg ein. Dann ließ er den Motor an und sauste trotz warnender Leuchte davon.

Wenn die Leute an Oakdale dachten, fiel ihnen wohl als Erstes die Geschichte der Stadt ein, dass Oakdale einst eine Holzfällerstadt gewesen war. Vielleicht dachten sie auch daran, dass es – wie im Süden typisch – eine Vielzahl an Kirchen gab, oder daran, dass sich in der Mitte des Ortes zwei viel befahrene Fernstraßen kreuzten. Es war jedoch genauso wahrscheinlich, dass die Menschen die Strafvollzugsanstalt für Männer im Nordosten der Stadt ansprachen oder angaben, dass das unspektakuläre Oakdale eben schlicht und einfach ihre Heimat war.

David O'Brian lenkte seinen alten Ford an diesem Montagvormittag durch die Straßen und erinnerte sich an die Zeit zurück, in der er noch hier gewohnt hatte. Oakdale bedeutete für ihn persönlich verrückte Nächte während der Highschool. Er sah sich an der Ampel hochklettern und die Flagge der Südstaaten dort aufhängen, hörte seine Freunde an der Straßenseite johlen. Gern erinnerte er sich auch an die hier verbrachten Sommer zurück, als sie sich bei *McDonald's* die Rucksäcke mit Burgern vollgestopft hatten und dann zum Calcasieu River hinuntergefahren waren.

Heute kehrte er nach neun Jahren wieder „nach Hause" zurück und stellte fest, dass sich die Stadt kein bisschen verändert hatte. Es gab immer noch die paar Fast-Food-Läden und kleinen Geschäfte, es gab immer noch das schöne koloniale Gebäude, in dem sich die Schule befand, in die er gegangen war. Der *Walmart* zog heute wie damals Leute aus den umliegenden Städten nach Oakdale.

Er fuhr den Wagen aus alter Gewohnheit an der Polizeistation vorbei, drosselte das Tempo und legte den Arm auf das heruntergelassene Fenster. Nun musste er feststellen, dass eben doch nicht alles beim Alten war …

David bog in eine Nebenstraße ein und fuhr bis ganz ans Ende. Vor dem Graben, in dem er als Kind mit seinen Freunden verbotene Staudämme gebaut hatte, befand sich die Autowerkstatt, in der er während der Highschool gearbeitet hatte. Die Tore und Garagen standen offen, alte Hits liefen im Radio, Staub wurde aufgewirbelt, als David vorfuhr. Er erkannte sofort den Mann, von dem nur der Rumpf und die Beine unter einem zu reparierenden Auto herauslugten.

„Hey, Regan!"

Der Mann rollte unter dem Wagen vor. Ein Kopf mit einem Bandana darum kam zum Vorschein. „David!"

Die Begrüßung war herzlich, als der ältere Mann ihn in die Arme schloss und David sich das gefallen ließ. „Wie geht's dir, Regan?"

„Alles bestens. Du weißt doch, Unkraut vergeht nicht." Regan war alt geworden. Sein Haar war stark ergraut, fast weiß, doch rüstig war er wie eh und je. „Was treibt dich in die Heimat?"

„Ich muss was klären, mit Mom …"

Regan nickte mitfühlend. „Also alles beim Alten."

„Mal sehen."

„Schön, dass du vorbeigekommen bist."

David sah von ihm weg. Es gab Momente, da war ihm nicht nach Reden. Er war schon immer ein Mensch gewesen, der lieber nachdachte als redete. Und die Erinnerungen an Orte der Vergangenheit, so wie diesem, überfluteten ihn manchmal mit Gedanken, die er nicht hervorholen wollte. „Also dann, wir sehen uns!"

„Mach's gut!"

Das Haus seiner Mutter befand sich am Rand der Stadt, in einer Siedlung umgeben von hohen Pinien. Die meisten Bauten hier stammten aus der Jahrtausendwende, und damals, als das Haus der Familie O'Brian gebaut worden war, hatte Dad noch selbst den Grundstein gelegt. Sie hatten eine Weile in Glück und Seligkeit zusammengelebt, bis Davids Vater angefangen hatte, seine Sekretärin zu vögeln. Danach war die Familie recht schnell zerbrochen und Dad ausgezogen. Damals war David sechs Jahre alt gewesen.

Über Jahre hatte Mom David erzählt, wie furchtbar sein Vater wäre, ohne dass der Junge Gelegenheit gehabt hatte, sich seine Sichtweise anzuhören. Er wusste nicht viel von Dad. Was er aber wusste, war, dass Mom lebte. Und das, obwohl der Tod hinter ihrem Bett lauerte und nur darauf wartete, seine Arme endlich um sie zu legen.

„Hey, Mom, da bin ich wieder." David ließ seinen Rucksack von der Schulter gleiten. Das Haus hatte sich nicht verändert. Es war immer noch sehr sauber, das zweitschönste Haus in der Siedlung, die Hortensien vor der Tür leuchteten wie jedes Jahr in den schönsten Farben, und das, obwohl sie noch nicht einmal in vollster Blüte standen. Im Haus selbst roch es nach Medizin und Ammoniak. David war diesen Geruch nicht gewohnt, weil er seine Mutter das letzte Mal vor Monaten gesehen hatte. Ihr Zustand war derselbe, wenn er sie sich jetzt so anschaute, wie sie da in diesem Bett lag, aus dem sie seit Jahren nicht mehr herausgekommen war. Sie wurde nur viermal am Tag von den *Home Care* Helfern gedreht.

Die Maschinen an ihrem Bett piepten zuverlässig, richtig gute Geräte, und mit jedem bisschen Flüssigkeit, was seiner Mutter zugeführt und abgepumpt wurde, flossen Tausende von Dollars dahin.

Mom hatte die Augen geöffnet, aber niemand wusste, ob sie ihren Jungen gerade erkannte. Sie blinzelte selten und langsam, verzog nie die Miene. Bewegte keinen Millimeter ihres Körpers. Mom tat nichts, weil sie es nicht konnte.

David nahm ihre Hand. Sie war kalt und dünn. Die Knochen standen heraus. Alles an Muskeln hatte sie verloren, Mom besaß eigentlich gar nichts mehr, außer ein paar rotblonden Haaren auf dem Kopf und brüchigen Nägeln.

So ein Ende hatte er sich für sie nun auch nicht gewünscht. Aber dem Mistkerl, dem Moms Leben egal gewesen war, hatte sie es schließlich zu verdanken, dass sie hier nun so vor sich hin vegetierte.

Nach jenem schicksalhaften Tag vor drei Jahren hatte er im Krankenhaus gehockt und geheult wie ein kleines Kind, als der Arzt ihm gesagt hatte, dass seine Mutter nie mehr die alte würde. Er hatte nicht geweint, weil sie ihm so leidtäte. Sondern weil das Letzte, was er zu ihr gesagt hatte, „Ich hasse dich" gewesen war.

Das schlechte Gewissen hatte ihn mehrere Nächte lang begleitet, und er hatte sie fast wöchentlich besucht, um es wieder reinzuwaschen – gelungen war es ihm bis heute nicht, obwohl er sich immer wieder damit zu beschwichtigen versuchte, dass Mom diese Worte damals verdient hatte.

Schon bei seinem letzten Besuch zu Hause hatte er sich gefragt, ob Mom nicht wollte, dass man die Maschinen abschaltete. Sie hatte leider keine Patientenverfügung, und weil Mom keine weiteren Verwandten außer ihm hatte, war die Entscheidung bei ihm geblieben. Seiner Mutter das Licht auszuschalten, war aber eine Entscheidung, die David unmöglich fällen konnte, und so fürsorglich und emphatisch die Mitarbeiter der *Home Care* auch waren, sie nahmen sie ihm nicht ab.

Also fuhr er jedes Mal nach spätestens zwei Tagen wieder. Ließ Mom allein. Hasste sich dafür und plante einen neuen Besuch. So ging das seit zwei Jahren.

„Mom", sagte er und versuchte dabei, auf den Monitoren der Maschinen zu erkennen, ob es ihr besser oder schlechter ging als letztes Mal. „Ich kann nicht lange bleiben. Wir ziehen heute Abend schon los. Das heißt, ich wäre lieber allein gefahren, aber wie es aussieht, kommen Nathalie und Freddie mit."

Mom antwortete nicht.

Er setzte sich auf die Bettkante. „Bei unserer letzten Tour waren wir sieben Tage unterwegs, in Florida, ich habe dir davon erzählt. Dieses Mal haben wir unsere Route so geplant, dass ich in vier Tagen wieder bei dir bin." David streichelte jetzt ihren Kopf. „Vier Tage, Mom, okay?"

Er war erwachsen geworden.

Es war jetzt so weit.

Sogar einen Kuss hatte er für sie übrig, der sie auf die Stirn traf. Zu einer kurzen Liebesbekundung reichte es dann aber doch nicht.

David stand auf und ging durch ihr Schlafzimmer, das früher einmal so gemütlich gewesen war, zu dem kleinen Tisch, auf dem das Telefon lag. Er wählte die Nummer der *Home-Care*-Einrichtung, die er zwar auf dem Mobiltelefon hatte, aber jetzt wollte er von hier aus telefonieren.

„Hi, hier ist David. Hallo, Susanna. Ja, ich bin noch mal hergefahren. Ich wollte nur Bescheid sagen, dass Mom schläft, und ich bei ihr bin. Es reicht, wenn erst heute Abend jemand kommt. Bye."

Er verließ den Raum und brachte den Rucksack in sein altes Zimmer. Eine Flut Erinnerungen aus Teenagerzeiten strömte ihn entgegen und beamte ihn ruckartig in vergangene Zeiten zurück. Der Geruch war ihm vertraut. Das Rollo am Fenster war noch immer eingeknickt, die Poster über dem schmalen Bett erinnerten ihn an seine ersten Konzerte und Festivals und das halbierte Kajak und das Paddel an der Wand an seine erste Solotour auf dem Fluss.

Die Klamotten im Schrank passten ihm noch. Er warf das vollgeschwitzte Shirt in die Wäsche, die niemand in die Maschine stecken würde, wenn er es nicht tat, und zog ein neues über. Kurz betrachtete er sich im Spiegel: Er hatte abgenommen, weil er keinen Sport mehr machte, seit er die Werkstatt hatte. Die Tattoos an seinen Armen würden mit Muskeln besser zur Geltung kommen, also würde er wieder anfangen zu trainieren. Seine Haare, schwarz und kurz, waren kräftig und dick – er dankte Dad für die guten Gene. Seine Augen waren braun, die Haut vom vielen Arbeiten und der Freizeit an der frischen Luft „sonnengeküsst". Ja, er hatte sich gut gehalten, auch wenn sich allmählich erste feine Fältchen auf seinem Gesicht zeigten, um ihn daran zu erinnern, dass er die Zwanziger hinter sich gelassen hatte.

Erneut schulterte er seinen Rucksack, setzte die Sonnenbrille auf, trank die Wasserflasche, die er sich vorhin unterwegs gekauft hatte, in einem Zug leer und ging so beiläufig wie möglich in Moms Schlafzimmer, nur für Sekunden, erledigte, was zu tun war, ohne lange darüber nachzudenken, und verließ den Raum dann ohne einen Blick zurück …

Als er zur Haustür hinausging, schien ihm die Sonne ins Gesicht. Er schloss kurz die Augen, erinnerte sich an die letzten Worte, die sie zu ihm gesagt hatte, und wollte sie schnell wieder vergessen. Heute war kein guter Tag, daran zu denken.

Schließlich machte er sich auf den Weg, um zum Haus der Elmans gegenüber zu gelangen und Nathalie zu begrüßen.

Das Haus der Elmans war ein prächtiger Kolonialbau mit akkurat geschnittenen Buchsbäumen, pinkfarbenen Oleanderbüschen und aufwendig zu Säulen geformten Eiben im Vorgarten. Die Veranda war stets frisch gestrichen, die Kästen mit blühenden Blumen bepflanzt und wenn man an der Garage vorbeikam, sah man das leuchtende Blau des zu jeder Zeit sauberen Pools vor der Terrasse. Nathalie Elman, die Tochter, wohnte somit in dem schönsten Haus der Straße, vielleicht sogar Oakdales.

Wie David hatte Nathalie keinen Vater mehr in ihrem Leben, und so hatten sich die beiden bei einem Picknick im Park kennengelernt, bei dem geangelt werden sollte und zu dem die meisten eben mit ihren Daddys gekommen waren – bis auf David und Nathalie.

Damals waren sie noch Kinder gewesen.

Heute waren sie erwachsen.

Obwohl Nathalies Mom immer meinte, dass ihre Tochter immer ein kleines Mädchen bleiben würde. „Du bist fast dreißig", schimpfte sie stets. „Wie kann man nur so naiv sein?"

Das mit den „fast dreißig" stimmte. Mit dem naiv – hm, na ja, Mom war eben sehr direkt und hatte Fehlverhalten noch nie geduldet. Sie war eine sehr konservative Christin, Mitglied in mehreren Vereinen und Hausfrau aus Überzeugung. Sie hatte ein Backbuch herausgebracht und galt in der gesamten Nachbarschaft als die frommste Frau in ganz Oakdale.

Aber nicht so ihre Tochter …

Nathalie stand in ihrem alten Kinderzimmer vor dem Spiegel. Im Hintergrund sah sie das mit Volant bezogene Bett, Kissen und Decken in Hülle und Fülle, die Mom wusch, obwohl Nathalie schon längst nicht mehr darin schlief. Ihre nackten Füße standen auf dem weichen Hochflorteppich, der im ganzen Zimmer auslag. Obwohl er einen hellen Farbton hatte, war nicht ein einziger Fleck zu sehen – Mom sei Dank. Als Nathalie durch den Spiegel aus dem mit einem bauschigen Rüschenvorhang versehene Fenster schaute, entdeckte sie Davids Wagen vor dem Haus seiner Mutter gegenüber. Sie atmete tief ein. Begutachtete ihr Spiegelbild. Sie war dünn geworden, weil die Schichten im Krankenhaus lang und zermürbend waren und ihr oft auf den Magen schlugen. Sie hatte immer gedacht, dass die Pathologiestunden während ihres Studiums die größten Hürden gewesen wären, doch was sie zurzeit auf der Unfallstation und der Notaufnahme erlebte, ließ sie oftmals stark schlucken. „Was für eine Ärztin sind Sie?“, hatte Dr. Bloom sie letztens angeschrien, als ein Mann eingeliefert worden war, dessen halber Rumpf in einer Bärenfalle gesteckt und dessen Leben am seidenen Faden gehangen hatte. „Wenn Sie das nicht abkönnen, müssen Sie Bettpfannen leeren gehen! Dieser Mann muss in den OP, und Sie werden assistieren!“

Sie war voller Blut gewesen und hatte trotz Anweisungen nicht gewusst, wohin mit ihren Händen. Im OP hatte sie ihre Sache dann aber ganz gut gemacht, und trotzdem hatte Dr. Bloom sie für zwei Wochen in die Orthopädie versetzt, weil er sich so über sie geärgert hatte.

Mom hatte dazu nur „Das ist typisch mein kleines Mädchen“ geraunt.

Nathalie seufzte. Ihr schlanker Körper sah in den Dessous zum Anbeißen aus. Und ganz und gar nicht wie der eines kleinen Mädchens. Der BH und der Slip bestanden aus nicht mehr als roter Spitze. Rot stand ihr, weil sie rotbraune Haare hatte, die zu einem Bob geschnitten waren – für die Arbeit war das praktisch, lange Haare standen ihr sowieso nicht. Die Augen hatte sie kräftig geschminkt, sodass das Grün noch besser zur Geltung kam.

Eigentlich fand sie sich hübsch. Obwohl sie wusste, dass es Mädchen gab, die sich nicht so sehr anstrengen mussten wie sie, um noch hübscher zu sein.

Mädchen? Nein, Frauen!

Die Unterwäsche hatte sie am letzten Wochenende in Houston gekauft, als sie mal freigehabt hatte. Sie war mit einer Freundin aus ihrem Wohnheim shoppen gewesen und hatte sich nicht zwischen dem roten und dem schwarzen Wäscheset entscheiden können – schließlich hatte sie beides genommen und ein Vermögen bezahlt. Die schwarzen Dessous lagen nun auf ihrem Bett, und es machte Nathalie glücklich zu wissen, dass sie so was Schönes besaß, in dem sie so verrucht und bezaubernd aussah, und dass ihre Mutter rein gar nichts davon wusste, die es dann als „Sünde" bezeichnet hätte.

Und wenn sie ganz ehrlich war, wusste sie auch, warum sie es gekauft hatte. Es war doch so: Kaufte sich eine Frau zusammenpassende Unterwäsche, machte sie das glücklich, weil es einfach schön ausschaute. Das war ein Teil der Wahrheit. Der etwas kleinere Teil. Der größere Teil der Wahrheit war, dass sie genau wusste, dass der Mann, der ihr die Klamotten vom Körper reißen würde, noch viel angetaner von der hübschen Wäsche sein würde! Kein Mann brach beim Anblick eines zum hundertsten Mal gewaschenen Baumwollschlüpfers und eines Sport-BHs in Freude aus.

Ja, Nathalie wusste genau, dass sie das Geld im Dessousladen nicht für sich, sondern für *ihn* ausgegeben hatte. Damit er sie schön fand. Nur ein einziges Mal.

Sie war klug. Sie würde in nicht allzu ferner Zukunft selbst Chirurgiebesteck in den Händen halten und Menschen auf den Operationstischen das Leben retten. Aber einige Männer mochten eben Schlampen, so, wie einige Frauen auf böse Kerle standen.

Allein an diesen Gedanken merkte Nathalie, dass Mom womöglich recht hatte. In ihrem Kopf würde die angehende Chirurgin vielleicht für immer ein kleines Mädchen bleiben …

Als es an der Tür klingelte, schreckte Nathalie zusammen. „Ich komme!", rief sie, damit ihre Mutter wusste, dass sie das Klingeln vernommen hatte. Dann zog sie die Jeans-Shorts und ein Print-Top an, schlüpfte in Sandalen und schulterte ihren vollgepackten

Rucksack, in den sie vorher noch die schwarze Unterwäsche gestopft hatte.

Auf dem Weg aus ihrem Zimmer nach unten fiel ihr Blick noch mal auf das gerahmte Bild auf ihrem Schreibtisch. Es zeigte Nathalie zusammen mit David und Freddie und einem jungen Mädchen, das heute nicht mehr lebte.

Nathalie hielt inne.

Dann ging sie zu dem Bild und klappte es um, sodass sie das Mädchen nicht mehr sehen musste.

Unten stand Mom im Korridor und gab vor, ein Regal abzustauben.

„Warum hast du ihn denn nicht reingelassen?", fragte Nathalie. Durch die Tür sah sie David auf der Treppe der Veranda sitzen.

„Den lass ich nicht in mein Haus."

„Was hat er dir denn getan?"

Brigitte Elman wandte sich um. Sie trug eine Schürze mit Mehlspuren. Der Geruch von Gebäck, das im Ofen aufging, verriet Nathalie, woher sie stammten. „Ich muss doch bitten, Nathalie. Ist dazu eine Erklärung nötig?"

Nathalie wusste nur zu genau, dass Mom David noch nie gemocht hatte. Spätestens seit seine Mutter allen in der Stadt erzählt hatte, mit wem er sich abgab – und wen er in die Clique gebracht hatte. Doch das war Jahre her und das Mädchen war tot. „Er ist erwachsen geworden, Mom."

„Manche Kinder werden nie erwachsen." Mom hob die Brauen und wandte den Blick nicht von ihrer Tochter ab.

Nathalie hatte den Wink natürlich verstanden. „Ich gehe dann. Wir sehen uns in ein paar Tagen." Sie öffnete die Tür.

„Dein Vater würde sich im Grab umdrehen, wüsste er, dass du mit ihm ausgehst."

„Ich gehe nicht mit ihm aus. Wir … paddeln."

„Über Tage?"

„Ja, und da die Strecke weit ist, wird das kein Date, sondern Schwerstarbeit."

31

Brigitte seufzte, legte den Wedel beiseite und kam auf ihre Tochter zu, um sie in die Arme zu nehmen. Nathalie wusste, dass sie es nur tat, weil es sich so gehörte, und weil sie nichts gegen die Entscheidungen ihrer Tochter tun konnte. „Pass auf dich auf, mein Kind. Und tue nichts, was Gott nicht will."

Mein Kind.

Oh, Mom, wenn du wüsstest, dass ich rote Dessous trage und es kaum erwarten kann, sie David zu zeigen.

„Natürlich, Mom."

Ich will nicht fromm sein, denn ich bin ein Luder, durchtrieben und gierig, und wenn du wüsstest, wie viel Scheiße ich schon angestellt habe, würdest du beten und schreien: „Sünde, Vergebung, GOTT!"

Nathalie betrat die Veranda, wo die Mittagshitze sie empfing. Sofort stand David auf und drehte sich zu ihr um. „Hi!"

Sie ging auf ihn zu und fiel ihm um den Hals, bevor sie ihre Lippen auf seine Wange drückte. „Du hast mir gefehlt!"

Das letzte Mal hatten sie sich vor ein paar Monaten in New Orleans gesehen, als sie ihn besucht hatte. Sie hatte zwei Nächte in seiner Wohnung verbracht, doch insgesamt nur vier Stunden mit ihm zusammen, weil er dreimal während ihres Aufenthalts zu einem Einsatz gerufen worden war. Das war sehr ärgerlich gewesen, und David hatte sich Dutzende Male bei ihr entschuldigt, obwohl er rein gar nichts dafürgekonnt hatte. Sie hatte ihm nicht die Schuld gegeben, aber sie war enttäuscht gewesen, denn sie hatte sich ihr Wiedersehen ganz anders vorgestellt. Immerhin hatte er bei dem Besuch davor, als er bei ihr in Houston gewesen war, Zärtlichkeiten zugelassen, auch wenn es nur seine Hand auf ihrem Knie und auf ihrem Rücken gewesen war, und ein paar wirklich nette Worte (nur eventuell dem Alkohol geschuldet), die auf mehr hoffen ließen.

Jetzt hatte sie nun mehrere Tage. Da würde doch wohl etwas passieren können.

„Wie geht's?", fragte er und hielt ihre Hände fest.

„Danke, gut, und dir?" Sie strahlte ihn an. David war schon immer ihr Typ gewesen. Damals, ohne Bart, mit einem Gesicht,

32

glatt wie ein Babypopo, mit den dunklen Augen und dem schwarzen Haar, hatte er ihr schon gefallen, und dann noch dieser Blick, gefährlich und stark, gekrönt mit dem arroganten Verhalten und der lauten, männlichen Stimme. Jetzt, neun Jahre nach der Highschool, war aus ihm ein Mann geworden. Über Mund und Kinn lag ein Dreitagebart, sein Körper hatte sich verändert, war kräftiger, härter.

„Kann es losgehen?", fragte sie, weil es in ihrem Fall vielleicht genauso war: Sie war die Schlampe und er der böse Kerl.

„Klar", sagte er und zerstörte mit dem folgenden Satz all die Träume, die sie in ihrer roten Unterwäsche gehabt hatte: „Ach übrigens, Freddie kommt mit."

David glaubte, Enttäuschung in Nathalies Augen zu sehen, als er ihr davon erzählte, dass Freddie zum Abenteuer auf dem Fluss mitkam. „Ursprünglich wollte ich allein fahren. Ich wollte nicht einmal, dass Freddie mitkommt!"

„Aber du hättest es mir sagen müssen." Missmutig ging sie hinter ihm über die Straße. „Ich meine, du hast angerufen und gesagt: ‚Lass uns paddeln', aber da fehlte: ‚Ach übrigens, Freddie kommt mit.'"

„Tut mir leid", sagte David, schwärmte dann über das tolle Wetter und die guten Bedingungen zum Kajakfahren, um sie abzulenken, und entdeckte Freddie in dem Sportwagen seines Vaters, mit dem er um die Ecke bog und in die Straße einfuhr.

„Howdy!" Freddie hielt vor dem Haus der O'Brians, stieg aus und streckte sich in seinem viel zu schicken Hemd. „War das eine lange Fahrt!", sagte er in einem tiefen südstaatlichen Dialekt. „Ich bin seit einer gefühlten Ewigkeit unterwegs!"

„Nathalie kommt mit." David nahm ihr den Rucksack ab und hievte ihn in den Ford.

Freddie und Nathalie begrüßten sich kurz. Auch wenn sie in Houston studierte, sah sie Freddie, der hier in Oakdale arbeitete, recht oft. „Wie cool ist das denn! Wie in alten Zeiten!"

„Ja, wie in alten Zeiten." Nathalie verschränkte die Arme vor der Brust. „Wie kommt es, dass du die Tour allein paddeln wolltest, David?"

David und Freddie verstauten nun Freddies Zeug im alten Ford. „Vor zwei Jahren bin ich den Mississippi von Vicksburg nach Baton Rouge entlanggepaddelt, jetzt wollte ich den Atchafalaya allein bezwingen. Ihr wisst, dass ich es liebe, allein zu sein."

„Hey, ich war auf dem Mississippi dabei", protestierte Freddie.

„Na ja, zwei Drittel. Aber hey, ich wurde schließlich gebissen! Von einer Muräne."

„Und noch mal, Freddie: Es gibt keine Muränen im Mississippi, und es war mit Sicherheit kein Fisch!"

„Es sah aber so aus." Freddie zwinkerte. „Aber Schluss mit den alten Storys. David, wir lassen dich nicht allein. Wir kommen mit auf den Atchafalaya! Außerdem, wo könnten wir besser an alte Zeiten anknüpfen als in einem Boot?"

Nathalie klopfte ihm auf die Schulter. „Ganz ruhig, Junge, noch sind wir nicht da. David hat mir noch nichts erzählt, deswegen: Lagebesprechung!"

David ging voran, Nathalie und Freddie folgten ihm auf die Veranda vor seinem Haus.

„Dad holt den Wagen nachher ab." Freddie legte den Wagenschlüssel auf den Türrahmen der Haustür.

Nathalies Blick blieb darauf haften. „Wie geht's deiner Mom, David?"

„Gut", antwortete er kurz, sah sie dabei nicht an und ließ sich auf den Schaukelstuhl auf der Veranda fallen. Er hatte die ganze Zeit versucht, nicht daran zu denken, was sich zehn Meter von ihm entfernt im Haus abspielte.

Auf dem Tisch zwischen dem Schaukelstuhl und der Bank, auf der sich Nathalie und Freddie niederließen, breitete er eine Karte aus. Es war keine typische Landkarte, sondern eine mit Zahlen, Entfernungen, Pfeilen und Wasserwegen.

„Wir fahren als Erstes mit dem Wagen nach Simmesport und schlagen am Ufer des Atchafalaya Rivers unser Nachtlager auf. In den frühen Morgenstunden paddeln wir los. Wir werden drei volle Tage brauchen, um den Golf von Mexiko zu erreichen." David zeigte den Weg auf der Karte.

„Wie kommen wir von dort aus wieder zurück?", fragte Nathalie.

„Der Bruder meiner Mom besitzt in Morgan City ein kleines Bed & Breakfast. Er wird uns und die Boote dort abholen."

„Ist das derselbe Onkel, dem in Simmesport das Bootshaus gehört?" Freddie tippte auf die Stadt, die mit einem roten Pfeil als Startpunkt auf der Karte markiert worden war.

„Richtig", antwortete David. „Wir fahren mit seinen Booten. Meins ist sowieso dort, und ihr leiht euch seine Boote. Das ist praktischer." Dann wandte er sich an Nathalie. „Wann bist du das letzte Mal gepaddelt?"

„Das ist Jahre her."

„Bist du dir sicher, dass du die Kraft hast?"

Sie schnaubte. „Na, hör mal! Ich bin topfit."

David seufzte. „Hört zu: Mir ist dieser Trip sehr wichtig. Das Atchafalaya Basin ist wie ein riesiges Überlaufbecken des Mississippis und zählt in Nordamerika zu den größten von Flüssen eingespeisten Sumpfgebieten. Wir werden auf unserer Reise alles sehen, von dem du Albträume kriegst: Alligatoren, Schlangen, Spinnen. Wie gesagt, ich hätte ihn liebend gern allein …"

„Ausgeschlossen", unterbrach Freddie ihn und lachte. „Das Paddeln und Rudern entlang des Atchafalaya Rivers wird immer beliebter. Die Routen ausgewählter. Über den Mississippi bis zum Golf zu kommen, kann durch die Industrieschifffahrt extrem stressig sein, also weicht man aus, auf einen Fluss, der dafür aber seinen Tribut fordert. Man ist nicht das einzige Lebewesen, das sich seinen Weg durch den Fluss sucht. Ich frage mich zwar immer noch nach dem Grund, der dich dazu bringt, dich von heute auf morgen in ein solches Abenteuer zu stürzen, aber eines kann ich dir sagen: Ich bin dabei, Kumpel!"

„Und ich sowieso." Nathalie legte ihre Hand auf die von David. Er quittierte das, indem er sie zurückzog. „Okay. Dann los!"

Der Ford besaß keine Klimaanlage. Somit staute sich die Hitze im Wagen, als sich David, Freddie und Nathalie samt ihrem Gepäck auf den Weg von Oakdale nach Simmesport machten. Obwohl sie alle Fenster runtergelassen hatten, drang lediglich heiße Luft ins Wageninnere. Durch den Lärm von draußen mussten sie nun nur zusätzlich brüllen, um sich zu verständigen.

Nathalie saß hinten. „Ist euch bewusst, wem wir im Sumpf begegnen könnten?"

David verzog den Mund zu einem Grinsen. Er trug eine Sonnenbrille auf der Nase und sah nicht von der Straße weg. „Du hast recht! Freunde, sind wir alt geworden! Vor neun Jahren ... Wie nannten sie es noch mal?" Freddie drehte sich zu ihr um. Er hatte sich ein T-Shirt und eine kurze Hose angezogen.

„Monster", antwortete David knapp. „Sie nannten es Monster."

„Das Monster aus dem Atchafalaya Basin." Nathalie suchte etwas in ihrer Social-Media-App auf dem Smartphone.

„Spar deinen Akku", mahnte David. „Wir haben nur eine Powerbank dabei, weil Freddie seine vergessen hat."

„Es war stressig, und Alex hat sie irgendwo versteckt!"

„Hier." Nathalie beugte sich zwischen den Sitzen der jungen Männer vor. „*Mordserie findet ein Ende: 9 Jahre ist es her, seit mit der Leiche von Allison Fitzpatrick das letzte Opfer des Monsters aus dem Atchafalaya Basin gefunden wurde. Insgesamt müssen fünf getötete Frauen dem Serienmörder zugeschrieben werden.*" Sie ließ das Telefon sinken. „Der Artikel ist vom Februar dieses Jahres."

„Ach." Freddie winkte ab. „Kann sein, dass er weitergemordet, seine Opfer aber besser versteckt hat. Vielleicht ist er auch tot, und wir stolpern nur noch über Überreste."

„Deswegen sollten wir dem Fluss folgen", witzelte David. Er blickte in den Rückspiegel, um Nathalies Gesicht zu sehen. „Hast du Angst?"

„Du beschützt mich doch!"

David lächelte, Freddie wandte sich um. „Ich bin auch noch da!"

Nathalie setzte sich wieder zurück auf ihren Sitz. „Was freue ich mich auf den Fluss! Es ist endlich mal wieder eine Abwechslung zum Alltag im Krankenhaus!"

„Der Atchafalaya wird nicht einfach", prophezeite Freddie.

„Und diese Herausforderung nehme ich gern an", gab Nathalie zurück. „Ich war sieben Jahre hintereinander in ein und demselben Sommercamp und habe dort an Turnieren teilgenommen. Einer, Vierer, alles, du kennst meine Medaillensammlung!"

„Der Fluss ist anders", gab David zu bedenken. „Er bedeutet vier Tage Hochleistungssport."

„Ich war letztes Jahr mit meinem Dad im Canyon", erzählte Freddie. „Ich sag euch – was war das für ein Spaß! Wildwasser ist nicht zu vergleichen mit einem Fluss, der schier nie enden will."

„Und deswegen wagst du dich auf einen weiteren nicht enden wollenden Fluss?" David grinste. „Wie gesagt, ich fahre auch allein. Noch könnt ihr aussteigen."

„Ich wähle immer das Abenteuer, David. Und meine Zeit mit ein paar Alligatoren, Muränen und Monstern zu verbringen, klang noch nie besser!"

In Simmesport angekommen, fuhr David den Wagen zum Bootshaus seines Onkels, das eigentlich gar kein Bootshaus war, sondern mehr ein Schuppen dicht am Fluss. Direkt daneben gab es eine Überdachung, in der ein etwas größeres Motorboot untergestellt war. Es gab eine Feuerstelle, ein Stück Rasen, auf dem die drei ihre Zelte aufschlagen würden, und genug Platz, um den Wagen hier für ein paar Tage zu parken.

Nathalie eilte sofort zum Wasser, wofür sie über den Deich gehen musste, denn ganz Simmesport wurde damit vor Hochwasser geschützt.

Als sie dort oben stand und mit der flachen Hand an der Stirn über das Wasser sah, räumten Freddie und David die Sachen aus dem Fahrzeug und schlossen den Schuppen auf, um sich den Zustand der Kajaks anzuschauen. Zu dritt trugen sie die Boote auf das Rasenstück, David schaltete das Brunnenwasser an, und gemeinsam entfernten sie Schmutz, Spinnenweben und Staub von den Kajaks.

Am frühen Abend machten sie sich auf in den Ort, kauften in einem Angel- und Boot-Shop ein paar nützliche Dinge für ihre Ausrüstung und im Grocery Store etwas fürs Abendessen ein. Zurück bei ihren Booten genehmigten sie sich ein kühles Bier unter dem schattigen Baum, stießen auf eine gute Zeit an und lehnten sich zurück, bevor Nathalie und David sich um das Essen kümmerten und Freddie die Zelte aufschlug. Mit einem Zwinkern fragte er Nathalie, ob sie nicht in seinem Zelt schlafen wolle, doch diese lehnte grinsend ab und wandte sich wieder dem Gemüse zu, auf das nur sie beim Einkaufen bestanden hatte.

Wenig später loderten Flammen in der Feuerstelle, und David stellte das Rost auf, um das Fleisch braten zu können.

Aus dem Augenwinkel sah er, dass Freddie mit dem Aufbau der Zelte fertig war und Nathalie nun mit dem Wasserschlauch jagte, als wären sie Kinder, die unglaublich viel Spaß im Freien hatten.

„Hilf mir!", schrie Nathalie in seine Richtung, jauchzte dabei und ließ sich von Freddie festhalten.

„Keine Chance!" Freddie wirbelte sie herum, und als sie auf den Rasen fiel, ergriff sie den Wasserschlauch.

David zündete sich eine Zigarette an. Er sollte das mit dem Rauchen lassen, doch es wollte ihm nicht gelingen. Er setzte sich auf den einzigen Campingstuhl und wendete das Fleisch, während er daran dachte, dass er seinen Freunden eine Sache nicht verraten hatte: Es war nicht seine erste Tour auf dem Atchafalaya River …

Freddie und Nathalie kamen zum Essen, und zusammen saßen sie eine Weile um das Feuer herum, plauderten, lachten und zeigten sich Videos und Fotos, während im Hintergrund eine tragbare Soundmaschine ein paar coole Songs abspielte.

Es begann zu dämmern, Nathalie verstaute das übrige Fleisch in der Proviantbox, als Freddie David fragte: „Was ist mit dir und Nat?"

„Was soll mit uns sein?" David zog an seiner Zigarette. „Wie gehabt."

„Sie mag dich wirklich, David. Sie schaut dich an ... und dann sieht man es in ihren Augen. Sie hat echt lange genug gewartet, oder?"

„Mag sein." Gedankenverloren schob David die Glut zusammen. „Aber wenn nichts da ist, ist eben nichts da." Er hatte keine romantischen Gefühle für Nathalie. Hatte er noch nie gehabt. Auch wenn er sie liebte, genau wie Freddie. Sie war nicht mehr als eine Freundin.

Freddie verschränkte die Arme hinter dem Kopf. „Ich meinte das vorhin ernst: Wie schnell vergeht die Zeit? Wie schnell sind neun Jahre vergangen?"

„Ich weiß, Mann."

„Was hatten wir für einen Spaß, als das Leben noch leicht war." David zündete sich eine weitere Zigarette an. „Leicht war es nie."

„Ach komm, wir waren gerade mit der Highschool durch. Was wussten wir schon vom Leben?"

Jede Menge, dachte David.

„Aber na ja ... Jeder hat seine Sturm- und Drangphase, nicht wahr?"

Freddie stand auf, als Nathalie um Hilfe rief, weil sich eine Ameisenstraße Zugang zum Zelt verschafft hatte. „Dennoch", sagte Freddie und legte seine Hand auf Davids Schulter. „Du bist mein bester Freund, Kumpel. In guten wie in schlechten Zeiten. Und auch wenn du mir den Grund für diese spontane Kajaktour noch immer nicht verraten hast, will ich dir sagen, dass ich inständig hoffe, dass es dir gut geht."

David nickte. Er hörte Freddie hinter sich zu Nathalie gehen und wandte seinen Blick nicht vom Feuer ab. Dann steckte er die Hand in seine Hosentasche und zog ein gefaltetes Papier heraus.

Es handelte sich um einen Zeitungsartikel, den er vor wenigen Stunden ausgedruckt hatte, kurz bevor er erst Freddie und dann Nathalie über die Pläne für die Kajaktour auf dem Atchafalaya River unterrichtet hatte.

Er faltete das Papier auseinander. Ein Foto prangte in der Mitte. Der Schein des Feuers beleuchtete ihr Gesicht. Zum hundertsten Mal las er die Zeilen, die darüber standen: *„Nach 9 Jahren gefunden: Schädel in der Marsch gehört Polly Ferrington aus Houma. "*

David steckte den Zettel wieder ein.

Das war der Grund. Er hatte eine Spur. Denn nur deswegen war der Junge hier: Um das Mädchen zu finden …

KAPITEL 2

Stunden nach Pollys Verschwinden

Dass er am ganzen Leib zitterte, nicht vor Kälte, sondern weil das Adrenalin ununterbrochen durch seinen Körper rauschte, spürte der Junge nicht. Das Einzige, was er wahrnahm, war das Ticken der Wanduhr hinter dem Schreibtisch der dicken Lady, Officer Pierce, die seinen Fall im Oakdale Police Department aufnahm.

Sie tippte unendlich langsam und nur mit den Zeigefingern etwas ein, ihre Brille saß dabei ganz vorn auf der Nasenspitze und gefühlt nach jedem Buchstaben kontrollierte sie auf dem Bildschirm, ob sie alles richtig geschrieben hatte. Ihre Ruhe brachte ihn nur noch mehr auf. „Kann jetzt mal endlich jemand losfahren und sie suchen?"

„Moment noch, junger Mann." Die Frau sah auf. „Sie sind hier, weil ein Mädchen die Brücke runtergefallen ist, ja?"

„Gesprungen, Officer. Wenn, dann ist sie gesprungen." David umklammerte seine Arme. Sein T-Shirt und seine Bermuda-Hose waren immer noch nass. Die Schuhe standen neben der Tür. Die nassen, vermoderten Socken lagen über dem Rand des Papierkorbes von Police Officer Pierce, weil sie den Dreck nicht unter ihrem Schreibtisch wollte.

Vor der Dame stand eine Tasse mit der Aufschrift *Best Mommy*. Ein gerahmtes Bild zeigte sie mit einem Mann und zwei Kindern vor einem Haus hier in Oakdale, das David sofort erkannt hatte. „Okay. Und der Name des Mädchens ist …?"

„Polly.“

„Und weiter?“ Sie klang völlig desinteressiert. Freund und Helfer – so ein Scheiß!

„Keine Ahnung.“ David schüttelte den Kopf. „Ich weiß es nicht.“

Officer Pierce seufzte. „Und wie alt ist sie?“

„Neunzehn.“ Das kam mehr als unsicher. „Oder zwanzig. Denke ich.“

Im Flur wurde es lauter. Weil die Tür offen stand, verstand David jedes Wort. „Wir gehen dann, Doris.“ Die zwei Polizeibeamten, die David an der Brücke, an der Polly verschwunden war, eingesammelt hatten, klopften gegen den Türrahmen des kleinen Ein-Mann-Büros. „Bis dann!“

„Ja, danke, Benny! Bye, Clark! Und grüß Josephine von mir!“ Officer Pierce hob die Hand zum Gruß.

David rollte die Augen. Scheiß Provinz! Dann hörte er eine Tür, die zugeschlagen wurde, und die wütende Stimme seiner Mutter, die durchs ganze Polizeirevier dröhnte. „Wo ist er?“

„Vorn bei Doris.“

David drehte sich um. Mom kam zum Vorschein, ein Schlüsselbund und ihr Diensttelefon in der Hand. „Ich übernehme, Doris, danke!“

Sie schob sich in dem engen Büro an der Wand zum Schreibtisch, wo Officer Pierce beide Hände hob, nach ihrer Tasse griff und sich an Mom vorbeiquetschte. David glaubte, sie wäre froh, von dem Irren abgezogen worden zu sein, denn dass man ihn nicht ernst nahm und sogar über ihn lachte, hatte er schon längst mitbekommen.

Bevor Mom sich setzte, starrte sie auf den Boden. Eine Pfütze hatte sich zwischen den Stuhlbeinen gebildet. „Clark und Benny haben mir noch nicht alle Einzelheiten erzählt, aber – bist du gesprungen?“

David nickte. Natürlich war er dem Mädchen ins Wasser hinterhergesprungen. Wäre sie weggelaufen, wäre sie nicht in Gefahr – im Wasser schon. Die Strömung des Atchafalaya Rivers auf der Höhe der Eisenbahnbrücke in Melville war durch die Regenfälle der letzten Tage sehr stark gewesen. Er hatte nicht gezögert, war gesprungen und vom Strom mitgezogen worden. Das Wasser war jedoch so schlammig braun gewesen, dass er kaum eine Chance gehabt hatte, sie unter der Oberfläche ausfindig zu machen.

„Da hing der Ast eines toten Baumes im Wasser, an dem hab ich mich an Land gezogen und in Melville die Polizei gerufen. Die schickten mir diese beiden Männer." Er zeigte auf die Tür, an der eben noch die zwei Officers gestanden hatten.

„Das waren zwei Beamte aus Ville Platte."

David hatte schon Hoffnung gehabt, dass er um die Diskussion mit Mom herumkommen würde, da ihn die Beamten nach Oakdale aufs Revier gebracht hatten, und nicht nach Oberlin zum Allen Parish Sheriff's Office, wo Mom als Police Detective arbeitete.

„Sie haben sie nicht gesucht!", beschwerte er sich nun bei ihr.

„Was hast du erwartet?"

„Ich habe ins Telefon geschrien, dass sie ins Wasser gesprungen ist!", erzählte er. „Ich habe erwartet, dass sie das Wasser absuchen."

Mom lachte, was seine Wut noch größer machte. Nicht nur auf die Situation allein, sondern auch auf Mom.

„Clark hat mir berichtet, du hättest gesagt, du seist dir *nicht sicher*, weil du es weder gehört noch gesehen hast. Du hast auch gesagt, dass du keine Wasserbewegungen unterhalb der Brücke ausmachen konntest!"

„Keine Ahnung, was ich gesagt habe, Mom, ich … Ich war in Panik!"

Mom stand auf. „Clark und Benny haben beide über dreißig Jahre Erfahrung! Wenn ein Junge anruft, völlig hysterisch, und meint, seine Teenager-Freundin sei *vielleicht* ins Wasser gesprungen oder aber weggerannt, können sie sehr gut einschätzen, was zu tun ist!"

„Teenager-Freundin, also echt, Mom!" David vibrierte vor Zorn. Er konnte sich nicht mehr auf dem Stuhl halten, also standen sie sich gegenüber. „Bitte, Mom! Bitte finde sie! Schick einen

Wagen los! Ich komme mit, zeige euch die Stelle – aber bitte, Mom! Ich flehe dich an, unternimm etwas!"

Police Detective Gloria O'Brian ließ sich auf einen Stuhl sinken und legte die Hand an die Stirn. „David …"

„Mom!" Davids Stimme geriet ins Wanken. „Ich … Ich habe Angst, dass sie ertrunken ist, oder … Wenn sie gelaufen ist, habe ich Angst wegen dieses Mannes … Du weißt schon, der … die Frauen tötet. Ich habe Angst, Mom! Angst um Polly! Du darfst keine Zeit verlieren. Sie könnte in Gefahr sein …"

„Das ist alles nicht so einfach, David. Es gibt keine Anzeichen einer Gefahr. Du hast den Kollegen gesagt, dass sie wohlauf und völlig bei Verstand war, und dass sie dich abgelenkt hat, und dann wahrscheinlich weggerannt ist. Zudem ist das Ganze erst wenige Stunden her. Kann es sein, dass ihr euch gestritten habt? Oder dass sie dich veralbern wollte, zu Hause sitzt und sich kaputtlacht?"

Sie erkannte den Ernst der Lage nicht. Oder wollte ihn nicht sehen. „Du tust das mit Absicht."

„Was?"

„Du hasst Polly! Deswegen willst du sie nicht finden!"

„Ich hasse sie nicht, ich kenne sie ja gar nicht!" Mom stand wieder auf. Ihre Stimme wurde lauter. „Soll ich dir sagen, was ich denke? Sie kam aus dem Nirgendwo und verschwand im Nichts! Manche Menschen sind so, kapier das, David!"

Sie redete von Dad. Aber Polly war anders.

„MOM!", schrie David. „Finde sie! Bitte! Du musst sie ausfindig machen …"

„Das geht nicht!" Mom wischte ein paar lose Blätter von Officer Pierce' Tisch. „Sie ist nicht einmal registriert!"

David hielt inne. Seine Brust hob und senkte sich schnell. „Was … Was soll das heißen? Jeder, der irgendwo wohnt …"

„Und wo bitte wohnt sie, David?", unterbrach Mom ihn. „Bei dir. In einem Trailer. Hast du sie je zum Amt geschickt, damit sie sich endlich registrieren lässt? Nein, du hast sie tun lassen, was immer sie wollte. Und das ist nicht richtig! Sieh ein, was ich dir immer über Polly gesagt habe: Sie ist eine Vagabundin, eine Verbrecherin und tut dir nicht gut!"

„Sie ..." David hielt sich am Stuhl fest, da er sonst mit der Faust in die Vitrine schlagen würde, in der irgendwelche Abzeichen ausgestellt waren. „Wie kannst du nur so über sie reden?"

„Weil ich dich schützen will! Ich will nicht, dass ihr Verhalten und ihre Lebensweise auf dich abfärben und deswegen ..."

David war zwanzig Jahre alt und hatte das letzte Mal geweint, als sein Vater ihn an einem Vater-Sohn-Wochenende auf einem Ausflug in den Six Flags Park vergessen hatte und nur mit seinen „neuen" Kindern gefahren war. Damals war David elf Jahre alt gewesen.

Heute sah er seine Mutter an und konnte nicht glauben, was sie da von sich gab. In seinem Herzen schrie alles nach Gerechtigkeit, und sein Schmerz darüber, dass niemand Polly finden *wollte*, trieb ihm die Tränen in die Augen. „Deswegen was, Mom?", fragte er mit erstickter Stimme.

„Deswegen bin ich froh ... ach ..." Mom winkte ab, und wenn David richtig sah, glaubte er, ein Grinsen über seine Tränen entdeckt zu haben. „Lassen wir das. Ich versuche, jemanden zu schicken, der sich die Brücke und die Umgebung ansieht, um ein Mädchen zu suchen, das vielleicht gar nicht Polly heißt und keinen Nachnamen hat." Mom setzte sich kopfschüttelnd an Doris' Computer, tippte etwas und griff dann nach dem Telefon. „Geh nach Hause, David, wo auch immer das ist."

„Du weißt genau, wo das ist!" David wusste, dass dieses Gespräch zwischen Mutter und Sohn den Riss in ihrer Beziehung nur noch vertiefen würde, sodass er sich gar nicht mehr kitten lassen würde.

Mom wusste, wie sehr er Polly liebte. Und David wusste, wie sehr Mom das missfiel.

Er griff nach seinen Schuhen, wollte nur noch hier weg, rannte aus dem Raum und verließ das Revier. Bis nach Hause war es nicht weit.

Mittlerweile hatte es zu regnen begonnen. Die Hitze des Tages hatte dadurch nur bedingt nachgelassen.

Es ergab keinen Sinn, sich umzuziehen, also stieg er zu Hause gleich in den Wagen und fuhr mit viel zu hoher Geschwindigkeit durch die Straßen von Oakdale bis zu dem Haus zweier Menschen, die in seinem Leben mehr Mutter und Vater für ihn gewesen waren als seine leiblichen Eltern. Er stieg eilig aus dem Wagen, rannte durch den Vorgarten und hämmerte gegen die Tür. „AUFMACHEN!"

Es dauerte nur Sekunden, da öffnete Regan Williams die Tür. David platzte ins Haus, gefolgt von einer gewaltigen Windböe. „Sie ist weg!", schrie er unter Tränen, völlig durchnässt. „Sie ist weg, Regan!"

Beverly kam dazu, Regan und sie sahen einander an. David trug noch immer keine Schuhe, seine Füße, seine Hose, das Shirt – alles war nass und dreckig. Sein Gesicht war verweint, er selbst durcheinander und verzweifelt.

„Wer ist weg, Junge?", fragte Regan entgeistert.

„POLLY!", gab David zurück. „Polly ist verschwunden!"

„Komm erst mal rein und beruhige dich", sagte Regan und schob den Jungen zum Sofa.

„Ich ... Ich mache noch einen Tee", sagte Beverly. Ihnen beiden war anzusehen, dass sie dasselbe dachten wie David: Etwas Furchtbares musste mit Polly geschehen sein.

4 Monate vor Pollys Verschwinden

Dass sich David mit seiner Mutter stritt, war so normal wie Burger bei *McDonald's.* Sie stritten, seit er dreizehn Jahre war, und seit er „ein Mann" geworden war und sein eigenes Leben führen wollte, stritten sie eben noch mehr.

An jenem herrlichen Frühsommertag im Mai hatten sie über ein so dämliches Thema gestritten, dass David sich gern bei ihr entschuldigt hätte. Doch er tat es nicht, genau aus dem Grund, weil Mom sich bei ihm nie entschuldigte, wenn sie zu laut geworden war oder aus einer Mücke einen Elefanten gemacht hatte. Wenn sie sich abends wiedersahen und sich der Sturm gelegt hatte, argumentierte sie lediglich, dass sie nun einmal wegen ihres Jobs schneller an die Decke ging, sich nicht reinreden ließ und von Natur aus leicht aufbrausend war. Dann lächelte sie meist in seine Richtung und meinte, dass der Apfel wohl nicht weit vom Stamm fiel.

David war im Großen und Ganzen ein guter Sohn, aber sicherlich niemand, der alles richtig machte. Er probierte sich aus, wusste ganz genau, was er gut konnte und was ihm nicht lag, er kannte seine Position in der Clique, war der Mann zu Hause. Er tat Dinge, die nicht in Ordnung waren, und war erleichtert, wenn alles gut ging. Er verstieß hin und wieder gegen das Gesetz, aber er ließ niemals seine Freunde im Stich und wusste, wohin er gehörte.

Er ehrte seine Mutter, auch wenn ihm das manchmal schwerfiel, und er liebte das Leben.

Doch wenn ihn die Situation mit Mom zu Hause zu sehr nervte, musste er abhauen. Die Wagentür seines Fords schlug zu, der Motor heulte auf, die Räder quietschten, als er an diesem sonnigen Tag nur eines wollte: Raus aus diesem Haus, weg von Mom, weg aus Oakdale. *Einfach weg.*

Die Sonne brannte, sodass es ermüdend war, dem Louisiana Highway 10 zu folgen, einer Straße, die einmal von West nach Ost durch den ganzen Staat entlang brachliegender Felder und sommergrünen Wiesen führte. Sein Wagen hatte schon keine Klimaanlage, und so oft Regan auch gemeint hatte, er solle sich endlich eine installieren – David wollte gar keine. Er liebte es, mit geöffneten Fenstern zu fahren, sodass ihm der Fahrtwind um die Nase wehte.

„Scheiße", murmelte er nun aber mit einem Blick auf die Tankanzeige. Weil er keine Ahnung hatte, wohin er fahren wollte, war es besser, jetzt zu tanken, ehe nachher weit und breit keine Stadt mehr käme.

Als Stadt konnte man die Gegend mit den wenigen Versorgungsläden, in die er gestrandet war, nicht bezeichnen. Es war ein Ort, kurz vor Ville Platte, an dem sich der Louisiana Highway 10 mit dem Veteran Memorial Highway kreuzte und in dem es Tankstellen und 1-Dollar-Läden gab.

David stieg an der Zapfsäule aus dem Wagen und ließ seinen Blick einmal über das Land gleiten. Die Zikaden zirpten im hohen, trockenen Gras, aus dem an der Straße entlangführenden Graben quakten ein paar Frösche, die Luft war heiß und stickig und roch nach Motoröl. Autos fuhren von A nach B, doch es gab kaum Fußgänger.

Er ging in den Laden, und das Erste, was er sah, war eine junge Frau. Sie stand am Kühlfach, nahm eine Wasserflasche heraus und steckte sie in den Rucksack. Als sie David bemerkte, schaute sie auf, ihre Augen weiteten sich.

David war so perplex, dass er wie angewurzelt an der Tür stehen blieb.

Die junge Frau war hübsch. Sie hatte lange schwarze Haare, hellblaue Augen und ein sehr helles Gesicht. Trotz der Hitze trug sie einen dicken Pullover, schwarze Hosen, die ihr viel zu groß waren, und abgewetzte Sneakers.

Als ihr klar wurde, was David gerade mitangesehen hatte, zuckte sie zusammen.

Doch David lächelte nur und ging zum Tresen. Dort war er der einzige Kunde, er räusperte sich und griff nach einem Müsliriegel. „Die fünf, bitte." Er legte den Riegel auf die Ablage, als in diesem Moment die Klingel an der Tür läutete, die junge Frau hinausging und ein weiterer Kunde den Laden betrat. „Ach und …" David ging zum Kühlregal und holte ebenfalls eine Flasche Wasser. Sie kostete nicht einmal zwei Dollar.

„Macht zusammen 34,90 Dollar", sagte der Typ hinter dem Tresen mit einem kräftigen Raucherhusten. „Hat die geklaut?" Er machte eine Kopfbewegung zur Tür.

„Bitte?"

„Das Mädchen. Letztens hat schon einmal eine was geklaut. 'ne Cola. Dreckspack!"

„Sie hat nichts gestohlen." David bezahlte mit seiner Bankkarte. „Auf Wiedersehen."

Der Mann keuchte. „Bye."

David trat hinaus in die Hitze des Tages und schaute sich nach dem Mädchen um. Als er sie nicht fand, stieg er in den Wagen, legte die Wasserflasche und den Riegel auf den Beifahrersitz und fuhr los. Er entdeckte sie unweit der Tankstelle, am Rand der Straße gehend.

Da auf der Straße wenig los war, überholte er sie und hielt ein paar Meter vor ihr am Straßenrand an. Dann griff er nach dem Wasser und dem Riegel, stieg aus und ging um den Wagen herum, um sich am Kofferraum anzulehnen.

Als die junge Frau bei ihm ankam, grinste sie. „Danke", sagte sie und hob die gestohlene Wasserflasche hoch, die bereits über die Hälfte leer war.

David hielt ihr seine Flasche und den Müsliriegel hin.

Sie starrte darauf. „Das kann ich nicht annehmen."

„Wieso nicht?"

„Ich kenne dich nicht."

„Du musst mich nicht kennen, um eine Flasche Wasser und einen verdammten Müsliriegel von mir anzunehmen." Er ging auf sie zu, trat hinter sie und zog den Reißverschluss ihres Rucksacks auf. Dann stopfte er die Flasche und den Riegel einfach hinein.

Sie drehte sich so schnell um, dass die Flasche und der Riegel auf den Asphalt fielen. „Lass das!", protestierte sie.

David hob die Hände. „Sorry."

Das Mädchen umklammerte seinen Rucksack und hob die Lebensmittel auf. Dann steckte sie sie selbst in den Rucksack. „Trotzdem ... danke."

Er fragte sich, wo sie herkam und warum sie zu Fuß und ohne Geld unterwegs war. „Soll ich dich irgendwohin mitnehmen?"

„Wohin fährst du denn?"

David steckte die Hände in die Taschen seiner Hose und schob mit seinem Schuh ein paar Steinchen von der Straße. „Heute habe ich kein Ziel. Ich ... bin einfach so durch die Gegend gefahren. Am Abend wird es mich aber sicher wieder nach Oakdale verschlagen."

„Nach Oakdale." Sie hob die Brauen.

„Ja, ungefähr 25 Meilen von hier."

„Was machst du denn so in Oakdale?" Sie trug kein Cap, keinen Hut. Die Sonne schien direkt auf ihren Kopf, doch auf ihrer Stirn hatte sich kein bisschen Schweiß gebildet. Sie sah nicht aus wie ein ausgerissener Teenie, aber auch nicht wie die Tochter reicher Eltern, die mit dem Rucksack durchs Land ziehen wollte.

„Ich arbeite bei einer Autoreparatur und wohne bei meiner Mom. Das klingt wahnsinnig spannend, oder?"

„Kommt drauf an, was man draus macht." Ein Windstoß kam, der kein bisschen Abkühlung brachte. Sie strich sich das schwarze Haar aus dem Gesicht. Bei der Wärme bildeten sich feine Wasserperlen auf dem Kunststoff, daher waren ihre Finger feucht, und ein Film verblieb auf ihrer Wange.

„Es ist schön dort", sagte David und beobachtete, wie sie nun das Wasser in ihrer Flasche hin und her schwappen ließ.

Anscheinend bemerkte sie seine Blicke. „Ich mach das gern. Es sieht aus wie Wellen, die auf den Strand treffen."

„Kommst du von der Küste?"

„Nicht direkt."

„Warst du schon mal surfen?"

„Nein. Du?"

„Ja, mit meinen Freunden letzten Sommer. Dieses Jahr hat jeder einen anderen Plan, deswegen wird es wahrscheinlich nur eine Kajaktour geben."

„Kajak?"

„Ich liebe das Wasser. Ich rudere, fische, paddle, schwimme – alles." Er grinste. „Komm doch mal mit!"

Das Mädchen grinste. Das sah hübsch aus. „Wenn ich mal in Oakdale bin, komme ich auf dein Angebot zurück."

David betrachtete sie. Er war ein junger Mann, der wirklich jede Frau haben konnte. Das war schon immer so gewesen. Er war gutaussend, der Beste im Sport, er war beliebt, er hatte viele Freunde. Jeder Kerl wollte zu seiner Clique gehören und jedes Mädchen wurde feucht, wenn er ihm einen Blick schenkte.

Doch er hatte noch nie eine Freundin gehabt. Weil er noch nie ein Mädchen geliebt hatte.

Sie waren alle schön. Von den Bücherwürmern, die sich nie getraut hätten, ihn anzusprechen, bis hin zu den Cheerleader-Mädels, alle gleich blond, die die gleichen ellenlangen Beine hatten – keine hatte bisher das Gefühl in ihm ausgelöst, diese Frau an seiner Seite haben zu wollen.

Er hatte One-Night-Stands gehabt, manchmal auch nur wild rumgeknutscht. In seinem Ford hatte er Sex gehabt, doch niemals hatte er die Mädchen danach angerufen. Doch viele oder sogar die meisten – und das wusste er genau – hatten darauf gar nicht erst gewartet, weil sie ein bisschen so wie David waren.

Doch die hier, die war anders.

„Wenn du nach Oakdale kommst", sagte er mit einem Lächeln und dem Blick auf dem Boden, weil er sie nicht ansehen konnte und den Grund dafür nicht kannte, „und in der Werkstatt erscheinst, in der ich arbeite, was wird mein Chef sagen? Wie ist der Name der schönen Frau, die mich dann sprechen wollen wird?"

Jetzt schaute er auf. Ihre Blicke trafen sich. Wo kam es her, dieses Mädchen, wer war es, und – bei Gott – was tat sie mit ihm?

„Mein Name ist Polly."

„Polly?" Er war über ihren Namen so überrascht, dass er die Augen weit öffnete und sich nach vorn beugte, als hätte er sie nicht richtig verstanden. Polly hießen die Mädchen nicht, die er kannte. Sie hießen alle Kim, Susan, Melissa, Amber, Stacey, Nathalie – aber doch nicht Polly! Polly erinnerte ihn an eine Puppe, an etwas Künstliches. „Fehlt an dem Namen was, kommt da noch mehr?" Er schmunzelte.

„Das ist mein Name."

„Polly", wiederholte er. Und er fand ihren Namen genauso besonders wie das Mädchen selbst.

„Und du?" Sie ließ endlich den Rucksack sinken, umklammerte ihn nicht mehr wie einen Schatz, sondern legte ihn neben ihren Füßen ab, sodass sie den Arm ausstrecken konnte, um ihm die Hand zu geben.

David hatte die Arme vor der Brust verschränkt, bewegte sich nicht, starrte auf die ihm angebotene Hand und fand auch diese Aktion des Mädchens mehr als sonderbar. Deswegen nahm er ihre Hand schließlich an.

„Wen muss ich deinen Chef denn bitten zu holen, wenn ich nach Oakdale komme, um mit dir paddeln zu gehen?"

„David", antwortete er und spürte etwas in seinem Herzen, das er nicht kannte. Später wusste er, dass es Hoffnung gewesen war. Hoffnung, dass sie wirklich kommen würde. „Frag einfach nach David."

9 Jahre nach Pollys Verschwinden

Die erste Nacht am Bootshaus seines Onkels verbrachten David, Nathalie und Freddie in völliger Ruhe. Da sich das Haus etwas abseits des Ortes und hinter dem Deich befand, hatte es keine Störungen gegeben, nur ein paar Nachtvögel und Tausende Insekten, die ihren Schlaf begleitet hatten.

Nathalie und David hatten sich ein Zelt geteilt. Aber weil er noch sehr lange draußen am Feuer gesessen hatte, hatte sie bereits geschlafen, als er sich endlich zur Ruhe gelegt hatte.

Der Morgen begrüßte die Gruppe mit einem strahlend blauen Himmel. Die Sonne hatte sich noch tief hinter den Bäumen versteckt, die Uhr zeigte gerade kurz nach sechs an. Nathalie streckte sich vor dem Zelt, während Freddie „Bock auf Kaffee" hatte und David Wasser auf dem Gaskocher heiß werden ließ. Mit einer Tasse löslichem Kaffee standen sie dann zu dritt auf dem Deich, begrüßten den Morgen gut gelaunt und fröhlich, während in ihren Adern schon das Blut der Freiheit rauschte.

Nach ein paar Keksen und den Toilettengängen der Jungs packten sie ihre Sachen zusammen, zogen sich um, ließen Davids Ford und das Häuschen des Onkels hinter sich und trugen die Boote zum Fluss.

Schon wenige Minuten später befanden sich drei gelb und rote Kajaks auf dem Atchafalaya River, mit drei jungen Seelen an Bord, bereit für das nächste große Abenteuer ihres Lebens.

Kaum dass er auf dem Wasser war, spürte David dieses große, fast schon gigantische Gefühl des Nachhausekommens. Genau das hier war sein Leben, genau das wollte er tun. Das Wasser unter ihnen war kalt, die Strömung schwach, sodass sie sehr schnell einige Meilen zurückgelegt hatten.

Freddie fuhr vor, dicht gefolgt von Nathalie, David bildete das Schlusslicht, obwohl der Fluss so breit und ruhig war, dass sie oft nebeneinanderher paddelten. Sie lachten, unterhielten sich, zeigten auf Dinge, die jeder von ihnen faszinierend oder spannend fand. So machte Nathalie die Jungs auf jeden Seeadler, Pelikane und Reiher aufmerksam, die sich in der Luft und auf den sandigen Stränden rechts und links befanden.

Obwohl der Fluss hier noch wenig beeindruckend vor sich hin floss, gab es an Land einiges zu bestaunen. Ein skurriles Bild gaben halb im Wasser stehende Wracks von alten Landmaschinen oder Booten ab, oder leere Kutter, auf deren Masten Vögel ihre Nester gebaut hatten. Auch weniger schöne Dinge waren hier zu finden. Jede Menge Müll, einfach am Ufer abgeladen, oder die Kloschüssel in der Nähe eines Bootsanlegers, in der sich Dreck und die Überreste von Gräsern türmten.

Menschen sahen sie keine, die Bäume und Wälder, die sich abseits des Flusses befanden, waren dicht und wegen der Deiche waren kaum Häuser oder Städtchen zu erkennen, jedoch spannten sich Pipelines und Eisenbahnbrücken über den Fluss.

Immer mal wieder tauchte eine Boje auf, die ihnen jedes Mal zeigte, dass der Fluss sie sehr gnädig über das Wasser führte, weil keine direkte Strömung aufkam. Das änderte sich erst, als sie schon eine Weile unterwegs waren und Nathalie anzeigte, dass sie gern eine Pause hätte.

David bewunderte ihre Sportlichkeit. Nathalie war damals in der Highschool keine Cheerleaderin gewesen, sie war Schwimmerin und Ruderin gewesen, was ihn schon immer begeistert hatte.

Gegen ein Uhr mittags zogen sie ihre Kajaks auf einen der vielen sandigen Stränden, die sich am Ufer auftaten und von denen man meinen könnte, sie befänden sich aufgrund des feinen weißen Sandes an einer Küste.

Freddie stürzte sich zur Abkühlung in die Fluten des nun strömungsstarken Flusses, blieb aber in der Sicherheit des seichten Wassers, während Nathalie sich einfach auf dem Boden ausstreckte. Sie trug nur wenige Klamotten und eine Sonnenbrille auf der Nase und aalte sich im Sonnenschein.

David schmierte sich unterdessen mit Sonnencreme ein und zog sein Telefon aus der Hosentasche. Fünfmal hatte die *Home Care* von Mom angerufen, er war nicht ein einziges Mal rangegangen. Dann hatten sie eine SMS geschrieben: *David, es tut mir leid, aber Ihre Mom ist eingeschlafen. Es wird gestern Abend passiert sein. Bitte rufen Sie uns an.* Er atmete tief durch. Las die Nachricht dreimal. Dann schaltete er sein Telefon aus und steckte es zurück in seine Hosentasche.

„Haben wir noch was zu essen?" Freddie kam aus dem Wasser und stieg aus seinen nassen Shorts, als Nathalie sich aufsetzte. Dass Freddie nackt vor ihnen stand, schien niemanden zu interessieren.

„Habt ihr ein Glück, dass ich dabei bin", sagte sie, stand auf und ging zu ihrem Rucksack.

„Sowieso." David grinste und trank seine Wasserflasche leer.

Nathalie kam mit einer Box auf die Jungs zu und gab jeden von ihnen ein Sandwich. „Da ist das übrig gebliebene Fleisch vom Barbecue gestern Abend drauf."

Freddie schlüpfte in seine Shorts und griff danach. „Was, wirklich? Du bist die Beste!" Er gab ihr einen raschen Kuss auf die Wange, bevor er in sein Sandwich biss. „Danke, Nat!"

Sie setzten sich in den Schatten einer Eiche, aßen und besprachen, wie weit sie heute noch fahren würden. Angesetzt waren dreißig bis vierzig Meilen pro Tag, und mehr als die Hälfte davon hatten sie bereits zurückgelegt.

Freddie machte den vernünftigen Vorschlag, nicht weiter als Krotz Springs zu fahren und damit waren alle einverstanden.

Als sie ihre Kajaks erneut zu Wasser ließen, trat Freddie an Davids Seite. Er legte die Hand auf die Schulter seines Freundes. „Ist alles in Ordnung?"

David sah auf. „Wieso?"

„Keine Ahnung, du redest plötzlich so wenig."

Meine Mutter ist tot. Und ich habe nicht die Absicht umzukehren. „Alles gut."

„Okay." Freddie ging zu Nathalie, um ihr zu helfen.

David stieg in sein Boot. Er wollte nicht reden. Denn wenn er redete, müsste er erklären, warum er seine Mutter allein sterben gelassen hatte. Und warum er sie auch im Anschluss noch allein ließ.

Dass das schlechte Gewissen bereits in ihm brodelte, war schwer genug zu ignorieren, weshalb er versuchte, sich auf seinen Plan zu konzentrieren.

Der Fluss wurde schmaler, wies aber immer noch mehrere hundert Meter Breite auf. Die drei nutzten die Strömung in der Mitte, um zügig voranzukommen, und so dauerte es nicht lange, da tauchte sie vor ihnen auf: die Eisenbahnbrücke von Melville. Jene Brücke, auf der Polly vor neun Jahren verschwunden war.

Während Freddie und Nathalie miteinander plauderten und ein Stück vorfuhren, legte David das Paddel vor sich ab, ließ sich treiben und betrachtete die Brücke von Weitem.

Es war unmöglich, dass sie hundert Meter innerhalb so kurzer Zeit gerannt war. Es war aber auch nicht möglich, dass sie so tief ins Wasser gesprungen war, ohne dass es einen Aufprall gegeben hatte! Er erinnerte sich noch gut daran, wie er nach einigem Zögern dann doch von der Brücke gesprungen war, wie er kurz aufgeschrien hatte und dann mit einem heftigen Klatscher auf der Wasseroberfläche aufgetroffen war.

Doch wenn sie weder gesprungen noch weggelaufen war – wie war Polly dann von der Brücke gekommen?

David musste ziemlich in Gedanken gesteckt haben, denn nun machte sich Nathalie daran, auf seiner Höhe neben ihm zu paddeln. „Was ist mit dir?"

„Warum fragt mich jeder, was los ist?", gab er genervt zurück.

Nathalie antwortete nicht. Sie starrte wie David zu der Brücke, unter der sie in diesem Moment durchfuhren.

„Das ist sie, hm?"

„Ja."

„Hab ich mir noch nie angesehen."

„Warum auch?" *Du hast sie schließlich auch nicht gemocht.*

57

„Hey!", rief Freddie von vorn. „Seht euch mal das an!" Er zeigte auf ein eingestürztes Haus am Ufer, das wahrscheinlich einer Überflutung nicht standgehalten hatte. „Wahnsinn, oder?"

„Jaja, Wahnsinn, Freddie." Nathalie schien diese Entdeckung nicht zu interessieren, vielmehr wollte sie von David wissen: „Warum bist du gestern so spät ins Zelt gekommen?"

„Ich kann nie gut schlafen, wenn ich unterwegs bin, und ich hatte keine Lust, ewig lang in meinem Schlafsack zu liegen und nicht pennen zu können."

Sie merkte wohl, wie wenig David an einer Konversation lag, also paddelte sie wortlos schneller, um sich wieder an Freddie zu hängen. „Na, Freddie, noch was Spannendes entdeckt?"

Doch Nathalie war David in diesem Moment auch nicht wichtig. Er stach das Paddel ins Wasser, ließ die Eisenbahnbrücke hinter sich, genau wie den Gedanken, dass er sich nicht um seine Mutter kümmerte, und setzte seinen Weg fort.

Gegen fünf Uhr erreichten sie einen Strand, der flach abfiel. Freddie sicherte die Kajaks, während Nathalie und David die Zelte aufschlugen. Ein Zelt etwas weiter hinten, Freddies vorn am Ufer.

Vor Alligatoren hatte niemand von ihnen Angst. Die würden sich erst weiter flussabwärts in den Sümpfen bemerkbar machen.

Zum Abendessen gab es Mac 'n' Cheese, die auf dem Gaskocher warm gemacht wurden und die Nathalie und Freddie mit einer Gabel und David mit einem Löffel aßen, weil sie nicht genug Besteck dabeihatten. Mit Bier aus Dosen wurde im Nachgang auf den erfolgreichen Tag angestoßen. Da sie nur einen Campingstuhl dabeihatten, auf dem Nathalie saß, hockten die Jungs im Sand, während die Sonne unterging und sich schließlich ein Sternenzelt über dem Himmel ausbreitete.

Ein kleines Feuer brannte zwischen ihnen, die knisternden Geräusche des Holzes und leise Wellen, die ans Ufer schwappten, untermalten die Schönheit ihrer ersten Nacht auf dem Fluss. Noch lange führten sie tiefgründige Gespräche über die Vergangenheit und ihre unterschiedlichen Leben in der Gegenwart.

Während Nathalie mit einem Stock Kreise in den Sand malte und irgendwann in Freddies Armen lag, sprach sie darüber, dass ihre Mutter sie nicht ernst nehme, und dass sie nur zu gern mehr Beachtung für ihre Arbeit in Houston und ihre guten Abschlüsse bekommen würde. Es sei schwierig gewesen, so gute Noten zu erreichen, und noch schwieriger, die Chirurgen im OP-Saal von sich zu überzeugen. Nach dem zweiten Bier kullerten sogar ein paar Tränen über die Wangen des Mädchens, das eigentlich nicht mehr als ein Lob seiner Mutter einforderte.

Freddie berichtete davon, dass ihm der Aufenthalt in New Orleans bei seinem Bruder Alex gutgetan habe und dass er gern ganz dortgeblieben wäre. Doch natürlich wolle er seinen Vater nicht enttäuschen und selbstverständlich ärgere es ihn, dass er nicht so konsequent wie sein Bruder klargestellt habe, dass er den Laden in der Provinz später nicht übernehmen würde. Der Einzige, der nicht viel redete, war David, der mittlerweile im Campingstuhl saß, das Bier in den Händen, und den Stimmen des Waldes und des Flusses um sie herum lauschte.

Irgendwann begann Freddie zu gähnen und stand auf, um sich die Zähne zu putzen und in sein Zelt zu gehen.

Nathalie, die einen College-Pullover ihrer Uni trug, umklammerte ihre Beine mit den Armen und starrte ins Feuer.

Mittlerweile waren die kleinen Wellen verebbt, und das Wasser lag genauso seelenruhig vor ihnen wie die Nacht, die sie umgab.

„Du hast nicht die Wahrheit gesagt." Nathalie legte das Kinn auf ihre Knie. „Es gibt schon einen Grund, warum du hier bist."

David nahm einen Schluck von seinem Bier. „Ach ja?"

„Du bist ihretwegen hier."

„Neun Jahre später?"

Nathalie sah auf. In ihren Augen spiegelten sich die Flammen. „Hast du sie denn vergessen? Neun Jahre später?"

„Vergessen", sagte er. „Vergessen kann ich sie nicht."

„Also habe ich recht." Das klang enttäuscht.

Eine Stille entstand, die beißender war als die Moskitos, die sie immer wieder angriffen. „Ich habe sie gesucht. Drei-, vier-, fünfmal bin ich rausgefahren, auf den Fluss, bin bis nach Morgan City gefahren und wieder zurück. Habe abseits des Wassers nach ihr gesucht. Ich habe sie nicht gefunden."

„Denkst du, dass sie tot ist?"

Diese Frage hatte er sich immer und immer wieder gestellt, dabei lag die Antwort doch auf der Hand. „Nein. Ich weiß, dass sie lebt. Polly ist – wie sagte Regan immer? – eine Überlebenskünstlerin." Er lächelte. „Sie ist irgendwo."

„Und du willst sie finden."

Er lachte leise, kaum hörbar, antwortete nicht.

Nathalie legte ihren Kopf an sein Bein. Suchte Nähe, forderte sie ein. „Ich habe gewusst, dass ich es nicht mit ihr aufnehmen kann. Sie hat etwas mit dir gemacht. Ich weiß, dass es solche Liebesgeschichten gibt, und ich wünschte, es wäre meine eigene gewesen." Sie schmiegte ihr Gesicht an sein Knie. Bot sich ihm völlig übertrieben an, wohlwissend, dass sie ihn eher abschreckte, war sich aber auch bewusst, dass das ihre einzige Chance war, irgendwas von ihm zu bekommen.

„Nathalie …", sagte David leise, als sie sich vor ihn kniete und seine Taille umarmte, bevor sie ihren Kopf auf seinen Schoß legte.

Zögerlich führte er seine freie Hand auf ihr Haar, streichelte ihren Kopf nicht, bewahrte sie nur davor, etwas zu tun, was ihm absolut missfallen würde.

Doch irgendwann hob Nathalie den Kopf, schaute ihm in die Augen, und er wusste ganz genau, wie sehr sie hoffte, dass er sie küssen würde.

„Gehen wir ins Bett?", fragte er völlig nüchtern. „Ich bin müde."

Sie konnte nur nicken. Etwas anderes blieb ihr nicht übrig.

3 Monate vor Pollys Verschwinden

Es gab Tage, da war Mom noch launischer als sonst. Oft lag das an ihrer Arbeit, die sie mit nach Hause nahm, obwohl sie wusste, wie ungesund das war. In ihrem Arbeitszimmer stapelten sich Akten, über ihrem Schreibtisch hingen an einer Pinnwand Fotos von Mordopfern und Auswertungen von Autopsieberichten.

Moms Arbeit war sicherlich unglaublich einnehmend, doch manchmal glaubte David, dass seine Mutter bloß alles am besten machen wollte. Damals, als sie noch kein Detective gewesen war, weil sie zu Hause geblieben war und sich um ihn gekümmert hatte, hatte sie immer den besten Kuchen auf dem Kuchenbasar haben wollen, den, der als Erstes ausverkauft war. Sie wollte, dass sie immer zufrieden und glücklich aussah und ihr niemand den Kummer darüber anmerkte, dass ihr Mann sie verlassen hatte. Sie wollte auch, dass David der Beste seines Jahrgangs war – sie wollte immer besser dastehen als alle anderen. Dass das aber genau das Gegenteil bewirkte, konnte David seiner Mutter so oft sagen, wie er wollte – sie ignorierte seine Worte.

So kam es, dass die Stimmung zwischen ihnen von Jahr zu Jahr eisiger wurde. Seitdem David ein Teenager war, hatte er sich von seiner Mutter abgewandt. Zu wichtig waren ihm seine Freunde, sein eigenes Leben und die Dinge, die ihm Spaß bereiteten.

„Du könntest auf die Polizeischule in Shreveport gehen", hatte Mom eines Tages vorgeschlagen. „Ich könnte dich empfehlen."

„Nein, danke."

„Warum willst du das nicht? Freddie wird mal der Laden gehören. Nathalie beginnt nächstes Jahr mit dem Medizinstudium. Sie wird einmal Chirurgin, wie es ihr Vater war."

Aber David hatte keine Lust, so zu werden wie seine Mutter.

Also suchte er sich selbst einen Job, ging morgens und kam abends oder nachts, und die wenigen Minuten am Tag, die er seine Mutter sehen musste, redeten sie kaum, es sei denn, Mom hatte irgendetwas an ihm auszusetzen.

„Wie viel bezahlt Regan dir?", wollte sie vor Kurzem wissen.

„Genug."

„Ich sehe davon nichts."

„Willst du, dass ich ausziehe?"

„Ich will, dass du mir sagst, ob er dich ausnimmt."

„Tut er nicht."

„Ich kann es prüfen!"

„MOM! Verdammt!" David schlug die Faust auf den Tisch. Die Cornflakes-Schüssel landete auf dem Boden, zerschellte in mehrere Teile, die Milch bildete eine Pfütze auf dem Parkett. „Sobald ich genug Kohle habe, bin ich weg!"

„Pff", machte sie und wandte sich ab. „Als Mechaniker? Was willst du dir denn da leisten?"

Tatsächlich verdiente er zu wenig, um sich seinen Traum von dem Trailer erfüllen zu können. In der River Road stand ein *For-Sale*-Schild vor einem leeren Trailer, schon seit Jahren. Er sah es immer, wenn er zu seinen Kajaktouren aufbrach, denn der Weg zum Calcasieu River, von dem aus fast alle seine Touren starteten, führte dort entlang. Es war für ihn unglaublich wichtig, nah am Wasser zu leben. Die Gegend war nicht hübsch, aber Oakdale war eben auch keine besonders schöne Stadt. Doch schließlich „kam es drauf an, was man draus machte".

Polly hatte er nicht wiedergesehen, und wenn er ehrlich war, hatte er das auch nicht erwartet, obwohl er noch ein paar Tage danach ziemlich häufig an sie gedacht hatte. Doch aus den Augen, aus dem Sinn. Schon nach wenigen Wochen hatte ihn der Alltag diese zufällige Begegnung beinahe vergessen lassen.

An diesem Freitag Mitte Juni machte er sich um sieben Uhr morgens auf den Weg zur Arbeit und hielt vorher noch in dem gut sortierten Lebensmittelladen an, in dem es frischen Kaffee und aufgetaute, aber herrlich duftende Zimtbrötchen gab, die mit einer Limettencreme gefüllt waren.

Der Inhaber des Ladens war Donald Morshawn, Freddies Dad. Als David den Laden betrat, stand Freddie bei den Getränken und prüfte etwas auf einer Liste. „Howdy", begrüßte er David mit seinem starken Südstaaten-Akzent.

„Solltest du nicht unterwegs sein?", fragte David und machte eine Kopfbewegung nach draußen.

„Mein Alter!" Freddie ließ die Liste sinken. Damals hatte er noch ein „Bubi-Gesicht" wie Nathalie es zu sagen pflegte: kaum Bartwuchs und die schlaksige Figur eines Sechsjährigen. „Der hat mich den Jaguar nicht nehmen lassen, und jetzt hat sie abgesagt!"

David füllte sich Kaffee aus einem Kaffeevollautomaten ab. „Du hast ja auch letztens eine Beule reingedonnert."

„Du solltest fahren!", fluchte Freddie. „Ich war betrunken!"

„Du hast mich nicht fahren lassen." David griff mit der Zange nach einem Zimtbrötchen und ließ es in eine Tüte fallen. Er zählte das Geld aus seiner Brieftasche ab und legte es auf den Tresen. „Don't drink and drive!"

„Ha, ha", motzte Freddie. „Na ja, jedenfalls war er so sauer, dass ich seinen Wagen jetzt ein halbes Jahr nicht fahren darf. Wenn ich einundzwanzig bin, kann er mich mal!"

„Auch dann darfst du dich nicht betrunken ans Steuer setzen." Solche Worte aus seinem Munde!

„Dann kann ich aber wenigstens mal was trinken, ohne dass mir meine Mutter eine Standpauke hält!" Freddie kam nach vorn und kassierte ab. „Hast du schon von der Party gehört? Melissa Brown wird zwanzig. Ja, David, *die* Melissa."

Natürlich wusste er das. Ganz Oakdale sprach davon. Oder jedenfalls die Leute, die in dem Alter waren und Melissa kannten.

Freddie gab ihm das Rückgeld. „Sie war Junior, du warst Senior. Und am Abend des Abschlussballs wart ihr …"

„Schon gut", unterbrach David ihn. „Ich erinnere mich. Ich denke nicht, dass ich dort auftauchen sollte."

„Ach, sonst ist nichts los am Wochenende. Nathalie kommt auch. Außerdem, mach dir wegen Melissa keine Gedanken – sie ist jetzt mit diesem Typen zusammen, der bei *Car Wash* arbeitet."

„*Car Wash*?" Die Autowaschanlage befand sich direkt gegenüber der Autowerkstatt, in der David arbeitete. „Etwa Kenny?"

„Ja, der. Hat mal Prügel von dir bekommen, weißt du noch?" Freddie lachte. „Hat dir 'nen Homerun versaut."

„Dachte, ihre Eltern haben was gegen Schwarze."

„Das ist Melissa doch egal. Hast du den Kerl mal gesehen? Fünfmal die Woche Gym sind nicht zu übersehen." Freddie gab ihm die Quittung. „Und jetzt raus mit dir, ich muss arbeiten!"

David fuhr ein paar Straßen weiter zu der Autowerkstatt von Regan Williams, seinem Chef. Regan hatte ihn damals den Job angeboten, als David seinen Ford vorbeigebracht hatte, weil etwas mit den Bremsen nicht stimmte. Da er nicht genug Geld gehabt hatte und Mom nicht danach hatte fragen wollen, hatte Regan ihm den Job angeboten, und einen Tag später war David sein Angestellter, ohne dass seine Mutter davon zu erzählen. Sie hatte es erst Wochen später mitbekommen, als sie auf dem Revier darauf angesprochen worden war, dass ihr Sohn jetzt bei Regan arbeitete.

Regan war mehr als ein Chef und mehr als ein Freund für David geworden. Es hatte Tage gegeben, da hatte David bei Regan und seiner Frau Beverly zu Abend gegessen, die ihn schnell ins Herz geschlossen hatte. Sie kam jeden Tag vorbei und brachte Lunch, Kuchen, Eis oder gekühlten Schwarztee mit Zitrone.

Wenn David etwas richtig auf die Nerven ging und er einen Wutanfall hatte, war Regan da, um ihn zu beruhigen, ihm gut zuzureden und ihm zu sagen, dass auch er sich nicht immer richtig verhielt.

Regan war da, wenn Mom es nicht war, und irgendwann hatte David begonnen, Regan mehr zu respektieren als seine Mutter.

David parkte seinen Ford vor der Werkstatt, als er Nathalie an der Straße gegenüber stehen sah. Als er ausstieg, kam sie rüber. Wie immer trug sie wenig Kleidung, dafür viel Make-up, und als sie ihm in die Arme fiel, konnte er das Parfum riechen, in dem sie gebadet haben musste.

„Hey", flötete sie. „Ich war gerade bei Kenny, Melissas Freund." Sie zeigte auf ihren Wagen, ein kleiner Flitzer, der in der Morgensonne sauber blitzte. „Kommst du zu ihrer Party?"

„Freddie hat mir gerade davon erzählt, scheint ja begehrter zu sein als Klopapier nach dem Scheißen."

„Sie feiert bei ihren Eltern. Die sind doch umgezogen. Und ich sage dir: so ein Haus!" Sie breitete ihre Arme aus. „Direkt am Wasser, herrlich gelegen. Sie haben sogar einen Bootsanleger."

„Ich überlege es mir." Er hob die Hand zum Gruß, war spät dran.

„Na ja, ich hatte gedacht ..." Nathalie verschränkte ihre Finger miteinander, ließ ihn nicht gehen. „Ob wir beide zusammen fahren?"

Sie konnte nicht sehen, dass er die Augen rollte. Er drehte sich um. „Nur du und ich – und Freddie, die arme Sau, muss allein fahren? Das können wir ihm nicht antun, Nat."

Schmollend verschränkte sie die Arme vor der Brust. „Ach, komm schon, David!"

Er holte kaum merkbar Luft und versuchte, sich nicht anmerken zu lassen, wie sehr Nathalie dazu beitrug, dass ihm ihre Freundschaft mehr und mehr auf die Nerven ging. „Klar doch. Hab ich 'ne Wahl?"

„Super!" Sie hängte sich an ihn und küsste ihn auf die Wange. Schweiß mischte sich dort mit ihrem Fettlippenstift. „Bis dann!"

„Jaja."

Als sie über die Straße zu ihrem Wagen lief, nahm David sein Zeug mit in die Werkstatt. An den meisten Tagen arbeiteten nur Regan und er hier, ab und an half sein Neffe aus Eunice aus, wenn viel zu tun war. Heute war so ein Tag, und als David ankam, saßen Regan und John in der Werkstatt auf ein paar Autoreifen und tranken schwarzen Kaffee.

„Guten Morgen", sagte David, nicht mit bester Laune, weil nun Melissa und ihr Freund Kenny und auch Nathalie viel zu präsent in seinem Kopf waren.

„Hey!" John stand auf, trank seinen Kaffee leer. „Der Wagen von Mrs. Parker, wann wird der fertig? Sie hat vorhin angerufen." „Ich hab ihr gesagt, dass das vor dem Wochenende nichts wird."

„Mir hat sie gesagt, dass du am Freitag fertig werden wolltest." „Dann lügt sie." David stellte seinen Kaffee und das Gebäck auf ein leeres Fass, das zwischen den Reifen stand und den Männern als Tisch diente. „Mrs. Porter kommt immer und erwartet, dass sie mit Vorzug behandelt wird."

„Dann ruf du sie an!"

David schnaubte und zeigte John einen Vogel. „Wozu? Um ihr zu sagen, dass sie kommen und den Vergaser selbst reparieren kann?"

John winkte ab und ging.

Regan hatte die Szene grinsend vom Reifenstapel aus beobachtet. „Gut geschlafen, David?"

„'ne verdammte Mücke hat mich um den Schlaf gebracht."

Um den Kopf trug Regan einen roten Bandana, und David glaubte wirklich daran, dass er es noch nie gewaschen hatte, obwohl doch Beverly, Regans Frau, dann eingeschritten wäre. Die grauen Haare des Mannes waren zu einem lockeren Zopf im Nacken zusammengebunden, in sein gebräuntes Gesicht hatten sich die Falten eines langen Lebens mit Höhen und Tiefen eingegraben. Seine Klamotten waren bereits seit den frühen Morgenstunden dreckig. „Und du willst den Trailer am Wald kaufen, wenn dich schon eine einzige Mücke nervt?"

„Glaub mir, wenn sich die Nachricht verbreitet, dass David O'Brian dort einzieht, werden sich sämtliche Mückenvölker aus dem Staub machen." David wischte sich den Schweiß vom Nacken.

Regan lachte. Dann stand er auf. „Übrigens: Mrs. Parker wird höchstwahrscheinlich noch mal vorbeikommen, du brauchst sie nicht anrufen."

David klemmte sich eine Zigarette in den Mundwinkel und griff nach dem Feuerzeug auf dem Fass. „Und was sag ich ihr?"

Regan schaute ihm in die Augen. „Na das, was du ihr schon mal gesagt hast und was sie auch immer von mir hört: Dass der Wagen nicht vor dem Wochenende fertig wird." Er zwinkerte ihm zu und ging rüber zu John.

David nickte grinsend, durchquerte die große Werkstatt, die von Radiomusik erfüllt war, und begab sich durch die Tür und die hinteren Räume nach draußen. Hier stank es nach verbranntem Gummi, Müll von den Containern des Diners um die Ecke, dessen Hinterhof an den der Werkstatt grenzte, und nach Jauche, weil sich das Regenwasser hier am Ende der Straße sammelte und den Boden sumpfig machte.

Ein paar Schrottwagen standen im Hof, in einer der Scheiben sah er sein Spiegelbild. Das Tattoo, das er sich erst vor Kurzem hatte stechen lassen und mit dem er Mom den Schock ihres Lebens bereitet hatte, war gut verheilt. Es zierte seinen Oberarm, zeigte die Nadel auf einem Kompass, die die Himmelsrichtung Süden anzeigte, und eine Spiegelung davon im Wasser. Es war sehr gut gestochen worden, und er hatte vor, es erweitern zu lassen. Irgendwann sollten ein Pelikan und ein Alligator seine Schulterblätter schmücken. An Tattoo-Ideen rund um das Thema Wasser mangelte es ihm nicht.

„David?"

David warf die Kippe auf den Boden, trat sie aus und drehte sich um.

Regan spähte aus der Hintertür. „Da ist Besuch für dich."

Mrs. Parker. David seufzte. „Die Frau will's wissen, hm?"

„Nun, das weiß ich nicht." Regan grinste. „Es ist eine junge Frau, die dich sprechen möchte."

David dachte tatsächlich als Erstes an Melissa, warum auch immer, und dann an Nathalie, bis ihm einfiel, dass Regan dann gleich den Namen gesagt hätte, weil er beide kannte. Und es konnte nur ein Mädchen geben, das einfach so vor seiner Tür stehen würde.

Seine Mundwinkel gingen nach oben. „Polly!"

Am Samstag fand die Party bei Melissa statt. David hatte Polly davon erzählt, und sie hatte gesagt, dass Partys noch nie ihr Ding gewesen seien.

Er hatte erwidert, dass er auch keine Lust darauf hätte, zumal er mit Melissa einst sehr viel Zeit verbracht hatte und sie jetzt mit jemand anderes zusammen war. Er gehörte dort nicht hin. Er wollte dort nicht hin. Aber alle seine Freunde waren dort.

Er hatte nicht erwartet, dass Polly kam.

Andererseits hatte sie nach Wochen einfach so vor der Werkstatt gestanden …

Davids Wagen parkte gegen halb zehn vor dem Haus von Melissa, die mit ihren Eltern auf einem Wassergrundstück in der Nähe von Oakdale wohnte.

Er hatte noch lange vor der geschlossenen Werkstatt auf Polly gewartet, weil es der einzige Ort in der Stadt war, den sie kannte.

Sie war nicht gekommen.

Deshalb reihte er sich nun allein irgendwo hinter den anderen Autos ein, während die Musik aus dem Haus dröhnte. Es war ein großer Bungalow, der sich damals, als Melissa und David ihr Techtelmechtel gehabt hatten, noch im Bau befunden hatte.

Jetzt war viel Zeit vergangen, und er trat durch ein mit Efeu und Wisteria bewachsenes Tor in den Garten. Auch wenn es bereits dunkel wurde, konnte man noch gut die große Wiese erkennen, die vom Spanischen Moos der hohen Eichen umrahmt wurde. Ganz am Ende gab es einen Schuppen und einen Steg mit zwei Booten am Ufer des leise vor sich hin fließenden Calcasieu Rivers.

Rechts befand sich die große überdachte Terrasse, auf der schon einiges los war. Quer über den ganzen Garten bis hin zum Schuppen am Wasser waren Leinen mit leuchtenden Glühbirnen von Baum zu Baum gespannt, tauchten diesen Ort in eine besondere Atmosphäre. Wäre das hier keine Party mit jungen Menschen, so wäre es die perfekte Location für einen Hochzeitsabend.

Irgendwo loderte ein Lagerfeuer. Als David näher kam, hörte er Nathalies Stimme. Er hatte sie nicht mitgenommen. Er hatte sie damit vertröstet, noch mal „zur Arbeit" zu müssen, was nicht gestimmt hatte. Deswegen war sie mit Freddie gefahren.

„Da bist du ja", sagte sie nun, als sie, einen Drink in der Hand, auf ihn zukam. „Ich bin ganz schön beleidigt, dass du mich sitzen gelassen hast."

„Erdbeerbowle?" Er nahm ihr das Glas aus der Hand, trank aus dem Strohhalm und ignorierte ihre Worte. „Kein Alkohol."

„Natürlich kein Alkohol, ich will keinen Ärger."

David sah sich um. Auf der Terrasse entdeckte er Melissa. „Wo ist Freddie?"

„Der sitzt hackedicht bei so einer Brünetten. Ich sage dir, der hat Daddys Wagen bekommen, aber da steig ich heute Abend nicht wieder ein!"

„So ein Idiot! Letztens waren die Cops schon hinter ihm her." Er nickte Nathalie zu. „Alles klar, wir fahren zusammen, aber jetzt muss ich erst mal zu Melissa, kurz Hallo sagen."

„Kenny ist bei ihr", band sie ihm auf die Nase, und ihr Ton verriet, wie großartig sie es fand, dass das Mädchen, das er wirklich toll gefunden hatte, vergeben war.

David war schon ein paar Meter gegangen. „Und?"

Melissa stand mit dem Rücken ans Geländer gelehnt auf der Terrasse. Zusammen mit ihrem Freund Kenny unterhielt sie sich mit ein paar anderen. Als David dazukam, begrüßte sie ihn mit einer kurzen Umarmung. „Wie schön, dass du hier bist!"

Melissa war eines der wenigen Mädchen, mit dem er sich eine Zukunft hätte vorstellen können. Sie war klug, sie war ruhig und nicht so aufgedreht wie Nathalie. Sie war ernsthaft und hatte ihn in ihrer gemeinsamen Zeit oft auf den Boden geholt, wenn er zu weit gegangen war. Doch Melissas Erwartungen wären zu hoch für ihn gewesen, und das war ihm spätestens jetzt klar, als er den Ring an ihrem Finger betrachtete, der in der Partybeleuchtung funkelte.

Sie bemerkte seinen Blick. „Oh … Ja, Kenny hat mir gestern einen Antrag gemacht." Sie flüsterte, als hätte sie nicht vorgehabt, heute Abend mit dem Klunker zu prahlen.

Melissa war ein Jahr jünger als er, arbeitete in einem Krankenhaus. Wollte Hebamme werden. Kinder haben. Einen Ehemann, ein Haus, einen Labrador und am Nationalfeiertag für den Kuchen zuständig sein. Ja, ja, die ganze Bandbreite eines zufriedenen Mädchenlebens.

„Gratuliere." Er starrte rüber zu Kenny, der eine Cola in der Hand hielt und David ganz genau im Blick behielt, ohne sein Gespräch zu unterbrechen.

„Wir haben ein Haus gekauft", erzählte sie. „Letzte Party daheim."

„Ein Haus?" Sie war jünger als er! Wo hatte sie die Kohle her? Ach ja, von Mommy und Daddy. „Und wo zieht ihr hin?"

„Oh, wir bleiben in Oakdale." Sie lächelte. „Dad hat was dazugegeben."

Na bitte. David sah ihr für wenige Sekunden in die Augen. Dachte darüber nach, dass das jetzt sein Leben sein könnte, hätte er damals nicht gesagt, dass sie nicht zueinanderpassten, als sie gefragt hatte, ob das zwischen ihnen beide nicht langsam „offiziell" werden sollte.

„Und du?", fragte sie. „Was macht der Job?"

„Ich bin gern bei Regan", sagte er. Dann kam ihm Polly in den Sinn. Unwillkürlich begann er zu grinsen. „Jap, alles gut."

„Freut mich." Sie war höflich, freundlich, doch er wusste genau, dass sie nicht mit ihm reden wollte, weil es keine Themen mehr für sie beide gab.

Zum Glück stolperte in genau diesem Moment Freddie aus der Tür heraus. „Howdy, David, mein best buddy!" Freddie trug ein weißes Hemd, cremefarbene Hosen und ein Jackett. Er war schon immer ein Klassenclown und Paradiesvogel gewesen, hatte schon immer die Aufmerksamkeit bei jeder Party auf sich gezogen. In dieser hellen Kleidung heute sah er genauso rausgeputzt aus wie der Jaguar seines Vaters. Oder wie jemand, der Leuten etwas verkaufte, was sie nicht haben wollten.

Freddie hauchte ihn an. „Melissa hat eine Granatenbowle gezaubert, geh die mal trinken … Ich … Ich muss pissen." Er wollte an ihm vorbei.

„Nicht so schnell!" David hielt ihn fest. „Gib mir deinen Autoschlüssel."

„Wieso?" Freddie umfasste das Gesicht seines Freundes. „Das ist meiner!"

„Bah." Angewidert nahm David Freddies Hände von seinem Gesicht. „So fährst du nicht!"

Ohne Murren gab Freddie ihm die Schlüssel. „Ich habe eine Idee. Du fährst mich." Er hob den Zeigefinger. „Zusammen mit Pocahontas."

„Wem?"

„Na, der da!" Freddie legte den Arm um seinen Freund und zeigte auf ein paar Mädchen, die an der Tür zusammenstanden und in seine Richtung schauten.

„Welche von denen?"

„Na die, die wie Pocahontas aussieht … Ich hab ihren Namen vergessen. Sie kommt … aus Argentinien … Krass, oder?" Er griff David an den Kragen. „Maradona, Baby!"

David wich von seinem schlechten Atem weg. „Alles klar, wenn sie will, nehmen wir sie mit."

Dann presste Freddie die Hände zwischen seine Knie und lief so zurück ins Haus. „Boah, ich piss mir in die Hosen!"

David atmete tief durch. Es reichte ihm bereits, und er hätte kein Problem damit gehabt, einfach zu verschwinden. Er ging die Stufen nach unten in den Garten, plauderte noch hier und da, hielt sich von Nathalie fern und trat in die Stille des hinteren Bereiches, dort, wo es keine Menschen gab, nur die Natur.

Die Musik der Zikaden in den Bäumen und Gebüschen übertönte die aus dem Haus, auf dem Wasser tanzten Insekten und zogen Kreise, das Licht der sich vor dem Schuppen befindlichen Glühbirnen diente als ihre Diskokugel.

David griff nach dem Päckchen Zigaretten. Kurz flackerte die Flamme vom Feuerzeug auf. Er setzte sich auf den Steg, starrte zum Wasser und zog an der Kippe. Das Gespräch mit Melissa hatte Erinnerungen hervorgerufen, an die er nicht gern dachte.

Und dann hörte er *ihre* Stimme. „Guten Abend Mr. O'Brian."

David fuhr herum.

Polly trat grinsend aus dem Schein der ohne sie beide stattfindenden Party. All seine Gedanken an Melissa und das, was er nicht mehr hatte, verflogen wie der Qualm seiner Zigarette.

Er stand auf, sah in die geheimnisvollen blauen Augen dieses Mädchens, das sofort wieder jeden seiner Sinne für sich einnahm. „Du bist ja doch gekommen."

„Das hatten wir ja schon mal, oder?" Sie schmunzelte, ging an ihm vorbei.

Er schaute ihr nach, berührte sie nicht, nahm weder ihre Hand noch umarmte er sie, sondern ließ sie machen, was sie für richtig hielt. Er wusste genau, dass Polly nicht wie die anderen Mädchen war, die von ihm erwarteten, begrüßt zu werden. Trotzdem musterte er jeden Zentimeter dieser Frau, die dieselben Klamotten wie gestern trug. Als er so darüber nachdachte und weil er sich noch genau an ihr erstes Treffen im Mai erinnerte, fiel ihm auf, dass sie auch damals die schwarzen Hosen, die zerschlissenen Sneakers und den schwarzen Pulli getragen hatte.

Sie setzte sich ganz nah ans Wasser, näher, als er es eben getan hatte, und deutete neben sich. „Kommst du zu mir?"

Das ließ er sich nicht zweimal sagen. Er warf die Kippe auf den Boden und setzte sich, und dann lauschten beide den Klängen der Natur und sahen in die Dunkelheit hinein aufs Wasser. Ganz nebenbei genoss David, dass sich das hier so verdammt gut und richtig anfühlte. Wer war schon Melissa, wenn es doch jetzt sie gab? Polly. Und plötzlich nur noch das Hier und Jetzt existierte.

„Ich habe aufgeschnappt, dass sie heiraten werden", bemerkte Polly beiläufig.

„Du hast gelauscht!"

„Und du hast mich nicht gesehen."

Er schmunzelte. „Ja, sie heiratet. Und ich werde das Gefühl nicht los, dass das hier eher eine Leute-wir-werden-heiraten-Party ist."

„Was ist mit dir?" Polly umklammerte ihre Knie mit den Armen.

„Warst du schon mal verliebt?"

„Oh." Er schüttelte den Kopf. „Ich glaube, ich werde niemals eine Frau lieben."

„Wieso nicht?"

„Keine Ahnung." Er hob die Schultern. „Ich bin, wie ich bin. Ich will nicht, dass jemand Dinge von mir erwartet, die ich nicht erfüllen kann. Oder nicht erfüllen will." Er fand einen Stein auf dem Steg und warf ihn ins Wasser. „Ich bin sicherlich nicht derjenige, der seiner Frau ständig Blumen kaufen will, ich denke gar nicht an Blumen, ich ... Ich denke viel zu viel an mich selbst." Er schüttelte den Kopf. „Ich bin fast zwanzig, ich denke im Traum nicht ans Heiraten, ich ... Ich will nicht verantwortlich sein, wenn jemand verletzt wird, weil ich irgendwelche Klischees nicht bedienen kann."

Die Partymusik glitt in weite Ferne. Motten tanzten um das Licht der Glühbirne hinter ihnen, Moskitos suchten einen Platz auf seiner Haut.

„Dann brauchst du eine Frau, die so etwas gar nicht von dir erwartet."

Jetzt sah er ihr in die Augen und rutschte unwillkürlich ein kleines bisschen näher an sie heran. „Gibt es so eine?"

Er wusste, dass jedes andere Mädchen sich jetzt von ihm küssen lassen würde. Polly aber wandte sich von ihm ab, fast schon scheu, und er fragte sich warum. „Du musst sie nur finden."

David lachte leise auf. Er starrte auf den Rucksack neben ihr. Schützend hielt sie ihn mit einer Hand fest. „Und du, Polly?"

Sie schaute in den Nachthimmel über ihnen. „Ich bin auf der Suche."

„Nach was?"

„Das weiß ich noch nicht. Sicherlich jedoch nicht nach einem Mann, der mich samstagabends zum Dinner ausführt und mir die Sterne vom Himmel holt." Sie zeigte nach oben.

„Sondern?"

„Vielleicht das Gleiche wie bei dir. Ich will frei sein. Ich will nie wieder eingesperrt sein."

Nie wieder.

„Die Tür muss immer offen sein."

„Ich verstehe." Zu gern hätte er ihre Hand genommen. „Was ist mit deinen Eltern? Du bist doch sicherlich erst … achtzehn? Neunzehn?"

„Was soll mit ihnen sein?"

„Also … Ich habe meine Mom", erzählte David, weil er glaubte, dass sie mehr von sich preisgeben würde, wenn er es tat. „Auch wenn wir nicht immer das beste Verhältnis zueinander haben, liebe ich sie. Ich habe Freddie, Nathalie … meine besten Freunde. Und ich habe Regan, der wie … ein Vater für mich ist."

„Ich erinnere mich gern an meine Eltern", wandte Polly nun ein. „Sie sind die einzigen Menschen, die ich vermisse. Ich vermisse das Gefühl, von ihnen geliebt zu werden, aber … sonst … ist da niemand mehr."

„Was ist mit ihnen passiert?"

„Sie sind nicht mehr da."

„Du bist ganz allein?"

„Ja." Nachdenklich schaute sie aufs Wasser.

David konnte sich das kaum vorstellen. „Und was ist … Was ist, wenn deine Welt droht zusammenzubrechen, wenn du das Gefühl hast, du brauchst jemanden … Hast du … dann niemanden?"

Sie schüttelte den Kopf.

„Das kann ich mir so schlecht vorstellen, obwohl ich jemand bin, der niemanden braucht. Wirklich, ich scheiß auf alles, auf jeden. Ich kann gut und gern allein leben, aber wenn ich daran denke, Freddie nicht zu haben, oder Regan … Gott, weißt du, wie oft mich diese beiden schon gerettet haben?"

„Dann schätze dich glücklich, David. Dann bist du nicht allein. Aber manche Menschen begegnen leider niemandem, der ihre Welt zusammenhält und für sie da ist, wenn man einfach mal jemanden braucht. Es gibt Menschen, die sind eben wirklich allein." *Das ist so verdammt traurig*, dachte er. Er schaute sie an. Polly lächelte nicht, wirkte aber auch nicht verzweifelt. Vielleicht ein bisschen stumpf und abgebrüht, doch war sich David sicher, dass sie eine Geschichte zu erzählen hatte, die sie geprägt hatte. Polly war sicherlich ein sehr starkes und selbstständiges Mädchen, doch ihre Seele musste gebrochen sein, und er wurde das Gefühl nicht los, dass er sich Sorgen um sie machen würde, wenn sie jetzt aufstehen und gehen wollte. Sie schlich sich in sein Herz, dieses Mädchen aus dem Nirgendwo, und tat darin etwas, was er nicht kannte. Etwas Warmes, etwas Schönes, das den Wunsch, sie zu küssen, mit jeder Minute stärker werden ließ. Doch war ihm bewusst, dass er Gefahr lief, die Magie, die zwischen ihnen lag, damit kaputt zu machen.

Die Elektromusik wurde von einer Ballade unterbrochen. Einige grölten mit, andere baten um Ruhe, und als David sich nach hinten drehte, sah er, dass mehrere Paare auf der Terrasse tanzten.

Dann stand er auf und streckte Polly die Hand hin.

Mit ihren großen Augen starrte sie ihn an. „Ich kann nicht tanzen!"

„Ich auch nicht." Er griff nach ihrem Arm und zog sie zu sich. Einfach so. Ohne sich Gedanken zu machen, ob es ein Fehler sein könnte. Auch auf die Gefahr hin, er könnte sie verschrecken. Es war ihr Moment. Er musste ihn nutzen. Wer wusste schon, ob sie einander wiedersehen würden.

Ihre Hände waren weich und warm, sie roch weder nach Parfum noch nach Schweiß, lediglich nach dem Geruch der Freiheit, den er in seiner Nase spürte, wenn er allein mit dem Kajak auf dem Fluss unterwegs war.

Er umklammerte ihre linke Hand mit seiner rechten und legte sie beide auf seiner Brust ab, während seine andere Hand ihre Taille umfasste. Er achtete darauf, ihr nicht auf den Fuß zu treten, doch so langsam, wie sie sich zur Musik bewegten, konnte das kaum passieren. So hatte er einmal Freddies Eltern miteinander tanzen sehen, zwei Menschen, die sich wirklich liebten, auf dem Stadtfest zur Feier des 4. Juli.

Polly zierte sich nicht, ihr war es nicht unangenehm, ganz im Gegenteil. Das hier schien auch für sie perfekt zu passen. „Wie war das noch mal mit dem ‚Ich bin keiner, der ihr Blumen schenkt‘?", neckte sie ihn. „Und jetzt tanzt du mit mir …"

David lachte, und als sie ihre Hand aus seiner löste, um ihre Arme um seinen Hals zu legen, glaubte er, dass er ein Ziel, das er nie vor Augen gehabt hatte, trotzdem erreicht hatte. „Ich tanze nicht. Ich bin kein hoffnungsloser Romantiker, aber ich bin ein Mann, der weiß, was er will." Er vergeudete nicht eine Sekunde, sie nicht anzusehen. „Du wirst nicht hierbleiben, du wirst gehen. Offene Tür, ich habe verstanden. Aber wann immer du das nächste Mal mit einem Mann tanzen wirst, will ich, dass du an mich denkst."

Polly war einen halben Kopf kleiner als er, sie musste den Kopf nach hinten beugen, um ihm ins Gesicht zu sehen. Ihre Mundwinkel zogen sich nach oben, ihre strahlend weißen Zähne leuchteten mit den mittlerweile aufgetauchten Glühwürmchen um die Wette. „Ich vergesse dich sowieso nicht."

„Das will ich hoffen."

„Schließlich hast du mir einen Müsliriegel und ein Wasser spendiert."

„Gott, zum Glück hatte ich damals diesen Streit mit meiner Mom." Das Holz unter ihnen knarrte. „Sonst wäre ich dir nicht begegnet."

Sie zuckte die Achseln. „Hättest du was verpasst?"

Dieses Mädchen. Dieses Lied. Diese Nacht. „Ja", antwortete er leise. „Ja, das hätte ich."

Als die Musik endete, löste sich Polly von ihm. Als sie ihren Rucksack aufhob, glaubte er, sie wollte nun gehen. Doch das wollte David nicht. „Hast du Hunger?", fragte er schnell.

„Ein wenig, ja."

„Dann lass mich kurz Jonah suchen. Er muss Freddie und …
Pocahontas heimbringen."

„Pocahontas?"

„Oder Maradona? Ach, lange Geschichte." Er verließ den Steg.
„Warte hier auf mich."

„Mach ich."

Er lief rückwärts, ließ sie nicht aus den Augen. „Nicht
weglaufen!"

Sie schüttelte den Kopf.

Noch immer befanden sich viele junge Leute am Lagerfeuer
neben der Terrasse, auf den Treppenstufen und vor der Tür ins
Haus. David musste Freddie eine Weile suchen.

„Wo ist Jonah?" David musste ihm ins Ohr schreien.

„Auf'm Klo!", gab Freddie zurück. „Wieso?"

„Hör mal, gib ihm deine Autoschlüssel. Er fährt dich heim!"

„Geht nicht, Jonah hat seinen Führerschein verloren, die alte
Schnapsdrossel", wandte ein Freund von Freddie und David ein.

„Scheiße, wirklich?" David biss sich auf die Lippe.

„Lass mich mein Auto fahren …" Freddie suchte in Davids
Taschen nach dem Schlüssel.

David klatschte ihm auf die Finger. „Nein, ich frag Nathalie!"
Er machte kehrt, suchte im Haus nach ihr, fand sie aber nicht. Er
fragte sich durch die Menge und wurde nervös, weil er viel zu lange
brauchte. Endlich tauchte sie zwischen zwei Mädchen auf, die vor
dem Klo warteten. „Hey, Nat, kannst du Freddie nach Hause
fahren?" Er gab ihr die Schlüssel.

„Und wer fährt dann mich heim?"

„Schlaf bei ihm."

„Ausgeschlossen." Angewidert zog sie den Mund zusammen.
„Der kotzt heute Nacht bestimmt. Warum fährst du nicht?"

David drehte sich immer wieder um. „Ich habe … jemanden
kennengelernt."

Ihr Gesicht sprach Bände. „Oh. Sorry, ich habe leider schon zu
viel getrunken."

„Du hast überhaupt nichts getrunken! Du trinkst nie!" Er riss ihr die Schlüssel aus der Hand, rannte zurück zur Terrasse und hörte Pollys Stimme.

„Ist David da drin?"

„Wieso?"

„Ich … Ich warte auf ihn."

„Und deswegen unterbrichst du uns." Freddie lachte laut. „Habt ihr die schon mal gesehen? Wo kommst du her?"

„Kann ich jetzt bitte zu David?"

„Polly!" Zwei Typen versperrten David den Weg, Glas fiel zu Boden, David stieg darüber hinweg.

„Woah … Puppe … Mach mal halblang."

„David, pass auf."

David stolperte über einen Hocker, auf dem jemand saß, mitten zwischen den stehenden Leuten, und als er auf dem Boden lag, konnte er Pollys Beine sehen. Sie versuchte vergeblich, sich an Freddie und den anderen vorbeizudrängen. Es war Freddie, der sie festhielt.

David rappelte sich auf, griff nach einer leeren Flasche und schleuderte sie quer durch das letzte Stück des Raumes. Die Flasche traf Freddie oberhalb der Schulter. „Au, verdammt!" Sofort ließ er Polly los und fuhr herum.

„Was soll das?" David kämpfte sich durch die letzten Leute. „Bist du irre, Mann?"

„Wer mir nicht sagt, wer er ist, kommt nicht rein." Freddie rieb sich über die Schulter. „Das hätte echt ins Auge gehen können!"

„Da hast du verdammt recht!" David packte ihn am Kragen seines Jacketts und schüttelte ihn kräftig. „Fass sie nicht noch einmal an!"

„Ich … Ich habe doch nur Spaß gemacht!"

David drückte ihn gegen die Terrassentür. „Verdammter Idiot!" Er ließ ihn los, Freddie rutschte zu Boden, David schob sich an den anderen vorbei auf die Terrasse.

Polly war nicht mehr da.

Am Montag kam Mrs. Parker zu ihm in die Werkstatt und holte ihren Wagen ab. Sie war eine Frau mit toupierten blonden Haaren, stark geschminktem Gesicht und weißem Kostüm, die ihren winzigen Hund in den Armen wie ein Baby hielt. Sie beteuerte eindringlich, wie sehr sie ihren Wagen liebe und brauche und dass sie ihn nicht noch einmal für eine so lange Zeit (es waren gerade vier Tage) aus der Hand geben werde.

Während sie das Auto begutachtete und mit ihren langen Nägeln auf der Motorhaube entlangfuhr, den Kopf dabei hin- und herbewegte, nickte David nur mitfühlend, denn er glaubte, dass es manche Menschen nicht sehr leicht im Leben hatten. Er auch nicht – außer Frage –, doch Mrs. Parker schien in dem Hund ihr Kind und in dem Wagen ihren Mann zu sehen – denn beides hatte sie nicht mehr.

Sie gab ihm ein großzügiges Trinkgeld, und David wünschte ihr einen schönen Tag und gute Fahrt.

Er war allein in der Werkstatt, da Regan einen Arzttermin mit seiner Frau wahrnehmen musste. Es war kurz vor Feierabend, als er die ersten Aufräumarbeiten erledigte, während er immer wieder an Polly dachte.

Er war so wütend auf Freddie gewesen. Das war doch gar nicht seine Art, warum hatte er den Macker spielen wollen? Ausgerechnet bei einem Mädchen, das David gut fand?

Am Sonntag hatte Freddie ihn ein paarmal versucht anzurufen, doch David war nicht ans Telefon gegangen.

Jetzt, als die Klänge vergangener Jahrzehnte aus dem Radio durch die Werkstatt hallten, hörte er ein Räuspern vorn an der geöffneten Tür.

David drehte den Kopf in diese Richtung, entdeckte Freddie die Hände in den Taschen vergraben und einem Rucksack auf dem Rücken im Türrahmen.

„Versteckst du dich vor mir?"

David rollte sich unter dem Wagen hervor, unter dem er gerade arbeitete, stand auf und wischte sich die Hände an einem dreckigen Lappen ab. Dann ging er auf seinen Freund zu.

Freddie holte tief Luft. „Also zunächst: Es tut mir leid. Ich hatte zu viel getrunken." Er tat so, als würde er eine Schraube an seinem Kopf drehen. „Du weißt ja, Alkohol und ich, oje, gibt schon Gründe, warum das Zeug erst ab einundzwanzig gestattet ist, und ich gelobe Besserung …" Er lachte.

David blieb unbeeindruckt.

Wieder Räuspern. „Sorry, Mann. Wirklich."

Jetzt nickte David. „Du kannst nicht immer den verdammten Alkohol für dein Verhalten verantwortlich machen. Was ist denn nur los mit dir? Was sollte das?", fragte er.

„Keine Ahnung …" Freddie wandte sich hin und her. „Sie war … Hör zu, ich hatte doch dieses Mädchen auf der Party kennengelernt … Die aus … Kolumbien oder Argentinien? Keine Ahnung. Und dann war sie weg, und ich hab mit den Jungs geredet und auch über sie … und dann tauchte dein Mädchen so aus dem Nichts auf. Und labert mich da voll, obwohl ich gerade mit den Jungs geredet habe." Freddies gleichgültiger Ton klang kaum nach einer Entschuldigung. Eher noch versuchte er, Polly die Schuld zu geben. „Na ja, und ich war genervt, betrunken und eines kam zum anderen."

David hob den Zeigefinger. „Das hätte ich mir bei einer Frau, die dir gefällt, nie erlaubt, egal, wie cool ich gerade mit den Jungs plauderte."

„Zu meiner Verteidigung: Ich wusste doch nicht gleich, dass sie dir gefällt, nicht einmal, dass ihr euch kennt."

„Warum hätte sie wohl sonst nach mir gefragt?"

„Und noch mal: Sorry."

David winkte ab.

„Wo ist sie denn jetzt?", fragte Freddie.

„Weg."

„Und wohin?"

„Woher sie kam, keine Ahnung. Hab sie nicht mehr gesehen."

„Ja, aber David … was willst du mit einer, die sich nicht entscheiden kann, bin ich nun hier oder bin ich dort – was soll das?"

David legte den Lappen weg, schaltete das Radio aus und löschte das Licht. „Viellicht gerade deswegen. Vielleicht ist sie wie ich. Hat ihren Platz noch nicht gefunden."

Freddie ging vor ihm aus der Werkstatt. Sein Wagen stand neben dem von David. „Also, ich weiß ja nicht. Aber … auch egal. Ist dein Ding. Ich fahr jetzt nach Hause, mein Bruder kommt heute heim."

„Alex kommt nach Hause?"

Freddies Bruder arbeitete in der zweiten Filiale des Geschäfts seines Vaters in New Orleans und kam nur ab und zu nach Hause. „Ja, Mom hat Geburtstag. Also dann, wir sehen uns!"

„Mach's gut." David stieg in seinen Wagen. Als Freddie die Einfahrt verlassen hatte, fuhr David hinterher und ließ per Fernbedienung das Tor herunter. Er schaltete „seine Songs" im Radio an, ließ die Fenster runter und entschied sich spontan für ein paar Burger vorn an der Ecke.

Er war erst wenige Meter über den Parkplatz gegangen, da sah er Polly. „HEY!" Er hob den Arm und lief in ihre Richtung.

Sie trug dieselben Sachen wie am Samstag, ihren Rucksack auf der einen Schulter, und passierte den Grünstreifen auf der anderen Seite der Straße. Als sie ihn entdeckte, schien sie schneller zu laufen.

David rannte zwischen den Autos zu ihr rüber, griff an ihre Schulter und zog sie herum. „Hey", sagte er und packte sie an den Armen. „Geh doch nicht weg!"

„Lass mich los." Sie wandte sich aus seinem Griff.

„Freddie ist ein Arschloch", versuchte David zu retten, was er retten konnte. „Aber eigentlich ein guter Kerl."

„Hat man gesehen."

„Er hat sich entschuldigt."

„Nicht bei mir." Sie verschränkte die Arme vor der Brust.

„Aber er darf nicht der Grund sein, warum das mit uns …" Was war denn da? David stemmte die Hände in die Seiten und blickte zum Diner. „Und nun? Wo willst du hin?"

Polly hob die Schultern. „Ich weiß es noch nicht, aber hier kann ich nicht bleiben."

„Wieso nicht? Wo … Wo hast du die letzten beiden Nächte gesteckt?"

„Ich … Ich habe es gefunden, aber … ich muss weiter."

David verstand kein Wort. „Polly …" Er wusste nicht, was er sagen sollte, um sie zu halten. „Was ist mit mir?"

„Was soll mit dir sein?"

„Ich will dich wiedersehen." Das war sein Ernst. „Heute. Morgen. Übermorgen." Er lachte kaum hörbar. „Nächste Woche. Also?"

Sie seufzte tief. „Ich kann nicht bleiben, ich … muss weiter."

„Und wo musst du hin? Wartet irgendjemand auf dich? Kann ich mitkommen? Ich sag's dir … Ich gehe zu Regan und nehme mir freie Tage, ich … Ich kann dich fahren! Aber bitte … geh doch nicht …" Noch nie hatten solche Worte seine Lippen verlassen. „Okay?"

„Ich weiß nicht, David."

Er war nicht so! Wenn sie gehen wollte, dann sollte sie doch gehen! Und doch sträubte sich alles in ihm dagegen, sich jetzt genauso zu verhalten wie sonst. Mit den Schultern zu zucken, sich umzudrehen, wegzugehen. Stattdessen schloss er für Sekunden die Augen, dachte nach, und entschied sich einfach das zu tun, was sein Herz ihm sagte.

Und so griff er nach ihrer Hand. Ihre Arme lösten sich von ihrem Oberkörper. „Wenn du nicht weißt wohin, dann … komm mit mir. Meine Mom ist manchmal ganz in Ordnung."

„Ich liege niemandem auf der Tasche", sagte sie. „Nicht einmal für eine Nacht. Nie wieder!"

Nie wieder.

Es war wie vorhin. Bei Mrs. Parker. David sah in Pollys Gesicht, entdeckte das leichte Zittern auf ihrem Kinn, und ihm wurde klar, dass in ihrer Seele etwas ruhen musste, furchtbarer Kummer oder eine große Angst.

„Okay. Ich will dich nicht zwingen, das ist das Letzte, was ich will." Er ließ sie los und hob die Hände. „Aber ich hatte dir versprochen, dich auf einen Burger einzuladen." David zeigte über die Schulter. „Für den hast du Zeit, oder?"

Sie kam nach dem Burger dann doch noch mit zu ihm nach Hause, nachdem er in höchsten Tönen von seiner Mutter und seinem Zuhause gesprochen hatte, und dann alles abgestuft doch wieder zurückgenommen hatte, weil er sie nicht anlügen wollte. So sagte er, dass seine Mutter alleinerziehend war, da sein Vater ein Mistkerl gewesen war, und dass seine Mutter es auch mit ihm nicht immer leicht hatte.

In seinen jüngeren Teenie-Jahren hatte David viel mit seinen Aggressionen zu kämpfen gehabt, gerade als seine Mom in ihrem Job aufgestiegen war. Das war alles nicht einfach gewesen.

Er glaubte, dass Polly gerade deswegen doch mitgekommen war: Weil er ihr nichts vorspielte, und weil das Leben nicht nur Honig mit Zucker, sondern manchmal einfach beschissen war.

Mom war noch nicht zu Hause. Sie war abends bis sieben Uhr im Dienst, aber er wusste, dass sie gern länger auf dem Revier bleiben würde, und manchmal nur heimkam, weil er noch zu Hause wohnte und sie ihm eine Mutter sein musste.

Er schiss darauf, er brauchte sie nicht.

Die Sonne stand tief über dem Wald, der Wind hatte sich gelegt. Millionen von Moskitos waren aktiv geworden und bevölkerten die hintere Veranda, auf der Polly und David nun saßen und in den Garten blickten. Mom scherte sich nicht um Gartenarbeit, weil sie nicht die Muße und Zeit dafür hatte. Hin und wieder mähte sie den Rasen, doch jetzt war er ziemlich hoch gewachsen und bildete mit den wuchernden Büschen und Sträuchern ein wildes Dickicht. In der Dämmerung und früh am Morgen war hier schon mal das eine oder andere Reh zu sehen.

David hatte ihnen ungekühlten Eistee serviert. Dankend hatte Polly angenommen. Jetzt waren die Gläser leer, und David überlegte, wie der Abend weitergehen könnte. „Wie lange bist du schon unterwegs?", fragte er vorsichtig. Das interessierte ihn wirklich. Sie trug immer dieselben Sachen, hatte keine Bleibe. Nicht nur, dass sie nicht vernünftig schlafen konnte ... was war mit duschen, essen?

„Seit einigen Wochen."

„Und was war davor?"

„Davor war ich ..."

In einem Heim, vermutete er. Aber er spürte, dass Polly das nicht weiter ausführen wollte.

„Was arbeitet deine Mom?", wollte sie wissen.

„Sie ..."

In diesem Moment kam Mom nach Hause.

David hatte den Wagen gar nicht gehört. Mom machte die Tür auf und stellte zwei Tüten auf den Tresen in der Küche ab, vor dem die Barhocker standen. Sie seufzte, griff nach der halbleeren Wasserflasche, die neben dem Herd stand, und erschrak, als sie nach draußen schaute. „Hey."

„Hi, Mom." David stand auf. Er lächelte. Er hatte Mom noch nie ein Mädchen vorgestellt, weil er nie eine Freundin gehabt hatte.

Er hatte sich immer gefragt, wie Mom wohl irgendwann auf seine Auserwählte reagieren würde, und ganz tief in seinem Inneren vertraute er darauf, dass Mom jede Frau, die er gernhatte, akzeptieren und mögen würde. Es war ein Urvertrauen, es war gar nicht anders möglich, denn sie musste doch sehen, wie glücklich er war. Und dieses Glück würde sie ihm doch nie missgönnen wollen ... oder?

„Darf ich dir Polly vorstellen?" Er schaute nach hinten, lächelte, war aufgeregt, aber auch stolz, dass dieser Moment endlich kam.

Polly kam in die Küche. Sie streckte die Hand aus. „Freut mich, Ma'am."

Mom nahm die Hand nur zögerlich an. Sie schien völlig überrumpelt. „Das ist eine Überraschung." Davids Blick suchend, sagte sie: „Also ... ähm ... Ich habe was zu essen mitgebracht. Wir können es teilen. Kommt ihr?"

David und Polly sagten nicht, dass sie bereits gegessen hatten, und so saßen sie mit Mom am kreisrunden Küchentisch und schlürften asiatische Nudelsuppe. Weil es nur zwei Stühle gab, saß David auf einem Hocker aus dem Wohnzimmer, und es hatte kurz für heiteres Gelächter gesorgt, weil er so zwei Köpfe kleiner war als die beiden Frauen.

Doch das war es dann auch mit der guten Stimmung gewesen. Sosehr David sich gefreut hatte, Mom ein Mädchen vorzustellen, wäre ein anderer Zeitpunkt vielleicht besser gewesen als dieser Abend. Mom saß stocksteif auf ihrem Platz, sagte kein Wort und würdigte Polly keines Blickes.

Auch Polly fühlte sich sichtlich unwohl. Und David ahnte, dass sie ihre Entscheidung bereute, mit ihm gegangen zu sein.

„Also ... Wo kommst du denn her?", fragte Mom.

„Houma."

„Das ist aber sehr weit weg."

Polly nickte.

Es hätte so schön sein können. Die Suppe war gut, der Abend jung, die Türen weit geöffnet, die Grillen zirpten im Gras vor der Veranda. Die Sonne war untergegangen und eine sternenklare Nacht brach herein.

„Was machst du in Oakdale?"

Polly sah zu David. „Ich habe mich umgesehen."

„Und du, David, wo hast du sie kennengelernt?"

„An einer Tankstelle."

„Sieh an." Mom legte das Besteck nieder. „Und wie bist du hergekommen? Zu Fuß?"

„Ja, Ma'am."

„Welche Tankstelle, David? Hier bei uns?"

„In Ville Platte, Mom." Er griff nach Pollys Hand, einfach so, um sie zu unterstützen, weil Mom ein Kreuzverhör eröffnet hatte.

Gloria O'Brian starrte in die Mitte der beiden, hatte seine Bewegung gesehen. „Und wo wohnst du?"

„Ich bin noch auf der Suche."

„Aber du musst doch irgendwo schlafen." Moms Tonfall wurde schärfer. „Dich waschen." Zu scharf für einen so schönen Abend wie diesen. „Wo übernachtest du heute?"

Das darf nicht wahr sein! „Sie schläft hier, Mom." David drückte Pollys Hand fester.

„Nein, das tut sie nicht." Moms Gesicht sah so verbissen aus, so böse, obwohl es keinen Grund dafür gab. Ja, es hatte noch nie eine Frau hier übernachtet, doch brauchte David ihre Erlaubnis? Er war neunzehn Jahre alt!

„Wir kennen sie nicht, David. Ich kann doch keine Fremde in meinem Haus schlafen lassen."

David konnte es nicht fassen. „Sie ist keine Fremde! Ich kenne sie!"

„Seit wann?" Moms Stimme war laut. Viel zu laut.

In seinem Inneren brodelte es, er fühlte Wut. „Das ist doch …" David stand auf. Zog Polly mit sich. „Komm, wir gehen." Bloß raus hier! Weg von dieser Irren!

„David!" Mom kam den beiden hinterher. „Du bleibst!"

„Nein, Mom! Wenn sie geht, gehe ich!" Er hätte nie gedacht, dass es bei ihm zu Hause einmal so werden würde wie in den Filmen, die er mal gesehen hatte. Er hatte wirklich darauf vertraut, dass Mom anders war als all die Mütter, die keine andere im Leben ihres Sohnes ertragen konnten.

Jetzt stand er zwischen ihr und Polly. Und natürlich entschied er sich für sie. „Was soll denn das, Mom?"

„Sie treibt sich herum! Ich kenne solche Mädchen! Hat sie Drogen genommen, trinkt sie?"

Er sah den Zorn in ihren Augen und wie sie Polly musterte, die mit ihrem Rucksack in den Armen an der Tür stand.

„Antworte!"

„Nein, Mom! Natürlich nicht!"

„Und woher willst du das wissen? Hast du sie getestet?"

David stand vor dieser Frau und erkannte sie nicht wieder. Da war mehr als die Gefühle einer Mutter, die die Freundin ihres

Sohnes kennenlernte und wehmütig wurde. Hier gab es ein Spiel um Macht und ihre Gewissheit, dass sie stärker war als er, weil das auch ihr Job war. All das führte dazu, dass er klar Stellung beziehen musste. „Mom, wir werden jetzt gehen. Und ich weiß nicht, wann ich wiederkomme, also warte nicht auf mich."

„DAVID!" Mom hatte schon immer gut schreien können. Ihre Stimme wackelte nicht, sie war es gewohnt, dass man sich ihr unterordnete, doch das ließ er nicht mehr mit sich machen.

Rasch rannte er mit Polly in sein Zimmer, warf ein paar Sachen in eine Tasche und nur Sekunden später gingen sie zur Haustür.

„Du wirst nicht mit dieser Zigeunerin rumziehen, David! Mädchen wie sie greife ich auf der Straße auf!"

Über die Zigeunerin war Polly entsetzt, sie wurde ganz blass im Gesicht. David schüttelte den Kopf in die Richtung seiner Mutter. „MOM!"

Diese schob sich an ihm vorbei. „Ich bin übrigens Polizistin", wetterte sie. „Detective. Und wenn du mir sagst, dass du keinen Wohnort hast, dich herumtreibst, dann kann ich das melden."

„MOM!" Es reichte ihm. David schubste seine Mutter nach hinten.

Gloria O'Brian fand Halt an der Wand im Korridor und starrte ihren Sohn entsetzt an. „Was erlaubst du dir?"

„Mom, ich mag sie!", erklärte er. „Wie kannst du nur so sein, zu einem Mädchen, das ich gernhabe, verdammt?" Er winkte ab, schob Polly aus der Tür und lief mit ihr zu seinem Wagen.

„David, du gehst nicht!"

„DU KANNST MICH MAL!" Mit vibrierenden Händen hielt er Polly die Tür seines Wagens auf, ehe er sich selbst hinters Steuer setzte. Dann vergrub er das Gesicht in beiden Händen und versuchte, sich zu beruhigen. David hielt allem stand: einer Schlägerei, richtig üblen Handgemengen, gewann meistens, wenn er sich mit jemanden anlegte – aber diese richtig krassen Streits mit Mom waren ein anderes Level.

„Es tut mir so leid." Er sah zu Polly rüber. Die starrte geradeaus. Brachte kein Wort hervor. „Ich weiß nicht ..." Er war so furchtbar wütend. Doch vielleicht hatte er es immer gewusst: Zwischen Mom und ihm war irgendwann etwas zerbrochen. Die Zweifel, die er schon seit Längerem hatte, nämlich dass Dad – in gewisser Weise – einen Grund gehabt hatte zu gehen, einen Grund namens Gloria, kamen immer häufiger in ihm auf.

„Ich muss hier weg", sagte sie leise. „Ich hab's doch gesagt …"

„Warte noch", sagte er. „Eine Idee habe ich noch."

Es war schon kurz nach elf, als sein Wagen vor dem Haus der Williams ganz in der Nähe der Autowerkstatt parkte.

Regan Williams öffnete seine Tür für zwei junge Menschen, während seine Frau Beverly mit Lockenwicklern auf dem Sofa saß und im Fernsehen ein Schwarz-Weiß-Film lief. Auf einem Tablett standen Cola, Bier und Chips.

„Wer ist denn da?", fragte sie und drehte sich zu ihrem Mann.

David und Polly traten hinter ihm hervor.

„Wir haben Besuch", sagte der gutmütige alte Mann mit einem Lächeln. „Gestatten: Die hübsche Dame heißt Polly und den Kerl hier kennst du ja." Er klopfte David auf die Schulter.

Es war, wie nach Hause zu kommen.

War es jedes Mal.

Beverly stand sofort auf. „Gebt mir zwei Minuten. Das Gästezimmer ist in Ordnung, aber Handtücher fehlen noch!"

KAPITEL 3

Amanda Sorrow war mit einem wunderschönen Körper und einem intelligenten Köpfchen gesegnet. Sie kam aus einem guten Elternhaus und war Jahrgangsbeste. In der Highschool aber war sie in einen Freundeskreis geraten, der ihr gezeigt hatte, wie viel sie verpasst hatte, weil sie stets bestrebt gewesen war, ein gutes Mädchen zu sein.

Sie hatte Drogen genommen, ihre Noten waren in den Keller gerutscht, und Dad hatte damit gedroht, sie auf ein Internat zu schicken, sollte sich ihr Verhalten nicht ändern. Es waren sehr schwere vier Jahre gewesen, doch schließlich hatte sie die Kurve bekommen, ihren Abschluss gemacht und war die Prom-Queen an der Seite ihres Freundes Matthew gewesen, dem künftigen Anwalt aus Lafayette.

Ja, das Leben hatte sich wieder gebessert, aber es war eine Lehre für Amanda gewesen, und sie konnte nicht einmal sagen, dass ihr dieser Fehltritt nichts gebracht hatte: Sie hatte schließlich umgedacht und es geschafft, diesem Teufelskreis zu entkommen!

Es hatte sie stärker und selbstsicherer gemacht, und sie verstand die Kids von heute, denn Teenie-Jahre waren schwer, für Kinder wie für die Eltern. Alles war gut gegangen.

Heute war sie wie ihr bezaubernder Ehemann Anwältin und hatte gerade neu in einer Kanzlei in der City angefangen. Es war ihr erstes Wochenende zu Besuch bei den stolzen Eltern, denen sie früher so viel Kummer bereitet hatte.

Aber so war das Leben.

Unverhofft.

Manchmal scheiße.

Und doch wendete sich so oft alles wieder zum Guten, wenn man sein eigenes Handeln hin und wieder überdachte. Ihr Körper war immer derselbe geblieben, sie hatte gute Gene. Aber trotzdem durfte sie nicht faul werden, weil sich mit den Jahren ihr Stoffwechsel geändert hatte. Hormone sorgten dafür, dass sie Fast Food nur ansehen musste, um zuzunehmen, und deshalb joggte sie täglich.

Durch den Park in Lafayette, um dann in ihrem schicken Apartment unter der Dusche Sex mit ihrem muskelbepackten Ehemann zu haben, der ebenfalls vor der Arbeit ein Workout machte, um dann ausgepowert, gefickt und gestriegelt in der Kanzlei zu erscheinen.

Da es Amanda gewohnt war, Komplimente und Aufmerksamkeit von Männern zu erhalten und eine Lebenskrise bekam, wenn das mal nicht der Fall war, achtete sie selbst bei ihren Joggingtouren auf exzellentes Aussehen: Shorts so knapp, dass man ihre Pofalte beim Stretchen sah, das Top so grell und eng, dass man ihre wohlgeformten, braun gebrannten Brüste mit dem leichten Schweißfilm zum „Anbeißen" finden konnte. Die blonden Haare zu einem straffen Pferdeschwanz gebunden, weil ihr ein Fremder mal gesagt hatte, sie sähe aus wie ein Supermodel.

Als sie an diesem Sonntagmorgen zum Joggen losgelaufen war, hatte selbst der Nachbar, dem sie früher als kleines Mädchen Schokolade für den wohltätigen Zweck verkauft hatte, große Augen bekommen und war mit dem Wasserschlauch gegen seinen Wagen gelaufen.

Amanda wusste, wie Männer zu händeln waren, weil sie immer älter und immer erfahrener wurde und schon so einiges erlebt hatte. Sie hob die Hand zum Gruß, legte ein süßes Lächeln auf und hauchte: „Hiiiii, Charlie!" – es war zauberhaft!

Sie joggte dieselbe Route wie früher, und ihr Möschen freute sich schon auf die Dusche danach, denn ihr Mann hatte angedeutet, was sie erwarten würde. Er hätte sie am liebsten schon morgens nach dem Aufwachen vernascht.

Doch Amanda wollte ihn zappeln lassen!

Sie bog auf ein Waldstück ein. Ihre Eltern wohnten in einem riesigen Haus in einem kleinen Ort, eine Stunde von Lafayette entfernt, in dem nur Politiker, Ärzte oder eben Anwälte wohnten. Eine Villa kostete hier Millionen, aber was waren schon Nullen auf einem Konto, wenn man sie nicht mehr zählen konnte ...

In dem Wald war ihr schon früher nie jemand beim Joggen begegnet, was sie sonderbar fand, war er doch reizend und die Wege gut ausgebaut. Doch er lag sehr abseits und selbst die Hundebesitzer fanden es zu weit weg von ihren Häusern.

Nicht aber unsere tolle Amanda, der für ihren prächtigen Körper nichts zu weit war!

Ihr fiel ein grüner Wagen auf, Marke egal, mit auf dem Dach befestigten Scheinwerfern, sicherlich jemand, der in der Nähe spazieren ging. Aber da waren Leuchten auf dem Dach – so was hatte sie schon mal gesehen. Und es war auch hier gewesen.

Im Wald gab es ein paar Hochsitze, aber noch nie hatte sie einen Jäger darin sitzen sehen. Zum Glück! Auf eine Begegnung mit einem Reh, einem Wildschwein oder gar einem ... wie hießen diese Dinger ... Braunbären ... hätte Amanda auch keine Lust gehabt.

Nur zu gut, dass Amanda keine Ahnung von Tieren hatte, außer, dass sie stanken, Dreck machten und nicht kommunizieren konnten.

Als sie mitten im Wald um eine Kurve bog, wurde es plötzlich kalt. Der Schweiß auf ihrem Dekolleté wurde eisig, sie legte die flache Hand darauf und schob es auf die dicken Bäume, in deren Schatten sie lief.

Sie drehte sich nach hinten. Sah nur den Waldweg, die Bäume links und rechts. Genau wie vor sich.

Aber irgendwas war anders.

Ein weiterer Hochsitz kam zum Vorschein, als eine Lichtung vor ihr auftauchte. Und dann entdeckte sie einen Mann.

Amanda erschrak so sehr, dass sie stehen blieb. Der Mann lehnte am Fuß des Hochsitzes. Ein Gewehr auf seiner Schulter. „Oh", sagte sie außer Atem. „Haben Sie mich erschreckt!" Wie aufregend! Sie hatte noch nie einen Jäger gesehen! Der Mann antwortete nicht. Er sah nicht gut aus. Nicht wie die Männer, mit denen sie sonst zu tun hatte. „Das ist wohl Ihr Wagen ..." Sie zeigte nach hinten. *Ach, Amanda, der Wagen, die Straße, das alles ist mindestens zwei Kilometer von dir entfernt – du bist ganz allein ...* „Na ja, also ... Ich glaube, ich habe Ihren Wagen schon mal gesehen." Es lohnte sich immer, mit Männern auf gut Wetter zu machen, indem sie ihnen Honig ums Maul schmierte. „Ich besuche meine Eltern, und ich erinnere mich, Ihren Wagen schon einmal gesehen zu haben. Sie sind Jäger, nicht?"

Keine Antwort.

„Wie gut, dass ich immer helle Kleidung trage! Dann sieht man mich. Und niemand muss mich erschießen." Sie lachte und schleuderte ihren Pferdeschwanz durch die Luft. „Aber meine Haare sind auch so blond, dass sie wie ein Signal leuchten."

Der Mann war stämmig, seine Pranken, in denen er das Gewehr hielt, riesig. Sein Gesicht unter dem Hut kaum zu erkennen.

„Ich jogge immer dieselbe Route. Schon immer. Jedes Wochenende, wenn ich hier bin. Und auch damals schon, als ich noch hier wohnte." Sie sah gen Himmel. „Ist es nicht ein wundervoller Tag?" Dann schaute sie an ihm vorbei. „Haben Sie schon was erlegt? Ein Reh? Ich bin ehrlich, ich halte nicht viel von der Jagd, mir tun die Tiere leid, obwohl ich sie nicht mag."

Ein Geräusch erklang. Ein Klicken. Amanda hatte keine Ahnung, wo das herkam, nur dass es von ihm kam. „Ja, also, ich werde dann mal weiter. Wie gesagt, ich jogge jeden Tag dieselbe Route und ..." *Ich muss heim. Mein Mann und ich wollen in meinem alten Kinderzimmer Sex haben, bis die Wände wackeln.*

Sie ging ein paar Schritte. „Ich wünsche Ihnen einen schönen Tag." Sie passierte ihn, den Blick nach vorn. Und so sicher sie sich auch fühlte, warum wurden ihre Schritte schneller? Ihr Atem hastiger? Die Kälte eisiger?

Obwohl sie wieder in der Sonne lief …

Amanda drehte sich noch mal um. Und weil schön und klug zu sein eben nicht alles war, so musste Amanda jetzt einsehen, dass sie schon sehr oft in ihrem Leben einfach nur verdammt dämlich und dumm gewesen war.

Der Mann warf das Gewehr zu Boden, holte etwas hinter seinem Rücken hervor und ging auf sie zu.

„Es ist nicht so gut, dass ich immer dieselbe Strecke laufe, hm?" Sie begann zu zittern, als sie den Gegenstand in der Hand des Mannes erkannte. „Allein. Als Frau. Das war ein … ein Fehler. Ein sehr, sehr großer Fehler." Sie schluckte, konnte ihren Blick nicht von der Hand des Mannes lösen. „Ich … Ich habe Ihnen doch gar nichts getan …" Es war so widerlich, diese Angst, die sich Zentimeter für Zentimeter in ihrem ganzen Körper ausbreitete. Das Gefühl, egal, wie laut sie schreien, wie schnell sie laufen würde, niemand, wirklich niemand könnte ihr jetzt noch helfen.

Und bitter, so verdammt bitter war die Erkenntnis, dass sie wieder mal nicht vorher, sondern erst im Anschluss einer dummen Handlung über ihr Tun nachgedacht hatte.

Der Gegenstand klickte erneut.

Der Mann grinste.

Und Amanda rannte um ihr Leben …

Am Samstag nach ihrem Streit frühstückten David und seine Mutter gemeinsam. David hatte die erste Nacht wieder hier geschlafen. Mom hatte sich nicht entschuldigt. Natürlich nicht. Sie war gestern gar nicht dagewesen, als er gekommen war. Heute Morgen jedoch hatte ein gedeckter Tisch auf ihn gewartet. Sie hatte Orangensaft frisch gepresst, Pancakes gebacken, Toast lag im Brotkorb. Es gab Eier und Speck.

Der Kaffee duftete, als er zum Tisch ging und drei Teller entdeckte. Er hob den Blick.

Mom servierte ihm die Eier. „Ich dachte, sie ist hier."

„Du hast mir zu verstehen gegeben, dass du das nicht willst."

Sie stellte die Pfanne weg und setzte sich zu ihm. Er betrachtete seine Mutter. Mom hatte sich verändert. Auch äußerlich und das sehr schnell. Falten hatten sich um Mund und Augen eingegraben. Früher war sie mal richtig hübsch gewesen. Die Arbeit nahm sie mit.

„Und wo wart ihr die letzten Tage?"

„Polly war bei Regan und Beverly. Ich habe im Wagen geschlafen."

„Warum?"

„Ich wollte weder zu dir, noch wollte ich, dass Beverly für zwei Leute mehr kochen muss." Er nahm sich Toast. Löffelte Honig darauf.

„Und … jetzt?"

Er seufzte. „Polly wird nicht bleiben. Sie wird gehen."

„Okay." Natürlich musste Mom ihre Begeisterung darüber verbergen. „Aber … du bleibst hier?"

„Ich werde ein Angebot für den Trailer machen. Keiner will ihn haben. Ich denke, zwei, drei Monate, dann hab ich das Geld zusammen und bin hier weg."

Mom holte tief Luft. „Als hättest du es so schlecht bei mir." Sie wies auf den Tisch.

„Das hast du noch nie getan", sagte er vorwurfsvoll. „Noch nie. Es gab immer Cornflakes, und wenn keine Milch da war, gab es sie mit Wasser, weil es auch niemals Saft gab."

Ihr Telefon klingelte. Das Arbeits-Smartphone, das vorn auf der Kommode lag. Mom eilte in den Korridor. „Gibt es was Neues? Habt ihr sie gefunden?", fragte sie rasch.

David spülte den Toast mit Kaffee hinunter. Die Pancakes waren gut. Mom war eigentlich eine ganz gute Köchin, wenn sie es denn mal zeigte. „Wen gefunden?", fragte David, als sie zurückkam.

Gloria setzte sich wieder an den Tisch. „Man sucht nach einer jungen Frau. Verschwand letzten Sonntag."

„Aus Oakdale?"

„Nein, im St. Martin Parish." Sie nahm ihre Tasse, aß selbst nichts. „Ihre Eltern sind renommierte Anwälte."

„St. Martin … das ist das Atchafalaya Basin, oder?"

„Ja, sie war bei ihren Eltern zu Besuch in Coteau Holmes, in einer dieser Villen." Mom hob die Brauen. Sie sah sehr besorgt aus, und nach allem, was in den letzten Monaten passiert war, ahnte David warum.

„Ist sie … *die Nächste?*"

Mom zuckte mit den Schultern. „Das ist sehr wahrscheinlich, ja."

Die Nächste. „Wie ist ihr Name?"

„Amanda Sorrow."

David trank den Kaffee aus. Dann stand er auf. Ein „Danke" lag ihm auf der Zunge, und er war kurz davor, es auszusprechen, als er sich vom gedeckten Tisch entfernte und ihr das Aufräumen überließ. Er hatte kaum etwas gegessen, seine Freunde würden noch von den Leckereien, die Mom ihm gemacht hatte, satt werden können. Obwohl er wusste, dass sie sich Mühe gegeben hatte, sagte er nichts, nur: „Bin mal weg", und ging aus der Tür. Ihr resigniertes „Okay" im Rücken.

Wenig später hielt er Pollys Hand. Es war heiß, ihren Oberkörper bekleidete ein schwarzes Top, auf den Schultern trug sie ihren Rucksack, den sie nur selten abnahm. Ihre Hand fühlte sich feucht in seiner an. „Ist das wirklich eine gute Idee?"

„Es ist nicht die beste, aber es wird sein müssen", gab er zurück. „Und wieso?"

„Weil sie meine besten Freunde sind und ... sie dich kennenlernen wollen." Er sah Freddie und Nathalie schon von Weitem. Sie saßen auf der Treppe vor dem Diner im Schatten.

Die Sonne brannte an diesem Samstag heiß vom Himmel. Keine einzige Wolke war zu sehen. Gestern Abend hatte es gewittert und geregnet, und er hatte nicht in seinem Ford schlafen können, weil das Dach undicht war. Der Ford stand schon in der Werkstatt, er würde sich nächste Woche darum kümmern. Und hoffentlich war Polly nächste Woche noch nicht weg ...

Jeden Tag der letzten Woche hatte er während der Arbeit gehofft, dass er sie abends bei Regan vorfinden würde, und jedes Mal war es der Fall gewesen. Doch immer häufiger hatte sie den Wunsch geäußert, sich verabschieden zu können, weil sie niemandem auf der Tasche liegen wollte. Es hatte sehr viel Überzeugung von Beverly und David gebraucht, damit sie blieb.

Jetzt lag ein gemeinsames Wochenende vor ihnen, denn David hatte sich etwas überlegt. Und seine Freunde sollten helfen.

Nathalie stand auf, als Polly und David näher kamen. „Du bist also Polly", sagte sie und umarmte Polly vorsichtig. Nathalie trug einen viel zu kurzen Rock und ein knappes Top, natürlich wollte sie attraktiver aussehen als die Frau, an der David Gefallen fand. Doch er würde Pollys schwarzes Outfit jedes Mal Nathalies Nuttenfummel vorziehen.

„Hi", sagte Polly unsicher. Dann wandte sie sich das erste Mal seit dieser Feier bei Melissa an Freddie.

Freddie nahm ihre Hand und tat so, als würde er sich verbeugen. „Von ganzem Herzen: Verzeihung." Er war ein Charmeur, nahm sie danach kräftig in die Arme. „Willkommen in unserer Mitte, Polly."

Nathalie verschränkte die Arme. Polly strich sich die Haare hinters Ohr, lächelte nicht.

„Also, das sind die Chaoten, mit denen ich meine Zeit in unserem schönen, aber sehr langweiligen Oakdale verbringe", erklärte David.

„Und jetzt verbringen wir sie mit dir", fügte Nathalie hinzu.

„Ich will nur anmerken, dass ich heute eigentlich arbeiten müsste", meinte Freddie, legte den Arm um Polly und zeigte auf die gegenüberliegende Straßenseite. „Der Laden dort gehört meinem Dad. Und … mir irgendwann."

„Irgendwann, Träumer", murmelte Nathalie.

Polly wandte sich aus seiner Umarmung. „Okay …"

„Ihr werdet euch noch umschauen", sagte Freddie. „In zehn Jahren hab ich fünf Läden in ganz Louisiana!"

Sie aßen gemeinsam im Diner ein paar Burger, und David war froh darüber, dass niemand Polly irgendwelche Fragen stellte. Im Gegenteil: Freddie spielte wie immer die Rolle des Unterhalters, Nathalie gackerte über seine Witze und musterte Polly zwischendurch wie eine Raubkatze ihre Beute.

„Also, ich habe einen Plan", sagte David mittendrin. „Für morgen ist kein Regen angesagt. Was haltet ihr von einem Kajak-Ausflug zu viert?"

„Kajak." Polly aß keinen Burger, sondern Pommes für einen Dollar. Sie bestand darauf, selbst zu zahlen. „Ist es jetzt so weit, ja?"

Er erinnerte sich an ihr erstes Zusammentreffen. „Ja. Man kann den Calcasieu River flussabwärts fahren und kommt dann an vielen Stränden vorbei. Dort kann man gut baden, fischen, was immer du willst."

„Gute Idee", fand Freddie.

„Bin dabei", kam es von Nathalie.

„Wir fahren oft zusammen raus", erklärte David Polly. „Ich würde mich freuen, wenn du mitkommst."

„Ich habe keine Pläne für morgen." Polly nickte. „Entschuldigt mich, ich geh mal aufs Klo."

David biss in seinen zweiten Burger, als Polly ging, während Nathalie ihr nachsah und am Strohhalm ihres Milchshakes nuckelte. „Ich muss auch", sagte sie und stand auf.

„Zufällig!", nuschelte David. Dann wartete er ein paar Sekunden und erhob sich ebenfalls. „Ich schaue lieber nach dem Rechten."

„Die gehen pinkeln, verdammt!", schimpfte Freddie mit vollem Mund. „Und ich sitze hier allein, oder was?"

David begab sich zu den Toiletten. Die Tür schloss nicht richtig, blieb einen Spalt geöffnet. Weil niemand anderes da war, stellte er sich dicht daneben und lugte durch den Spalt in den Waschraum. Die Toiletten des Diners waren wahrlich nicht der schönste Ort, dafür aber recht sauber.

Er sah Nathalie, die vor dem Spiegel ihr Make-up prüfte. Die Spülung ertönte, kurz darauf hörte er Schritte und erspähte Polly. Er kam sich albern vor und wollte schon gehen, als er Nathalies abschätzigen Ton hörte: „Der ist dir sehr wichtig, hm?"

David blieb stehen. Redeten sie von ihm?

„Der Rucksack?"

Er konnte nicht gehen, wollte zuhören …

„Na ja … schon."

„Willst du dir nicht die Hände waschen?"

David schlich sich zur Tür, versuchte, etwas zu erkennen. Nur langsam ließ Polly ihren Rucksack sinken und stellte ihn neben sich ab. Beide Frauen schauten nun in den Spiegel, er konnte sie von der Seite sehen und bemerkte auch, dass Nathalie Polly von oben bis unten betrachtete, während sie sich die Hände wusch.

„Ist das jetzt wieder Mode? Kommst du aus der Stadt?", fragte Nathalie mit gekünstelter Neugier.

„Was meinst du?"

„Na ja, die Löcher in deinem Shirt, hier, am Saumen." Sie zog mit Daumen und Zeigefinger am Stoff von Pollys Shirt. „Weißt du, wir haben hier in Oakdale einen Laden, der reduzierte Second-Hand-Kleidung anbietet. Vielleicht ist das was für dich." Sie sprach so von oben herab, dass David kurz davor war, ins Damenklo zu stürmen und Polly aus dieser Situation zu befreien.

Doch das war nicht nötig.

„Danke, ich werde es mir merken", gab Polly unbeeindruckt zurück. „Musst du nicht aufs Klo?"

„Ich wollte mir nur die Lippen nachziehen." Nathalie hob ihren Lippenstift.

„Wozu?", fragte Polly und wandte sich zum Gehen. „Wunder kann der auch nicht vollbringen."

David konnte sich das Lachen nicht verkneifen und eilte vor Polly zurück zum Tisch.

Den Abend verbrachten David und Polly bei Regan und Beverly zu Hause. Regan spielte Mundharmonika, David nicht sehr gut Banjo. Sie saßen auf der Veranda, während Beverly alte Farmlieder sang und mit Polly zusammen das Dinner für den morgigen Tag vorbereitete. Auf dem Boden neben ihren Füßen stand eine große Schüssel mit Bohnen, die geputzt werden mussten. Polly schälte Kartoffeln. Morgen würde John mit seiner Frau und den Kindern zum Essen kommen, und außerdem noch Freunde von Regan und Beverly. Im Süden war es ganz normal, in großen Runden zu speisen.

Irgendwann gegen zwölf Uhr verabschiedete sich David mit dem Hinweis, dass sie schnell schlafen gehen sollte, denn morgen ging es früh los.

„Willst du nicht hier übernachten?", fragte Polly. „Es wäre mir so viel lieber …"

„Ich muss das irgendwie alles mit Mom klären." David kam bei seinem Wagen an, hinter ihm lief Polly. „Ich muss mich mit ihr gutstellen, obwohl … Bei ihr um Geld zu betteln, ist eigentlich das Letzte, was ich will."

Sie seufzte. „Aber was habe ich damit zu tun, David? Soll ich da mit dir wohnen, obwohl ich nie vorhatte hierzubleiben?"

„Ich …" Da er nicht wusste, was er antworten sollte, rieb er sich über die Nase und verstummte.

Sie wechselte das Thema. „Du hast gut gespielt." Sie machte eine Kopfbewegung zum Haus.

„Banjo? Das war nichts. Mein Dad hat Gitarre gespielt. Das war toll!"

„Meiner auch!", sagte sie zu seinem Erstaunen. „Er war der Beste. Er war Musiker. Er hatte so eine besondere Gitarre … So eine … Flying V-Gitarre."

„Eine E-Gitarre?"

„Ja, ganz alt. Er nannte sie *Elizabeth*. Nach seiner Grandma, die ihm viel bedeutet hat. Ich habe sie leider nicht mehr kennenlernen dürfen, aber sie muss bezaubernd gewesen sein. Wenn er von ihr erzählt hatte, spielte er danach immer Songs auf der Gitarre."

„Wahnsinn, als ich vierzehn Jahre alt war, hatten Freddie und ich die Idee, eine Band zu gründen. Ich hatte mir dann eine E-Gitarre zu Weihnachten gewünscht, keine so wertvolle, nur … dass ich spielen kann, aber Mom … Sie wollte das nicht."

„Das ist traurig!"

„Ja, ist es!" Er fuhr sich nervös über die Nase. Seine Hände kamen ihm so überflüssig vor. Sollte er nach ihren greifen? Schließlich legte er seinen Arm aufs Autodach und sah sie an. Schwieg, während sich über ihnen längst die Nacht ausgebreitet hatte. „Was machst du mit mir, Polly?"

„Ich?"

„Ja, du …" Wie sie dastand. Die Hände hinter dem Rücken, das Kinn gereckt, wunderschön, stolz, aber vorsichtig. Er war bereit, alles und jeden zu verlassen, obwohl das Zusammensein mit ihr doch so tiefe Spuren hinterließ. „Du bringst mich dazu, Angst zu haben." Er hob die Brauen. „Und ein David O'Brian ist ein Mann, der keine Angst kennt."

„Wovor hast du Angst?"

„Dass ich morgen wiederkomme und Beverly sagt, dass du gegangen bist."

Sie verschränkte die Arme vor der Brust. „Wenn du das so sagst, habe ich Angst zu bleiben. Ich will dich nicht verletzen, denn ich … Du weißt, dass ich wie ein Vogel sein möchte. Ich will kein Nest, ich will nur fliegen."

„Dann fliegen wir zusammen." David legte seine Hand an ihre Wange. „Es ist zu spät, ich … Ich trag dich hier drinnen." Er klopfte sich mit der Faust gegen die Brust. „Bis morgen." Er betonte das Wort *morgen* und stieg in den Wagen.

Mom war noch wach. Sie saß im Wohnzimmer an ihrem Schreibtisch und tippte etwas in den Computer.

David klopfte an den Türrahmen. „Hey!"

Sie sah sich um. „Ich dachte, du kommst nicht mehr."

„Wurde später."

Mom nahm die Brille ab, die sie nur zum Lesen und am Computer aufsetzte, und rieb sich müde die Augen.

David wäre zu gern wortlos in sein Zimmer gegangen, doch er hatte Pläne und irgendwann müsste er sie wegen des Trailers vielleicht nach Geld fragen. Also blieb er noch bei ihr und fragte: „Wie war dein Tag?"

„Ach … Ich war heute in Lafayette."

„Wieso?" Er bekam nichts von ihrem Leben mit. So, wie sie nichts von seinem.

„Man hat sie gefunden, David."

Er erinnerte sich an das Gespräch heute Morgen. „Das Mädchen. Warte mal … Amanda?"

„Ja." Mom schluckte.

Die Nächste.

„Und?"

„Sie ist tot."

9 Jahre nach Pollys Verschwinden

Die zweite Nacht am Atchafalaya River lag hinter ihnen.

David hatte gut geschlafen, auch wenn Nathalie ihn mitten in der Nacht geweckt hatte, damit er die riesige Spinne beseitigte, die auf ihrer Seite des Zeltes an der Wand entlanggekrabbelt war. In den Sümpfen gab es die berühmten Bananenspinnen, die üblicherweise handtellergroß waren – und dieses Exemplar hatte sich einen Scheißdreck um die Norm gekümmert. David hatte verstehen können, dass Nathalie, die sonst wenig bis gar keine Angst vor Insekten hatte, da ihr Veto einlegen musste. Ein kurzer Blick zum Reißverschluss des Zeltes hatte dann auch klargemacht, wie die Spinne überhaupt ins Zelt hatte kommen können.

Das Zirpen der Grillen und das Planschen der Fische im seichten Wasser im Fluss hatten David nicht so rasch wieder einschlafen lassen. Vielleicht hatte es aber auch an den Moskitos gelegen, von denen er ein kurzes Video mit seinem Telefon gemacht hatte. Zu Hunderten hatten sie am Stoff des Zeltes geklebt und um Einlass gebeten, den er ihnen nicht erteilt hatte.

Der Morgen zählte wohl zu den schönsten, die sie alle drei je erlebt hatten. Kaum krochen David, Nathalie und Freddie aus ihren Zelten, erwartete sie eine Sonne, die hinter den Bäumen noch auf ihren großen Auftritt wartete, und buschig weicher Nebel wie Zuckerwatte, der auf dem Wasser ruhte. Die wenigen Sonnenstrahlen, die es schafften, ein Schlupfloch zwischen den Wipfeln zu ergattern, ließen das feinperlige Wasser über dem Fluss golden tanzen.

Die Atmosphäre war von den Klängen der Einwohner dieses Fleckchens Erde bestimmt, die teilweise so laut wurden, dass sie einander zurufen mussten, um sich zu verstehen.

Das Frühstück fiel etwas mager aus, denn viel Proviant hatten sie nicht dabei. Es gab Kaffee, Bananen, ein paar Pfirsiche, Trockenfrüchte und Rosinenbrot. Dabei saßen sie auf einem Überbleibsel eines Baumes, der einst hier am Strand gestanden haben musste, und beobachteten Flussregenpfeifer-Küken mit flauschig weichen Federn, die in einer Gruppe über den nassen Strand bis zum Wasser rannten, und bei jeder Welle wieder zurückjagten. Das wiederholten die kleinen Racker immer und immer wieder und stießen dabei freudige Schreie aus wie Kinder auf einem Spielplatz.

Rasch packten die drei Freunde zusammen, denn eine weite Etappe lag heute vor ihnen. Der Fluss würde sich durch die Wälder des Atchafalaya Basins schlängeln. Für eine lange Zeit würde jetzt nichts mehr kommen, was sie an die Zivilisation erinnerte, warnte David, nachdem sie die Brücke mit der Interstate 10 durchzogen hatten.

Hier auf dem Fluss gab es keinen Handyempfang. Es gab keinen Strom. Es gab nichts, was die unberührte Natur dieses Landes an dieser Stelle zu stören wagte. Der Fluss und das Land um ihn waren ursprünglich. David fand es ein Privileg, sich auf ihm treiben zu lassen, ein Stück Erde zu genießen, das so unberührt war.

Alle paar Stunden überholte sie ein Schiff, einmal zog ein Schnellboot nahe der Uferlinie vorbei, und in der Nacht hatten sie ein Flugzeug gehört – ansonsten waren sie allein.

Um sie herum gab es nur Wasser, Himmel und das Grün der Wälder in der Sumpfebene. Die Oberfläche des Atchafalaya Rivers war spiegelglatt, und kopierte das sanfte Blau des wolkenlosen Himmels über ihm.

Alle paar hundert Meter tauchte am Ufer ein Schuppen oder ein kleines Häuschen auf. Alte Cajun-Hütten oder Bootshäuser. Mal schienen sie intakt, mal völlig demoliert – doch zu 99 Prozent waren sie verlassen.

Es gab keine Straßen, keine Wege am Ufer. Und wenn, dann bestanden sie aus Wasser. Ein Irrgarten von Zuläufen aus den

Tiefen der Sümpfe, die in den Atchafalaya River mündeten, geschmiedet über Jahre, Jahrzehnte und Jahrhunderte.

Die Bojen zeigten am Vormittag lediglich ein kleines Rinnsal an, die Strömung war nicht nennenswert.

All das änderte sich am Nachmittag. Zunächst zogen Wolken und Wind auf. Nicht weiter tragisch, Freddie meinte sogar, dass ihm das Paddeln jetzt sogar mehr Spaß mache. Als dann aber um vier Uhr die ersten Regentropfen fielen, checkte David sein Navigationssystem. „Wir sind fast da!"

„Wie weit noch?" Nathalies Stimme schien weiter weg als die paar Meter, die sie neben ihm paddelte. Der Wind wurde minütlich stärker.

„Sieben, acht Meilen", gab David zurück.

„Das schaffen wir nicht", gab Freddie zu bedenken. „Das wird gleich richtig heftig werden!"

Auch David sah das ein, obwohl ihr Etappenziel noch nicht erreicht war. Er navigierte seine Freunde zu einem Nebenarm des Flusses, fluchte dabei leise, weil das nicht sein Plan gewesen war.

Die sich hoch über dem Wasser kreuzenden Baumwipfel spendeten Schutz vor dem Regen, die umliegende Bewaldung vor Sturm. Der Nebenarm war nicht sehr breit und nicht sehr tief, wodurch sich Nathalies Kajak in der Baumwurzel einer Zypresse verfing. Der „Bart des alten Mannes", wie das Spanische Moos auf den Bäumen in dieser Gegend genannt wurde, verhedderte sich in ihrem Paddel, sie rief nach Hilfe.

David kehrte um, ging an Land und dann über einen am Ufer liegenden Baumstamm, um sie zu befreien.

Freddie fuhr derweil weiter und schoss Fotos von einer Schildkrötenfamilie, die auf sich türmenden Steinen Schutz vor dem Wetter suchte.

Eine Weile paddelten sie entlang des Nebenarms, besprachen sich, ob es besser wäre, auf das Ende des Sturmes zu warten, um dann auf dem Fluss weiterzufahren, oder sich hier einen Unterschlupf zu suchen.

Der Regen aber dauerte an. Und wenn es sich in den Sümpfen erst einmal eingeregnet hatte und die Wolken in jede Himmelsrichtung ein und dieselbe Farbe angenommen hatten, war kein Ende in Sicht.

Es war nur vernünftig, es für heute gut sein zu lassen.

Langsam trieben sie im Schutz des Blätterdaches weiter, unter den gespenstisch mit blaugrauen Schleiern behangenen Ästen der Eichen hindurch. Je tiefer sie ins Land drangen, desto erstaunlicher und vielartiger wurden Flora und Fauna. Bieber, Otter, Alligatoren, sie alle beobachteten die Eindringlinge, doch glücklicherweise hatte keines von ihnen Absichten, sie zu besuchen.

Irgendwann tat sich am Ufer eine Lichtung auf, mit Boden aus feinstem Sand, ein paar Grasnarben und umrahmt von einem Urwald aus meterhohen Bäumen. Noch immer regnete es, noch immer wehte Wind, doch Freddie und Nathalie und auch David waren am Ende ihrer Kräfte. Es war ein langer Tag gewesen.

David zog erst seins, dann Nathalies Kajak an Land, als Freddie um Hilfe schrie. Sie eilten zu ihm und schon von Weitem sah David, dass sein Boot viel zu tief im Wasser lag.

„SCHEIßE!", brüllte Freddie, als sich das Kajak mit Wasser füllte. David sicherte ein paar Sachen aus dem Inneren, Nathalie schleppte sie ans Land, als Freddie aufstand, ins flache Wasser stieg und der Bug auf Grund ging.

„Wie konnte das passieren?"

„Wird ein Felsen gewesen sein, eine Wurzel, keine Ahnung, Mann!"

Wütend ging Freddie vor David an Land. „Hast du die Kajaks nicht kontrolliert? Was ist das für ein Scheiß?" Sein Dialekt war noch stärker, wenn er sich aufregte.

„Du hättest dein eigenes Boot mitnehmen können", gab David zu bedenken. „Oder gar nicht erst mitkommen müssen."

„Da muss vorher schon ein Leck drin gewesen sein", meinte Nathalie. „Und dann musst du irgendwo gegengestoßen sein."

„So eine verfluchte Kacke!" Freddie zog sein Shirt aus und schleuderte es auf den Boden. „Und nun?"

„Ich bin leicht", sagte Nathalie, „ich kann mich bei David vorne raufsetzen, bis in den nächsten Ort wird es schon gehen."

„Das funktioniert nicht", bemerkte David. „Freddie und ich hatten das mal ausprobiert."

„Fuck", fluchte Freddie.

„Wir gehen zu Fuß", schlug Nathalie vor.

„Wie?", fuhr Freddie sie an. „Hast du mal darüber nachgedacht, wo wir hier sind?" Er raufte sich die Haare. „Im Nirgendwo, verdammt! Nächste Stadt? Vielleicht zehn, zwanzig Meilen! Da bist du Tage unterwegs! Durch den Busch! Es gibt nicht mal Wege!"

„Jetzt schrei mich nicht an!", fauchte sie. „Nur weil du zu blöd zum Kajakfahren bist!"

Freddie trat gegen Davids Boot.

Der stand am Rand, die Hände in die Hüfte gestemmt. „Bleibt mal ruhig. Wir übernachten hier. Morgen laufe ich, und ihr nehmt die Boote."

Freddie brach in schallendes Gelächter aus. „Willst du der Held sein! Großartig! Scheiße noch mal, warum bin ich überhaupt mitgekommen?"

Nathalie brummte: „Ich weiß warum."

„Dass so ein Dreckswetter kommt, wusste ich nicht …" David ließ die Arme hängen.

Freddie legte den Zeigefinger gegen den Mund und fuhr zu Nathalie herum. „Was meinst du?"

„Ach, nichts." Nathalie saß auf ihrem Boot, die Beine über Kreuz, die Arme vor der Brust verschränkt.

„Raus mit der Sprache!", forderte Freddie.

David seufzte.

Nathalie schmunzelte. „Na ja, ich weiß zumindest den Grund, warum *David* hier ist."

„Du bist so eine blöde Kuh", gab David zurück und wandte sich ab, um die Zelte aufzubauen.

„Das will ich jetzt wissen", sagte Freddie. „Was war der Grund?"

Sie schien noch für drei Sekunden darüber nachzudenken, dann aber sprudelte es aus ihr heraus: „Er sucht Polly."

„Wen?" Freddie verzog das Gesicht. Erst dann dämmerte es ihm. „Ach … was? Die? Warum?"

„Weil er sie immer noch liebt." Nathalie grinste dumm. „Obwohl es Jahre her ist! Hach – ist das nicht romantisch?"

„Im Ernst jetzt!" Freddie packte David an den Schultern und zog ihn kräftig herum. „Stimmt das? Und wenn ja, was haben Nathalie und ich damit zu tun?"

David sah seinem Freund nicht in die Augen. „Ich wollte allein sein! Hab ich's nicht tausendmal gesagt? Ich wollte allein fahren!" Er zeigte aufs Wasser. „Du wolltest daraus unbedingt so einen Scheiß machen, ‚an alte Zeiten anknüpfen' und so'n Dreck! Das warst du, Mann!" Anklagend hob er den Zeigefinger gegen seinen Freund.

„Aber warum Polly? Warum jetzt? Die ist doch tot!"

Und dann reichte es. David schubste Freddie so kräftig nach hinten, dass dieser das Gleichgewicht verlor und auf dem Boden landete, direkt neben einem spitzen, abgebrochenen Baum. Freddie blickte sich um. „Bist du irre, Mann?" Er rappelte sich auf, gab David einen Schubs, und es dauerte nicht lange, da flogen die Fäuste.

3 Monate vor Pollys Verschwinden

Am Sonntagmorgen machten sich Freddie, Nathalie, David und Polly auf den Weg zum Fluss.

Weil Nathalie kein eigenes Kajak besaß, fuhr Freddie mit zwei Kajaks, die auf dem Dach seines Wagens befestigt waren, vor, gefolgt von David und Polly, die in einem Zweierboot fahren würden.

Es war herrliches Wetter: Die Sonne schien vom Himmel, ein paar Schönwetterwolken zogen vorbei, kaum ein Lüftchen rührte sich.

Der Calcasieu River, der an der Stadt vorbeilief, lag mit einer ruhigen Strömung vor ihnen.

Als sie am Wasser ankamen, bestand Polly darauf, ihren Rucksack mit sich zu führen, worüber Nathalie die Augen rollte. Doch David erfüllte ihr diesen Wunsch und verstaute ihn im Heck des Bootes, dann konnte die Fahrt beginnen.

Polly machte sich gut. Nachdem der Anfang etwas holprig und mit vielen Pannen und Lachern bestückt war, hatte sie den Dreh schnell raus. Einige Mal überholten sie sogar Nathalie und Freddie in ihren Einerkajaks.

Die Strecke war nicht weit und schon nach ein paar Meilen taten sich zu beiden Seiten des Flusses hinter jeder Kurve weißsandige Strände auf, Dutzende Sandbänke, die zum Verweilen anregten. Das Wasser war nicht tief, im Sommer gab es entlang des Flusses viele Sonnenanbeter und Badebegeisterte, denn das klare Nass lud hier und da zum Planschen ein.

Gegen Mittag zogen sie die Boote an Land und streckten die Arme aus. Polly war begeistert von der schönen Natur und schlüpfte wie Nathalie aus ihrer Kleidung. Natürlich war David froh, sie unter seiner Sonnenbrille heimlich betrachten zu können:

Unter ihrer schwarzen Bikinihose kam ein hübscher Po zum Vorschein. Er ignorierte das Nuscheln von Nathalie, dass es sich nicht um einen Bikini, sondern um eine stinknormale Unterhose handelte.

David war das egal. Er wusste genau, dass Nathalie ein Problem damit hatte, dass er Polly mochte, und sich darüber ärgerte, dass Polly eine Naturschönheit war.

Im Schein der heißen Sonne trat Polly ins Wasser. Ihr schwarzes, langes Haar lag glatt über ihren Schultern, es glänzte in der Sonne wie Satin, und ihre Porzellanhaut leuchtete, als sie zum anderen Ufer ging, wo die Bäume sie ummantelten.

Als Freddie sich in den Sand zu David setzte, schenkte er seinem Freund einen beeindruckten Blick und hob seinen Daumen.

David beobachtete sie und fragte sich, warum Polly ihren Rucksack sogar mit ins Wasser genommen hatte, und krampfhaft darauf achtete, dass er nicht nass wurde. Sicher befand sich ihr ganzes Hab und Gut darin, dachte David. Er wollte sich gar nicht weiter damit befassen. Doch warum ließ sie ihn nicht bei Regan und Beverly? War sie ständig und überall auf der Flucht?

Nathalie ging ebenfalls ins Wasser und jauchzte, weil es so kalt war. Im Sommer erreichten die Temperaturen gern mal die 40-Grad-Marke, und auch heute schien ein so heißer Tag zu sein. Da konnte man schon mal aufschreien, wenn das Wasser nur 23 Grad hatte.

Freddie breitete eine Decke aus, David schnitt Wassermelone auf, und die Frauen kamen zum Lunch. Polly holte Zwiebelbrot, von Beverly frisch gebacken, aus ihrem Rucksack, Nathalie rümpfte die Nase, als sie das in Küchenpapier gewickelte Päckchen öffnete, das durch die Tour etwas gelitten hatte.

„Greift zu!"

Freddie war gut drauf. Er scherzte mit Polly, brachte sie zum Lachen, und David fand, dass er sich wirklich nett ihr gegenüber verhielt. Nathalie war das Problem. Sie redete kaum, obwohl sie sonst eine Quasselstrippe war, und musterte Polly ständig von oben bis unten.

Doch Polly schien das völlig egal zu sein. Sie ignorierte Nathalie gekonnt und gab sich mit ihm und Freddie ab. Sie blühte schnell auf, redete immer mehr und ihr natürliches, freundliches und taffes Wesen beeindruckte ihn mit jeder Minute mehr. Und als sie nach dem Essen alle vier ins Wasser sprangen, suchte er immer wieder ihre Nähe.

Freddie hatte ein Seil dabei und kletterte auf den durch einen Sturm tief heruntergebogenen Ast einer Eiche, dessen Zweige zumeist abgebrochen waren. Er befestigte das Seil mit mehreren Knoten, das andere Ende wickelte er um ein Stück Treibholz. Dann warf er es hinunter, sodass es in der Luft baumelte.

Nacheinander schwangen sich Freddie und Nathalie damit ins Wasser und ließen sich in den Bereich des Flusses fallen, in dem es etwas tiefer war.

„Komm schon!", rief Freddie Polly entgegen, die noch auf der anderen Seite des Ufers stand und sich nicht traute.

„Ich hab's auch gemacht!", rief Nathalie.

„Ich weiß nicht!" Hilflos sah sie zu David. „Ich kann nicht schwimmen."

Er grinste, ging auf sie zu und nahm ihre Hand. „Hält das Seil auch zwei Personen, Freddie?"

„Klar! Immer rauf da!"

David zog Polly mit sich. „Ich bin bei dir, komm!" Er ignorierte Nathalies entsetztes Gesicht auf der anderen Seite des Flusses und half Polly, ihre Füße auf dem Holz zu positionieren, wobei sie ihre Sportlichkeit bewies. Anschließend zog er sich zu ihr rauf. Ohne seine Füße abzustellen, hielt er sich mit einer Hand am Seil fest, mit dem anderen Arm umklammerte er Polly. Sein Körper lag nun dicht an ihrem, als würden sie sich innig umarmen. „Bereit?" Er flüsterte, weil ihr Gesicht direkt an seinem lag. Sie nickte, er holte Schwung, sie flogen durch die Luft, ließen los und landeten zusammen im Wasser. Dort umklammerte er sofort ihren Körper, während sie das Gleiche bei ihm tat. Sie brauchten länger als nötig, um an die Wasseroberfläche zu kommen.

Später lagen sie in der Sonne. Freddie hatte die Angel ausgeworfen, Nathalie hörte Musik, David und Polly aalten sich am Strand.

„Es ist ein wunderschöner Ort", sagte sie. „Ich kann verstehen, dass du eines Tages in diesem Trailer am Fluss wohnen willst." „Ich kann mir nicht vorstellen, für immer in der Stadt zu wohnen." Er blinzelte, weil die Sonne ihm entgegenschien.

„Zeigst du ihn mir irgendwann?"

„Klar." Er streichelte ihren Arm. Der Sprung ins Wasser schien eine Barriere durchbrochen zu haben: Er ließ sie nicht mehr los.

Doch plötzlich entzog sie sich ihm und sah sich rasch nach ihrem Rucksack um, der nicht weit von ihr entfernt an einem kleinen Felsen lehnte. „Ich habe heute ausgecheckt, David."

Er fuhr zusammen. „Was soll das heißen?"

„Ich kann nicht mehr bei Regan und Beverly wohnen, wirklich. Ihre Gastfreundschaft war phänomenal, aber eine Woche reicht."

Das kam zu plötzlich, als dass er es sogleich verdauen konnte. „Und was hast du jetzt vor?"

Sie hob die Schultern. „Ich muss weitersuchen. Noch bin ich nicht am Ziel."

Er dachte nach. „Aber wenn du gehst, wie soll ich dir dann den Trailer zeigen?"

Pollys Ausdruck verriet, dass sie nicht mit sich reden lassen würde. „Ein anderes Mal?"

„Wenn du gehst, kommst du nicht wieder", klagte er. „Ich kenn dich doch."

„Du kennst mich nicht. Eine Woche ist nichts."

„Sag das mal nicht." Er erhob sich. „Du hast morgen gesagt. Wo bleibst du heute Nacht?"

Sie zuckte mit den Achseln. „Ich habe immer eine Lösung gefunden."

Er schüttelte den Kopf. „Nee", sagte er. „Heute habe ich eine."

Am Abend machten sie ein Lagerfeuer. Freddie hatte tatsächlich drei kräftige Barsche gefangen, die nun über den Flammen garten.

Während das Essen noch brauchte, unterhielten sie sich, lachten miteinander, die Stimmung war ausgelassen. Später wurden die Gespräche ernster und die Themen bedrückender. „Meine Mutter hat mir erzählt, dass sie diese junge Frau unten im St. Martin Parish gefunden haben, stimmt das, David?", fragte Nathalie.

David nickte. „Ja, Amanda Sorrow."

„Ich habe es heute Morgen in den Nachrichten gesehen", sagte Freddie und sah nach dem Fisch.

„Ja, sie ist tot." David lehnte sich gegen einen Baumstamm. „Sie war im Wald joggen. Verschwand letztes Wochenende, und es machte die Runde", erklärte er.

„Weil es nicht die Erste ist", fügte Freddie hinzu.

Polly brachte sich ein. „Worüber redet ihr? Über diese Mädchen, die verschwinden und tot abgelegt werden?"

„Du hast davon gehört?", fragte David.

„Ja, es ist furchtbar."

„Vielleicht ist es nicht klug, zu dieser Zeit allein durchs Land zu ziehen", bemerkte Nathalie.

„Ich habe keine Angst."

„Die wievielte ist es jetzt?", fragte Freddie an David gewandt.

„Weißt du mehr darüber?", kam es von Polly.

David nickte. „Ja, wegen meiner Mom." Er griff nach einem Stock und stocherte damit in der Glut. „Also, es begann nach Weihnachten. Ich weiß es noch genau, weil Mom beide Feiertage in Lafayette verbrachte. Im Atchafalaya Basin wurde die Leiche von Henrietta Brown gefunden. Sie war erst einundzwanzig. Sie lag nackt und völlig entstellt im seichten Wasser eines Nebenarms des Atchafalaya Rivers, einem unzugänglichen Ort, der nur mit dem Boot befahren werden konnte. Laut Einschätzung der Gerichtsmedizin lag sie seit zwei Tagen dort und die Tiere hatten sich schon über sie hergemacht."

„Das ist ekelhaft", rief Nathalie.

„An die Nächste kann ich mich erinnern. Eloise Gerrey, eine Studentin aus Lafayette, die nachts von einer Party nicht wiedergekommen war", erzählte Freddie. „Stimmt doch, oder, David?"

„Ich meine, ja. Das muss Februar gewesen sein. Ihre Leiche lag 100 Meilen entfernt von ihrer Wohnung, ebenfalls im Sumpf, in der Nähe von Krotz Springs. Ihr Mörder hatte ihren nackten Körper neben einer Brücke niedergelassen." David schaute in die Gesichter der anderen. „Im Mai traf es Paige ... ich glaube, Donovan, eine angehende Journalistin. Sie trieb – wahrscheinlich über Wochen – in einem Kanal in der Küstenregion. Ein Fischer fand ihre zersetzte Leiche in der Nähe von Morgan City."

„Und jetzt hat es Amanda Sarrow erwischt", sagte Freddie und naschte vom Fisch. „War die auch nackt?"

Nathalie boxte ihm in die Seite. „Klar, dass dich genau dieses Detail interessiert."

„Wie hat er sie umgebracht?", wollte Polly wissen. „Was hat ihr Mörder mit ihnen getan?"

David hob den Zeigefinger. „Das sind Informationen, die ich nicht mit euch teilen sollte. Versteht ihr? Meine Mom bringt mich um, wenn sie davon erfährt!"

„Etliche Details sind durch die Medien sowieso bekannt", bemerkte Freddie.

David warf den Stock ins Gebüsch. „Ihnen wurde die Kehle durchgeschnitten. Amanda und Eloise wurde in den Nacken geschossen."

„Bäh." Nathalie drehte sich weg.

„Hat er sie vergewaltigt?", fragte Polly.

„So genau weiß ich das nicht", antwortete David. „Freddie?"

„Bei den ersten dreien ja, meine ich, gehört zu haben. Waren immer bildschöne Frauen."

Polly stand auf. „Schön oder nicht. Macht keinen Unterschied."

„Wo willst du hin?", fragte David.

„Ich gehe Holz holen."

David wollte mitgehen, als Freddie ihn davon abhielt. „Hey, David, hilf mir mal mit dem Fisch!"

Polly ging, David und Freddie kümmerten sich um den Fisch. Die Atmosphäre war trotz des bedrückenden Themas ruhig und friedlich. Nathalie umklammerte ihre Knie mit den Armen. „Also, ich finde Polly komisch." Und das war es dann auch schon mit der guten Stimmung.

„Ich auch, aber auf mich will ja keiner hören." Freddie legte die Fische auf ein sauberes Stück Holz, das David ihm hinhielt, und verbrannte sich dabei ständig.

„So ein Unsinn!", knurrte David. „Gibt keinen Grund, so was zu sagen."

Nathalie wies zu ihrer Linken. „Und das da?"

David und Freddie schauten in die gewiesene Richtung. Da lag Pollys Rucksack. Sie hatte ihn nicht mitgenommen.

„Findet dich jemand komisch, wenn du deine Handtasche überallhin mitnimmst?"

„Habe ich jetzt eine?" Nathalie hob die Hände. „An einem Tag am Wasser?"

David stellte das Holz auf den Sand und ging Polly hinterher. „Ihr seid unmöglich."

„Hey, komm, Essen ist fertig!" Doch Freddies Stimme hörte David schon fast nicht mehr. Er fand Polly in der Dunkelheit des Waldes, dort, wo der Boden mit festen Wurzeln übersät war und das Dickicht undurchdringbar schien.

„Hey", sagte er und nahm ihr das Holz ab, das sie gesammelt hatte. „Gib mir das!"

„Ich schaff das schon."

„Warum bist du immer so?" Er stand dicht bei ihr, konnte sie riechen, ihre Nähe spüren, während im Gebüsch die Zikaden ihre Stimmen zu übertönen versuchten.

„Wie denn?"

„Ich bin der Mann, ich will unser Holz tragen, damit du dich am Feuer wärmen kannst." Seine Stimme wurde leiser. Er nahm die Stöcke unter seinen rechten Arm, damit er die linke Hand frei hatte, um mit seinen Fingern das Haar aus ihrem Gesicht zu streichen.

Das Mondlicht spiegelte sich in ihren Augen. „Weißt du, dass du unfassbar schön bist?", flüsterte er und bewegte sein Gesicht auf ihres zu, leise und ruhig, wie ein Raubtier auf der Pirsch.

„ESSEN!", unterbrach Freddie die Romantik aus der Ferne.

Polly musste lachen, David rollte die Augen. „Das kann doch nicht wahr sein." Belustigt machte er Platz. „Ma'am, nach Ihnen."

Polly ging an ihm vorbei, und sie stiegen durchs Geäst Richtung Strand, während er sich zunehmend ärgerte, sie nicht geküsst zu haben. Das gab es doch nicht, warum war er bei ihr so vorsichtig?

„Hey!", rief er deswegen. Polly blieb stehen, fuhr zu ihm herum, als David lautstark das Holz auf den Boden fallen ließ, nach ihrem Handgelenk griff und sie zu sich zog. Dann legte er seine Hände um ihr Gesicht und küsste sie. Er ließ sich Zeit, nahm die Hände runter und ließ seine Fingerspitzen an ihren Armen nach unten gleiten. Ihre Gänsehaut vernahm er als Zeichen, dass ihr das hier gefiel, und löste seine Lippen eine ganze Weile nicht von ihren.

Sieben Nächte hatte sie bei Regan und Beverly verbracht, und in den zwei Nächten, in denen er ebenfalls dort geschlafen hatte, hatte er sich fast schon klösterlich verhalten, weil er zu viel Respekt vor Regan hatte. Und vor Polly. So hatten sie einander kaum in den Armen gelegen, und wenn, dann ohne sich zu streicheln. Er hatte auf der Couch an der Wand geschlafen und ihr das Bett überlassen.

Doch heute Nacht sollte sich das ändern.

Er drückte sie fest, flüsterte ihr ins Ohr, dass sie ihn verrückt mache. Insgeheim dachte er daran, dass er bis auf Melissa kein Mädchen gehabt hatte, während alle in der Stadt dachten, er wäre ein Schürzenjäger und Weiberheld, der jedes Wochenende eine andere mit in sein Bett nähme.

Doch so war David O'Brian gar nicht, denn ein Gentleman wechselte seine Frauen nicht wie Unterwäsche, und wenn es um das weibliche Geschlecht ging, so wollte er genau so jemand sein.

„Wo bringst du mich heute hin?", wollte sie wissen, doch er brachte sie mit einem weiteren Kuss zum Schweigen. Schließlich sollte es eine Überraschung werden.

Nur widerstrebend gingen sie zurück zum Feuer. Nathalie aß bereits, Freddie wartete. Er stocherte im Feuer, als die beiden sich setzten.

„Das sieht gut aus", sagte David, und er wusste, dass man an seinem breiten Grinsen erkannte, was im Gebüsch gerade vor sich gegangen war. Er puhlte Fleisch zwischen Gräten und der Haut des Fisches hervor, wollte es Polly anbieten, als er sah, wie sie entgeistert zu ihrem Rucksack starrte.

„Wer war das?" Ihre Stimme klang scharf. Anklagend.

David verstand zunächst nicht, was passiert war.

„Was?", fragte Nathalie.

Freddie wischte sich den Mund ab. „Ja, was?"

Polly blickte sie beide an. In ihren Augen spiegelten sich die Flammen. „Wer hat das getan?"

„Was ist denn?" David sah an ihr vorbei. Der Rucksack lag im Sand, vorher hatte er am Felsen gelehnt.

Hatten sie etwa …?

Oh, verfluchte Scheiße!

David wurde heiß und kalt zugleich. Er konnte nicht glauben, was offensichtlich war. Blitzschnell sah er zu Polly, versuchte herauszufinden, ob sie das Gleiche dachte wie er. Aber natürlich tat sie das!

Sie hatten Pollys Rucksack durchwühlt. David glaubte, das sei ein schlechter Scherz.

„Ach so, das." Nathalie konnte ihr Grinsen nicht verkneifen. „Ich habe nach einem Tampon gesucht. Sorry. Ich dachte, das wäre unter Freundinnen okay."

Freddie lachte laut auf.

Polly trat mit dem Fuß in den Sand, sodass er aufgewirbelt wurde und gegen die beiden flog.

Schützend rissen Freddie und Nathalie ihre Hände vors Gesicht. „BIST DU IRRE?"

David fand keine Worte. „Wirklich, ihr seid so …" Er ließ das Papier mit dem Fisch darauf sinken und stand auf. „Was sollte das?"

„Ich muss gehen." Polly schnappte sich den Rucksack und lief los.

„Polly, nein!" David kam hinterher. „Hier gibt's keinen Weg. Schieb das Kajak ins Wasser, wir fahren zurück!"

Sie nickte und machte sich an die Arbeit.

Doch David war noch nicht fertig. Er jagte zum Feuer zurück und packte Nathalies Arm. „Warum hast du das getan?"

„Au! AU!"

Freddie sprang auf und befreite Nathalie aus dem festen Griff. „Hör auf, Mann! Du tust ihr weh!"

„Und ihr habt Polly verletzt!" David war außer sich. „MANN! Das ist alles, was sie hat! Wie konntet ihr das tun?"

„Es ist ein verfickter Rucksack, mach halblang!", brüllte Freddie.

„*IHR* RUCKSACK!", schrie David zurück und wandte sich zum Gehen. „Ihr könnt mich mal, das war's!"

Nathalie stellte sich neben Freddie auf. „Ist das jetzt dein Ernst, David? Für sie? Für sie gibst du unsere Freundschaft auf? Eine jahrelange Freundschaft?"

„Ihr mögt sie nicht!" David stand ein paar Meter von ihnen entfernt, was besser so war, denn sonst hätte er Freddie eine reingehauen. „Ich hab's verstanden! Aber das ist kein Grund, sie zu schikanieren!"

Freddie und Nathalie sahen einander an. Dann sagte Freddie: „Hast du mal reingesehen, David? Ich meine, hast du dich mal gefragt, wer sie wirklich ist?"

„Ach!" David winkte ab. Dann hob er drohend den Zeigefinger. „Ich hätte das nicht von dir gedacht, Mann! Gerade von dir nicht!"

Freddie ging auf ihn zu und stieß ihn nach hinten. „Halt die Luft an! Es war ein Spaß!"

David schubste zurück. „Wenn ihr sie nicht akzeptiert, dann braucht ihr mich nicht anzurufen. Ich bin raus!"

„Ach komm, David!", motzte Nathalie. „Hast du Freddie nicht zugehört? Du solltest in den Rucksack sehen. Du hast keine Ahnung, wer sie ist!"

David hörte nicht auf sie. Er machte sich auf den Weg zu Polly und brüllte ein letztes Mal zu seinen Freunden: „Ich bin fertig mit euch!"

Der Regen kam so plötzlich wie das abrupte Ende der Lagerfeuerparty am Fluss.

„Wo gehen wir hin?", fragte Polly, als sie Hand in Hand durch den nächtlichen Regen rannten. Sie hatten unweit der Straße, die vom Wasser hierhergeführt hatte, geparkt. Es war ein warmer Sommerregen, kein bisschen kalt. Eher sogar angenehm, weil sich die Tropfen wie ein Kitzeln auf ihrer sich abkühlenden Haut anfühlten.

„Nach Hause", antwortete David. Er stieg in der Dunkelheit über hochgewachsenes Gras, das selbst der stärkste Schauer nicht zu Boden zwingen konnte. Ihre Arme wurden von Dornen etlicher verwilderter Büsche und Sträucher zerstochen, bis sie irgendwann ihr Ziel erreichten. Vor David und Polly erhob sich ein fast gänzlich zugewachsener Trailer. Er war der letzte und abgelegenste in dieser Straße, stand seit Jahren leer, weil er wohl einen erheblichen Wasserschaden hatte. Dennoch war er jenes Zuhause, von dem David schon träumte, seit er ein Kind war.

Die schief hängende Tür war verriegelt, David suchte in seinem Rucksack nach einem passenden Werkzeug, um das Schloss zu knacken. Polly sah dabei zu.

„Verdammt", fluchte er leise, während der Regen auf seine Hände prasselte und ihm das Taschenmesser aus den Fingern rutschte.

Dann legte Polly ihre Hand auf seine und bedeutete ihm, einen Schritt zurückzutreten, hob ihre Faust und schlug in die Scheibe über dem Türgriff. Das Glas zersprang sofort, sie steckte ihre Hand hindurch und nach wenigen Sekunden öffnete sich die Tür.

David zog anerkennend die Brauen hoch und trat nach ihr ein. Der Geruch eines Raumes, der über die Jahre ein Paradies für Schimmel und Insekten war, drang in ihre Nasen. Es roch nach

Erde und etwas, was sich im Laufe der Zeit hier irgendwo ein Nest gebaut hatte und dann verstorben war.

„Ui", machte Polly, legte ihren Rucksack auf eine mit furchtbar hässlichem, verschlissenem Samt bezogenen Bank, schaute sich zusammen mit David im unnatürlichen Licht seines Telefons um.

David hatte den Trailer noch nie betreten, jetzt entdeckte er seine zahlreichen Schwachstellen. Hier musste alles neu gemacht werden. Die Fenster waren undicht, es tropfte von der Decke und der Boden wellte sich – doch irgendwann würde all das repariert sein.

Für diese Nacht aber war das ihr Zuhause, ein Ort, der nur ihnen beiden gehörte. Egal, in welchem Zustand sich der Trailer befand – er brauchte nur sie und ein Dach über dem Kopf, um glücklich zu sein.

Überwiegend blieb der Regen draußen, seine Melodie und das leichte Donnergrollen in der Ferne untermalten die Atmosphäre.

Polly stand vor der Liegefläche, David im Gang und in genau demselben Moment drehten sich beide zueinander. Er versuchte, ihre Gedanken zu lesen, hoffte inständig, sie würde ihm das Verhalten seiner Freunde verzeihen, auch wenn ihm klar war, wie viel er erwartete.

„Alles okay?", fragte er leise, weil er wissen wollte, wie es ihr ging. Immer und ständig.

Anstatt einer Antwort ging sie auf ihn zu, legte ihre Hände in seinem Nacken übereinander, während er mit den seinen ihre Taille umfasste.

Als sie sich küssten, war es, als würde die Hitze in seinem Körper, für die sie verantwortlich war, seine Klamotten zum Trocknen bringen. Und beim Berühren ihrer zarten Haut unter dem Shirt, begann ein Feuer in ihm zu lodern.

Ihre Küsse wurden wilder, und David erinnerte sich zurück an den Tag im Mai, als er Polly nach dem Streit mit seiner Mutter an irgendeiner Tankstelle in Louisiana begegnet war. Wie viele Zufälle, wie viel Schicksal musste dabei mitgespielt haben, dass sie genau dann aufeinandergetroffen waren?

Er schloss die Augen, wollte sie genießen, die Zeit mit ihr, die Nähe, dieses Gefühl, das er noch nie in sich gespürt hatte, nicht einmal bei Melissa.

Polly ging einen Schritt nach hinten, zog sich selbst das Shirt aus, was ihn unheimlich anturnte. In dem, was sie miteinander hatten, war er nicht derjenige, der den Ton angab. Auch war er nicht der Untergebene. David und Polly spielten ein Spiel, in dem sie nahmen und gaben und niemand mehr forderte als der andere.

Nervös betrachtete er Pollys Brüste in dem einfachen BH, den sie schnell auszog, und auch wenn sie versucht hatte, es sich nicht anmerken zu lassen, so ahnte er, wie peinlich ihr ihre Bekleidung war.

Für David aber war das nebensächlich. Jeder Fetzen hätte an ihr bemerkenswert ausgesehen.

Sie war eine unglaubliche Frau.

Sexy und wunderschön, und auch mit den wenigen Kleidungsstücken aus ihrem Rucksack hatte sie mehr zu bieten als jedes andere Mädchen in Oakdale.

Als sie gänzlich nackt vor ihm stand, hoffte er inständig, nicht allzu schnell fertig zu sein, obwohl er es schon beim Küssen kaum ausgehalten hatte. Seine Jeans gesellte sich zu ihren Klamotten, der Rest folgte rasch. Es war nicht kalt, und als er sie an sich zog, eine Hand auf ihren Rücken legte und mit der anderen nach ihrem Kinn griff, um sie zu küssen, wurde das Feuer in ihm zu einem ordentlichen Brand, bei dem die Funken flogen.

Sie erforschten ihre Körper, bevor sie sich auf der Liegefläche niederließen, auf der es weder eine Matratze noch Bettzeug gab. Bei dem Bett handelte es sich lediglich um eine Platte mit einer zerschlissenen Decke darauf. Doch in diesem Moment war es egal, wie viele Mäuse sich hier schon breitgemacht hatten. In diesem Moment zählte nur Polly.

Er übersäte ihren Körper mit Küssen, während sie sich immer wieder an ihn drückte und ihr Kinn leicht zu zittern begann. Ihre Hände wollten mehr, ihre Beine klammerten sich um seine Hüfte, sie stöhnte, während ihr Mund leicht geöffnet stand, was sinnlich und erotisch aussah. Ihre Augen, ihr Körper, alles wollte mehr, doch wollte er nicht zu schnell sein, weil er sich selbst so sehr wünschte, dass diese Nacht niemals enden würde.

Als der Regen schwächer wurde, siegte jedoch auch seine Lust. Er legte sich auf sie, bewegte sich langsam. Er schloss die Augen, legte seinen Kopf auf ihrer Schulter ab, hoffte, nicht zu schwer auf ihr zu wiegen, genoss das Kribbeln in seinem Körper, ihr sanftes Stöhnen, ihre Hände um seinen Hals.

Seine Zunge liebkoste ihre Brüste, er verschränkte seine Finger mit ihren, fühlte Schmerz, der ihn ablenkte, ihn davon abhielt, fertig zu werden.

Als er seine rechte Hand zwischen ihre Beine führte, um ihr noch mehr Befriedigung zu schenken, musste seine linke Hand dafür sorgen, dass sie nicht allzu laut schrie, weil sie schließlich ein Gebiet betreten hatten, das nicht ihnen gehörte.

Keuchend, glücklich und den Blick ihrer blauen Augen fest mit seinem verschränkt, hob sie ihr Becken, zuckte kräftig, während der Regen draußen verebbte und David schließlich in sich zusammensank.

Es war drei Uhr in der Nacht, als er mit zwei Decken aus seinem Wagen einen Ort geschaffen hatte, an dem sie sich beide zur Ruhe legen konnten. Eine Decke lag unter ihnen, die andere wärmte sie beide.

Polly lag auf seiner Brust, während David nicht aufhörte, sie zu streicheln, aber immer wieder wegnickte, weil er so müde war. Der Mond schien durch das schmale Fenster hinter ihnen, sodass sie die Gelegenheit hatten, vom Bett aus einen Teil des Trailers in Betracht zu nehmen. In diesem Licht hatte er auch das Blut entdeckt, das von einer Wunde an ihrer Hand gekommen war. Eine feine Scherbe steckte noch darin. Er verband sie mit irgendeinem halbwegs sauberen Lumpen, den er gefunden hatte, und fragte sie, ob sie denn keine Schmerzen hätte. Polly hatte gegrinst und seine Lippen geküsst, und er hatte verstanden. *Stell keine Fragen, nimm mich so, wie ich bin. Ich habe keine Angst. Ich fühle keinen Schmerz.*

Jetzt, als die Hand verbunden war und sie kaum redete, fragte er sich, ob sie denn etwas für ihn fühlte. So wie er für sie. Diese Wärme im Herzen. Doch war David kein Mann, der darüber sprechen würde.

„Ich hasse sie so", sagte er deswegen, während er versuchte, seine Augen offen zu halten, um die Nacht nicht zu beenden. „Glaub mir, ich … Ich will nichts mehr mit ihnen zu tun haben." Gemeint waren Freddie und Nathalie. Der Rucksack, Pollys Rucksack, und Zentrum jenes Streites, lag neben ihren Sachen auf dem Boden. „Sie sind Idioten."

„Das kümmert mich nicht, David. Ich bin nicht auf sie angewiesen."

„Aber sie hätten das nicht tun sollen." Und verstanden hatte er das sowieso nicht. „Ich weiß nicht, ob ich sie wiedersehen sollte."

Polly setzte sich auf. Ihre langen schwarzen Haare ummantelten ihr durch den Mondschein noch heller erscheinendes Gesicht, fielen über ihre Schultern und die entblößten Brüste und reichten fast bis zu ihrem Bauchnabel.

Alles in allem wirkte Polly wie ein Gemälde. Ja, so stellte David sich die Künstler von damals vor. So malten sie die Frauen: nackt, vom Mond beleuchtet und wunderschön.

„Und was, wenn deine Welt droht zusammenzubrechen? Wer fängt dich dann auf?", fragte sie.

„Du", antwortete er ernst. „Du fängst mich auf."

„Ich bin dann vielleicht nicht mehr da."

„Aber noch bist du hier", flüsterte er. „Und ich bin bei dir. Und wenn deine Welt zusammenbricht, hast du mich. Alles klar? Du hast mich. Für immer, Polly." Er konnte das Glitzern in ihren Augen sehen und setzte sich auf, zog ihren Körper an seinen und schwor in diesem Moment, sie zu beschützen, bei ihr zu bleiben und sie nicht gehen zu lassen.

„Was … Was denkst du gerade?", wollte sie wissen, während sie ihr Gesicht in seine Schulter grub. „Über mich?"

„Dass ich mir wünsche, dass du bleibst." Er hoffte, mit wenigen Worten genau das auszudrücken, was er dachte. „Bleib einfach, Polly."

„Das kann ich vielleicht nicht", flüsterte sie.

Er seufzte. „Aber du fällst niemandem mehr zur Last! Ich habe uns doch ein Zuhause verschafft." Sie löste sich von ihm. Und endlich, endlich erschien ein winziges Grinsen auf ihrem Gesicht. „Du oder ich?" David musste lachen. „Wir beide?" Er griff nach ihrer Hand. „Ich kann dir nicht mehr bieten. Nicht mehr als Rattenkot neben der Tür und den Geruch nach Pisse, aber ... ich bin handwerklich ein bisschen begabt, und ... Regan wird mir helfen und dann ... können wir hier leben."

In jeder anderen Situation seines Lebens wäre es ihm am Arsch vorbeigegangen, ob ein Mädchen bei ihm blieb oder nicht. David war ein Einzelkämpfer, kein Rudeltier. Doch dieses hier, dieses durfte nicht gehen. Dieses hier war wie er und erinnerte ihn an eine Welt, die einmal heil gewesen war. An Mom und Dad und ihn, als alles noch so schön gewesen war, und er noch nicht hatte lernen müssen, dass er nur sich selbst vertrauen konnte.

Wenn sie nicht bleiben wollte, war es so, aber er wollte alles probiert und gesagt haben. „Was meinst du?"

Sie holte tief Luft. „Okay ..."

9 Jahre nach Pollys Verschwinden

Die Atmosphäre war angespannt, seit Freddies Boot diesen enormen Schaden genommen und er von Nathalie erfahren hatte, David sei wegen Polly auf der Reise über den Atchafalaya River. Während David im Regen beide Zelte allein aufbaute, Nathalie unter den Bäumen einen Platz suchte, wo es keine Ameisen gab, und sie kochen konnte, brabbelte Freddie ununterbrochen gekrümelte Scheiße zusammen und versuchte, das Kajak zu flicken. Das dauerte über zwei Stunden.

Dann verebbte der Regen über dem Atchafalaya Basin, und die Geräusche der Natur ließen vermuten, dass alle Tiere der Sümpfe nur darauf gewartet hatten, nun wieder die Showakteure zu sein. In dem Baum, unter dem Nathalie Schutz für den Gaskocher gesucht hatte, saß eine Eule. Immer wieder raschelte es im Gebüsch. Vom Wasser her quakten Frösche – und Freddie, der das Panzertape sinken ließ und den Kopf schüttelte. „Großartige Idee, eine leere Rolle mit auf die Reise zu nehmen, Kumpel."

David war mit dem Aufbau der Zelte fertig und wischte sich das Wasser von der Stirn, was entweder Schweiß oder Regen gewesen sein mochte. Die Luftfeuchtigkeit ließ einen kaum durchatmen. „Ich laufe morgen."

Freddie lachte leise auf und ignorierte ihn, als er zu Nathalie trottete und einen Blick über ihre Schulter warf. Es gab eine Dose Ravioli, jetzt schälte sie noch Äpfel. „Probieren?" Sie hob ihre Hand, in der eine Hälfte lag.

Freddie schauderte. „Ich will doch keinen Apfel, die kannst du selbst essen."

Nathalie zuckte die Achseln und biss von der Apfelhälfte ab, dann rührte sie im Essen. „Fertig!"

Schweigend aßen sie aus ihren Plastikschüsseln. Die Gaskartusche kühlte ab, das Holz fürs Lagerfeuer musste noch gesammelt werden, leise zog Wind durchs Gebüsch.

„Ich habe einen Alligator gesehen", sagte David, stand auf und spülte seine Schüssel mit Wasser aus der Flasche ab. „Wenn du musst, begleitet dich jemand."

Nathalie schien damit einverstanden, sie nickte. Freddie knurrte: „Begleitest du mich auch beim Pinkeln?"

David winkte ab. „Ich kümmere mich ums Feuer."

Als es dunkel war, saßen David und Nathalie am Feuer. Der Wind hatte sich gelegt, die Luft kühlte ab. Tausend, vielleicht Millionen Zikaden begleiteten ihre Gespräche. Weil das Dach der Bäume über ihnen zu dicht war, war der Mond nicht zu sehen, dafür aber die Sterne dieser wolkenlosen Nacht.

David dachte, dass man nirgendwo die Sterne eines Nachthimmels besser beobachten konnte als an Orten wie diesen, wo das menschliche Auge nicht von unnatürlichem Licht abgelenkt wurde.

Zwischen ihnen lag eine Tüte Chips, und Nathalie klopfte sich auf den Bauch, meinte, aufhören zu müssen, sie würde fett werden. David antwortete, dass er ihre Sportlichkeit bewundere, schließlich seien sie auch heute wieder über dreißig Meilen Kajak gefahren, und sie habe mit den Jungs mitgehalten.

„So, mir reicht's jetzt", ertönte Freddies Stimme aus dem Hintergrund. David hätte gut und gern den ganzen Abend auf ihn verzichten können, nun aber kam Freddie mit einer Flasche mit ungefähr einem halben Liter Flüssigkeit darin ans Feuer. Er legte seine Hand auf Davids Schulter. „Wenn wir früher einen Streit hatten, sind wir ein Autorennen gefahren, das geht hier jetzt nicht."

„Die Zeiten sind vorbei, wir sind erwachsen." David hob die Hand in seine Richtung.

Freddie schlug kameradschaftlich ein. „Sorry, Mann, bin 'n bisschen ausgeflippt, aber jetzt …" Er setzte sich schräg gegenüber der beiden auf einen schmalen Baumstamm und präsentierte die Flasche. „Darf ich vorstellen: *My Lady*.“

Nathalie beugte sich vor. „Was ist das?“

David verengte die Augen. Im Schein der Flammen leuchtete die Flüssigkeit wie Bernstein. „Cognac?“

„Quatsch. Cognac! Wer will Cognac! Das ist echt geiles Zeug, hat mein Bruder gebraut.“

„Selbst?“ Nathalie wich zurück.

„Ja! Sein Kumpel und er machen das immer. Das schmeckt gut! Und ballert richtig rein.“ Freddie öffnete die Flasche. „Hab ich mir für einen besonderen Abend aufgehoben, und ich glaube … es ist Zeit.“ Er nahm einen großen Schluck und reichte die Flasche dann Nathalie. „Die Dame zuerst!“

Nathalie hielt die Flaschenöffnung dicht an ihre Nase. „Riecht nach Zimt.“

„Jap.“ Freddie schüttelte sich. „Der brennt nach. Los!“

„Ich weiß nicht.“ Misstrauisch schaute sie zu David. „Willst du zuerst?“

David nahm ihr die Flasche ab. Das Zeug roch gut. Er nahm einen Schluck. Der Schnaps brannte in seiner Kehle wie Feuer, doch dann breitete sich eine wohlige Wärme in seinem Körper aus. „Nicht schlecht. Kannst du ruhig trinken.“

„Ihr wisst, dass ich nicht viel trinke.“ Nathalie setzte das Glas an ihren Mund. „Wehe, ihr füllt mich ab!“

„Und wenn schon“, sagte Freddie. „Los! Schluck!“

Eine Stunde später war die Flasche leer und alle drei betrunken. Während es David einfach nur schlecht ging, war Freddie aufgedreht, laut und hibbelig und stachelte Nathalie zu wilden Tänzen ohne Musik auf.

David saß am Feuer und stützte den Kopf auf seine Hand. Freddies Hemd hing auf halb acht, sein Gürtel war geöffnet. Nathalies Haare waren zerzaust, ihr Make-up verlaufen, die Träger ihres Tops waren ihr von den Schultern gerutscht.

Die beiden grölten, verliehen diesem Ort etwas Unnatürliches, und David war sich sicher, dass sie heute Nacht kotzen würden – deswegen würde er allein schlafen.

„Seid doch mal leise", beschwerte er sich, als Freddie johlend sein T-Shirt auszog, es wie ein Lasso über dem Kopf kreisen ließ und über die Flammen warf, wohl wissend, dass es darin landen könnte.

„Sei kein Spielverderber", raunte Nathalie und öffnete eine Dose Bier. Sie hatten nur noch zwei Dosen. Eine war jetzt weg.

Freddie warf sich neben seinen Freund und lallte: „Ich sag dir eines: Ich garantiere ... heute Nacht für ... nichts!"

„Aha." David hob den Blick.

Nathalie stellte sich vor sie beide neben das Feuer, breitete die Arme aus, in der einen Hand das Bier, die andere viel zu nah an den Flammen. „Also", sagte sie, nicht mehr Herrin ihrer Sinne, „wer von euch will mich heute Nacht vögeln?"

Freddie bekam einen Lachkrampf und umklammerte Davids Arm. Dieser befreite sich. „Okay, das reicht." David schob Freddie von sich weg und stand auf. „Wir sollten ins Bett gehen."

„Ich muss mal für Königstiger." Freddie ging an ihm vorbei in den Wald.

Nathalie nuckelte an ihrer Bierdose wie ein Baby an der Flasche. David begann, die Überreste eines recht wilden Abends zu beseitigen. Zunächst brachte er das Feuerholz in Sicherheit, bevor die beiden die Party ausdehnen würden.

„Was ist denn los mit dir?", motzte Nathalie.

David betrachtete sie. „So mag ich dich gar nicht." Er verzog sogar den Mund. Nathalie sah aus wie eine Nutte. Vorhin war sie ins Zelt gegangen und mit einem Rock wieder rausgekommen, den sie zuletzt mit vierzehn getragen haben musste, so knapp fiel der aus. Das Top ließ ihren Bauch frei. Das Bier in der Hand trug dazu bei, dass David sie kein bisschen ernst nehmen konnte. Hätte sie Stil, säße sie am Lagerfeuer, die Beine geschlossen, würde von ihrer Arbeit im Krankenhaus erzählen und dabei einen dicken Pulli tragen. So hätte er sie tausendmal attraktiver gefunden.

„Wie? Wenn ich Spaß habe?"

Er zeigte mit seinem Finger an ihr rauf und runter. „So billig. Was bist du, Ärztin? Wie alt bist du? Achtundzwanzig? Sehe ich nicht, sorry."

„Was fällt dir ein?" Sie warf die Dose zu Boden. Das Bier lief aus. „Das ist echt scheiße von dir!"

„Du hast gefragt, ich habe geantwortet." David ging in Richtung Zelt. Er hasste es, wenn sie die Kontrolle haben wollte, weil sie ihn dann immer an Mom erinnerte. Warum wollten manche Frauen so sein? Warum gab es immer dieses Machtspiel?

Dann kam Freddie aus der Dunkelheit getrabt. „David, das ist echt nicht lustig!"

„Was denn?" David hielt sich den Bauch. Ihm war übel, sein Darm rumorte. Er würde vor dem Schlafen noch mal wohin müssen. Sie hatten nur noch eine Rolle Klopapier, hoffentlich würde die reichen.

„Ach, lass das! Du weißt, was ich meine!", fluchte Freddie.

David drehte sich zu Nathalie. Die sagte nichts. „Was denn, Mann?"

Freddie packte ihn am Kragen. „Dass du mir beim Kacken hinterhergekommen bist!"

„Das stimmt überhaupt nicht." David riss sich von ihm los.

„Er war die ganze Zeit hier", pflichtete Nathalie ihm bei.

„Was? Ich ..." Freddie torkelte zwischen ihnen. „Ich ... Ich könnte schwören, dass mich was in den Arsch gebissen hat!"

„Und du denkst, das war ich?" David machte ein angewidertes Gesicht und verstaute die leeren Dosen und den Müll in einer Tüte.

„Es war der Alligator", witzelte Nathalie. „Deswegen darf ich ja auch nicht allein Pipi machen gehen. Oder nein! Es ist das *Monster*!"

Freddie lachte und legte den Arm um Nathalie. David sah, dass sie sich Hilfe suchend nach ihm umdrehte. Doch sie hatte es ja so gewollt.

„Komm, geh schlafen, Kumpel", sagte er dann trotzdem. „Die Party ist vorbei."

Freddie schwankte in sein Zelt, Nathalie jedoch rührte sich nicht.

„Setzt du dich noch mit mir ans Feuer?"

In Davids Kopf rauschte es, er konnte nicht klar sehen. „Ich weiß nicht. Es ist spät, ich muss aufs Klo und die Kopfschmerztablette wirkt einfach nicht ..."

Nathalie seufzte tief. „Bitte?"

Damit sie Ruhe gab, tat David es doch. Eine Weile sagten sie nichts, starrten in die Glut, die nur noch ab und an eine Flamme nach oben schoss. Das Knistern des Holzes zusammen mit dem Ruf der Tiere und dem leisen Plätschern der Fische im Sumpfwasser wurde lediglich von Freddies Schnarchen gestört.

„Was macht dein Job?", wollte sie wissen, und David ahnte, dass sie auf Schönwetter zwischen ihnen machen wollte und sich Mühe gab, nicht zu lallen, sondern vernünftig zu sprechen.

„Die Autowerkstatt läuft."

„Hättest du jemals gedacht, deinen eigenen Laden zu haben?"

Sie hatte keine Ahnung. Deswegen nannte sie seine Werkstatt in New Orleans auch „Laden". „Ich weiß nicht." David zündete sich eine Zigarette an. Normalerweise ging es ihm danach immer besser, so widersprüchlich das auch war.

Nathalie rutschte immer näher, umklammerte mit ihren Armen seinen, legte ihren Kopf an seine Schulter. Irgendwann fing sie an, ihm kleine Küsschen zu schenken. Das Gefühl war schön, anders konnte er es nicht sagen, und der Alkohol tat sein Übriges dazu, „Lust" zu haben. Als sie anfing, ihre Zungenspitze in dieses Spiel einzubeziehen, schloss er sogar für einen Moment die Augen.

Doch es war Nathalie ...

Als sie sich hinstellte, musterte er sie. Ihre Silhouette zeichnete sich vor der Feuerstelle ab, und als sie ihren Rock langsam runterschob und ihr Top diesem schnell folgte, betrachtete er ihren wenig geformten, dünnen Körper. Nathalie war dennoch schön, aber sein Typ war sie nicht.

„Die habe ich für dich gekauft", flüsterte sie und griff nach seiner freien Hand.

David ließ es zu. Sein Kopf schmerzte aber so sehr, dass er die kaum wahrnahm. Nathalie stellte sich dicht vor ihn, führte seine Hand zu ihrer Brust, seine Finger berührten den Stoff aus feinster Spitze.

Er hatte einige Frauen nach Polly gehabt, natürlich, es waren neun Jahre gewesen. Mit einer hatte er sogar eine Beziehung geführt, die allerdings nur drei Monate gehalten hatte.

„Nat …" Seufzend senkte er den Blick, während Nathalie damit fortfuhr, seine Hand über ihren Körper zu ziehen. Als sie obenrum fertig war, ließ sie sich von ihm den Bauch streicheln, schob seine Hand dann immer weiter nach unten. Dabei wippte sie mit dem Becken, und als seine Hand an ihrem Slip angekommen war, fragte sie, ob sie nicht ins Zelt gehen wollten.

David war nicht dumm. Er hatte gewusst, dass Nathalie es auf dieser Reise versuchen würde. Er drückte die Zigarette an dem Baumstamm aus, warf die Kippe in die Mülltüte und watete vor ihr ins Zelt, obwohl er eigentlich wollte, dass sie bei Freddie schlief. Doch schlafen war gar nicht Nathalies Intention.

David war so müde und von dem selbst gebrauten Schnaps so benommen, dass sich alles drehte, als er im Zelt auf seine Matte sank. Ihm fielen sofort die Augen zu. Nathalie kniete sich dennoch vor ihn, öffnete seinen Gürtel, und machte sich an das, was unter seiner Hose steckte und absolut nicht für sie bereitstand.

Er hob die Hand, um ihren Rücken zu streicheln, konnte jedoch nicht ändern, dass sich trotz ihrer Bemühungen nichts an ihm regte.

„Was ist denn los?", fragte sie genervt und ließ die Hände fallen. „Findest du mich nicht sexy?"

„Doch." Das war ein bisschen gelogen, doch konnte er ihr kaum die Wahrheit sagen.

Nathalie war sauer. „Jeder Mann würde sich glücklich schätzen, mich jetzt ficken zu dürfen!"

„Okay."

Dann rollte sie sich auf den Po, streckte die Beine aus und trat gegen seine Hüfte.

„Au, verdammt!" David fuhr hoch. „Was soll das?" Er rieb sich die Hüfte. Das hatte verdammt wehgetan und nun war er plötzlich hellwach.

Nathalie verschränkte die Arme vor der Brust. Nur der Schein einer schwachen Campinglampe spendete Licht im Zelt. Da hockte sie nun, maulig und enttäuscht, und er konnte es ihr nicht mal verübeln. „Sorry", sagte er, „aber ich … Ich kann nicht."

„Wegen ihr?" Sie rollte mit den Augen. „Mann, verstehst du es echt nicht? Das ist neun Jahre her, und Polly ist höchstwahrscheinlich tot."

„Sie ist nicht tot."

„Sie ist gesprungen, David! Die ist mausetot! Und wenn sie nicht gesprungen ist, hat das Monster sie bekommen! Weißt du noch, das Monster, das so viele junge Frauen getötet hat! Und ihr wird es nicht anders ergangen sein. Wie dumm ihr auch wart, zu dieser Zeit in diese Gegend zu gehen! Selbst schuld, dass sie tot ist!"

„Hör auf, das zu sagen!"

„Tot!" Nathalie beugte sich zu ihm, ihre Augen leuchteten vor Zorn. „TOT, David! Sie ist tot! Sieh es endlich ein!"

„Du denkst, sie ist tot, ja? Dann hast du ja freie Bahn!" Er sprang so schnell auf, dass Nathalie nicht reagieren konnte. Er packte sie grob am Arm, stieß sie bäuchlings auf die Matte. Ihr Kinn knallte gegen den Beutel mit dem Camping-Geschirr.

„Hör auf! HÖR AUF!", schrie sie, wollte sich mit den Händen abstützen, als er sich die Hose runterzog, seine Hand auf ihren Rücken drückte und mit der anderen ihre Beine spreizte. „FREDDIE!"

„Der schläft! Und du willst das doch! Das wolltest du die ganze Zeit!" David ließ nicht locker. Wütend riss er ihren Slip zur Seite, drang in sie ein, stöhnte auf, aber nicht, weil er Befriedigung empfand, sondern weil er sie endlich zum Schweigen gebracht hatte.

Wider Erwarten dauerte es nicht lange, und als er fertig war, ließ er sofort von ihr ab und rollte sich auf die andere Seite des Zeltes.

Nathalie rappelte sich auf, sagte ihm, was für ein Arschloch er sei, und kroch aus dem Zelt.

Sie ist tot.

David fühlte sich erbärmlich. Er hatte das nicht gewollt. Doch Nathalie hatte einfach nicht aufgehört zu sagen, was er nicht hören wollte.

Noch lange lag er wach. Den Blick auf das Zeltdach gerichtet, während ihre Worte weiter nachhalten.

„Sie ist tot."

KAPITEL 4

2 Monate vor Pollys Verschwinden

Nachdem David und Polly ihre erste Nacht im Trailer verbracht hatten, meldete sich Freddie am nächsten Nachmittag per SMS und forderte David zu einem Rennen heraus. Das machten sie immer, wenn sie einen Streit hatten, und natürlich war das nicht legal.

Sie verabredeten sich für den Abend, elf Uhr an der Sam Cloud Road im Westen, die durch einen Wald führte, in dem es nur wenige, weit von der Straße entfernte Häuser gab. Nachts war dort rein gar nichts los.

David wusste, wenn Mom das hier mitbekommen würde, würde sie ihn nicht noch einmal aus der Untersuchungshaft rausboxen. David war einmal von Moms Kollegen erwischt worden, weil die Polizei nach so einem Rennen auf ihn aufmerksam geworden war. Mom hatte ihn aus der Zelle geholt, es war bei einer Geldstrafe und einer Verwarnung geblieben.

David wartete mit angeschalteten Lichtern auf Freddie, der damit, dass er mit dem Jaguar seines Vaters kam, ein sehr deutliches Zeichen setzte: *Ich werde nicht verlieren!*

Aus dem Wagen erklang Hip-Hop-Musik, die Scheiben hatte er runtergelassen: „Howdy! Kann's losgehen?"

David nickte und startete den Motor. Auch er würde nicht verlieren. Als sie losfuhren, gab David Gas, ohne nur ein einziges Mal zu Freddie hinüberzusehen, konzentrierte sich darauf, den Tacho so schnell wie möglich von 0 auf 100 zu jagen. Dabei dachte er an den gestrigen Tag zurück. An einen schönen Tag am Wasser und dann an Pollys Rucksack, den Freddie und Nathalie durchsucht hatten.

Die Motoren dröhnten, das Adrenalin stieg. David schlug das Herz bis zum Hals. Kurve eins, Freddie gab nach, David bekam Vorsprung. Er überschritt die 120er-Marke, wollte nicht an das kleine Mädchen denken, von dem Mom erzählt hatte. Das, das wegen zwei rasender junger Männer gestorben war, irgendwo bei Salt Lake City. Freddie kam näher, bei der nächsten Kurve berührten sich die Wagen fast. Freddie zog vorbei, als auf Davids Seite plötzlich ein Tier auftauchte. Mitten auf der Straße.

„Vorsicht!", hörte er Freddie brüllen. David stieg auf die Bremse, die Reifen quietschten. Das Tier sprang weg, der Ford geriet ins Schlittern und rutschte mehrere Meter weiter an der Seite in einen Graben.

Dann war Ruhe.

Freddie kam angelaufen. „Alles okay?"

David antwortete nicht. Die zwei rechten Reifen standen im Graben, doch es war nicht weiter schlimm.

„Komm mal raus", sagte Freddie versöhnlich. „Hättest du das Ding doch einfach überfahren. Schon mal davon gehört, dass bremsen ab einer bestimmten Geschwindigkeit mordsgefährlich ist?" Als David ausgestiegen war, legte Freddie ihm freundschaftlich einen Arm um die Schulter. Dann setzten sie sich an den Straßenrand und betrachteten den Wagen, der im Graben feststeckte.

„Das mit Polly ... mit ihrem Rucksack ... Das tut mir leid", begann Freddie. „Ich werde mich bei ihr entschuldigen."

David nickte.

„Aber hast du das mitbekommen? Wie sie uns den Sand entgegengekickt hat? Das war auch nicht ohne, ganz schön Kraft, die Kleine. Nathalie haben die Augen danach getränt."

David sagte nichts. Freddie kratzte sich am Kopf. „Willst du wirklich nichts mehr mit mir zu tun haben? Mit uns?"

David hob die Schultern, schwieg noch immer.

„Okay. Hab verstanden." Freddie seufzte. „Aber mehr, als mich bei dir und bei ihr zu entschuldigen, kann ich nicht, verstehst du? Vielleicht muss ich einfach … ja, einsehen, dass sie wahrscheinlich diejenige welche ist … oder?"

„Keine Ahnung", kam es jetzt. „Ich weiß nichts."

„Na ja, ich weiß schon, David. Du bist anders. Ich erkenne dich gar nicht wieder. Aber nicht so, wie Nathalie sagt, sondern … Ja, vielleicht hast du das große Los gezogen, Mann." Freddie starrte in die Ferne. „Weißt du, ich würde mir wünschen, auch jemanden zu haben, der mir so viel bedeutet und den ich … liebe."

„Liebe ist ein zu großes Wort."

Freddie lachte. „Ja, ja, schon klar. Ist es doch immer. Ich fress 'nen Besen, wenn ich mich irgendwann mal so reden höre, aber … Du verstehst, was ich meine."

David nickte. „Danke, Mann. Und Glückwunsch zum Sieg."

Freddie stand auf und zog seinen Freund nach oben. „Ach … Ich wollte gar nicht gewinnen. Aber ein verflixtes Gürteltier hat entschieden."

„War es ein Gürteltier?"

„Glaub schon." Freddie stemmte die Hände in die Hüfte, stand mitten auf der Straße. „Aber sag mal … eine Frage."

„Die da wäre?"

Freddie sah ihm in die Augen. „Hast du mal in ihren Rucksack gesehen? Mir ist zwar bewusst, dass du das nie machen würdest, jedoch hätte ich gedacht, sie sagt es dir selbst."

„Nein und nein." David wollte nichts davon hören. „Komm, hilf mir mit dem Wagen."

Freddie ging ihm nach zu seinem Wagen. Wieder legte er einen Arm um Davids Schultern und sagte nachdrücklich: „David: Schau in ihren Rucksack!"

Aus dem Radio tönte Musik der 30er-Jahre, als David den alten Bentley eines Geschäftsinhabers aus Oakdale auf Hochglanz polierte. Dabei pfiff und sang er und tanzte förmlich durch die Werkstatt.

Regan hatte ein Auge auf ihn, grinste immer wieder. „Was ist denn mit dir los?"

„Mit mir?" David richtete sich auf, die Tube mit der Polierpaste wie ein Mikrofon in der Hand. „Oder meinst du mit Sir Elvis Presley?"

„Das ist nicht Elvis Presley."

David schwang die Hüfte zum Takt der Musik. „Egal!"

Regan schüttelte belustigt den Kopf, John kam herein. „Der ist verliebt, der Junge. Scheiße, dass ich das noch erleben darf."

„Klar bin ich verliebt!"

„Ist das diese ... Schwarzhaarige? Wie war das noch mal ... Polly?"

„Ja", stimmte Regan zu, weil David damit beschäftigt war, das Poliertuch in die Luft zu werfen und galant wieder aufzufangen. „Die bringt ihn zum Tanzen. So was hatte ich mit Beverly auch."

„Jetzt nicht mehr?", fragte John.

„O doch! Sie ist glücklich. Und das, mein lieber Neffe, merke dir: Willst du ein glücklicher Mann sein, mach zunächst deine Frau glücklich. Und dann kann nichts mehr schiefgehen."

„Redet ihr über mich?" David stellte das Polierzeug weg und trank aus seiner Cola-Dose. Es war warm und stickig, er schwitzte.

„Wo kommt sie her?", fragte John, Davids Frage ignorierend.

„Dabei fällt mir ein, Beverly hat mir noch ein paar Sachen eingepackt." Regan wandte sich zur Hintertür. „Moment, ich hole es, bevor ich es vergesse."

David setzte sich zu John auf das zerschlissene, mit Motoröl befleckte Sofa an der Wand, während dieser am Laptop Bestellungen eingab und sie mit dem Bestand auf einer Liste verglich. „Keine Ahnung, ist auch nicht wichtig."

„So?" John runzelte die Stirn. „Und was arbeitet sie?"

„Sie weiß ja nicht mal, ob sie bleibt."

„Ist ein Scherz, oder? Du renovierst einen Trailer für eine Frau, die nicht weiß, ob sie bei dir bleibt?"

„Ich vertraue darauf, dass sie bleibt." David hob die Schultern. „Mehr kann ich nicht tun."

John seufzte. „Dann musst du sie ja sehr lieben."

„Sie … macht mich glücklich." David verschränkte die Arme hinterm Kopf. „Sie bringt mich zum … Pfeifen. Singen. Siehst du dieses Dauergrinsen auf meinem Gesicht? Das ist sie gewesen."

John tat unbeeindruckt, klappte den Laptop zu und stand auf. „Na dann, alles Gute zur Hochzeit. Ich mach mich mal los!"

„John! Denkst du an das Holz von deinem Vater?"

„Ja, Regan holt es heute Abend bei ihm ab. Ich komme morgen nicht. Aber dann bekommst du es trotzdem."

David stand auf, schlug mit ihm ein. „Danke, Kumpel."

„Sind ja nur Reste, aber ich baue auf dich! Du wirst daraus was Schönes machen." John schulterte seinen Rucksack. „Bis später, Onkel Regan!"

Regan hob die Hand zum Abschied, dann stellte er eine Kiste auf den kleinen Tisch neben dem Sofa. „Das hat Beverly euch eingepackt. Schüsseln, Teller, guck mal hier, die Tasse." Regan zog eine gusseiserne Tasse mit den sieben Zwergen aus dem Krempel heraus. „Aus der hat John getrunken, da war er noch ein Windelscheißer."

David betrachtete die Schätze. Sie waren mehrere Jahrzehnte alt, zusammengewürfeltes Zeug und dennoch so viel wert. „Ist das eine Lampe da unten?" Sie war furchtbar hässlich.

„Ja, du hast doch gesagt, dass der Strom jetzt geht."

„Ja, ist seit Montag angeschlossen."

„Dann braucht ihr eine Lampe im Trailer."

David strahlte. „Danke, Regan. Du bist der Beste!"

Im Juli hatte David dem Eigentümer des Trailer-Parks den Trailer für recht wenig Geld abkaufen können. Niemand hatte je dafür ein Angebot abgegeben, sodass er David sofort zugesagt hatte. Nun hieß es jedoch, den Trailer zu renovieren. Und das tat er. Wochenlang hatten Polly und er draußen im Zelt genächtigt, weil so viel gemacht werden musste. Jeden Abend nach der Arbeit hatte er für Stunden gewerkelt, manchmal mit Freddie zusammen, manchmal mit Regan oder John oder allen zusammen.

Polly hatte stets geholfen, Ideen eingebracht, gesägt, gepinselt, gesäubert, sodass der Trailer irgendwann endlich einzugsbereit gewesen war.

Der Wasserschaden war behoben, die Decke repariert, der Boden erneuert. Die Küche war noch nicht fertig, doch die sanitäre Einrichtung und ein vernünftiges Bett waren wichtiger gewesen. Und wenn sie draußen vor dem Feuer fernab der anderen Trailer saßen, waren sie dabei immer in ihrer eigenen kleinen Welt.

Dank Beverly hatte Polly für ein Heim sorgen können: Sie hatten zusammen eine Tagesdecke aus Dutzenden Stoffresten genäht, Regans Frau hatte Bettwäsche und Gardinen für die Fenster zugesteuert.

Wenn David von der Arbeit kam, roch es nach Blumen, die Polly täglich neu auf den Tisch stellte, und frischer Wäsche, und wenn er sie dann dort stehen sah, lächelnd, nachdem sie aus ein paar einfachen Zutaten ein Festmahl gezaubert hatte, konnte er gar nicht glauben, was für ein Glück er hatte.

Es war perfekt.

Wüsste David es nicht besser, würde er sagen, dass es von Anfang an vielleicht ein bisschen zu perfekt lief.

Freddie kam zur kleinen Einweihungsfeier, Nathalie blieb fern. Sowieso kam sie nicht zu Besuch und weder Polly noch David beschwerten sich darüber. Auch Mom kam nie. Und anders als bei Nathalie traf ihn das sehr. Er hatte nicht zählen können, wie oft Beverly mit dem Fahrrad bei ihnen vorbeikam – Mom war noch kein einziges Mal gekommen.

Bis zu einem gewissen Punkt hatte er Verständnis: Mom arbeitete viel, war oft in Lafayette, weil ganz Louisiana nach einem Mörder suchte.

Jener Serienmörder, der vier junge Frauen auf dem Gewissen hatte. Nachdem nun auch Amanda Sarrow gefunden worden war, hatte man aufgrund der Art, wie sie in den Sümpfen abgelegt worden war, keinen Zweifel daran, dass es sich um denselben Täter handelte wie bei Henrietta Brown, Eloise Gerrey und Paige Donovan. Das Markenzeichen ihres Mörders war die Tatsache, dass er seine Opfer vergewaltigte und nackt am Rande des Atchafalaya Basin ablegte, was ihm bei der Bevölkerung schnell den Namen *das Monster* eingebracht hatte.

Ende Juli fuhr David zu seiner Mutter, um die letzten Kisten aus seinem Kinderzimmer zu holen. Das meiste blieb bei Mom. Aber ein Großteil seiner Klamotten und die Angelausrüstung mussten noch mit. Während er an einem freien Freitagnachmittag packte, war sie auf der Arbeit. Er ließ die Türen weit offen, sein Laptop stand in der Küche, wurde aufgeladen, während er die Sachen raustransportierte und in seinem Ford verstaute.

Er verletzte sich an der Kiste mit den Angelhaken, fluchte, suchte nach einem Tuch. Er tupfte die Wunde ab, als er Moms Wagen an der Straße entdeckte. Er hatte sie nicht kommen sehen. Stirnrunzelnd blickte er zum Haus. Die Haustür stand offen.

David ging hinein. Mom stand an der Küchentheke. Er sah nur ihren Rücken und das, was sie sich gerade an seinem Laptop durchlas: Eine Aufstellung all seiner Einnahmen und Ausgaben, weil er jeden Penny für den Trailer sparte, alles tat, damit sie beide ein gutes Leben führen konnten. Und jetzt wühlte Mom darin herum.

„Hey", rief er scharf. „Was machst du da?"

Anders als erwartet, schreckte Mom nicht zusammen, sondern las noch die Zeile zu Ende. Seelenruhig klappte sie den Laptop zu und wandte sich um. Er hatte sie lange nicht gesehen. Sie trug einen Hosenanzug, was bedeutete, dass sie bei Gericht gewesen sein musste. „Du willst wissen, was ich hier mache?"

Er schnaubte. „Ja, natürlich will ich wissen, was du in meinen Unterlagen zu suchen hast."

„Ich will es dir sagen." Mom verschränkte die Arme vor der Brust. Das, und dass sie sich nie setzte, wenn sie miteinander sprachen, selbst wenn er saß, sagte so viel aus. „Ich habe dich so oft gefragt, wie du diesen Trailer bezahlen konntest."

David hob die Schultern. „Das kann dir doch egal sein." Ja, Mom hatte gefragt. Sieben Mal. Am Telefon, per SMS. Er hatte nie geantwortet.

„David. Woher hattest du das Geld?" Das kam in einem Ton, der sich wie eine Warnung anhörte.

„Was denkst du denn?" Er schloss die Tür. Musste ja nicht jeder mitbekommen, dass sie noch immer nicht aufgehört hatten, sich zu streiten. „Denkst du, ich habe eine Bank ausgeraubt?"

„Keine Bank, aber klar denke ich das."

Er lachte leise auf. „Ich muss doch bitten, Mom!" Kopfschüttelnd zog er die Stirn in Falten. „Ich habe einen Job, der bezahlt wird. Ich habe lange bei dir gewohnt. Ich habe einfach gespart. Du weißt, wie sehr ich das Ding haben wollte."

„Das hat gereicht?"

„Ja, verdammt!" Genervt stützte er sich auf dem Küchentisch ab. „Aber wenn du es genau wissen willst: Den behördlichen Anteil und die Reparatur des Wasserschadens hat Regan bezahlt! Er wollte dich fragen, aber das wollte ich nicht. Weißt du, ich hätte so gern meine Mutter gefragt, ob sie mir Geld für den Trailer gibt. So gern hätte ich dich um Unterstützung gebeten." Er spürte einen Kloß in seinem Hals und wollte alles, aber nicht wie ein Kind vor ihr heulen! Doch gerade fühlte es sich an wie damals, als er mit Freddie für ein Footballspiel gespart hatte, zu dem sie mit seinem Vater hatten fahren wollen, und Mom ihm in letzter Sekunde verboten hatte hinzugehen. Sein Sparschwein war leer, sie hatte das Geld eingezogen, und er hatte den Grund einfach nicht verstanden. Damals hatte er geweint, und sie hatte gelacht und gemeint: „Jungs weinen nicht, reiß dich zusammen!"

Mom verzog auch jetzt keine Miene. Ihr Blick war starr und eiskalt.

„Ich habe dich nicht um Geld gebeten, weil ich weiß, was mich dann erwartet hätte: Über alles hättest du die Kontrolle und Rechenschaft gewollt. Deswegen habe ich dich nie um einen Gefallen gebeten. Du behandelst mich nicht wie einen Sohn, aus dem ein Mann geworden ist. Ich werde zwar größer, lebe mein

Leben, aber du möchtest die Hand darüber haben und mir vorschreiben, was ich tun soll und was nicht. Ohne … Ohne jegliches Vertrauen oder Liebe." Er dachte an Beverly. Ja, manchmal wünschte er sich, sie wäre seine Mutter. Aber was redete er? Beverly *war* bei der Liebe, die Polly und er von ihr bekamen, seine Mutter.

„Du bist dermaßen undankbar, David! Ich kann es nicht glauben." Sie hob die Hände und legte sie vor dem Mund wie ein Dreieck zusammen. „Ich dachte immer, so ein Gespräch müsste ich mit einem Sohn wohl nicht führen, eher mit einer Tochter, aber: Wie kann man mit neunzehn Jahren eine so dumme Entscheidung treffen?"

„Der Trailer ist keine dumme Entscheidung."

„Ich meine nicht den Trailer. Sondern *sie*."

Polly.

David zuckte regelrecht zusammen. „Was hat Polly damit zu tun?"

„Dieses Mädchen ist nicht gut für dich! All deine schlechten Eigenschaften sind durch sie entweder noch schlechter geworden oder kamen wieder auf. Es lief doch so gut!"

Er konnte nichts antworten, war völlig entsetzt.

„Elf Mal bin ich in die Schule zitiert worden! Du hast in Oakdale Fenster eingeschlagen, den Hund von Mrs. Ripperton entführt, Gartenmöbel aus dem Center gestohlen und im Park aufgestellt …"

„Mom!", unterbrach er sie. „Das waren Jugendstreiche! Da war ich dreizehn!"

„Ach ja?" Mom trat näher auf ihn zu, stützte die Hände auf den Tisch und beugte sich zu ihm rüber. „Hat der Hund überlebt? Ist es ein Jugendstreich, ihm die Kehle durchzuschneiden? Sag nicht, das war Freddie, das hast du damals schon behauptet! Das warst du! Unter deinem Schluchzen hast du es gestanden, als ich dich am Schopf gefasst und dich in die Mülltonne hab blicken lassen! Da hat es dir dann leid um den Hund getan!"

David stieß wütend einen der Stühle um. „Mir reicht's!"

„Du warst kein perfekter Junge, David! Bist du immer noch nicht!" Die Stimme seiner Mutter war zynisch und böse, viel zu laut und direkt. „Aber jeder Mensch macht Fehler, nur warst du auf einem so guten Weg, und dann kam sie!"

„Sie ist das Beste, was mir passiert ist, Mom!" Er ärgerte sich, dass die Macht in ihrer Stimme dazu führte, dass er sich winzig klein vorkam. „Durch sie bin ich anders geworden ... besser geworden!"

„Sie ist eine Rumtreiberin! Sie nimmt dich aus! Sie nimmt dir dein Geld! Und du bist so dumm und fällst darauf rein!"

„Nein ..."

Jetzt schlug Mom auf den Tisch. „Mädchen sind alle gleich! Sie umgarnen Männer, damit sie sich an sie binden! Und weil ihr Männer so dumm seid, fällt ihr darauf rein, und dann können sie machen, was sie wollen!"

„Denkst du über Dad und dich auch so?" Er ballte die Hände zu Fäusten. „War er so dumm und fiel auf dich rein?"

Mom riss die Augen auf.

David wischte sich über den Mund. „Denn wenn es so ist ... Bin ich froh für ihn, dass er dich verlassen hat."

Gloria O'Brian sah David völlig entgeistert an, als er an ihr vorbeiging und seinen Laptop nahm. „Ich liebe Polly", sagte er dabei leise und meinte es aus tiefster Seele. „Und wenn deine Worte heißen, dass du sie nicht an meiner Seite akzeptierst, muss ich dir sagen, Mom, dass ich an ihrer Seite stehen bleiben werde. Und nicht zu meiner Mutter zurückgehe."

David ging in den Eingangsbereich und legte den Laptop auf der letzten Kiste ab, die noch in den Wagen musste. Er öffnete die Tür und trat hinaus.

„David!", rief Mom.

David drehte sich nicht noch mal um. „Leb wohl!"

Einen Monat vor Pollys Verschwinden

Pollys Leben fühlte sich oft sehr surreal an. Oft erklärte sie es damit, dass sie nie die Gelegenheit gehabt hatte zu leben, wie sie es wollte. Immer hatte es jemanden gegeben, der ihre Hand gegriffen und sie mit sich gezogen hatte.

Deshalb saß sie oft auf dem Bett in Davids Trailer, starrte auf ihre Hand und erinnerte sich an jene Menschen zurück, die für sie entschieden hatten, wie das Leben weiterging. Wenn sie an David dachte und daran, dass sie auf seinem Bett saß, glaubte sie, verrückt zu werden, denn es war schon wieder passiert: Jemand anderes hatte ihre Hand genommen und sie mit sich gezogen.

Ja, Polly war in Oakdale geblieben, obwohl das niemals ihr Plan gewesen war. Sie hatte sich einen Job gesucht und am Ersten des Monats als Tellerwäscherin im Diner begonnen. Polly war die feste Freundin von David O'Brian, mit dem sie in dem Trailer wohnte, der sein Zuhause geworden war.

Polly tat genau das, was sie nicht tun wollte.

Denn Polly hatte ein Geheimnis …

Ihren Rucksack nahm sie überallhin mit. Er war ein Geschenk gewesen. Aaron hatte ihn ihr geschenkt, er hatte so lange dafür sparen müssen und ihn für sie gekauft, obwohl das verboten gewesen war. Niemand durfte zum Geburtstag Geschenke erhalten. Und doch hatte er das Risiko auf sich genommen. Jetzt war dieser Rucksack alles, was sie hatte, und immer wenn sie ihn ansah, dachte sie an Aaron. Jener Gedanke wurde dann von David abgelenkt, denn gewissermaßen waren sie beide gleich: Sie zeigten Polly, dass sie sie liebten, und Polly konnte nichts anderes tun, als sich dafür zu verteufeln, diese Liebe nicht anzunehmen.

Nicht loszulassen.

Von einem Gedanken, der sie ihr ganzes Leben lang geprägt hatte.

Auf der Arbeit schloss sie den Rucksack in den Spind, geschützt vor den neugierigen Blicken ihrer Kollegen. Abends stellte sie ihn über das Bett in die Ablage, geschützt vor den Händen ihres Freundes. Immer wenn er mitbekam, wie akribisch sie ihn zu verstecken versuchte, lächelte er und gab ihr zu verstehen, dass das nicht nötig wäre – David würde ihren Rucksack nicht anrühren.

David war großartig.

David stellte keine Fragen.

Auch nicht, warum sie so oft übrig gebliebene Burger mit nach Hause nahm, weil sie mit ihrem verdienten Geld keine Nudeln, kein Gemüse kaufen wollte. Nicht, warum sie nie Geld ausgeben wollte. Aber auf so viele Fragen im Leben gab es nun mal keine Antworten.

Und so stand sie im August vor ihrem Spind, packte die Burger in den Rucksack und gab ihrer Chefin nur die Hälfte des verdienten Trinkgelds, obwohl sie laut Regeln eigentlich alles abgeben musste, weil das hier so gehandhabt wurde. Alle drei Monate wurde das Trinkgeld dann gerecht aufgeteilt.

„Polly!"

Polly hielt inne, als sie die Hand schon an der Hintertür des Burgerladens hatte. Die fast 20 Dollar Trinkgeld schienen in ihrer Hosentasche zu glühen. Doch Angst hatte sie nicht.

Ihre Chefin stand zwischen den Spinden, eine große, sehr freundliche Frau. „Warst du jetzt mal bei der Meldebehörde?"

Polly atmete auf. Doch war dieses Thema nicht besser. „Nein."

Pollys Chefin seufzte. „Ich kann dir kein Bargeld auszahlen."

„Kannst du mir nicht einen Scheck ausstellen? Und ihn auf David O'Brian …?"

„Nein, Polly, das kann ich nicht. Ich brauche deine Unterlagen, ich muss dich anmelden. Ganz offiziell."

„Ich habe nichts." Polly hob die Schultern.

„Wo hast du denn früher gearbeitet?"

„In Houma."

„Und wo da? Da muss es doch Dokumente geben. Versicherung, Geburtsurkunde?"

Alles verbrannt. Auf dem Weg hierher. „Ich habe nichts mehr."

„Dann finden wir eine Lösung. Pass auf, morgen fahren wir zusammen in der Mittagspause zur *General Services Administration*. Die können sicher was machen. Die setzen sich mit denen in Houma auseinander … Und dann wird das schon." Sie lächelte.

„Okay." Polly versuchte, sich nicht anmerken zu lassen, wie leid sie das alles war. Dass sie das hier doch gar nicht wollte und nur funktionierte, weil das ihr ganzes Leben so gewesen war. Erst gestern hatte ihre Chefin gesagt, dass Polly ihre beste Arbeiterin sei. Fleißig wie eine Biene, aufmerksam wie ein Schäferhund. Nur zu schade, dass Polly morgen nicht mehr kommen würde …

David und Polly liebten Jazz.

David rauchte viel, und Polly nahm ab und zu einen Zug. Manchmal rauchten sie auch etwas anderes, lagen auf dem Bett im Trailer und philosophierten über das Leben, während der Jazz die entspannte Atmosphäre untermalte.

David war glücklich. Sie sah es ihm in jeder Sekunde an, die sie miteinander verbrachten. David liebte sie, obwohl er es ihr noch nicht direkt gesagt hatte. Und sie fühlte sich wohl, nur nicht in den Momenten, in denen er aufstand und die Tür vom Trailer mit einem Blick in ihre Augen schloss. Das Klicken brannte sich in ihr Gehirn.

Die Tür ist zu.

Eines Abends klopfte jemand an diese Tür. David öffnete, und Gloria O'Brian kam zum Vorschein.

David, der nur eine Boxershorts trug, räusperte sich. „Mom?"

Polly stand schnell auf, klemmte ein Handtuch unter die Achseln und kauerte sich in eine Ecke.

„Was gibt es, Mom?" David ließ seine Mutter nicht in den Trailer. Im Süden eine Unart – Gäste waren immer willkommen, erst recht die eigene Mutter.

„Ich wollte dir nur Bescheid sagen, dass ich die nächsten Tage nicht erreichbar bin. Ich fahre nach Lafayette, um die Task Force zu unterstützen."

Polly schaute um die Ecke. Sicherlich ging es um den Mörder, der die vier Frauen getötet hatte.

„Okay. Gute Fahrt." David wollte die Tür schließen.

Seine Mom hielt dagegen. „Pass auf dich auf! Die Sache ist ernst."

„Ich bin weder ein Mädchen, noch habe ich Skrupel, mich zu verteidigen." Er machte eine Pause. „Gibt es Neuigkeiten?"

„Nein, die Suche gestaltet sich schwierig, weil wir keinen Hinweis haben, bis auf … Ach, schon gut."

„Was, Mom?"

„Nun … Als Amanda Sorrow verschwand, ist ein auffälliges Fahrzeug gesehen worden. Ein grünes Jagdfahrzeug mit vier Scheinwerfern auf dem Dach. Wir konnten den Halter ausfindig machen, und …"

„Also habt ihr ihn?"

„Nein … Der Halter ist Steven Elliot, er ist gestorben. Schon vor vielen Jahren."

„Okay, Mom … Aber was hast du damit zu tun?"

„Na ja, sie wollen die Besten in ihrem Team." Gloria lachte leise. „Aber nein, es geht darum, dass Steven Elliot … Na ja … Er kam aus Oakdale."

Polly umklammerte das Handtuch fester.

„Aus Oakdale?" Auch David schien erschrocken.

„Also, David, noch mal: Pass auf dich auf."

„Geht klar." Er schloss die Tür.

Polly fühlte sich unbehaglich. Sie ließ das Handtuch fallen und kletterte aufs Bett, schaute zum Fenster. Dort hatte sie Vorhänge zusätzlich zu den Gardinen angebracht, weil sie sich sonst beobachtet gefühlt hätte.

David kam ihr hinterher. Sanft streichelte er ihre Schulter. Dann küsste er ihren Oberarm. „Mach dir keine Gedanken", hauchte er. „Dir wird nie etwas passieren, dafür werde ich sorgen."

Polly ging nicht mehr zur Arbeit im Burgerladen, doch auf die Schnelle fand sie nichts Neues, was sie sehr belastete. Niemals würde sie David darüber informieren, lautlos gekündigt zu haben, aber jedes Mal, wenn er Essen heimbrachte, verlor sie den Appetit. Als er eines Tages fragte, warum sie keine Burger mehr mitbrachte, beschloss sie, etwas zu tun, worauf sie nicht stolz war. Während David in der Werkstatt schuftete, besuchte Polly zu Fuß die umliegenden Tankstellen, und der Kühlschrank füllte sich fast jeden Tag wie durch Zauberhand um ein paar Lebensmittel.

David bekam nichts mit.

Das alles ging bis Ende August.

Mit ihrem vollen Rucksack mit Lebensmitteln, die sie teils aus dem Müll und teils gestohlen hatte, kam sie gegen Mittag an einem Donnerstag zum Trailer und erschrak, als sie David auf dem Bett sitzen sah. Er hatte einen Apfel in der Hand, warf ihn hoch und fing ihn wieder auf. Betrachtete sie. Betrachtete den Rucksack, den sie vor die Brust presste.

Sie fühlte sich ertappt.

„Warst du einkaufen?"

„Ja?" Das war mehr eine Frage als eine Aussage. „Was machst du denn hier?"

„Regan und ich wollten zum Lunch grillen. Die besten Steaks gibt's bei *Deli Inn*, genau neben dem Burgerladen. Ich wollte dich besuchen, und deine Chefin sagte mir, dass du seit drei Wochen nicht mehr gekommen bist." Er legte den Apfel beiseite.

Polly fühlte sich furchtbar, umklammerte den Rucksack wie eine Boje im tiefen Meer.

„Was ist da drin?" Er zeigte auf den Rucksack.

„Was zu essen."

„Wo hast du das her?"

„Gekauft."

„Polly, du lügst."

„Ich lüge nicht."

Er seufzte.

Sie musste wegsehen. Es war so verdammt peinlich. Sie kam sich vor wie ein kleines Kind, dabei wollte sie doch immer auf einer Augenhöhe mit ihm sein!

David stand auf. Er nahm ihr den Rucksack ab, was sie zuließ, doch als er ihn öffnete und die ersten Lebensmittel rausholte, stieß sie ihn weg. „Hör auf!", bat sie, nahm ihm den Rucksack ab und stellte ihn auf den Boden. „Es tut mir leid."

„Was tut dir leid?"

„Dass ich … gekündigt habe …"

„Das muss dir nicht leidtun", sagte er. „Du wirst einen Grund gehabt haben. Aber … dass du mich angelogen hast, jeden Tag … Das ist scheiße, Polly."

„Ich weiß."

David nahm die Tüte mit den Haferflocken, legte sie ab, griff nach Orangen, dann nach einer Packung Fleisch. „Du hast das gestohlen, nicht wahr?"

Sie nickte, Tränen bahnten sich ihren Weg über ihre Wangen.

David sah nicht glücklich aus. Er war vielleicht sogar richtig wütend, so wirklich konnte sie das nicht einordnen. Und der Grund dafür war sie. Doch zur Hölle: Er hatte ihre Hand genommen. Nur deswegen war sie hier …

Hilfe suchend blickte sie zur Tür. Nicht weil sie fürchtete, jetzt von ihm angeschrien zu werden, sondern weil sie gehen wollte.

Offene Tür.

Doch David schrie nicht. David sagte nichts, hob nur die Hand und strich über ihr Top, das am Saum zwei Löcher hatte, und dessen Naht an der Seite immer wieder einen Faden springen ließ. Seit Polly aus Houma weggegangen war, hatte sie nur sieben Kleidungsstücke besessen, und auch darüber hatte er ihr nie eine Frage gestellt. Wenn sie so nachdachte, war es wohl das, was sie davon abhielt, aus dieser Tür zu gehen: David nahm sie, wie sie war, David brauchte keine Antworten und David war da, wenn sie glaubte, ihn nicht zu brauchen, und doch wusste, dass es anders war.

150

Genau deswegen sank sie in seine Arme, suchte seine Nähe und hoffte inständig, dass sie ihm das Gefühl jener Liebe, die er ihr schenkte, zurückgeben konnte.

„Ab morgen gehe *ich* einkaufen", sagte er bestimmt. „Ich will nicht, dass du stiehlst. Polly, wenn meine Mom … Nicht auszudenken! Diesen Erfolg will ich ihr nicht gönnen."

„Okay."

David dachte kurz nach. „Bei Freddie im Laden hängt ein Schild. Willst du es mal da probieren?"

Freddie stellte Polly sofort ein. Mittlerweile führte er den kleinen Lebensmittelladen in Oakdale, weil sein Vater einen weiteren in Oberlin eröffnet hatte. Natürlich war Polly noch nie auf die Idee gekommen, bei Freddie zu stehlen, obwohl die Versuchung da gewesen war. Auch jetzt, als sie Regale einräumte und abkassierte, schaute sie auf die vielen Dinge, die in ihrem Rucksack noch Platz finden würden.

„Hast du es ihm eigentlich gesagt?", fragte Freddie irgendwann beiläufig während der Arbeit, mit einer Kopfbewegung zu ihrem Rucksack, der hinter ihrem Stuhl lag.

„Nein."

„Wofür ist das überhaupt?"

„Für ein Leben."

Freddie grinste. „Wie bitte?"

„Können wir über was anderes reden?" Polly schenkte Freddie einen warnenden Blick. In den letzten Wochen hatten sie sich gut verstanden, besser als sie und Nathalie. Nathalie war ihr sowieso ein Dorn im Auge, denn dass sie auf David abfuhr, war mehr als eindeutig.

Dennoch hatten die vier einiges zusammen unternommen, Kajak fahren und im Kino, und auch wenn nie eine Freundschaft entstanden war, hatte Polly gern mitgemacht – für David.

Am Abend verließ sie mit ihrem Rucksack den Laden und stellte fest, dass David nicht wie sonst oft draußen auf sie wartete. Manchmal musste er länger in der Werkstatt arbeiten und sie allein nach Hause gehen. Was mehr ein Problem für David war als für sie selbst, denn Angst hatte Polly keine. Nur so ein Gefühl, das sie sich immer wieder umschauen ließ …

Die Luft war heiß und stickig, als Polly den Trailer erreichte. Die Sonne stand am Horizont, der Himmel leuchtete in Blau, Weiß und Rot, die Wolken schienen eingefroren.

Im Trailer empfing sie der Geruch von Butter und im Ofen aufgegangener Teig, weil sie heute Morgen ein neues Rezept ausprobiert hatte. Butterkuchen mit Zucker, ein simples und günstiges Rezept aus einem Koch- und Backbuch von Beverly, denn Polly wollte die Cajun-Küche kennenlernen.

Den Rest des Kuchens hatte David mit zur Arbeit genommen. Sie stellte ihren Rucksack auf dem Boden ab. Er hatte schwer auf ihren Schultern gelegen, und erst dann sah sie aus dem Augenwinkel die Sachen, die auf dem Bett lagen. Säuberlich gefaltete Anziehsachen, daneben lag eine Rose, nicht mehr ganz frisch, und dahinter eine Tüte. Beides signalisierte, dass es sich um ein Geschenk handelte.

Polly starrte die Sachen, die Rose und die Tüte mit der Schleife lange an und fragte sich, wann sie das letzte Mal so was Schönes gesehen hatte. Sie konnte sich nicht erinnern. Dann steuerte sie auf das Bett zu, nahm die Rose zwischen Daumen und Zeigefinger ihrer rechten Hand und drehte sie dazwischen. Sie sog ihren Duft ein und war betrübt, als die Rose ihren Kopf hängen ließ. Das arme Blümchen musste hier schon viel zu lange auf sie gewartet haben. Schnell steckte sie die Rose in ein Glas mit Wasser und ging dann auf den Stapel mit den Sachen zu. Die Schilder waren noch dran. Es handelte sich um zwei Pullover, zwei Tops, eine Jeans, ein 5er-Pack Slips, zwei T-Shirt-BHs und Socken. Für Polly wunderschöne Sachen, nicht zu teuer, dunkle Farben, keine Aufdrucke, weiche Stoffe – genau das, was ihr gefiel.

Neugierig öffnete sie die Schleife an der Tüte, ein Zettel kam zum Vorschein: *For me ;-)*

Polly spähte in die Tüte und zog schwarze Unterwäsche hervor. Ein BH und ein Slip, Seide und Spitze, wirklich schön. Sie legte die

Sachen nieder. Es war kein Vermögen, das er für sie ausgegeben hatte, und sie wusste, dass er ein Risiko eingegangen war, ihr überhaupt Klamotten zu kaufen, denn wie sähe das – vielleicht – für sie aus? David hatte eventuell mit sich gerungen. Sich gefragt, ob es übergriffig, anstandslos, unwürdig sein könnte, Sachen für jemanden zu kaufen, ohne darum gebeten worden zu sein. Weil ein Mann einer Frau nun mal keine Klamotten kaufte, obwohl es umgekehrt aber durchaus vorkam.

Für Polly stand fest, dass David ihr einen Gefallen getan und ihr damit sogar ein Zeichen gesendet hatte: *Ich weiß, dass du sparst. Dir nie etwas gönnst. Aber ich gönne dir alles.*

Sie nahm den Pullover in beide Hände. Er war einfach und schwarz und hatte eine Kapuze. So einen ähnlichen hatte sie schon. Sie schmiegte ihn an sich, sog den Kaufhausgeruch ein und dachte an David.

Und mehr als sonst versuchte sie, ihren inneren Dämonen zu trotzen und nicht an die Tür zu denken, die für sie immer offen gelassen werden sollte …

Der Wasserturm, den sie anvisierten, befand sich unweit einer Kreuzung renovierungsbedürftiger Straßen im Wald, versteckt gelegen zwischen Pinien und Kiefern. Das rostrot lackierte Tor trug ein ergrautes Schild mit der Aufschrift *Betreten verboten*, und doch schob Freddie es auf, damit David den Wagen durch das Dickicht lenken konnte.

Nathalie jauchzte auf der Rückbank, als sie über den Weg zum Turm rumpelten. Polly saß neben ihr und hielt sich am Türgriff und ihrem Gurt fest. David parkte den Wagen unweit des Wasserturmes, der sich vor ihnen erhob. Als er die Scheinwerfer ausschaltete, herrschte Dunkelheit.

Der Regen fiel immer heftiger auf die Kronen der Bäume, Donner und Blitz erschütterten das Land. Es war ein größeres Gewitter, wie angekündigt, doch die jungen Leute hatten keinen Grund gesehen, Davids Geburtstag nicht zu feiern.

David betrachtete die Holztür. „Und wir kommen da rein?"

„Also, gestern war die Tür offen." Freddie starrte in den Regen hinaus. „Ich bin mit Rocky hier spazieren gewesen." Rocky war der neue Hund der Familie Morshawn, und weil Freddie sich noch immer weigerte, von zu Hause auszuziehen, war er dazu verdonnert worden, die Abendspaziergänge zu übernehmen. Gestern war er mit dem Labrador 11 Meilen gelaufen. „Ich habe hineingesehen."

So ein Wasserturm war in ihrer Gegend eine Seltenheit, und der ideale Ort, um eine kleine Privatparty zu schmeißen. Zu viert liefen sie nun durch den Regen, bepackt mit Rucksäcken, Kisten und Bierflaschen, betraten den Turm durch die schwere alte Holztür und standen im dunklen Inneren. Der Wind pfiff durch die kaputten Fenster, von denen es bis hoch oben zur Decke einige gab.

Als Freddie die Baulampe anschaltete, schreckten ein paar Fledermäuse auf, retteten sich unters Dach, schwarze, mächtige

Spinnen verkrochen sich hastig. Die Gruppe konnte eine Wendeltreppe aus Eisen sehen, Spinnennetze, dick, weich und weiß, hingen überall an den Wänden, den Fenstern und an der Tür. „Hallo!" Freddie grinste, als seine Stimme vom Echo dreimal zurückgeworfen wurde. „Also, mein Freund", sagte er und streckte die Arme zu beiden Seiten aus. „Happy Birthday!"

Die Frauen breiteten auf einer Decke etwas zu essen aus, Freddie und David waren die Treppe hochgelaufen und überprüften waghalsig deren Sicherheit. Das Geländer wackelte gefährlich, immer mal wieder war eine Stufe schräg, eingebeult oder hing ganz aus den Angeln. Es ging tief hinunter, es war ein bisschen lebensmüde, aber David liebte die Gefahr. Er lehnte sich weit über das Geländer, beobachtete Polly, die ihren Kopf überstrecken musste, um ihn sehen zu können.

Als sie wieder runterkamen, legte Polly ihren Rucksack neben die Decke, die Jungs kümmerten sich um die Musik.

„Also", hörte David Nathalie sagen, als sie mit Polly auf der Decke saß. „Erzähl mal was über dich! Du weißt fast alles über uns, aber wir wissen immer noch nichts über dich."

„Du hast nie gefragt", gab Polly unbekümmert zurück.

„Jetzt kommt Musik!" Freddie zeigte auf die Musikbox und hielt den Daumen nach oben.

David lachte. „Super!"

„Ich habe ständig gefragt", blaffte Nathalie unfreundlich.

„Du hast nie mit mir geredet, warst immer zu beschäftigt damit, David schöne Augen zu machen."

„Hab ich wohl!", motzte Nathalie. „Aber du redest ja nie über deine Herkunft, über deine Eltern, man könnte meinen, du wärst ein Waisenkind."

Polly stockte. „Ein Waisenkind?"

„Ja! Ich meine, wie kann man denn so scharf darauf sein, ein stetiges Geheimnis um sich zu machen? Es muss dir unheimlich gefallen, so mysteriös und seltsam aufzutreten, und zu wissen, dass sich alle Gedanken über dich machen."

„Ich glaube eher, dass *du* dir den Kopf über mich zerbrichst."

„Warum sollte ich das tun? Dein Leben interessiert mich nicht."

„Anscheinend ja schon."

„Ladys!", unterbrach Freddie die beiden. „Ihr tut gerade nichts für eine gute Stimmung, deswegen setze ich mich besser zu euch." Er drängelte sich zwischen die beiden und legte seine Arme um die Schultern der Frauen.

Nathalie wand sich sofort daraus. „Lass mich", zischte sie, stand auf und ging zur Treppe.

David ließ sich ebenfalls auf der Decke nieder und schnappte sich ein paar Cracker.

Polly zog einen Korb zu sich und holte eine runde Box heraus. Als sie sie öffnete, offenbarte sich darin ein Geburtstagskuchen. Stolz präsentierte sie ihn David.

Dieser strahlte. „Hast du den für mich gebacken?"

Mit Zuckerguss hatte sie eine „20" darauf geschrieben. „Natürlich! Happy Birthday."

„Fehlt nur noch eine Kerze", bemerkte Freddie.

David winkte ab. „Freddie, du wirst jetzt nicht mit Feuer spielen." Er warf einen Blick zu Nathalie, die ein paar Meter über ihnen auf einer Stufe hockte und schmollte.

Polly zerteilte den Kuchen mit einem Löffel, weil sie nichts anderes dabeihatten, und die Jungs langten zu.

„Wann hast du eigentlich Geburtstag?", fragte Freddie an sie gewandt.

„Das ist doch heute gar nicht wichtig."

„Klar ist das wichtig", sagte Freddie. „Nicht dass wir dieses Ereignis verpassen!"

„Müsstest du das nicht wissen?", fragte David. „Schließlich arbeitet sie bei dir."

Freddie und Polly wechselten einen Blick. David verstand, dass es etwas gab, wovon er nichts wusste.

„Wir haben mich noch nicht angemeldet." Polly konnte David scheinbar nicht ansehen. „Ich wollte das nicht."

David runzelte die Stirn. „Wieso nicht? Weil du auf der Flucht bist oder weil niemand etwas über dich erfahren darf?"

„David!", raunte sie verärgert.

„Ist doch wahr!" Ihm war der Appetit vergangen. „Dass du damit Freddies Vater in Gefahr bringst, ist dir klar? Was, wenn es eine Kontrolle gibt?"

Freddie nickte stumm, Polly ließ den Kuchen sinken. „Ich kümmere mich darum, David, lass das meine Sorge sein!"

„HEY!"

Sie alle drei schauten nach oben. Nathalie stand unter dem Dach des Turmes. „Polly, komm rauf, das musst du sehen!" Ihre Stimme hallte zwischen den gerundeten Turmwänden wider.

David hätte ihr gern gesagt, sie sollte vorsichtig sein, doch David war wütend. Wütend auf Polly und wütend auf sich. Er hasste den Gedanken, dass sie sich immer wieder Schlupflöcher ließ, um zu verschwinden, wann immer ihr danach war.

Polly sprang sofort auf, sicher, um der angespannten Situation mit David zu entkommen. Ein paar Krümel fielen auf den verdreckten Boden, auf dem es von toten Insekten, deren Kot, Scherben und Müll nur so wimmelte. Anscheinend wurden hier öfter Partys gefeiert.

Sie ging zur Treppe, er hörte, wie Polly die ersten Stufen der Eisentreppe hochstieg.

„Sorry", kam es von Freddie, der nun nach einem Bier griff und es für seinen Freund öffnete.

David nahm das Bier an und trank sofort. „Warum hast du mir das nicht gesagt?"

Freddie seufzte und nahm einen Schluck aus seiner Dose. „Ganz ehrlich, Mann? Wie oft noch? Ich habe keine Ahnung, was diese Frau vorhat, aber ich habe dich mehr als einmal gewarnt. Und Nat auch. Jetzt ist das nicht mehr unser Bier." Er prostete ihm zu.

David schüttelte den Kopf. „Scheiße."

„Ja." Freddie nickte. Dann beugte er sich zu David. „Und noch mal: Sieh in ihren Rucksack, Buddy!"

Und dann ertönte plötzlich ein Schrei und kurz darauf der Aufschlag eines schweren Gegenstandes auf Beton.

David starrte zur Treppe und sah Polly daran hängen. Sie hielt sich mit den Händen an einer Stufe fest, die nächste war abgebrochen. Ihre Beine baumelten zehn Meter über dem Boden.

„POLLY!" David sprang auf, Freddie tat es ihm nach, Nathalie rannte die Stufen runter.

David versuchte, die Situation einzuschätzen, wies Freddie an, unter die Treppe zu treten, falls Polly fiele, während er selbst die Stufen hochhechtete.

„Ich kann mich nicht mehr halten!", schrie Polly verzweifelt. Ihre Hand rutschte von der Stufe.

„Ich komme!" David nahm mehrere Stufen auf einmal. Als er bei ihr ankam, entdeckte er das Blut ihrer an der Kante aufgeschürften Finger.

„Ich hab dich!" Völlig außer Atem hielt er ihren Arm fest, kniete dabei auf der unteren Stufe. „Zieh dich hoch!"

„Ich schaff das nicht mehr!" Pollys Blick war panisch, sie sah nach unten. „DAVID!"

Nathalie kam, hatte irgendwas in der Hand, stand eher im Weg, als dass sie half. „Hau ab!", schrie er sie barsch an, legte sich nun auf die Stufe, um mit beiden Händen nach Polly zu greifen. Es gelang ihm, sie nach oben zu ziehen, ihr Kopf kam durch die Stufen, dann folgte ihr Rumpf, ihr Po, ihre Beine. Sie umklammerte ihn, er hielt sie fest, beide lagen sie auf der Treppe, erschöpft und den Schrecken noch in den Knochen.

Irgendwann rappelte David sich auf, half ihr hoch, und gemeinsam gingen sie nach unten. Hand in Hand, zur Sicherheit. Unten angekommen löste sie sich aus seinem Griff. Freddie und Nathalie standen an der Wand, David stützte seine Hände auf die Knie, verschnaufte kurz.

„Das warst du!", hörte er Polly sagen.

Er fuhr herum.

Polly hatte den Arm ausgestreckt, zeigte auf Nathalie. „Das warst du!"

„Ich war was?" Unschuldig schaute Nathalie in die Runde.

„Ich bin deinetwegen gestürzt!"

„Das kann nicht sein!"

„Du wolltest das!"

„Sie lügt!" Nathalie schnaubte.

Polly rang nach Luft. „Du hast doch irgendwas gemacht ... als du die Treppe hochgegangen bist! Du wolltest, dass ich falle!"

„Ich ... Bist du übergeschnappt?" Sofort heftete sich Nathalie an David. „David, das stimmt nicht!"

Freddie schaltete die Musik aus. Die Stimmen der Frauen hallten durch den Turm.

„Warum sollte ich das tun?"

Polly lachte auf. „Dafür willst du eine Antwort?"

„David!" Nathalie legte ihre Hände um sein Gesicht. „Du weißt, dass ich nichts getan habe! Ich wäre zu so was gar nicht fähig."

David starrte zur Treppe. Sie hatte doch da gekauert, als das unangenehme Gespräch zwischen Freddie, Polly und ihm stattgefunden hatte. Was hatte Nathalie dort getan?

Er wandte sich aus ihrem Griff. „Nat ..."

„Sie wollte mich umbringen!", rief Polly.

„Geht's noch? Was erlaubst du dir!" Nathalie stampfte auf sie zu.

„Ladys, Ladys." Beschwichtigend trat Freddie zwischen die beiden. „Aussage gegen Aussage."

„David!" Polly suchte seinen Blick.

David konnte nicht klar denken. Er sah zur Treppe, dann wieder zu Nathalie und schließlich zu Polly, die Hilfe suchend zu ihm schaute.

Sie wollte mich umbringen.

Er rieb sich die Stirn. *Denk nach!*

Was hatte Nathalie dort getan? Was hatte sie in der Hand gehabt?

„DAVID!" Völlig hysterisch kam Nathalie auf ihn zu, ihre Schritte hallten im Turm wider. „Ich habe nichts getan!", beteuerte sie. „Ich habe nichts getan!"

David fuhr herum. Ging an ihr vorbei, inspizierte den Boden, während Polly nach ihrem Rucksack griff und ihn sich über die Schulter warf.

„Und jetzt geht sie wieder!" Nathalie ließ die Arme sinken. „Unsere Drama-Queen. Immer dieses theatralische Ende", spottete sie. „Immer dieses ‚Ich gehe' am Ende einer Show. Aber mach nur, wir werden ja sehen, ob er dir nachkommt!"

„David, lass gut sein", wollte Freddie die Situation auflösen. „Vorschlag: Wir machen Schluss und fahren heim."

Und da war es. Es lag auf dem Boden unter der Treppe. Zwischen Dreck und Spinnweben. Ein Schraubenschlüssel.

Er bückte sich, während hinter ihm die Diskussion in eine neue Runde ging. David hob ihn auf, drehte ihn zwischen seinen Fingern. Er war nicht staubig, war heruntergefallen. Oder heruntergeworfen worden.

Freddie. Sieh in ihren Rucksack, Buddy!

David ging zurück zu den anderen. Er wusste, was zu tun war. Mit einem gezielten Wurf landeten die Autoschlüssel in Freddies Hand. „Komm", sagte er dann, griff nach Pollys Hand, schnappte sich seinen Rucksack und verließ den Turm mit ihr.

„Warte!", rief Freddie. „Hey, wartet doch!"

„David!" Empört kam Nathalie hinterher. Doch David kümmerte sich nicht um sie.

Draußen regnete es noch immer.

„Ihr könnt doch nicht laufen!", rief Freddie.

David und Polly wechselten einen Blick. Ihr Gesicht glänzte nass im matten Licht, das aus dem Turm kam. Sie würde laufen. Sich nicht beschweren. Weil Polly anders war. Und genau richtig für ihn. „Macht's gut", sagte David zu seinen Freunden, ohne sich auch nur noch einmal zu ihnen umzudrehen.

Eine Woche vor Pollys Verschwinden

Es war, als hätte jeder etwas gegen Davids und Pollys Verbindung. Als gäbe es niemanden – außer Beverly, Regan und natürlich David selbst – der darauf vertraute, dass Polly schon einen Grund für ihre Geheimniskrämerei hatte. Natürlich wollte David am liebsten alles über sie wissen und hatte schlussendlich niemals wirklich etwas bekommen.

Und doch reichte es für ihn aus.

Es reichte, um das Gefühl zu haben, dass das Leben mit ihr richtig war. Es sich richtig anfühlte. Dass er gar nicht mehr brauchte.

Es machte ihn glücklich, mit seinem Ford von der Arbeit nach Hause zu fahren, in dem Wissen, dass sie dort auf ihn wartete. Er musste nicht mit Freddie und Nathalie auf die nächste große Party gehen, obwohl er sich früher genau dort so richtig wohlgefühlt hatte. Im Gedränge junger Leute, die Luft stickig von Schweiß und dem billigsten Drogerieparfum, Scheinwerfer, Laser, Musik, so laut, dass sie in den Ohren dröhnte und kaum eigene Gedanken zuließ.

Doch heute wollte er keine Partys mehr. Nicht mehr seinen Feierabend mit Freddie oder Nathalie verbringen.

Er wollte Polly.

Heimkommen.

In diesen Trailer, den er für sie beide renoviert und dabei immer an Dad gedacht hatte, der genau das Gleiche für Mom getan hatte.

Er hatte verstanden.

Das Leben stellte Herausforderungen. Und nicht immer ging alles glücklich aus. Nicht jeder war dem anderen wohlgesonnen. Also musste man Prioritäten setzen. Auf sein Herz hören. Und das sagte: Hier, zu ihr, gehörst du hin. Weil das Schicksal manchmal mehr Macht als das Leben hatte.

Und mit diesem Kribbeln im Bauch und dem schnelleren Schlagen seines Herzens kam er dann heim. Wie so oft war sie nicht da. Immer wieder war es dann, als würde ein Lkw seinen Körper überfahren, Schweiß bildete sich in seinen Händen, monoton kam der Laut „Polly" hektisch aus seinem Mund.

Jetzt ist es geschehen.

Jetzt ist sie gegangen.

Und jedes Mal rannte er dann raus, rief ihren Namen in den Wald hinein, lief zwischen den Bäumen hindurch zum Fluss und spürte, wie sein Herz immer schwerer und dunkler wurde.

Jedes Mal vermochte das Gefühl, sie gefunden zu haben, ihn aus der Fassung zu bringen, ihn vor Erleichterung in die Knie zu zwingen. Meistens fand er sie am Wasser. Lauschend, starr und in die Leere blickend.

„Ich war auf der Suche." Ihre Stimme klang, als befände sie sich weit weg.

Sie zu erreichen, war niemals möglich. „Nach was?", kam es jedes Mal aus ihm heraus, obwohl er die Antwort doch längst kannte, schließlich war sie immer dieselbe.

„Ich weiß es nicht."

Einen Menschen zu lieben, kannte er nicht. Jedenfalls nicht so. Die Liebe zu Mom war unerlässlich und großartig gewesen, zehn Jahre lang. Danach, als die Pubertät zugeschlagen und er seine Fühler aus dem Nest gestreckt hatte, hatten Mädchen Gefühle in ihm geregt, doch Liebe hatte er nie zugelassen.

Bis Polly gekommen war.

In den heißen Spätsommernächten des Septembers lagen sie oft nackt auf dem Bett, versuchten, durch ein Loch der Baumkronen einen Blick aus dem Fenster in den Himmel zu den Sternen zu erhaschen.

„Woran denkst du gerade?", fragte sie dann stets.

Doch er wusste, dass all seine Fragen keine Antwort finden würden. Zu gern hätte er ihr ein Geburtstagsgeschenk überreicht, erfahren, wie sie in der Schule gewesen war. Wie viele Freunde hatte sie gehabt? Was hatte Santa Claus ihr zu Weihnachten gebracht? Hatte sie ein Haustier besessen? Doch er wusste auch, dass nichts davon eine Bedeutung hatte. Bis auf diese: Jeder Mensch hatte eine Vergangenheit. Für viele war sie nicht gut gewesen. Und sehr viele Menschen waren gebeutelt, weil sie niemanden hatten, mit dem sie sprechen konnten, um zu verarbeiten, was sie erlebt hatten.

Mom hatte so viele schlimme Dinge erzählt, als er elf oder zwölf war, am Küchentisch gesessen und geheult hatte. Von Kindern, die misshandelt oder ausgesetzt worden waren, an deren Rettung sie beteiligt gewesen war. Sie redete darüber, als hätte sie ein Herz aus Stein. Das hatte sie nicht, aber manchmal glaubte er, dass Mom eine andere wäre, hätte sie nicht gesehen, wozu Menschen fähig waren.

Jedes Mal, wenn Polly fragte, was er dachte, zuckte er die Schultern. „An nichts."

„Wirklich nicht?" Sie lächelte vorsichtig, und das Strahlen ihrer Augen konnte es mit den Sternen aufnehmen.

Er wusste nicht, was sie erwartete. Polly sagte ihm nicht, was sie sich von der Zukunft wünschte, nicht, welche Lehren sie aus ihrer Vergangenheit gezogen hatte, sprach nur übers Wetter und was sie gern aß. Doch wenn er ehrlich war, dann würde er am liebsten antworten: *Ich frage mich, ob du morgen noch da bist. Zu Thanksgiving? Habe ich dich im nächsten Jahr verloren?*

Zu gern hätte er ihr gesagt: *Ich will dich nicht verlieren, will nicht, dass du mich verlässt. Und es ist so abstrus, weil niemand mich je so denken ließ. Keine Frau vor dir.* Er wusste nicht, wieso genau, aber es verletzte seinen Stolz.

Mom hatte es prophezeit, und egal, wie oft Polly ihm sagte, sie sei hier bei ihm glücklich – glauben konnte er das nicht. Er hatte Angst davor, eines Tages ohne sie aufzuwachen. Das war ätzend. Er wusste schon, warum er nie eine Frau hatte lieben wollen. Er wusste, wie viel Schmerz es bedeuten konnte, emotional abhängig zu sein, doch die schönen Seiten der Liebe waren unwiderstehlich – als wäre die Liebe ein Teufelskreis.

Er musste damit klarkommen: Sie war diejenige, die schwieg, aber das Sagen hatte.

Sie hatte die Macht, ihn zu verletzen, indem sie ging.

„Egal", sagte er dann, rollte sich zu ihr, legte die Hand an ihr Gesicht, betrachtete sie und dachte an jeden einzelnen Zentimeter, den er an ihr liebte. Und alles, was sie sagte. Dass sie zu Nudelsuppe „Nudlsup" sagte, dass sie das „r" nicht richtig aussprechen konnte, dass sie Freddie oft nicht verstand, weil dessen Südstaaten-Akzent sie überforderte, obwohl sie – und das hatte sie verraten – ja aus Houma stammte.

Er liebte es, dass sie sich mit ihrer Liebe bei ihm bedankte, wenn er Essen brachte, dass sie sauber machte, obwohl er es ihr abnehmen würde, darauf bestand, mindestens genauso viel zu tun wie er. Er liebte es, dass er einen Streit mit ihr niemals gewann, weil Polly so sehr Zunder geben konnte.

Doch es gab eine Sache, die er nicht an ihr liebte. Es war die Suche, die sie antrieb. Tag für Tag. Waren sie im Wagen unterwegs, sagte sie: „Halt an", um dann in der Gegend rumzustehen und einem Geist nachzujagen.

Sie suchte, wenn er abends heimkam und sie nicht im Trailer war.

Sie sah sich um, wenn sie im Supermarkt einkauften oder wenn sie mit dem Kajak auf dem Fluss unterwegs waren.

„Ich kenne das", sagte sie ab und an, wenn sie an einer Baracke vorbeikamen, auf die er niemals achtgegeben hatte. Nie. Bis eines Tages das Gefühl aufkam, dass sie nicht nach „etwas" suchte, sondern nach „jemandem".

Der Rucksack stand auf dem Boden.

Polly war mit Beverly in einem Möbelhaus. Sie würde an diesem Samstag sicherlich zwei Stunden unterwegs sein. Es war Vormittag, im Trailer herrschten 40 Grad. Die Sommer im Süden waren gnadenlos.

Sieh in ihren Rucksack, Buddy!

Er fragte sich, warum sie den Rucksack nicht mitgenommen hatte, konnte es sich aber denken. Beverly hatte Kuchen gebacken, hatte ihn mitgebracht. Polly war mit ihrem Rucksack rausgegangen, wieder zurückgekommen und hatte ihn abgesetzt, um den Kuchen in den Kühlschrank zu stellen. Dann war sie zu Beverly geflitzt und hatte den Rucksack vergessen.

Ein Zufall.

Ein dummer Fehler.

David hatte drei Zigaretten hintereinander geraucht und das ekelhafte Gefühl des Hinterhalts mit einem Schnaps hinunterspülen wollen, was nicht geklappt hatte. Jetzt ging er in die Hocke und betrachtete das schwarze Ding, das Pollys stetiger Begleiter war. Er wog einiges, aber niemals war er voll.

Reißverschluss. Er holte tief Luft, zog ihn herunter. Jetzt war es zu spät. Das Erste, was er sah, war Geld. Bündel, mit Haargummis zusammengebunden. David wühlte förmlich darin herum, nicht imstande, es zu zählen. Es mussten mindestens 20.000 Dollar sein, vielleicht sogar mehr. Nein, Schluss! Er legte das Ding weg, starrte es an wie ein widerliches Insekt.

Warum hatte sie so viel Geld?

Woher hatte sie so viel Geld?

Von wem?

Bei Freddie verdiente Polly nur ein paar Kröten, womit sie Lebensmittel, mal das Kino bezahlte. Es reichte nicht, um so viel Geld anzuhäufen. Der Ursprung musste woanders liegen.

„Ach, Polly", raunte er, teils verzweifelt, teils weil er nicht wusste, was er davon halten sollte. Er verstand sie. Auf so viel Geld musste geachtet werden.

Aber wofür?

Noch einmal griff er nach dem Rucksack und kippte das Geld auf dem Tisch aus. Er war aufgewühlt und verärgert. Zuletzt fiel ein Bild heraus und blieb auf den Bündeln liegen. Er nahm es, drehte es um. Ein Bild mit einem Mädchen drauf, vielleicht vier oder drei oder auch sechs – kleine Kinder konnte er vom Alter her schwer einschätzen.

Das Mädchen sah aus wie Polly. Schwarze Haare, blaue Augen, das schönste Lächeln, das er je gesehen hatte.

Er fuhr mit dem Finger darüber. Es war ein gestelltes Foto. Sicherlich von einem Fotografen. Er drehte es noch mal. „Grace" stand in verblasster, hellblauer Schrift auf der Rückseite. War es vielleicht doch nicht Polly? Eine Schwester?

David seufzte. Schaute in das Gesicht des Mädchens. Es hatte dieselben Augen wie Polly. „Wer bist du?", fragte er sie. Und wie er es von Polly gewohnt war, bekam er auch vom Foto keine Antwort.

9 Jahre nach Pollys Verschwinden

Am nächsten Morgen weckten die Rufe des Sumpfes David. Der Boden vorm Zelt war matschig, die großen Pfützen ließ er aus. Es hatte wohl geregnet, doch das hatte er in der Nacht gar nicht mitbekommen.

Die Feuerstelle war ein totes, wassergefülltes Loch zwischen Kieselsteinen, die Spuren des Abends nur noch zum Teil erhalten. Freddie stand wieder am Wasser und begutachtete sein Boot.

„Zwecklos", rief er, als David dazukam, und wies auf sein Kajak. Das Boot war über Nacht vollgelaufen, lag auf Grund.

„Ich mache mich gleich auf den Weg", sagte David in einem Ton, der keine Diskussionen zuließ.

„Und wo gehst du hin?"

„Laut Navi ist der nächste Ort …"

„Quatsch, Ort, David! Das ist alles undurchdringliches Gebiet, Mann."

„Ich weiß, aber das ist alles, was wir tun können." David kaute auf einem Stück Trockenfleisch. Ein ziemlich erbärmliches Frühstück.

Freddie seufzte tief. „Was war gestern mit Nat los?"

„Nichts."

Freddie runzelte die Stirn. „Ich habe doch was gehört."

„Was hast du denn gehört?"

„Sei mal nicht patzig!"

David hob die Hände. Dann ging er zurück zum Lager. Nathalie kletterte aus dem Zelt. Angezogen mit einer Regenhose, einem T-Shirt und einem Basecap.

„Morgen", grüßte er sie.

Nathalie blieb still, packte ihre Sachen zusammen, als Freddie kam und sein Zelt abbaute. „Wie ist der Plan?", fragte sie Freddie und ignorierte David komplett, was er ihr kaum verübeln konnte. Er hätte nicht noch mal so reagiert, und wenn er ehrlich war, hatte er am Morgen nach dem Aufwachen für einen kurzen Moment gedacht: *Was, wenn sie sagt, ich hätte sie vergewaltigt?*

„Zelte abbauen und dann will sich der tollkühne Held wie Tarzan durch den Dschungel schwingen." Freddie winkte ab.

David steckte sich eine Zigarette an. „Wie geht's dir?", fragte er und legte seine Hand auf Nathalies Schulter.

Sie schüttelte sie ab. „Wie soll's mir gehen?"

Er hasste es so sehr, sich zu entschuldigen. Und vor allem bei ihr. „Tut mir leid wegen gestern."

„Mehr nicht?"

„Was soll ich machen?" Er lachte leise auf. „Meine Möglichkeiten sind begrenzt."

„Ich verlange ja keine Rosen, aber … ein bisschen mehr hätte ich jetzt schon erwartet." Sie richtete sich auf und verschränkte die Arme vor der Brust. Oh, wie sehr musste sie das hier genießen.

„Okay." Doch er dachte, er hätte seine Ruhe, würde er es endlich hinter sich bringen. „War dumm von mir, ich habe überreagiert. Ich hätte das, was ich getan habe, niemals tun dürfen. Das hast du nicht verdient." Und einer noch: „Entschuldigung."

Nathalie hatte jedoch lediglich einen bösen Blick für ihn übrig. „Das war scheiße von dir."

„Ich weiß." David holte tief Luft. „Es tut wirklich leid, Nat."

Sie rang mit sich. „Ich hätte das nicht von dir gedacht."

Dann läufst du mir ja jetzt endlich nicht mehr hinterher. „Das glaube ich dir. Ich … Ich bin ein Arschloch." Er grinste. „Manchmal."

Sie rollte mit den Augen. „Na schön."

„Also." Freddie kam dazu. „Was sollen wir tun, während du Mogli spielst?"

„Einfach zurückfahren." Die Kippe in den Mundwinkel geklemmt, packte David seine Sachen zusammen. Das Lager war im Nu aufgeräumt. „In Krotz Springs treffen wir uns."

„Und du?", fragte Nathalie.

„Wenn ich mich jetzt losmache, bin ich nachmittags sicherlich irgendwo angekommen. Dann rufe ich Regan an. Er wird mich abholen." David schulterte den großen Rucksack und blickte auf das Navigationsgerät. „Ich würde das hier mitnehmen, ihr müsst ja nur auf den Fluss und dann stromaufwärts paddeln. Denkst du, du kommst ohne Navi zurecht, Freddie?"

„Kann ich dir nicht sagen, Buddy, mit einem Navi wäre das schon nicht schlecht."

„Aber ich laufe durch einen Wald. Ohne Navi drehe ich mich hundertprozentig im Kreis."

„Dann nimm es mit."

„Wartet mal." Nathalie stellte sich zwischen die beiden. „Ich halte das wirklich für keine gute Idee. David, ganz im Ernst: Du kannst nicht zu Fuß gehen."

„Ich bin nicht der erste Mensch, der das tut, Nat." Sie ging ihm auf die Nerven. „Nur zwei Sachen sind wichtig im Bayou: Lass dein Telefon nicht fallen und streichle keinen Alligator." Er hob sein Smartphone, das hier draußen keinen Empfang hatte, steckte es ein und wollte sich auf den Weg machen.

„David", zischte Nathalie. „Warte! Ich habe eine Idee."

„Jetzt bin ich gespannt." Freddie setzte sich auf einen Baumstamm.

„Wir laufen alle!"

„Ausgeschlossen, ich laufe nicht", sagte Freddie.

„Ihr seid mir auch viel zu langsam", meinte David.

„Dann bleibt Freddie hier oder paddelt zurück, und wir beide laufen allein."

„Nach gestern wäre das keine kluge Entscheidung", sagte David bestimmt. „Ich gehe jetzt zu Fuß, und ihr fahrt Richtung Heimat. Ich wollte euch sowieso nicht dabeihaben."

„Du bist so was von undankbar!", beschwerte sich Nathalie nun. „Ich weiß manchmal echt nicht, wer du zu sein glaubst. Arrogantes Arschloch, du!"

„Ich?" David tippte sich auf die Brust und ging auf Nathalie zu. „Das sagst gerade du?"

Freddie stand seufzend auf. „Leute, Leute …"

„Hat er dir erzählt, dass er mich gestern Nacht gefickt hat?" Sie stemmte die Hände in die Hüfte.

David winkte ab.

Freddie sah aus, als ob er selbst nicht wusste, ob er den beiden nun gratulieren oder entsetzt sein sollte. „Okay …"

„Ich hab nur gemacht, was sie wollte", tat David unschuldig.

„*Das* wollte ich nicht", beklagte sich Nathalie.

„David?" Mahnend verengte Freddie die Augen. „Sollten wir uns unterhalten?"

„Könnt ihr! Ich geh pinkeln." Nathalie stapfte davon und verschwand im Gebüsch.

„Ich rede nicht darüber." David setzte seinen Weg fort. „Sie ist mir total egal. Sie hat nur Scheiße geredet, und irgendwann bin ich ausgerastet."

Freddie folgte ihm. Zusammen stiegen sie über hohes, nasses Gras, jeder Busch, jeder Strauch nahm gewaltige Formen an, alles wuchs in seiner natürlichen Höhe und Breite, jede Pflanze nahm sich den Platz, den sie glaubte, besitzen zu dürfen.

„Aber hast du nicht nachgedacht?"

„Nein. Sie aber auch nicht."

„Jetzt warte doch mal." Freddie griff an seine Schulter. „Es ist lebensmüde! Mal davon abgesehen, was meine Ohren eben zu hören bekommen haben, es ist idiotisch, zu Fuß zu gehen."

„Ich habe nichts zu verlieren."

„Lass uns zusammen gehen."

„Jetzt doch?" David seufzte. „Schön." Mal sehen, wie lange sie durchhielten. Über Stock und Stein zu wandern, bei dieser Hitze und dieser Feuchtigkeit, konnte einen um den Verstand bringen.

Dann warteten sie auf Nathalie. Und warteten. Minutenlang.

„Jetzt müsste sie ja mal fertig sein." Freddie ging zurück zum Lager. „Nat? Können wir los?"

David dachte darüber nach, schnell zu verschwinden. Ohne die beiden wäre er schneller. „Wenn sie jetzt nicht kommt, gehe ich."

„Ich schau mal nach, warte noch!" Freddie ging in die Richtung, in die sie Nathalie hatten gehen sehen. David zündete sich eine weitere Zigarette an, beobachtete einen Biber, der seinen Bau auf der anderen Seite des Nebenarms hatte.

„David …" Freddie kam aus dem Geäst. „Sie ist nicht da!"

„Quatsch." David ging an ihm vorbei. „Nathalie!"

„Sie ist nicht da", wiederholte Freddie.

Von dem nervösen Ton in seiner Stimme wollte sich David nicht ablenken lassen.

„David, noch mal: Sie ist nicht da."

„Mach dir nicht ins Hemd, Großer." David ging ein paar Schritte. Und dann noch ein paar. „NATHALIE!"

„Scheiße, verdammt." Freddie stützte sich hinter ihm an einem Baum ab. „Scheiße, scheiße, scheiße!"

David achtete auf jedes Geräusch. Die Tiere des Waldes waren so unfassbar laut, dass man die Stimmen der Menschen dazwischen kaum wahrnehmen konnte.

„Ich habe doch gesagt, dass da jemand war … an meinem Arsch …" Freddie schaute auf. „David … Sie haben doch vor Kurzem wieder eine Leiche gefunden …"

David schluckte. Dann warf er achtlos seine Zigarette weg. „Das war ein Schädel, keine Leiche." Unwillkürlich glitt seine Hand Richtung Hosentasche. Da steckte er, dicht an seinem Körper. Der Artikel, der ihn hergeführt hatte: *Nach 9 Jahren gefunden: Schädel in der Marsch gehört Polly Ferrington aus Houma.*

„Schädel … Dann ist der Rest auch irgendwo."

„Freddie", versuchte David, ihn zu beruhigen. „Der gefundene Schädel hat nichts mit dem Mörder von vor neun Jahren zu tun."

„Aber … Was, wenn doch, David? Was, wenn es zurück ist? Dieses *Monster*?"

David starrte in den Wald. „Dann sollten wir Nathalie schleunigst finden." Und dann rannten sie beide.

Sechs Tage vor Pollys Verschwinden

„Guten Morgen, Ma'am. Allein in dieser Gegend unterwegs?"
„Vor wen oder was sollte ich Angst haben?"
„Na ja, ich will Sie nicht beunruhigen. Das macht 2,60 Dollar bitte."
„Den Rest können Sie behalten."
„Danke, haben Sie einen schönen Tag." Der Tankwart sah der jungen Frau nach, die sein Geschäft verließ. Sie trug einen Rucksack, darunter angebunden war eine Iso-Matte, die auf ihrem Po rauf und runter wippte. Zwei Wasserflaschen klemmten an der Seite. Sie trug Wanderschuhe, Socken, Shorts, ein Top. Er hatte ihren Bauch hervorblitzen sehen. Auf dem rotblonden Schopf thronte eine Kappe. Schweiß benetzte ihre Haut. Sie musste schon weit gewandert sein.

Als er jetzt aus dem Fenster schaute, entdeckte er eine zweite junge Dame, ebenfalls mit Rucksack. Schwarze Haare. Auf dem T-Shirt prangte die Konföderierten-Flagge. Zusammen gingen die jungen Frauen weiter. Wanderinnen. Rucksacktouristinnen. Sie machten ein Selfie, lächelten wahrscheinlich zusammen in die Kamera. Er konnte es nicht sehen, standen sie doch mit dem Rücken zu ihm.

Ein neuer Kunde kam hinein. „Morgen, Billy."
„Hey, Joe!"
„Einmal voll bitte. Und einen Kaffee." Joe legte Geld auf den Tresen. Er war ein Trucker, kam alle zwei, drei Tage vorbei. „Ist dir 'ne Laus über die Leber gelaufen?"
„Das nicht, aber da draußen, die Mädchen."
„Eine heißer als die andere. So sah meine Carrie vor dreißig Jahren auch mal aus." Joe lachte laut.

Billy konnte nicht lachen. „Weiß nicht. Ob die nichts von den Morden gehört haben?"

„Ach, mach dir da mal keine Gedanken drum. Es sind junge Leute, die Spaß haben wollen. Außerdem sind die doch zu zweit, da wird schon nichts passieren."

Billy schenkte Kaffee in einen Pappbecher ein. „Du hast recht. Da wird schon nichts passieren."

Zwei Wochen später betraten zwei Officer die Tankstelle. Ihr Wagen parkte an der Seite, sie waren nicht zum Tanken gekommen. Und sofort hatte Tankwart Billy ein entsetzliches Gefühl. „Wie kann ich Ihnen helfen?"

Der eine Beamte holte seinen Ausweis aus der Jackentasche. „Detective Melchinger, das ist mein Kollege Detective Spencer. Sind Sie Billy Rough?"

„Ja, Sir."

„Wir haben mit Ihrem Vorgesetzten gesprochen." Der Detective schob nun ein Foto über den Tresen, während sein Kollege hereinkommende Kunden an einen Mitarbeiter von Billy verwies. „Haben Sie diese beiden jungen Frauen vor Kurzem in Ihrem Laden gesehen?"

Da wird schon nichts passieren …

„Die eine ja … die mit der Kappe war hier drinnen. Die andere hat draußen gewartet." Billy hatte eine Tochter im gleichen Alter. Gott, wie froh er war, dass sie in Washington D. C. aufs College ging. „Was ist passiert?"

„Die Rothaarige ist Allison Fitzpatrick. Sie ist tot. Ihre Leiche wurde gestern in Belle River gefunden. Nun sind wir hier, um uns die Videoaufnahmen Ihrer Überwachungskamera anzusehen."

„O mein Gott." Billy fasste sich ans Herz. „Was ist mit der anderen?"

„Sie war gefangen gehalten worden, konnte entkommen, liegt noch im Krankenhaus. Wir konnten noch nicht mit ihr sprechen. Es ist fraglich, ob sie durchkommt."

„Das ist furchtbar." Billy wurde schlecht, er musste sich abstützen. „Was hat man ihr angetan?"

Der Beamte hob die Brauen. „Wie eine Puppe behandelt und dann in den Müll geschmissen."

150 Meilen weiter saß Polly zitternd auf dem Bett in Davids Trailer. Es war nicht „ihr" Zuhause, es war „sein" Zuhause. Sie hatte keinen Penny in den Trailer investiert, sie hatte lediglich Kakerlaken eingesammelt und ausgemistet.

Das hier war nicht ihr Heim.

Auch wenn sie wusste, dass er so dachte.

„Ich bin anders."

„Ich weiß, deswegen liebe ich dich."

Aber ich will das doch gar nicht!

Polly versuchte, nicht an gestern Abend zu denken. Zum ersten Mal hatte David ihr gesagt, dass er sie liebte.

Nun kauerte sie auf der Kante des Bettes, weil sie sich eingeengt, nicht dazugehörig fühlte.

Nicht zu diesem Ort.

Nicht zu diesem Trailer.

Nicht zu ihm.

Obwohl ihr Herz sich nach ihm sehnte, sagte ihr der Verstand, dass sie schon viel zu lange hier gewesen war. Niemals wäre sie auf die Idee gekommen, ihn an ihren Gedanken teilhaben zu lassen, doch irgendwann begann auch die massivste Fassade zu bröckeln.

Sie war ein starkes Mädchen.

Das hatte das Leben sie gelehrt.

David liebte Polly von Herzen, und für diese Liebe war sie dankbar, doch wusste er nicht, wie sehr sie sich verstellen musste, um die zu sein, die er liebte.

Sie kam sich blöd dabei vor, das „r" nicht richtig aussprechen zu können, sie lächelte immer, wenn er heimkam, wissend, dass er sich auf sie gefreut hatte und sie morgens nur ungern verließ, doch sobald er aus der Tür war, begann sie zu schreien, weil sie es nicht mehr aushielt.

Als sie mit Beverly gestern im Möbelhaus gewesen war, hatte sie sich verlaufen. Es waren einfach zu viele Betten, zu viele Matratzen, Sofas und Küchenzeilen gewesen, alles hatte gleich ausgesehen! Die Menschen, die Stimmen, so viel Gewusel, und irgendwann hatte sie sich in eine Ecke neben dem Notausgang gekauert, die Knie angezogen, ihren Kopf dazwischen vergraben und wie ein kleines Kind geweint, bis ein Mitarbeiter gekommen war, um sie zu Beverly zurückzubringen.

„Sag ihm nichts", hatte sie Regans Frau angefleht. „Bitte sag David nichts."

Draußen stand Nathalie, während Polly jetzt im Trailer hockte. Nathalie klopfte und rief, sie wusste, dass Polly da war, sie solle aufmachen. Zunächst war ihr Ton recht freundlich gewesen, doch mit jedem Klopfen wurde sie zorniger und beschimpfte Polly schließlich. „Ich wollte mich eigentlich entschuldigen, aber bitte, zieh weiter deine Show ab, ich gehe!"

Natürlich hätte sie Nathalie gern in den Trailer gelassen, sich angehört, was sie zu sagen hatte, Konter gegeben, wenn sie es müsste, denn nichts anderes hatte Polly in ihrem Leben gelernt.

Doch sie konnte nicht. Diese Welt war nichts für sie. Und es bedeutete jeden Tag einen gewaltigen Kraftaufwand hierzubleiben.

Das Gefühl, ständig suchen zu müssen und gar nicht zu wissen, wonach sie suchen sollte, ob sie schon in die richtige Richtung gegangen war und ob diese Suche überhaupt von Erfolg gekrönt werden würde, war anstrengend, machte sie müde. Und die Verzweiflung darüber, es noch nicht gefunden zu haben, machte sie fertig.

Nachts wachte sie ständig auf. Ein Laut in ihrem Ohr. Ein Schreien. Ein Ton. Eine Stimme. Kam es von draußen? Vom Wald? Vom Fluss? Dann blickte sie neben sich, sah David seelenruhig schlummern und versuchte zu begreifen, dass das hier ein gutes Leben war und das, wonach sie suchte, vielleicht gar nicht existierte.

„Graaacie."

So wie die Rufe – waren sie real? Oder gar nicht da?

Enten.

Schüsse.

Ein blaues Mädchen.

Du verbindest Sachen, die überhaupt nicht zueinandergehören.

„Du musst mir nur versprechen zu bleiben", hatte David irgendwann gesagt, als sie sich gekitzelt hatten wie kleine Kinder. Er konnte so schön albern sein, obwohl er doch immer der starke Mann für sie sein wollte.

Und jedes Mal hatte sie „Das kann ich nicht" geantwortet, obwohl sie es eigentlich schreien wollte: „ICH KANN DAS NICHT!"

Sie würde ihm niemals etwas versprechen, denn der Wunsch zu gehen, war so immens, dass sie nur auf den Mut hoffte, ihn zu verlassen, wohlwissend, wie sehr es ihn, aber auch sie treffen würde.

Liebe war ein großes Wort.

Wenn sie an Liebe dachte, dachte sie immer an ihre Mutter und an ihren Vater. An diese unendliche Liebe zwischen ihren Eltern. Sie hatte immer zu ihrer Mutter gesagt, dass sie irgendwann einmal einen Mann finden wollte, den sie genauso lieben konnte. Und ihre Mutter hatte immer geantwortet, dass dieser Mann irgendwann in ihr Leben treten würde. Ganz bestimmt.

David war so ein Mann.

Polly hatte nun drei Monate lang so sehr gehofft, dass diese Liebe den Wunsch, das zu finden, wonach sie suchte, ablösen würde, denn eines wusste sie genau: Die Dämonen der Vergangenheit kannten keine Gnade, und jene Welt wäre nicht im Entferntesten so rosig wie das Hier und Jetzt mit David.

Tage später ging sie nach der Arbeit mit einem Korb in der Hand rüber zu Beverly und Regan. Die Tür stand offen, nur die Fliegengittertür war geschlossen. Polly klopfte an.

„Moment!" Es dauerte eine Weile, dann trat Beverly aus dem Wohnzimmer. Sie trug eine Schürze, in der Hand eine Gartenschere. „Komm rein, Kind, ich geh das Wasser ausstellen."

Polly nickte und trat ein. Wie jedes Mal roch es im Haus nach Essen, nach richtig gutem Essen, frischen Kräutern und Gemüse aus dem Ofen und frisch gebackenem Brot. Der Fernseher lief. Nachrichten.

Polly stellte sich neben das Sofa, als sie dem lauschte, was der Mann im Anzug vom Teleprompter ablas.

„Die 23-jährige Allison Fitzpatrick aus Atlanta trieb am vergangenen Montagmorgen im Wasser vor einer Fabrik in der Nähe des Cotoye Bayou, wo ein Anwohner ihre entstellte Leiche fand. Die junge Frau galt nicht als vermisst, weil sie zusammen mit ihrer Freundin Brenda Lang auf einer Wanderreise durch die Staaten unterwegs gewesen war. Brenda Lang wurde am selben Tag in der Nähe von Belle River aufgefunden. Die 22-Jährige hatte sich dort vor dem Haus einer Anwohnerin bemerkbar gemacht. Aufgrund ihres Zustandes wurde sie sofort in ein Krankenhaus gebracht.“

„Ist das nicht furchtbar?" Beverly kam ins Haus. Einen Korb mit Rosen in der Hand, den sie nun auf den Tisch stellte, um selbst weiter die Nachrichten zu verfolgen.

„Brenda Lang berichtete, dass Allison Fitzpatrick und sie an einem ihr unbekannten Ort gefangen gehalten und misshandelt worden seien, bevor sie entkommen und mehrere Tage durch die Wildnis am Atchafalaya Basin geirrt sei.“

Polly begann zu zittern.

„Die Polizei geht davon aus, dass es sich bei dem Täter um dieselbe Person handelt, die für den Tod von Henrietta Brown, Eloise Gerrey, Paige Donovan und zuletzt Amanda Sorrow verantwortlich ist. Wie auch die anderen Frauen wurde Allison Fitzpatrick ohne Kleidung aufgefunden und zeigte Spuren einer Vergewaltigung. Damit steigt die Zahl der Opfer des in den Sozialen Medien als „Monsters" betitelten Täters auf fünf. Brenda Lang ist bisher die einzig Überlebende.“

„Das ist so furchtbar", wiederholte Beverly und legte die Hand vor den Mund. „Sieh dir doch diese hübschen Mädchen an."

„Meine Damen und Herren, wir unterbrechen die Nachrichten für die aktuellen Erkenntnisse im Fall des Mörders aus dem Atchafalaya Basin.“
Der Nachrichtensprecher verschwand von der Bildfläche, und ein anderer Mann erschien. Hinter ihm prangte ein Phantombild.

177

Polly klammerte sich an den Riemen ihres Korbes.

Enten.

Schüsse.

Ein blaues Mädchen.

Du verbindest Sachen, die überhaupt nicht zueinandergehören.

Polly starrte auf den Bildschirm, das Foto wurde nun vergrößert.

„Ein Spezialist hat mithilfe der Überlebenden Brenda Lang ein Phantombild ihres Entführers erstellen können."

Sie lügen.

Alle lügen!

„Gesucht wird demnach ein junger Mann Mitte zwanzig, großer Kopf, dunkles Haar, schmale Augen, breite Nase. Er wird auf etwa 1,90 m geschätzt, hat eine kräftige Figur mit großen, starken Händen. Nach neuesten Erkenntnissen der Polizei könnte er in einem grünen Jagdfahrzeug mit auf dem Dach befestigten Scheinwerfern unterwegs sein."

„Was für ein Monster." Beverly seufzte tief. „Komm, Polly, wir machen das aus. Was wolltest du denn eigentlich von mir?" Sie schaltete den Apparat ab.

Das Bild des Mannes hatte sich in Pollys Gehirn gebrannt. Sie sah es, als sie in Beverlys Richtung schaute, sah es, wenn sie beim Blinzeln die Augen schloss. „Kuchen", sagte sie. „Pecan Pie."

„Oh, du hast ihn gebacken." Sichtlich froh darüber, dass sie das Thema wechseln konnten, ging Beverly auf sie zu. „Regan wird begeistert sein! Den hat seine Granny immer für ihn gebacken. Bleibst du zum Essen? Kommt David dazu?"

Dieser Mann …

Dieses Monster …

Polly stellte den Korb ab und griff nach den Händen der Frau, die so viel für sie getan hatte. „Nein, er kommt nicht zum Essen." Wohlwissend, dass es das letzte Mal sein würde, dass sie Beverly gegenüberstand. „Lasst ihn euch schmecken!"

„Du willst nach New Orleans?"

„Ich will laufen. Du weißt, wie sehr ich es liebe zu laufen."

„Aber bis nach New Orleans?"

„Das sind vier, fünf Tage."

„Ich weiß nicht."

„David, bitte." Sie wollte es nicht sagen, doch er sollte wissen, woran er war. „Sonst gehe ich allein."

David ließ den Löffel sinken. Sie hatte Jambalaya gemacht, dazu Maisbrot gebacken. Hatte sich Mühe gegeben, ein letztes Mal.

„Und wann?"

„Morgen."

„Ich muss arbeiten."

Polly war angespannt. Könnte sie ihm doch nur die Wahrheit sagen! „Könntest du mit Regan reden? Es ist doch Freitag. Und Montag könnten wir schon zurück sein." Sie musste weg!

„Puh ... Zwei Tage Ausfall, so spontan ..."

Enten.

Schüsse.

Ein blaues Mädchen.

Du verbindest Sachen, die überhaupt nicht zueinandergehören.

Sie schlug die Arme über dem Kopf zusammen. „Nein, nein, nein!"

„Polly?" David sprang von seinem Platz auf.

Sie lügen!

„Polly!"

Der Trailer. David. Polly schüttelte sich. „Ja?"

„Du machst mir Angst." David schaute skeptisch.

„Kommst du mit? Ich habe mir die Route schon angesehen."

David stockte. „Aber wir werden die Interstate 10 überqueren müssen. Wie willst du über den Atchafalaya River kommen? Warte mal ... Meine Mom springt im Dreieck, wenn ich ihr sage, ich will genau zu dieser Zeit zu Fuß nach New Orleans."

„Sie wird es doch gar nicht erfahren", meinte Polly.

Er hörte auf zu essen. Ihm war sicherlich der Appetit vergangen, genauso, wie ihm klar war, dass Polly gehen würde, wenn er sie nicht begleitete. Vielleicht für immer.

„Ich will gehen, David."

„Ich weiß." Er lächelte tapfer. Obwohl sie an der Angst in seinen Augen erkennen konnte, dass die Gefahr groß war, dass sie auf dieser Reise sein Herz brechen würde …

Der Tag versprach der schönste des Jahres zu werden. Kühle, frische Luft, ein kleines bisschen Wind, nur so viel, dass er ihm wann und dann über die Nase strich. Die Sonne strahlte von einem herrlich blauen Himmel hinunter. Für September war es genau die richtige Temperatur: nicht zu warm und nicht zu kalt.

Sie waren schon immer Abenteurer gewesen.

Der Junge und das Mädchen.

9 Jahre nach Pollys Verschwinden

„NATHALIE", schrie Freddie in die Tiefe des Waldes hinein. Vor wenigen Minuten hatte er einen Nervenzusammenbruch gehabt, auf dem Boden gekniet und am ganzen Leib gezittert, während sein Gesicht blass und verschwitzt gewesen war. David hatte ihm Wasser zu trinken gegeben und den Rest über seinen Nacken gegossen.

David ahnte ebenfalls, dass irgendwas nicht stimmte.

So weit konnte sich Nathalie nicht zum Pinkeln in den Wald verzogen haben, dass sie nicht mehr herausfand und sich verlief – Nathalie war nicht dumm! Genau wie die Jungs war sie zwischen Wäldern und Wasser groß geworden.

Es musste etwas geschehen sein.

David hatte zunächst geglaubt, sie wäre ausgerutscht oder gestolpert, der zweite Gedanke war ein Alligator gewesen, erst die dritte Option war jene, die von Anfang an Freddies Befürchtung gewesen war.

„Er ist zurück", sagte er nun wieder bibbernd, als sie zwischen dichten Bäumen standen, in diesem immergrünen Irrgarten, in dem es keine Wege gab, weil niemand hierhergehörte. „Das Monster ist zurück."

„Es ist neun Jahre her. Das letzte Opfer war Allison Fitzpatrick. Danach hat die Mordserie aufgehört."

„Aber es war genau hier!"

„Ja, aber … Vielleicht ist er tot. Vielleicht haben sie ihn auch geschnappt, und wir haben's nicht mitbekommen. Oder jemand hat sich an ihm gerächt."

„David." Freddie stützte die Hände auf die Knie. „Ich habe ein verdammt ungutes Gefühl."

„Ich auch", gab David zu. Er sah sich um. Überall lag das Land unter Wasser, manche Pfützen entpuppten sich als Teiche.

„Ich kann nicht mehr", sagte Freddie erschöpft und rastete auf einem abgebrochenen Ast einer wuchtigen Eiche. Das Spanische Moos hing ihm fast ins Gesicht. „Ich habe Durst und Hunger, und ich kann nicht mehr laufen."

Auch David war völlig fertig. Sein Telefon hatte nur noch wenig Akku, die Powerbank lag im Lager. Hier gab es keinen Empfang, er konnte nur die Uhrzeit überprüfen: Sie waren seit drei Stunden unterwegs, dazwischen zweimal zurück im Camp gewesen.

„Was ist mit aufteilen?", fragte David.

„Was ist verdammt noch mal mit Hilfe holen?"

David wollte nicht aussprechen, dass es dann zu spät sein könnte, falls Nathalie verletzt sein sollte. Er resignierte und schaute auf das Navi. „Einverstanden. Lass uns zum Lager gehen und dann in die Boote. Wir paddeln dann nach Bayou Chene ..." Es war so heiß. So feucht. Ihm war schwindlig, weil Freddie das letzte Wasser bekommen hatte. David konnte kaum richtig nachdenken.

„Da kommen wir her."

David wurde schwarz vor Augen. Er stützte sich am nächsten Baum ab. „Wir paddeln zurück."

„Das war so eine beschissene Idee!" Freddie sprang auf und fuchtelte herum. „Herrgott, warum hab ich mich nur darauf eingelassen?"

„Es war eure Idee!"

„MANN!" Freddie trat nun gegen den Stamm. David wollte ihn beruhigen, doch wütend schubste Freddie ihn weg, wobei ihm das Navi aus der Hand fiel, hinein in einen Tümpel, geschaffen von Regen und Sumpfwasser.

„NEIN!" David kroch in das Wasser, spürte, wie sich die Pflanzen um seine Beine schlangen, fischte darin herum und suchte das Navi, während Freddie hinterherkam, ihn anschrie, er sei lebensmüde, unter Wasser könnten die Alligatoren auf ihn warten, und aus dem Wasser zog.

„DAS IST UNSERE LEBENSVERSICHERUNG GEWESEN, VERDAMMT!", brüllte David durch den Wald.

„Wie kommen wir jetzt hier raus?"

Freddie atmete hastig. „Ich … ich …"

„Scheiße", fluchte David. „Ohne Navi finden wir den Weg zum Camp nicht!"

„Tut mir … Tut mir leid. Scheiße!" Freddie setzte sich wieder, ließ den Kopf auf die Knie sinken und zog die Schultern ein.

Beide verharrten in ihren eigenen Gedanken, tankten Kraft, bevor David entschied: „Los, weiter!"

Ausgehungert, entkräftet und verzweifelt hinkten die beiden jungen Männer noch Stunden später durch den Wald, die Klamotten durchnässt, die Haare an der Stirn klebend, gepeinigt von Stichen zahlreicher Insekten, die Haut misshandelt von Dornen und Ästen.

David war noch nie in seinem Leben so sehr am Ende seiner Kräfte gewesen. Die letzten Meter vor Einbruch der Dunkelheit krochen sie einen Hang hinauf, weil Freddie sich sicher war, oben befände sich ein Ort. Er habe Autos gehört und Lichter gesehen und den Geruch von Croissants wahrgenommen.

David wusste, dass das nicht sein konnte. Freddie war kurz vorm Zusammenbrechen und halluzinierte.

Keiner von ihnen wusste, wo sie waren. Vom Atchafalaya River hatten sie sich so weit entfernt, dass es keine Spur mehr von ihm zu geben schien. Es gab nur Wald und den immer dunkler werdenden Himmel.

An Nathalie dachten sie kaum noch, denn nun hing ihr eigenes Leben am seidenen Faden. Das Atchafalaya Basin war ein Gebiet, in dem alles verloren ging und starb, was keine Hilfe bekam oder nicht für dieses Gebiet ausgebildet oder gar geboren war. Ein Irrgarten, in dem die Grenzen zwischen Wasser und Land verwischten. Ein Labyrinth, das weder Anfang noch Ende hatte, in dem man in einen Strudel gezogen wurde, dem man allein nicht entkommen konnte. Sie konnten schreien – niemand würde sie hören. Sie konnten rennen – niemanden würden sie erreichen. Sie konnten hoffen. Bis zuletzt.

„Ich … Ich kann … nicht mehr." Freddie sank auf den Boden. Er war voll nasser Erde, Blätter vergangener Herbste, voll Würmer und Käfer. Er drehte sich auf den Rücken, rutschte den Hang ein Stück runter, wurde von den tiefhängenden Ästen eines Baumes gebremst.

David krallte sich an Gestrüpp fest, während sein Körper vor Schwäche bebte. Ihm wurde kalt, obwohl es noch immer heiß war. Und dann nahm er ihn wahr.

Den Geruch.

David würgte. Fliegen surrten in seinen Ohren. Der Geruch war widerlich. Doch woher kam er?

Er kauerte oberhalb des Hanges, versuchte, in der Dämmerung auszumachen, was sich hier befand. „Komm hoch!"

Freddie drehte sich auf den Bauch, ging auf die Knie und nahm Davids Hand an, die ihm aufhalf. „Ich sage doch … Da ist … eine Straße!"

David glaubte nicht daran.

Doch Freddie war sich sicher. Er stand auf. „Wir haben es geschafft, Mann!" Er ging ein paar Schritte. „Komm, komm, Kumpel!"

David folgte ihm. Vorsichtig. Langsam. „Riechst du das?"

„Ja, das ist fies." Freddie blickte nach links und rechts. „Vielleicht ein Tier …"

„Ein großes Tier."

Sie stützten einander, erreichten einen Sandweg, und konnten ihr Glück nicht fassen. Freddie sank auf den Boden, küsste ihn, während David die Augen zusammenkniff. „Da!"

Beide schauten sie in die Richtung eines Gebäudes. Ja, ganz klar stand hinter den Bäumen ein Gebäude, ein Haus, und wenn sie sich nicht ganz irrten, war da sogar Licht.

„Los!" David ging voran, Freddie folgte. Sie beeilten sich, David sah sich um. Kein Wagen, keine Menschenseele, nur ein Gebäude versteckt im Wald.

„Warte mal!" Freddie hielt ihn am Arm fest. „Ich ... Ich glaube, ich war hier schon mal."

David glaubte ihm nicht. Es roch schließlich auch nicht nach Croissants, sondern nach Jauche, Tod und Verwesung. „Komm!"

„Nein, David!"

„Wieso denn nicht? Die haben sicher ein Funktelefon."

„Ich habe ein beschissenes Gefühl."

„Echt jetzt? Die haben was zu essen, Mann! Und wir können Hilfe rufen, für Nathalie!" David zog sein Shirt über die Nase. „Gott, ist das widerlich!"

Zusammen gingen sie weiter, das Gebäude kam näher. Ein Flachbau, nichts Besonderes, vielleicht sogar nur mehrere Schuppen miteinander verbunden, nichts, was an ein Wohnhaus erinnerte. Das Licht kam aus einem der Fenster. „Hallo?", rief David, als sie eine Art Zaun erreichten. Nicht sehr hoch und an vielen Stellen offen. Weil sie nichts sahen, tasteten sie sich voran.

„Wer wird dort wohnen?", fragte Freddie mit gedämpfter Stimme.

„Finden wir's heraus." David ging weiter. Am Zaun vorbei, das Haus stand vor ihm. Er versuchte, etwas in dem Fenster rechts zu erkennen, dort, wo das Licht herkam. Er erkannte eine nackte Glühbirne und ... Stand da ein Mensch?

Das Licht ging aus, eine Tür wurde geöffnet. Nun drang Licht aus dem Haus heraus. Eine Gestalt bewegte sich davor, kaum zu erkennen, weil sie vom Licht geblendet wurden.

„Hi!", rief David freundlich. „Können Sie uns helfen?" Dann drehte er sich zu Freddie um. „Wir sind in Sicherheit, Buddy."

Doch Freddie stand nicht mehr da.

„Freddie?" David schaute wieder zur Tür, der Mensch war nicht mehr da. „Scheiße!"

David lief zurück zum Zaun, sah rein gar nichts, irrte über Rasen und entlang einer hohen Hecke, rief Freddies Namen, als er stehen blieb, weil er eine Gestalt hinter sich spürte. Und noch ehe er herausfinden konnte, ob sein Gefühl ihn täuschte, traf ihn etwas auf den Hinterkopf und alles wurde schwarz ...

Als er erwachte, war das Erste, was er wahrnahm, die Schmerzen. Schmerzen im Rücken, in den Armen und Beinen. Er konnte sie nicht ausstrecken, war gefangen, fühlte eine Begrenzung hinter und unter seinem Kopf, vor seinen angewinkelten Beinen. Seine Hände berührten eine Wand, aber kein Holz. Es gab einen einzigen Lichtstrahl, der durch einen Schlitz hinein ins Dunkel führte. Helles, warmes Licht. Staub tanzte davor.

David biss die Zähne zusammen, weil sein Körper so sehr schmerzte, und er gab Laute von sich, auch wenn er es nicht wollte.

Wo war er?

Wo war Freddie?

Er schluckte. Schmeckte glücklicherweise kein Blut. Er versuchte, mit seiner Hand zum Kopf zu gelangen, wollte auch dort prüfen, ob er blutete, doch er konnte den Ellenbogen nicht anwinkeln, so eng war es in dem Loch, in dem er steckte.

Dann kam die Panik.

Beruhige dich!

Alles wird gut!

Er verengte die Augen und versuchte, durch den Schlitz etwas zu erkennen. Ein Raum. War es eine Werkstatt? Eine Küche? Da stand eine Theke und da gab es Töpfe. Einen Besen. Messer.

Verdammt.

David lehnte den Kopf an die Wand.

Er hatte keine Ahnung, wo er war.

Und doch hatte er so ein Gefühl …

Ein Gefühl, dass er schon so oft gehabt hatte. Ein Gefühl, das ihm sagte: Was, wenn Polly damals …?

Eine Träne lief seine Wange hinunter. Er krallte die Fingernägel in seine Hände. Verzweifelt, weil die Ungewissheit ihn förmlich umbrachte.

Er versuchte, an seine Hosentasche zu kommen. Links steckte der Artikel, rechts das Foto eines kleinen Mädchens. Ein Foto, das er neun Jahre lang aufgehoben hatte.

Er konnte sich nicht helfen, aber er hatte das Gefühl, dass alles miteinander zusammenhing.

Er kam nicht an das Foto, sank zurück und versuchte, jenen Gedanken, der ihn seit neun Jahren quälte, erst recht, nachdem er diesen Artikel gelesen hatte, zu verdrängen.

Doch es gelang ihm nicht.

Was, wenn Polly damals verschwinden *wollte,* weil sie das Monster kannte?

Ein paar Stunden nach Pollys Verschwinden

Regan Williams war davon überzeugt, dass nach dem schönsten Tag wahrscheinlich das heftigste Gewitter des Jahres auf sie wartete. Er überprüfte in seinem Garten, ob die Sonnenschirme und die Stühle nahe an den Tisch gezogen waren. Immer wieder schaute er dabei zum Himmel, wo sich bedrohlich dunkle Wolken in rasantem Tempo auftürmten und Blitze den Horizont erhellten. Als er wieder ins Haus kam, stellte seine Frau Beverly gerade zwei Tassen Tee auf den Tisch vor dem Sofa und schauderte. „Hat sich doch um mindestens 10 Grad abgekühlt, nicht wahr?"

„Diesmal schon."

Und dann fuhren sie beide zusammen, weil jemand gegen die Tür hämmerte. „AUFMACHEN!"

Beverly legte die Hand an den Arm ihres Mannes, wie gebannt starrten sie beide zur Tür. Die Stimme hatten sie sofort erkannt. „Was kann passiert sein?"

Regan schnellte zur Tür, riss sie auf und David platzte ins Haus, gefolgt von einer gewaltigen Windböe, die das Holz in die Angeln zwängte. „Sie ist weg!", schrie er unter Tränen, war völlig durchnässt. „Sie ist weg, Regan!"

Beverly kam dazu, Regan und sie sahen einander an. David trug keine Schuhe, seine Füße, seine Hose, das Shirt waren nass und dreckig. Das Gesicht verweint, verzweifelt.

„Wer ist weg, Junge?", fragte Regan entgeistert.

„POLLY!", gab David zurück. „Polly ist verschwunden!"

„Komm erst mal rein und beruhige dich", meinte Regan und schob den Jungen zum Sofa.

„Ich … Ich mache noch einen Tee", sagte Beverly und als sie beide sahen, wie der Junge auf dem Sofa in sich zusammensank und bitterlich schluchzte, wussten sie, dass etwas Furchtbares mit Polly geschehen sein musste.

David trug einen Bademantel von Beverly und eine Unterhose von Regan, doch das war ihm egal. Er rührte Zucker in seinen Tee ein, während draußen ein Unwetter tobte.

„Also, noch mal: Polly und du wolltet zu Fuß nach New Orleans", versuchte Regan, die Geschehnisse zu rekonstruieren.

„Richtig. Jedoch haben wir Umwege genommen, sind nicht auf der schnellsten Route gelaufen."

„Ihr wart seit Freitag unterwegs."

„Ja." David schaute an die Wand. Dort hing der Kalender. Sonntag.

„Und dann kamt ihr heute zu dieser Brücke in …"

„… Melville."

Regan nickte. „Und dann ist sie gesprungen."

„Nein … Ich … Ich weiß es nicht. Das hab ich bei Mom auf dem Revier auch gesagt: Ich weiß nicht, ob sie gesprungen ist."

„Wie hat deine Mutter reagiert?", fragte Beverly, die neben ihm saß.

„Sie ist ausgerastet. Sie hat mir nicht geholfen. Sie sagte, Polly sei nicht registriert, weshalb es schwer sein werde, sie zu finden. Ich weiß, dass Mom froh ist, dass Polly nicht mehr da ist."

Regan und Beverly sahen betroffen zu Boden.

David schniefte, wischte sich mit dem Ärmel unter der Nase entlang.

Regan verschränkte die Arme vor der Brust. „Junge?"

David sah auf.

„Ist sie gesprungen oder gestürzt? Wenn sie gestürzt ist, muss man nach ihr suchen, ganz klar. Aber – und ich bitte dich, denk nach – wenn sie gesprungen ist, war das vorsätzlich, und du weißt, was ich damit meine."

Davids Kinn bebte. „Ich weiß es nicht, Regan."

189

„Doch, Junge, das weißt du."

David kratzte sich nervös am Kopf. „Sie wollte gehen", gab er zu. „Die ganze Zeit, aber … Warum so? Ich meine … Wenn sie gesprungen ist, ist sie an Land gegangen. Wenn sie … gerannt ist, hat sie mich ausgetrickst, nur, ich kann doch jetzt nicht hier sitzen und gar nichts tun. Ich muss sie finden." Er blickte zu Beverly. „Hat sie dir irgendwas gesagt?"

Beverly dachte nach. „Als ich sie das letzte Mal sah, brachte sie mir ihren Pecan Pie. Das war am Donnerstag. Wir haben die Nachrichten gesehen. Es gab einen Bericht über das Monster. Aber Polly sagte nichts. Und wenn ich etwas wüsste, David, ich würde es dir sagen. Sie ist mir ans Herz gewachsen. Sie war mir so nahe wie du … Sie ist wie eine Tochter für mich geworden."

„Ich verstehe es nicht", sagte David. „Sie war immer ‚auf der Suche'. Ich glaube, sie hat auf den Moment gewartet."

„Denkst du, dass es irgendwas mit dem …" Beverly drehte die Zeitung um. Auf der Titelseite prangte das Phantombild des Monsters. „Denkst du, es hat etwas damit zu tun?"

„Ich weiß es nicht", gab David zu. „Ich weiß nur, dass ich Polly nicht gekannt habe."

„Wie meinst du das?" Regan runzelte die Stirn.

„Ich meine damit, dass ich die ganze Zeit nicht wusste, wer sie wirklich ist. Ich will es nicht aussprechen, aber vielleicht hatte Freddie recht. Denn warum hat sie mir das angetan? Sie wusste, wie sehr ich sie liebe. Ich … Ich habe noch nie einen Menschen geliebt, Regan, du weißt das … Warum ist sie gegangen? Sie hätte mir das nicht angetan, wenn es nicht einen Grund gegeben hätte. Einen Grund, der stärker wiegt als Liebe … Und ich glaube, dass es was mit ihrer Suche zu tun hat."

„Weil sie es gefunden hat? Dort? Auf der Brücke?" Beverly legte ihre Hand auf seine.

David zuckte mit den Achseln. „Keine Ahnung. Ich weiß nur eines: Ich werde sie finden. Irgendwann."

Am nächsten Morgen blieb die Autowerkstatt in Oakdale geschlossen. Am Tor prangte ein weißes Schild und bat um Verständnis, weil persönliche Angelegenheiten erledigt werden müssten.

Regan und David waren mit dem Truck des alten Mannes unterwegs nach Melville.

Das Gewitter hatte am Vorabend für Abkühlung gesorgt, heute kletterten die Temperaturen dafür umso höher. Am Vormittag standen die beiden Männer in der brütenden Hitze des Tages vor der Brücke und starrten ans andere Ufer.

„Willst du noch mal rübergehen?", fragte Regan.

„Nein." Seufzend stemmte David die Hände in die Hüfte. Dann nahm er einen Stein, handgroß, und warf ihn in den Atchafalaya River. Mit einem kräftigen PLATSCH ging er unter. „Selbst ein Stein verursacht Geräusche und Gischt beim Eintauchen ins Wasser."

Regan nickte. Dann ging er zum Truck, holte eine Karte und breitete sie auf der Motorhaube aus. David kam dazu.

„Also, wenn sie gelaufen ist, muss sie sich auf der anderen Seite im Gebüsch versteckt haben, sonst hättest du sie von der Brücke aus klar sehen können."

David starrte zum anderen Ufer. Bäume, Sträucher. Genaueres erkannte er nicht, der Fluss war zu breit.

„Wenn sie doch gesprungen ist, dann hat sie sich vielleicht am Pfosten festgekrallt …"

„Ich habe nachgesehen."

„Wenn jemand abhauen will, dann kann er sich gut verstecken, du findest ihn dann nicht", meinte Regan ernst. „Also, gesetzt den Fall, sie ist gesprungen, ist sie den Fluss abwärtsgetrieben. Sie hätte dann immer wieder untertauchen müssen, um nicht von dir gesehen zu werden. Kannst du dich an die Strömung erinnern?"

„Ich bin hinterhergesprungen, Regan."

„Das hättest du nicht tun sollen, von oben hättest du einen besseren Überblick gehabt."

„Ich dachte, sie wäre in Gefahr." David seufzte. „Was machen wir jetzt?"

„Sie wollte auf jeden Fall nicht nach New Orleans." Regan schüttelte den Kopf. Dann streckte er den Arm aus. „Ich denke, sie wollte dorthin."

David folgte der Richtung, in die er zeigte. Flussabwärts, in ein Gebiet, so weit und unendlich, so fernab jeglicher Zivilisation. Versteckt gelegen und bestens geeignet für jemanden, der nicht gefunden werden wollte …

Mom rief ihn an diesem Tag zweimal an, und beide Male ignorierte er sie. In ihrer SMS von heute Morgen hatte sie geschrieben, dass sie die Sache mit Polly an ihre Kollegen weitergeleitet habe. Er glaubte ihren Worten, dass „der Fall dort besser aufgehoben" war, kein bisschen, zweifelte sogar an, dass sie das überhaupt wirklich getan hatte.

David zündete sich die dritte Zigarette an, als er nach Feierabend zusammen mit Nathalie und Freddie vor dessen Laden hockte und über Polly redete. Das hieß, Nathalie redete kaum, was besser so war, denn ihren Senf wollte er sich nicht anhören.

Freddie scharrte Sand mit der Schuhspitze über den Boden. Er wusste wohl auch nicht so richtig, was er sagen sollte. „Was willst du machen?", fragte er schließlich.

David zuckte mit den Schultern. „Keine Ahnung. Sie finden." Stille.

„Jetzt mal ganz unter uns …" Freddie suchte wahrscheinlich nach passenden Worten. „Meinst du nicht, es wäre besser, die Sache einfach auf sich beruhen zu lassen?"

„Sie ist verschwunden."

„Ja, aber … Das ist alles schon sehr merkwürdig."

„Vielleicht ist ihr was passiert."

„Sie ist echt taff!"

„Wir vermissen dich", wandte Nathalie ein. „Ich meine das ernst, David. Kajaktour? Donnerstag?"

David warf seine Zigarette auf den Boden, wohlwissend, dass Freddie sie aufsammeln müssen würde, da sein Vater Dreck auf dem Parkplatz vor seinem Laden hasste. „Ihr könnt mich mal", raunte er und machte sich auf den Weg zu seinem Ford. Darin fuhr er nach Hause, zu seinem Trailer. Er stieß die Tür auf, sah sich um. Eine bedrückende Stille ummantelte ihn wie eine Decke, die weder warm noch schützend war. Sie hielt die Kälte nicht ab, machte alles nur noch schlimmer, und jeder Schritt in diesem Trailer zeigte ihm mehr, dass dieser Ort ohne Polly nicht mehr sein Zuhause war.

Hilflos setzte er sich auf das Bett, vergrub den Kopf in seinen Händen, und wünschte sich Antworten auf Fragen, die ihn schon seit Monaten quälten.

Wo kommst du her?

Wonach suchst du?

Wohin wolltest du gehen?

Jetzt war lediglich eine weitere Frage hinzugekommen: *Wo bist du?*

David fasste sich ans Herz. Es tat weh. Es schmerzte. Es war nicht fair, was sie ihm angetan hatte, und es war nicht fair, dass sie ihm keine Chance ließ, sie zu verstehen.

Er griff nach seiner Brieftasche. Ganz weit unten in einem versteckten Fach befand sich das Foto, das er in ihrem Rucksack gefunden und behalten hatte. Natürlich war das nicht richtig gewesen, aber niemals hätte sie ihn darauf angesprochen, hätte sie mitbekommen, dass es nicht mehr da war.

Er betrachtete die kleine Polly von damals und fuhr mit dem Zeigefinger über ihr Gesicht. Der Schmerz in seiner Brust breitete sich in seinem ganzen Körper aus.

David lehnte sich nach hinten. Er streckte die Arme nach oben, betrachtete das Foto noch immer. Und stellte sich zum tausendsten Mal die Frage, die ihn am meisten beschäftigte: *Wer bist du wirklich, Polly?*

KAPITEL 5

Alles, woran sich Polly erinnerte, wenn sie an ihre Eltern dachte, war Liebe.

Sie erinnerte sich an ihren starken Daddy, der größer und kräftiger war als der Riese aus dem Märchen, das die Frau aus der Vorschule vorgelesen hatte.

Daddy war oft zu Hause und machte Musik, sang viel mit ihr und spielte dabei Gitarre. Freitags und samstags zog er sich abends stets eine Hose an, zu der Mom „Hochwasserhose" sagte, ein weißes Hemd, Hosenträger und eine Jacke, die glitzerte und funkelte. Er schmierte sich Glibber in die Haare und zog eine schwarze Strähne über die Stirn, dann tat er so, als würde er rauchen, indem er sich ein weißes Stäbchen zwischen die Lippen steckte.

So verkleidet sah er dann plötzlich nicht mehr aus wie ihr Daddy, aber so mochte Mommy ihn wohl am liebsten, denn sie sagte stets, wie schick er war und wünschte ihm „viel Spaß". Er kam meistens sehr spät nach Hause, und Polly sah ihn erst am nächsten Morgen wieder.

Während Daddy schlief, ging Mommy mit ihr auf den Spielplatz, hatte immer Obst und Knabberzeug dabei, und manchmal blieben sie bis zum Mittag da. Spielplätze, wo sie toben und rennen konnte, liebte Polly sehr.

Aber am allermeisten liebte Polly ihre Mommy.

„Wer ist mein kleines Häschen?", hörte sie Mommys Stimme immer, wenn sie allein in der Vorschule war, wo sich so viele

Kinder befanden, die Polly nicht kannte. Es war immer so kalt, es war so fremd. So viele Erwachsene liefen dort herum und fragten Polly Dinge, die sie beantworten sollte. „Wie alt bist du?"

Vier Finger.

„Wirst du nicht bald fünf?"

Schulterzucken.

„Was isst du denn gern?"

Stille.

Polly hatte noch nie viel geredet, aber Mommy sagte, das müsse sie auch nicht. Alles zu seiner Zeit. Und Polly war ja noch klein.

Mommy kam immer um zwölf Uhr mit dem Wagen, aus dem es manchmal qualmte, und jedes Mal entschuldigte sie sich, dass Polly überhaupt in die Vorschule gehen musste. „Ich habe mich beeilt", sagte sie und gab ihr einen Kuss auf die Stirn. „So sehr beeilt, um wieder bei dir zu sein, mein Häschen." Mom roch nach Pommes Frites, aber Polly mochte diesen Geruch. Auf ihrer Schürze, die sie über dem rosa Kleid trug, war eine Grandma abgebildet, die eine Kochmütze trug. Mom sagte, das sei „Sandy, die Gründerin von *Crunchy Chicken*", wo sie arbeitete.

Zuhause war ein Ort, den Polly ihr Leben lang für den schönsten halten würde: Das Haus war klein, und abends hörte sie Mom und Dad davon reden, dass sie „dringend umziehen" müssten. Aber Polly liebte das hübsche Häuschen mit dem Vorgarten, wo an einer Eiche die Schaukel hing und die Veranda voller Blumenkübel stand. Im Frühling und Sommer hatten sie so viele Bienen, dass ihr Gewimmel manchmal ihre Gespräche zu übertönen schien.

Ihr Zimmer war „klein, aber fein", wie Mommy gern sagte. Es war einmal ihr Zimmer gewesen, als Moms Eltern noch gelebt hatten. Sie zeigte Polly die Striche am Türrahmen, die markierten, wie Mom gewachsen war. An der obersten Markierung war ein Herz gemalt: „Da hab ich Daddy kennengelernt". Und dann drehte sie sich in Richtung Küche, wo Daddy das Abendessen zubereitete. Es gab Nudeln, fast jeden Abend, weil sie alle Pasta so sehr mochten.

Im Sommer stand die Tür meist offen, nur das Fliegengitter lag davor, und der Duft der Magnolien vor dem Haus mischte sich mit dem Geruch von Knoblauch und frischen Kräutern. Nach dem Essen bekam Polly meistens noch ein Eis und aß es, während Mom und Dad zusammen spülten.

„Ich habe einen neuen Song", sagte Dad. „Möchtet ihr ihn hören?"

Mom und Polly nickten eifrig. Mom trocknete sich die Hände ab, kam zu Polly und zog sie auf ihren Schoß. Während Daddy nach seiner Gitarre griff, warteten sie gespannt darauf, was er für sie vorbereitet hatte.

Und als Dad zu spielen und zu singen begann, er sie anlächelte und mit seinen Augen sagte, wie sehr er seine Familie liebte, fühlte Polly nur grenzenlose Liebe und pures Glück.

Ja, sie war glücklich.

Hatte in ihrem kleinen, jungen Köpfchen keinen einzigen dunklen Gedanken gehegt, weil das Leben, das Polly beschert wurde, voller schöner Dinge war.

Sie jauchzte, als Mom aufstand, weil Dad nun die Gitarre weglegte und eine CD abspielte, auf deren Cover er abgebildet war. Seine Stimme drang durchs Haus, während er Mom an den Händen zur Mitte der kleinen Küche führte und dort mit ihr tanzte.

Moms Augen glänzten, sie lachte, während Dad mitsang und seinen Blick nicht von ihr wenden konnte. In dem Lied, das von der CD kam, sang Daddy über Liebe, ganz sicher sang er über sich und Mommy.

Polly saß noch am Tisch, klatschte und beobachtete ihre Eltern verzaubert.

Sie wusste genau: Sie hatte die beste Mommy, den besten Daddy und das schönste Leben.

Sie brauchte nicht mehr.

Als sie älter wurde und erste Problemchen mit Mitschülerinnen oder mit den Lehrern entstanden, die ein kleines Mädchen überfordern konnten, war Mommy ebenfalls für sie da und versprach, es auch für immer zu sein. Genau wie Daddy. Und Polly war beruhigt.

„Schlaf gut, mein Häschen", sagte Mommy noch immer abends, wenn sie Polly ins Bett brachte. Ach, jetzt bewachten noch dreiundvierzig Kuscheltiere ihren Schlaf auf dem Regal über dem Bett. Das Licht war gedimmt, durch das Fenster hörte sie das Zirpen der Grillen. Mommy hatte Lockenwickler auf dem Kopf, streichelte Pollys Gesicht und schenkte ihr das wärmste Lächeln, das Polly je gesehen hatte. Eben noch hatte sie eine Geschichte vorgelesen. Die mit der Bärenfamilie, die ein Kätzchen bei sich aufgenommen hatte. Das war Pollys Lieblingsbuch, schon seit Jahren. Jeden Satz kannte sie auswendig.

Glückselig lag Polly in ihrem weichen Bett, Mom saß auf der Kante. Es war immer Mom, die sie ins Bett brachte, niemals Dad. Warum das so war, darüber hatte sich Polly nie Gedanken machen müssen.

„Träum was Schönes. Und denk immer daran, dass Mommy und Daddy dich über alles lieben." Mom küsste Polly auf die Stirn, stand auf und drehte sich an der Tür noch einmal zu ihr um, bevor sie das Licht löschte. „Gute Nacht, mein Häschen. Bis morgen!"

Das Letzte, was Polly sah, waren Mommys Tränen, die im Flurlicht glitzerten.

Doch auch darüber brauchte sich Polly keine Gedanken machen. Denn Mom hatte wunderbare Dinge zu ihr gesagt und gelächelt.

Das Geräusch, durch das sie in der Nacht wach wurde, konnte sie im Nachhinein zwar beschreiben, aber niemals eindeutig benennen. Im ersten Moment dachte Polly an eine Explosion. An zwei Explosionen. Sie schreckte hoch, ihr Herz schlug wild und schnell und laut, sie griff sich an die Brust.

Lauschte.

Völlige Stille.

Und diese Stille war angsteinflößender als alles, was danach kam.

Ihre Glieder wurden steif. Sie wollte nach ihrer Mommy rufen, doch wagte sie es nicht. Schnell kroch sie unter ihre Decke, zitterte, wartete auf ein weiteres Geräusch, wünschte sich, Mommy würde durch ihre Tür kommen und sagen, dass alles gut wäre.

Ihr Atem sorgte dafür, dass es unter der Decke bald stickig wurde, und sie schlug sie zurück. Luft. Draußen regnete es, das Licht der Straßenlaterne drang ins Zimmer.

Wenn du jetzt Mommy rufst, kommt sie. Vielleicht kommt aber auch der Einbrecher zuerst rein.

Ja, vielleicht waren die „Explosionen" von einem Einbrecher gekommen, der die Tür eingeschlagen hatte.

Noch mehrere Minuten dachte Polly darüber nach, was sie tun sollte, und schließlich siegte ihre Angst und sie rief: „Mommy!", und schon bald viel verzweifelter: „Mooommy!", weil niemand kam.

Eine ganze Weile nicht.

Polly stand auf. Die kleinen Füße tapsten durch den dunklen Raum, sie öffnete die Tür. Ein Windstoß blähte ihr Nachthemd, alles war dunkel. Sie ging zum Elternschlafzimmer. Auch hier brannte kein Licht. Das Bett war durchwühlt, aber niemand lag darin.

Und als sie sah, dass die Haustür weit offen stand, weshalb der Wind durch den Flur strich, bekam Polly noch mehr Angst. Entsetzliche Angst.

Augenblicklich begann sie zu weinen. Stille, verzweifelte und einsame Tränen rollten ihr über die Wangen. Wimmernd ging sie über den Flur in den Raum, in dem Mommy und Daddy gestern wieder getanzt hatten.

Und dann blieb sie stehen, weil Mommys Lockenwickler vor ihren Füßen lag. Sie hob ihn auf, und im gleichen Moment sah sie Mommy. Sie lag auf dem Boden neben dem Esstisch. Ein Arm weit ausgestreckt. Bewegte sich nicht. Daddy lag auf dem Teppich nicht weit entfernt, das Gesicht nach oben. Er hatte die Augen geöffnet.

„Daddy!" Polly eilte zu ihm. „Warum liegt ihr hier? Was war das?"

Polly begriff nicht, dass sie tot waren. Sie wunderte sich nur, warum Dad nichts sagte, und was das für rotes Zeug an seinem Kopf, an seiner Schulter und vor allem auf seiner Brust war.

Sie wurde richtig wütend, schaltete das Licht an, die kleine Lampe neben dem Kamin, und ging wieder zu ihrer Mutter. Schüttelte sie, weil sie sich hier schlafen gelegt hatte, doch Mommy wachte einfach nicht auf!

Wimmernd und winselnd wusste Polly nicht, was sie tun sollte, also setzte sie sich neben ihre Mutter und wartete darauf, dass Mommy endlich aufwachte.

Mom und Dad wachten aber nicht mehr auf.

Als die Sonne aufging, hüllte man sie in dicke schwarze Säcke, legte sie auf Tragen und brachte sie zu einem schwarzen Wagen, der vor dem Haus parkte.

Viele Menschen hatten sich vor dem Haus versammelt. Die Sirenen waren zum Glück verstummt, denn die hatten Polly noch mehr Angst gemacht. Die Blinklichter waren aber nicht besser. Der Garten leuchtete blau und rot und wieder blau und rot und das tat in ihren Augen weh.

„Hat dir der Kakao geschmeckt?", wollte die Polizistin wissen. Nach allem, was Polly in der Schule über die Polizei gelernt hatte, war die Frau jemand, der ihr helfen würde. Sie war froh, dass sie dabei gewesen war, als die Nachbarin „die Cops" gerufen hatte. Jetzt kümmerte sie sich um Polly. Die Nachbarin, die, die immer so nach Rauch stank, war endlich nach Hause gegangen, aber neugierig in ihrem Vorgarten stehen geblieben.

Polly nickte. Sie saß mit ihrer Tasse auf der Bank im Garten, in der Nähe der Schaukel. Ihre Füße steckten in Winterstiefeln, um die Schultern hing eine Decke. Sie saß schon lange hier, die Polizistin war immer mal wieder weggegangen, kam aber jedes Mal zurück.

Polly erkannte Leute aus der Nachbarschaft. Viele schüttelten die Köpfe, betrachteten sie voller Mitleid. Polly weinte nicht. Polly wollte nur, dass alle endlich nach Hause gingen und sie wieder in ihr Bett konnte. Vielleicht würde Mommy noch ein paar Tage brauchen, dann ging es ihr besser, und so lange würde Polly warten.

Die Polizistin nahm ihr die Tasse ab. Sie lächelte oft. Genauso wie Mommy. Aber wenn sie zu den Männern hinter dem Absperrband trat, sah sie besorgt aus und blickte zu Boden.

Als sie diesmal wiederkam, setzte sie sich neben Polly und nahm ihre Hand. „Also … Das ist alles verwirrend für dich, nicht wahr? Aber du kommst jetzt erst mal mit mir mit und dann kommt eine Dame und die zeigt dir, wo du wohnen kannst, okay?" Es hörte sich so an, als wartete ein riesiger Freizeitpark auf Polly.

Sie konnte nur nicken. „Aber eigentlich will ich hierbleiben."

Die Polizistin legte ihren Arm um Polly. „Du kannst nicht allein wohnen, weißt du. Kinder dürfen das nicht. Aber da, wo du hinkommst, ist es schön. Ich war schon mal da. Es ist ein bisschen weit weg, aber ich bin mir sicher, es wird dir gefallen."

„Kommt Mommy auch dahin?" Sie verstand nicht, warum sie jetzt nicht mehr hier wohnen durfte, und es verärgerte Polly auch, dass alles so lange dauerte.

Polly wollte doch nur ins Bett! So wie gestern Abend. Und darauf warten, dass Mommy zur Tür hereinkommen und „Guten Morgen, mein Häschen" sagen würde …

Einen Tag später saß Polly in einem Zug. Sie war erst ein Mal Zug gefahren, mit der Schule in ein Museum. Es war aufregend und machte Spaß! Der Zug war schnell, und die Frau, die sie zum Zugfahren abgeholt hatte, war richtig nett. Sie hatte – wie Mommy – geschnittenes Obst dabeigehabt und sogar ein paar Cracker und Käsewürfel. Außerdem zwei Spiele, von denen Polly sich eines hatte aussuchen dürfen. „Welches möchtest du spielen?", hatte die Frau gefragt. „Das mit den Klamotten? Wo die Mädchen sich schminken? Oder das mit den Tieren auf dem Bauernhof?"

„Das mit den Tieren."

Die Frau hatte gelächelt. „Okay."

Ihr Name war Magda. Sie war noch sehr jung, jeder nannte sie „Miss" und beim Vornamen. Als Polly im Zug ein bisschen aus dem Fenster schauen und nicht weiter essen oder spielen wollte, holte Magda ein Heft aus ihrer Tasche, „aus dem sie lernte".

Das Ziel ihrer Reise war ein Ort in Georgia, dessen Namen Polly schon wieder vergessen hatte. Aber er liege am Meer und sei „bezaubernd". Polly glaubte das noch nicht so richtig. Überhaupt, seit der Nacht, in der es „die Explosionen" gegeben hatte, glaubte Polly niemandem mehr.

Sie war wütend. Besonders wütend auf Mommy. Denn Mommy hatte doch gesagt: *„Gute Nacht, mein Häschen. Bis morgen!"* Und wo war Mommy? Nicht hier, nicht bei ihr!

Polly war allein.

Gestern Abend hatte sich eine weitere Frau mit Polly unterhalten. Erst war noch ein Mann dabei, den alle „Detective" nannten, dann war sie mit der Frau allein. Die Frau sagte ihr, dass Mom und Dad nicht wiederkommen würden, weil sie gestorben seien, und Polly solle mal überlegen, wo ihre Körper (oder waren es Seelen?) nun sein könnten. „Im Himmel", antwortete Polly, und die Frau nickte und sagte: „Ja, sie sind jetzt im Himmel."

Polly könne – wann immer sie wolle – zum Himmel schauen und mit Mommy und Daddy reden. Sie seien immer für sie da.

Die Frau sagte auch, dass Polly nun Zeit, Mut, Kraft und ganz viel Fürsorge brauche, und dass das hier nicht möglich sei, deswegen würde Magda kommen und sie mitnehmen, in ihr „neues Zuhause".

Polly war neun Jahre alt.

Polly wusste, was der Tod war. Was es bedeutete, wenn jemand starb, wenn jemand tot war. Doch sie hatte die Frau zu dem Detective sagen gehört, dass Polly „eine schwere Störung" erlitten habe und traumatisiert sei, weil sie die Eltern mitten in der Nacht tot aufgefunden habe.

„Wenn sie beginnt zu verstehen, wird es schlimm", hörte sie die Stimme der Frau noch immer in ihren Ohren. „Lassen Sie ihr Zeit, bevor Sie sie befragen."

Schließlich hatte der Mann dann gar nicht mehr mit ihr geredet, und auf dem Weg nach Georgia nahm Polly gar nicht richtig wahr, dass mit dem Waisenhaus, in das sie kommen würde, das sorgenfreie, stets behütete und liebevolle Leben für immer vorbei war …

Woran Polly sich immer noch klammerte, waren die Worte ihrer Mutter: *„Bis morgen!"* Weil ein Kind Versprechungen ziemlich ernst nahm, war das das Einzige, woran sie dachte. Das, was sie den Tod der Eltern eine ganze Weile nicht realisieren lassen würde.

Morgen war schon lange vorbei.

Mommy hatte gelogen.

Magda hatte allerdings die Wahrheit gesagt: Der Ort, an dem der Zug schließlich hielt, war magisch! Es gab Palmen, es gab einen Strand. Das Meer, das vor ihr glitzerte, musste laut ihres Wissens aus der Schule der Atlantische Ozean sein!

Sie stiegen in ein Taxi. Das Haus, vor dem es später hielt, war so ähnlich wie jenes, wo Polly mal mit ihren Eltern Urlaub gemacht hatte, mit Säulen und einem Balkon, einer riesigen Veranda und einem Park direkt davor. Es sah richtig schön aus, hell, freundlich und gemütlich und innen war es noch schöner: groß, mit ganz vielen Stimmen und leiser Musik gefüllt. Polly entdeckte Kinder, die Schach, Rommé, mit einer Eisenbahn oder Puppen spielten. Aus einem anderen Zimmer drang der Gesang eines Chores, und oben rannten ein paar Kinder und hatten Spaß.

„Das ist *Dougan House*, mein Kind, ein Waisenhaus, in dem du jetzt wohnen wirst." Magda hängte ihre Sachen an einen Haken. „Hier wirst du auch zur Schule gehen. Du hast unheimliches Glück, dass hier ein Platz freigeworden ist."

Glück. So schön es auch war, Polly wäre lieber zu Hause geblieben.

Während die Wut auf ihre Mom blieb, kamen neue Einflüsse auf das Mädchen zu. Sie bekam ein Zimmer, das sie sich mit drei anderen teilen musste, und einen Platz an einem Waschbecken im Badezimmer. Einen festen Platz im Esszimmer, gleich neben Magda. Sie lernte andere Erwachsene kennen, und diese drängten andere Mädchen dazu, mit Polly zu spielen.

Doch Polly wollte nicht.

Sie hatte noch nie viel gesprochen, jetzt aber war es, als verstummte sie gänzlich. Sie war die meiste Zeit allein, in den Pausen zog es sie immer raus. In die Nähe des schönen Platanenwaldes, an dessen Ende sich ein Zaun befand. Dort stand sie oft und blickte aufs Meer. Hier war sie dem Himmel so nahe, und in Gedanken fragte sie Mommy jedes Mal, wie lange *„Bis morgen"* denn noch dauern würde.

Polly brauchte Zeit, wie es die Frau bei der Polizei schon prophezeit hatte. Sie gewöhnte sich nur langsam an ihren neuen Alltag im Waisenhaus. Alles war fremd. Alles war anders.

Niemand las abends eine Geschichte vor oder setzte sich gar an ihre Bettkante.

Man hörte das Zirpen der Grillen nicht, weil das Fenster geschlossen war und ständig jemand hustete, sang oder etwas anderes von sich gab.

Tagsüber sprach niemand mit ihr, außer Magda, die sich aber um viele Kinder kümmern musste. So viele Kinder. So viel Weinen, so viele traurige Augen, gerade bei den kleineren Kindern. Erst nach der anfänglichen Euphorie bekam sie mit, dass sie alle aus dem gleichen Grund hier waren: Die Mommys und Daddys aller Kinder hier waren im Himmel, und jeder von ihnen war von heute auf morgen ganz allein gewesen.

So kam es, dass Polly jeden Tag mehr zu begreifen begann: *Deine Eltern sind tot, sie kommen nicht mehr wieder!*

Dann fing auch Polly zu weinen an. So viele Tränen, so oft am Tag, und es gab niemanden, der sie auffing.

Während Polly sich beim Weinen immer versteckte und manchmal Mahlzeiten ausfallen ließ, gab es Kinder, die vor anderen Kindern und den Erwachsenen weinten. Es gab Kinder, die weinten ständig, viel mehr als sie. Manche weinten so viel, dass Polly sich fragte, woher sie all die Tränen nahmen, denn so viel konnten die gar nicht trinken! Sogar die eine immer nackte Puppe, der irgendjemand den großen Zeh abgeschnitten hatte, konnte weinen, wenn man ihr Wasser in das Loch im Mund schüttete und sie dann auf den Kopf drehte.

Dann gab es Kinder, die sagten nie ein Wort, malten dauernd und hatten keinen einzigen Freund. Zu denen ging sie manchmal und malte mit.

Und es gab Kinder, die lachten, waren fröhlich, spielten oder hingen miteinander ab. Das waren eher die älteren Kinder, und Magda meinte, dass einige von ihnen gar kein anderes Zuhause kannten, weil sie seit Ewigkeiten hier waren.

Ein halbes Jahr später, es war Herbst, erwachte Polly, weil jemand im Nebenraum schrie. Die anderen Kinder waren auch wach geworden, saßen in ihren Betten und tuschelten. Magda kam herein, bat um Ruhe und sagte, dass sie sich alle wieder hinlegen sollten.

Polly machte die Augen zu. Der Schrei kam erneut. Sie setzte sich auf. Es war dunkel. Es gab kein Nachtlicht. Der Mond schien durchs Fenster, an dem es keine Vorhänge gab. Im Bett nebenan begann Sarah zu weinen und nach Magda zu rufen. Die kam sofort, es wurde heller, weil das Licht vom Flur ins Zimmer schien. Polly erinnerte sich an ihre letzte Nacht zu Hause. An Mom im Türrahmen.

„Ist ja gut", hörte sie Magda sagen, während erneut ein Schrei ertönte. Sie wiegte Sarah in ihren Armen und legte dann die Hände auf ihre Schultern, um sie zurück aufs Kissen zu legen. Dann stand sie auf und setzte sich ausgerechnet zu Polly. „Ist alles in Ordnung bei dir?"

Polly nickte.

Magda seufzte. „Das ist drüben im anderen Flügel."

Da, wo die *anderen* Kinder waren. Egal, wen man fragte, was da war, man bekam immer dieselbe Antwort: Da sind die *anderen* Kinder untergebracht. Man durfte nie durch die Tür am Ende des Ganges gehen, sie war sowieso abgeschlossen.

Wieder ein Schrei.

Nicht gefährlich, eher verzweifelt oder wütend. Oder beides.

Wenn ein Mensch schrie, bekam man oft selbst Angst. Bei Polly war das genauso, vielleicht sogar noch ein wenig stärker.

„Was hat er?", fragte Polly. Es waren die ersten Worte seit Tagen.

„Ihm geht's nicht so gut ...", versuchte Magda zu erklären, während sie Pollys Arm streichelte. „Manche Kinder sind schwieriger als andere." Sie lächelte, stupste Pollys Nase. „Und davon gibt es einige hier."

Ja, auch solche Kinder gab es in *Dougan House*.

Kinder, die noch Schlimmeres durchmachten als Polly.

Ein weiteres halbes Jahr später wurde ein Fest gefeiert, weil es neue Einteilungen der Klassen gab, obwohl diese sich in *Dougan House* oft mischten. Es gab Eis und Torte, Luftballons und Spiele, draußen im Garten mit allen Erwachsenen und allen Kindern.

Nur Mom und Dad kamen nicht.

Doch schnell schüttelte Polly den Kopf über diesen Gedanken. Mom und Dad würden nicht kommen. Und sie war auch nicht mehr böse, dass Mom ihr *Versprechen* nicht eingehalten hatte, denn schließlich hatte sie niemals dieses Wort benutzt. *„Bis morgen"* war genauso wie *„Schönen Tag noch"* eine Redewendung. So weit hatte Polly es verstanden.

Die Schule gefiel ihr gut. Ihr gefiel nur dieses Mädchen nicht, das neuerdings eine Reihe hinter ihr im Klassenraum saß. Sie hatte lange blonde Haare und trug immer dasselbe Kleid, egal, wie oft sie von Magda angehalten wurde, sie möge das Kleid endlich in die Wäsche geben.

Das Kind hatte blaue Haut. So kam es Polly jedenfalls vor. Auch ihre Lippen waren immer blau und sie war so dünn, dass man jeden ihrer Knochen sehen konnte. Im Unterricht schrieb sie nie mit. Sie saß da und starrte vor sich hin. Und weil Polly vor ihr saß, dachte sie, das Mädchen starrte sie an.

Das machte Polly nervös.

Manchmal schrie das Mädchen einfach los. Ohne Grund, mitten im Unterricht. Einmal hatte sich Polly so sehr erschrocken, dass sie fast vom Stuhl gefallen wäre.

Das Mädchen wurde dann eine Weile zu den *anderen* Kindern geschickt und kam erst Tage später wieder.

Polly mochte sie nicht. Sie hatte sogar Angst vor ihr.

Eines Nachts stand sie neben ihr am Bett, mit ihren langen Haaren und dieser blauen Haut. Polly schrie nach Magda, aber Magda kam nicht, und das Mädchen rüttelte an Pollys Schultern, sodass sie sich wehren, ihre Hände wegdrücken und aufspringen musste. In der anderen Ecke des Zimmers schrie Polly dann so laut, dass Magda gleich mit zwei weiteren Erzieherinnen in den Schlafraum kam.

Magda hatte Polly ausgeschimpft und gefragt, warum sie solchen Lärm mache. Polly zeigte auf das blaue Mädchen, das in seinem Bett saß und dessen Zittern Polly nicht verstand. Magda wies Polly an, ins Bett zu gehen, woraufhin sie protestierte und die Arme vor der Brust verschränkte.

Magda wurde ungeduldig und zog Polly zu ihrem Bett.

Wütend, weil ihr keiner glaubte, zog Polly dort die Decke über ihren Kopf, schloss die Augen, und hatte sofort wieder diese

Stimme im Ohr, von der sie Magda noch nie erzählt hatte: „Graaacie."

Polly riss die Augen auf.

Und dann wieder, ganz leise, ganz lang: „Graaaaaaaaaaaaaaaaaaacie."

Nein, nein, nein!

Sie presste die Hände an die Ohren, kniff die Augen zusammen und irgendwann, endlich, schlief sie ein.

Abigail wurde ihre Freundin im Heim. Sie lebte schon länger hier als Polly, war im selben Alter. Mit Abigail jagte sie durch das Haus und den Garten, mit Abigail lernte sie, sich zu behaupten und zu verteidigen und mit Abigail zusammen stand sie am Fenster, wo jeder seinen eigenen Gedanken nachhing, wenn wieder ein Kind aus dem Waisenhaus adoptiert und in eine richtige Familie gebracht worden war.

Ein solches Glück hatte Polly nicht, und laut Abigail war das auch besser so. „Stell dir mal vor, du kommst in eine Lehrerfamilie. Du hast einen Vater und eine Mutter wie Mr. Jenkins und Mrs. Ternett. Furchtbar!"

Polly grinste nur.

„Oder ... Erinnerst du dich an Jenny? Die in diese reiche Familie gekommen ist? Die hat drei Schwestern, alle adoptiert. Und die streiten sich jeden Tag. Hat sie mir geschrieben."

„Sie hat dir einen Brief geschrieben?"

„Ja, zwei Seiten lang."

Sie saßen beide auf der Eiche im Park, die so dicke und tief hängende Äste hatte, dass sie sich bestens dazu eigneten, den ganzen Nachmittag darauf zu verbringen. Hier lernten die Mädchen, sangen und unterhielten sich, während die Wellen des Meeres gegen die Felsen am Strand peitschten.

Das Klima war wunderbar. In Georgia war es oft heiß, aber ständig wehte eine angenehme Brise, die das Salz des Atlantiks zu ihnen trug.

„Willst du hier weg?", fragte Abigail mit einer Stimme, die verriet, dass sie Angst vor Pollys Antwort hatte. Doch selbst wenn Polly diese Frage mit Ja beantworten würde, hatte sie das gar nicht zu entscheiden. Abigail wollte nicht, dass Polly ging, denn jedem war klar, dass sie selbst nie adoptiert werden würde. Sie war klein und etwas rundlich, hatte rotes, dünnes Haar und ein Gesicht voller

Sommersprossen. Abigail war wirklich kein hübsches Mädchen, hatte noch nie etwas Niedliches besessen und war eine Außenseiterin – schon immer. Im Sportunterricht wurde sie von den Jungs „fettes Schwein" genannt und die Mädchen lachten über sie.

Außer Polly.

„Quatsch", antwortete diese nun, um Abigail keinen zusätzlichen Kummer zu bereiten. Aber es war auch keine Lüge. Polly wollte in keine Familie. Polly wollte nur irgendwann hier raus und ihr eigenes Leben führen.

„Wie geht's dir heute?" Dr. Crawford begleitete Polly, seit sie nach *Dougan House* gekommen war. Sie war Psychologin und an zwei Tagen die Woche da, um mit allen Kindern und Jugendlichen zu reden. Polly war immer donnerstags um drei Uhr nachmittags dran.

„Gut, danke, Ma'am."

„Worüber wollen wir heute reden?"

Sie saßen immer in einem der Zimmer im Erdgeschoss, das ständig im Schatten lag. Das Zimmer war mit einer roten Tapete ausgestattet, dunkle Möbel machten es finster und trist. Aber Dr. Crawford war toll. Polly mochte sie gern, und insgeheim hatte sie schon mal den Gedanken gehabt, wenn sie in eine Familie kommen würde, dann gern in ihre.

„Ich habe mich wieder erinnert."

„So? Lass mal hören!"

Polly strengte sich an. Ihre Hände lagen auf den Knien, der Blick zum Holzboden gerichtet. „Ich erinnere mich an Enten."

„An Enten?"

„Ja, sie waren aufgestellt. Ich habe den Zaun noch in Erinnerung. Aber es muss der Zaun Richtung Wald gewesen sein, denn wir wohnten ja an einem Haus an der Ecke. Dort würde das nicht funktionieren ... also ... Ich sehe Wald. Und Enten auf einem Zaun. Und ich höre Schüsse. Einen nach dem anderen."

„Bleib erst mal bei den Enten. Was waren das für Enten?"

„Solche aus Plastik.“

„Badeenten?“

„Ja“, Polly verengte die Augen. „Sie waren gelb.“

Die Psychologin schlug ein Bein übers andere. „Von wem kamen die Schüsse?“

„Das weiß ich nicht. Ich weiß nur, dass es mir nicht gefiel. Es war laut, und ich hatte Angst. Schüsse machen Angst.“

„Das stimmt.“ Dr. Crawford legte den Kopf schräg. „Wer könnte diese Schüsse am ehesten abgegeben haben? Deine Mom? Dein Dad? Oder …“

„Nein“, unterbrach Polly. „Ich sehe niemanden. Ich höre nur die Schüsse.“

„Okay.“ Dr. Crawford lächelte. „Hast du denn eigentlich den Brief geschrieben?“

„Brief?“ Pollys Ton war so hoch, weil sie so tat, als würde sie sich nicht erinnern.

Doch Dr. Crawford war ja nicht dumm. „Ja, darüber hatten wir letzte Woche gesprochen.“

„Noch nicht.“

„Es ist kein Muss. Ich hatte nur gedacht, dass es helfen könnte, weil du unwillkürlich ein Puzzle zusammensetzt, indem du eure Erlebnisse aus deiner Sicht aufschreibst.“

„Meine Sicht funktioniert nicht ganz, da ich alles durcheinanderbringe, was in jener Nacht geschehen ist. Ich habe es anders erlebt, als Magda mir davon erzählt hat, und das ist wieder anders als das, was ich von der Polizei erfahren habe.“ Polly zog einen Block aus ihrer Schultasche, die sie mit hierher genommen hatte. „Soll ich es vorlesen?“

„Ich bitte darum.“

„Also: In jener Nacht habe ich meine Eltern verloren. Ich wachte auf, weil ich zwei Explosionen gehört hatte. Heute weiß ich aber, dass es keine Explosionen waren, sondern Schüsse.“ Sie blickte auf. „Jemand brach in unser Haus ein, kam einfach durch die Tür, weil Dad sie nicht abgeschlossen hatte, und tötete erst meinen Vater und dann meine Mutter. Dann ging er wieder. Und ich war allein." Sie ließ den Block sinken. „Mehr wollte ich nicht schreiben."

„Das ist in Ordnung." Die Psychologin lächelte wieder.

Pollys Puls ging schneller, ihre Handflächen waren schweißnass.

„Du erinnerst dich nicht an mehr?", hakte Dr. Crawford nach. Polly schüttelte den Kopf. „Nein, mehr war da nicht." Dann steckte sie den Block wieder ein. „Hat man diesen Mann mittlerweile gefunden?"

„Nein." Dr. Crawford setzte eine mitleidige Miene auf.

„Ich verstehe das nicht. Warum dringt ein Mensch in ein Haus ein und tötet die Leute, die dort wohnen?"

Dr. Crawford beugte sich vor. „Es ist nicht klar, ob er einfach töten wollte, Polly. Ich denke, er wollte stehlen und hat geschossen, weil er erwischt wurde. Deine Eltern sind höchstwahrscheinlich davon wach geworden, dass er durchs Haus schlich. Auf der Suche nach Wertgegenständen hat er sicherlich Lärm veranstaltet. Dass dein Vater und deine Mutter dazukamen, hat ihn wohl überrascht, er hat geschossen und ist geflohen. Die Polizei und ich teilen diese Ansicht."

Polly nickte. „Verstehe."

„Ich möchte heute gern noch mit dir über das Thema reden, das dich viel Überwindung kostet, was ich aber sehr wichtig finde."

„Ich weiß, worauf Sie hinauswollen, aber … heute nicht."

Dr. Crawford setzte ein warmes Lächeln auf. „Okay. Was macht es mit dir, wenn ich dieses Thema anspreche?"

Pollys Herz schlug schneller. „Es macht mich nervös." Sie stand auf. „Kann ich nächste Woche wiederkommen?"

„Sicher. Aber vorher bekommst du wieder eine Hausaufgabe."

„Die da wäre?"

„Du musst den Brief nicht schreiben, aber beschäftige dich an einem ruhigen Ort mit diesem Thema. Jeden Tag. Und frage dich dann immer wieder: Was ist das Schlimmste, was passieren kann, wenn wir darüber reden? Und nächste Woche würde ich gern wissen, ob die Angst weniger geworden ist."

Ich habe keine Angst. Es stimmt nur nicht, was ihr mir erzählt …

„Okay, Ma'am." Polly ging aus dem Raum, ohne sich zu verabschieden. Sie hasste, hasste, hasste es, wenn Menschen logen. Mommy hatte gelogen, und diese Frau log auch. Polly war sich sicher!

Wütend stapfte sie den Flur entlang, als sie das blaue Mädchen vorn auf der Veranda sitzen sah. Ihre langen Haare lagen in zwei Strähnen über ihren Schultern, als sie sich zu ihr umdrehte. Ihre bläuliche Farbe hatte sie noch immer. Sie hieß Nora, und Nora war sogar in das Bett neben ihr gezogen, weil Sarah adoptiert worden war. Das war vor ein paar Wochen gewesen. Seitdem konnte Polly nicht mehr gut schlafen.

Zweimal war sie schon mit Magda im Zimmer der Direktorin gewesen und hatte gebettelt und gefleht, man möge entweder Nora oder ihr ein anderes Bett geben, in einem anderen Raum, auch wenn Abigail das hart treffen würde, denn die schlief Polly gegenüber.

„Was hast du denn für ein Problem mit Nora?"

„Sie steht nachts an meinem Bett und schaut mich an."

„Das glaube ich nicht." Die Direktorin hatte zu Magda geschaut.

„Sie lügt nicht, Ma'am. Ich habe es selbst gesehen."

„Sie steht da wie ein Geist", hatte Polly weiter ausgeführt. „Und das macht mir Angst."

„Hast du ihr mal gesagt, dass du das nicht willst?"

Polly hatte geschnaubt. Was dachte die denn? „Ja, natürlich."

Seufzen. „Ich habe kein anderes Zimmer, und das weißt du. Du musst da irgendwie durch."

Polly blieb nun stehen. Nora richtete sich auf, zehn Meter von ihr entfernt. Die Worte der Direktorin hatten sich in ihr Gehirn gebrannt: *Du musst da irgendwie durch.*

Ja, durch so viele Lebenssituationen musste man irgendwie durch, und seit diesem Tag im Büro dieser Frau hatte sich Polly immer wieder diesen Satz gesagt.

Vielleicht war das auch einfach so.

Das Leben. Man musste durch schwierige Zeiten einfach durch.

„Nora", sagte Polly deshalb scharf. Keiner befand sich im Flur, außer ihnen. „Komm mal her!"

Nora hatte Schatten unter den Augen, weil sie nicht schlief.

Keiner der Erwachsenen hatte je erzählt, weshalb sie hier war, doch Gerüchte waren schnell gestreut gewesen: beide Eltern Selbstmord. Hand in Hand. Höchstwahrscheinlich Blausäure. Nora sollte sie laut den Aussagen gefunden haben und tagelang niemandem von ihrem Fund erzählt haben, bis einer Nachbarin der Geruch aufgefallen war. Ihre Geschichte hatte Polly lange begleitet, obwohl sie Nora nicht ausstehen konnte.

„Sie ist nicht blau, das bildest du dir ein", hatte die Direktorin letztes Mal zu Polly gesagt. „Du verbindest Sachen, die überhaupt nicht zueinandergehören."

Nora folgte Polly nun ins Haus. Polly ging in die Vorratskammer. Das Adrenalin schoss durch ihren Körper, als Nora durch die Tür kam, und beide Mädchen im schwachen Licht der Lampe in der kleinen Kammer standen.

Es war ruhig, richtig still und verdammt gruselig. Aber durch manche Dinge im Leben musste man eben durch.

Also umfasste Polly Noras Hals mit beiden Händen und drückte zu, so fest sie konnte. „Wenn du mich noch einmal nachts erschreckst und an meinem Bett stehst, ich warne dich …"

Enten.

Schüsse.

„… dann töte ich dich." Polly drückte so sehr zu, dass Noras Augen sich verdrehten und die Geräusche, die sie machte, sie an eine Luftpumpe erinnerten. Ihr war bewusst, dass sie zu den „anderen" Kindern geschickt werden würde, wenn Magda oder sonst wer sie jetzt hier erwischte.

Nora versuchte nicht, sich aus Pollys Griff zu befreien, bis Polly selbst losließ. Das Mädchen ging zu Boden, Polly stieg über es rüber, ein Besen fiel um. Sie verließ die Kammer, das Herz schlug ihr bis zum Hals. Abigail kam. „Lust, Ball zu spielen?"

Polly sah hinter sich. Nora stand auf, blickte sie kurz an, rannte dann nach oben. Und Polly lächelte zufrieden. „Sicher!"

Polly fügte nie jemandem Leid zu, doch Polly lernte, sich zu verteidigen, wenn man ihr Leid zufügen wollte. Nora ließ sie in Ruhe, und Polly tat das auch. Sie hatte dem Mädchen nicht wehtun wollen, nur ausprobieren wollen, was nötig war, damit sie in Ruhe leben konnte! Und weil man durch manche Dinge eben irgendwie durchmusste, lernte Polly schnell, dass gewisse Umstände eben deutlichere Worte oder Handlungen verlangten.

So, wie die Raufereien mit den Jungs, die es häufiger gab, weil sie Abigail ärgerten. Sie stellten ihr ein Bein, spielten ihr Streiche, die zu weit gingen, schubsten und jagten sie. Der Gerechtigkeitssinn in Polly tobte jedes Mal, wenn sie das mitbekam, und oft reichte es nicht, Magda zu rufen oder Hilfe zu holen. Manchmal musste sie einschreiten. Oft bekam sie dabei selbst ein blaues Auge, doch für ihre Freundin nahm sie das in Kauf.

Es waren immer dieselben Jungs: Ivo, Gerald, Pep, John und Aaron.

Eines Tages gingen die Jungs endgültig zu weit. Sie schleppten Abigail zu den Müllcontainern, verfrachteten sie in einen davon, rollten ihn auf die Straße und ließen los. Da sie den Deckel zugeklebt hatten, rollte der Container samt Abigail darin die leicht abschüssige Straße runter, die in einer Sackgasse unten am Strand endete.

Zu spät bekam Polly mit, was geschehen war, sie wurde vom Johlen und Lachen der Jungs aufmerksam, eilte zur Straße und schließlich dem Container hinterher. Er war zu schnell, sie kam zu spät, und der Container wurde vom Bordstein gestoppt, fiel um, und Abigail knallte im Inneren des leeren Raumes gegen den Deckel.

Sie musste eine Woche ins Krankenhaus, weil sie eine Kopfwunde davongetragen und sich den Arm gebrochen hatte. Die Jungs wurden bestraft, nach Pollys Meinung nur nicht hart genug. Nachts stand sie auf. Weil die Jungs ihrer Freundin so was Gemeines angetan hatten, sollten sie jetzt büßen.

Enten.

Schüsse.

Polly sammelte Puppen aus dem Spielzimmer der kleinen Kinder und schlich damit in die Küche. Mit einem schwarzen Stift schrieb sie die Namen der Jungen auf jede Puppe, schön fett vorn auf die Stirn, damit jeder die Namen lesen konnte. Ivo, Gerald, Pep, John und Aaron, jeder bekam eine. Dann suchte sie in der Küche nach dem Brotmesser ...

Später sprang sie aufgedreht und voller Spannung zurück in ihr Bett, nachdem sie an beide Zimmertüren dieser Jungs geklopft hatte. Als sie die Schreie hörte und wie sie alle aufgeregt nach Magda riefen, um ihr zu zeigen, was jemand getan hatte, lachte sie sich ins Fäustchen.

„Hast du die Köpfe der Puppen mit dem Messer abgeschnitten und sie dann auf dem Treppengeländer platziert?", fragte Magda am nächsten Tag, als der Trubel der Nacht vorüber war.

Polly antwortete nicht.

Magda seufzte. „Warum hast du das getan?"

„Weil sie böse waren." Sie saßen auf der Bank im Park, die am Wochenende frisch gestrichen worden war. Der Park war wunderschön, wurde immer gepflegt. Ein idealer Rückzugsort, wenn es einem im Haus zu viel wurde.

„Aber das ist ... Nun, auch wenn ich verstehe, dass du deine Freundin rächen wolltest. Rache ist nie gut."

„Ich weiß, aber sie hätten weitergemacht." Polly sah zu der jungen Frau, die nun einen dicken Bauch hatte. „Die Direktorin hat ihnen Wäschedienst gegeben und sie müssen nachsitzen. Das reicht doch nicht!"

„Es ist doch aber nicht deine Aufgabe zu entscheiden, welche Strafe gerecht genug ist. Dr. Crawford wird mit dir reden wollen."

„Hast du es verraten?"

„Nein, noch nicht."

„Lass es, bitte, Magda!"

„Na schön." Magda legte ihre Hand auf Pollys Knie. „Aber nur, weil das meine letzten Tage hier in *Dougan House* sind."

Polly fuhr herum. „Wieso?"

Magda zeigte auf ihren Bauch. „Ich habe zum Ende des Monats gekündigt. Jason und ich werden heiraten."

Polly schaute von Magda weg. Sie wollte nicht über Babys und Heiraten reden. Sie wollte auch nicht, dass Magda ging. All die Jahre hatte sie nur ihr vertraut, weil Magda niemals log. „Kommst du wieder?"

„Nein, ich denke nicht. Ich bekomme Zwillinge und habe dann viel zu tun. Aber ... Du kannst mich besuchen kommen."

Das hatten sie alle gesagt.

Doch weil Magda noch nie gelogen hatte, glaubte Polly ihr das wirklich.

„Na dann, viel Spaß!" Polly sprang auf. Niemand sollte sehen, dass sie das Gefühl hatte, man würde ihr nun auch die zweite Mutter nehmen ...

„Hast du das für mich getan?", fragte Abigail, als sie nach *Dougan House* zurückkehrte. Sie hatte einen Arm in Gips, und alle Mädchen aus dem Heim hatten darauf etwas gemalt oder unterschrieben.

Polly nicht. Sie wollte nichts malen, nichts schreiben. War einfach froh, dass Abigail wieder da war. Die Sonne ging gerade unter, das Zimmer der Mädchen leuchtete orange und golden. Glitzrige Schimmer tanzten in der Luft.

„Ja, hab ich." Polly lächelte. Eine Freundin zu haben, war toll, und Polly wusste genau, dass Abigail das auch für sie getan hätte. Nicht so krass vielleicht, aber sie hätte sich sicher etwas einfallen lassen.

„Ich wollte ... Ich wollte dir noch was sagen", begann Abigail dann. Sie klang nervös.

„Was denn?"

„Also ich ... Na ja, wenn du nicht bei mir bist, dann fühle ich mich so ..." Abigail wurde rot, ihr Gesicht sah nun genauso aus wie ihr Haar. „Wie soll ich das sagen?"

Polly beschlich eine Ahnung, die sie unwillkürlich ein Stück wegrücken ließ.

Jetzt nahm Abigail allen Mut zusammen, stellte sich vor der Freundin auf und sprach es aus: „Also … ich glaube, ich bin in dich … verliebt …"

Polly liebte keine Mädchen.

Polly liebte Jungs.

Und die Jungs liebten Polly.

„Jetzt zeig sie mir schon!", drängte der Junge, der die Post austrug. Keine Pakete, nur Briefe und Zeitungen. Sein Transporter stand um die Mittagszeit immer auf der Straße zum Strand, wenn Polly Schluss und Zeit zur freien Verfügung hatte, bis sie die Hausaufgaben erledigen musste.

Polly seufzte und zog ihren Rock nach oben.

Der Junge kniete vor ihr und betrachtete ihren Slip. Schwarze Haare kringelten sich am Rand vorbei.

„Du kannst ihn selbst runterziehen", bot Polly an. „Das macht dann aber 10 Dollar mehr."

„Die hab ich!" Gierig legte der Junge seine Patschhände an ihr Höschen und zog es vorsichtig und sanft nach unten. Es blieb an ihren Knien hängen. „Wahnsinn!"

Polly drehte sich nach links und rechts. Sie standen hinter dichten Büschen, doch einmal wären sie fast erwischt worden. „Bist du bald fertig?"

Der Junge hockte noch immer vor ihr und gaffte ihre Vagina an. Zwanzig Mäuse gab er ihr dafür, plus die zehn, weil er den Slip selbst hatte runterziehen dürfen. „Moment noch. Will ja was haben für mein Geld."

„Trixie nimmt mehr und lässt nur eine Minute schauen!"

„Trixie will ja auch keiner sehen!"

Polly grinste. „Sie ist doch hübsch."

„Aber nicht so hübsch wie du." Der Junge richtete sich auf. Er war ungefähr so groß wie sie.

Polly zog ihr Höschen hoch und nahm die drei Scheine an, die er ihr hinhielt. „Wann kommst du wieder?"

„Darüber wollte ich noch mit dir reden … Ich wechsle ab morgen die Route."

„Wirklich?" Das war ein Jammer! Woher bekam sie dann Geld?

„Ich habe mir überlegt …" Der Junge druckste herum. „Na ja, könntest du mal mit mir essen gehen?"

„Ein Date?" Polly verzog den Mund. „Du willst ein Date?"

„Warum nicht?" Er zeigte auf das Geld, das sie sich in die Tasche steckte. „Bin jetzt zwar arm, aber ein Burger würde gehen."

„Ich will nicht ausgehen."

„Ich bin keine schlechte Partie. Ich habe eine eigene Wohnung und einen Job. Einem Heimmädchen kann ich ein bisschen was bieten."

Und ich käme hier raus …

„Wie alt bist du?", wollte sie wissen.

„Achtzehn."

„Du siehst aus wie dreizehn!"

„Na hör mal!" Er wurde rot.

„Vielleicht machst du auch nur diesen Eindruck. Bekommt man in deinem Alter nicht woanders ein bisschen mehr als nur gucken? Für weniger Geld? Hast du keine Freundin?"

Der Junge räusperte sich. „Na, anscheinend halten mich die Mädchen für ein Kind." Er hob die Augenbrauen und schenkte ihr einen fast strafenden Blick.

Polly grinste.

„Wie alt bist du denn?"

„Vierzehn." Sie drehte sich um. „Dann viel Spaß auf der neuen Route." Polly ging ein Stück.

„Hey, warte mal! Wie heißt du eigentlich?"

Sie lief schneller, eilte über die Straße. „Mach's gut!"

Der Junge streckte den Arm aus. „Wie ist es mit Fotos? Dann kann ich dich immer sehen!"

Polly drehte sich noch mal um und rief: „Nein, vergiss mich einfach!"

„Kann ich nicht."

Lachend ging sie zurück zum Heim.

Abigail hockte in einer Ecke und sah sie wütend an. Sie wusste genau, was Polly gerade getan hatte. Polly setzte sich neben sie und zeigte ihr das Geld. „Das bringt uns irgendwann mal hier raus."

„Ich dachte, du willst niemals weg?"

„Nicht in eine Familie, Mensch, aber hier weg!" Polly betrachtete die zwei Scheine. „Ich habe schon viel gespart. Aber … es reicht noch nicht."

„Und was willst du dir damit kaufen?"

„Was zum Wohnen. Man braucht doch ein Dach über dem Kopf." *Und irgendwie werde ich das Gefühl nicht los, dass ich das Geld anhäufen muss …*

Abigail wandte sich von ihr ab. „Bleibt es bei unserem Spaziergang heute Abend?", fragte sie.

Polly nickte. „Na klar. Bei Sonnenuntergang. Nur du und ich."

Die Miene ihrer Freundin erhellte sich. „Ich freue mich drauf."

Polly hatte bereits erste Erfahrungen mit Jungs gemacht. In *Dougan House*. Ausgerechnet mit Aaron, der damals dafür gesorgt hatte, dass Abigail ins Krankenhaus gekommen war. Aaron und sie hatten sich schon ziemlich oft geküsst. Mal in der Vorratskammer, mal auf Pollys Zimmer, als er einfach reingekommen war.

An einem Wochenende bei einem Ausflug an den Strand hatten sie die Gruppe verlassen und sich hinter die Düne gelegt, sie in seinen Armen, und er hatte sie gestreichelt, bevor er dran gewesen war. Miteinander geschlafen hatten sie noch nicht, aber das lag nur daran, dass es dafür noch keine geeignete Gelegenheit gegeben hatte.

Tagsüber wechselten Polly und Aaron keinen Blick, nur Abigail ahnte, was Sache war, und hasste Aaron deswegen auf den Tod.

„Du wirst uns nicht verraten, oder?", fragte Polly Abigail immer wieder, und nur widerwillig antwortete diese, dass sie das selbstverständlich nicht tun würde.

Doch aus Erfahrung wusste Polly, dass Menschen logen, und sie niemandem vertrauen konnte. Ja, auch Magda hatte gelogen. Immer wenn Polly anrief, um zu fragen, wann sie denn mal vorbeikommen könnte, hatte Magda zu tun: Mit den Babys, mit dem Haus, mit Kochen und dann mit dem nächsten Baby. Bisher war Polly nie dort gewesen.

Auch Dr. Crawford log in einer Tour, weshalb Polly irgendwann nicht mehr zu ihr wollte.

„Du musst", hatte die Direktorin gesagt, „das ist ärztlich vorgeschrieben."

„Dann sitze ich da und halte den Mund", hatte Polly entgegnet, und weil Polly nicht log, hatte sie dann bei der Psychologin gesessen und geschwiegen.

„Wie sieht es mit deinen Erinnerungen aus? Siehst du ihn noch?"

Sie schwieg.

„Siehst du ihn jetzt gerade?"

Sie schüttelte den Kopf.

„Letztens hast du mir doch gesagt, dass du dich an den Vorhang in seinem Zimmer erinnern kannst … Was war da drauf?"

„Enten."

Die Psychologin nickte. „Genau, Enten. Auf wessen Vorhang waren Enten? Sag es mir!"

Niemand!

Sie schwieg.

Am Abend ging sie mit Abigail zum Strand.

Da es vor ein paar Monaten einen „Vorfall" im Heim gegeben hatte, durften sich die Mädchen nicht weit von *Dougan House* entfernen und nur eine Stunde wegbleiben. Niemand wusste, was bei diesem „Vorfall" passiert war, die Direktorin sprach nur von einer „langen und sehr lauten Nacht". Und jedes der Kinder erinnerte sich an Taschenlampen, Rufe und Sirenen.

Polly nervte es, dass sie nicht mehr ganze Nachmittage am Strand verbringen durfte. Sie liebte das Wasser und beobachtete gern die Surfer.

Jetzt wäre sie auch gern allein gewesen.

Die Sonne ging unter, das Meer lag ruhig vor ihnen, schaumige Wellen benetzten den Sand unter ihren Füßen. Möwen kreischten, der Wind bauschte ihre Röcke auf. Immer wieder versuchte

Abigail, ihre Hand zu greifen, doch weil Polly ganz bewusst ihre Sandalen in der Hand trug, gelang ihr das nicht.

„Wo wollen wir hin?", nahm Abigail das Gespräch auf. „Ich meine, wenn wir genug gespart haben, wo wollen wir dann hin?"

Polly sah zum Horizont. *Sie* sparte. Nur sie. Und sie wollte auch nie mit Abigail irgendwo zusammenwohnen, auch wenn sie ihr das dauernd in Aussicht stellte. „Weit weg. Ans Meer, aber an ein anderes Meer."

„Nach Kalifornien?"

„Vielleicht. Und du?"

„Mir ist das zu heiß. Was hältst du von Kanada?"

Geh nach Kanada! Lass mich allein!

„Klingt gut!" Sie wollte so sehr von Abigail weg. Sie konnte ihr nicht das geben, was sie wollte, wollte sie aber auch nicht kränken und verletzen. Abigail hatte niemanden außer ihr. Und natürlich musste das zwangsläufig heißen, dass sie sich in sie verliebte, weil alle Jungs Abigail abstoßend fanden.

Polly dagegen hatte die Schönheit ihrer Mutter und die prächtigen, dicken schwarzen Haare ihres Vaters geerbt. Sie musste rein gar nichts tun, damit sie ihre Figur hielt, brauchte nicht den leisesten Hauch von Make-up, um attraktiv zu sein.

Vor ein paar Wochen war ihr ein Mann begegnet, als sie zum Strand gelaufen war, und hatte große Augen gemacht.

„Was?", hatte sie genervt gefragt.

„Du bist schön", hatte er geantwortet und war dann schnell weggegangen.

Aber Polly war das gleich – was brachte es ihr außer Aufmerksamkeit von Jungen? Was brachten ihr Jungen außer einem netten Gefühl, wenn Aaron sie streichelte?

„Warte mal." Abigail fasste Pollys Arm. „Hab ich da was?" Sie zeigte auf ihr Auge. „Eine Fliege oder so?"

Polly ging mit dem Gesicht näher an Abigail heran, als diese plötzlich Pollys Arm ergriff und den Mund auf ihren drückte.

Polly wich zurück. „Warum tust du das?"

„Ich … Entschuldige …"

Obwohl sie es nicht so meinte, wischte sich Polly mit dem Handrücken und hochgezogenen Brauen über den Mund. „Abigail!"

„Ich …" Sichtlich enttäuscht drehte Abigail sich weg. „Ach … Du bist genau wie alle andern!" Dann rannte sie weg.

In der folgenden Nacht wurde sie wach. „Graaaaaaaaaaaaaacie …"

Polly schreckte hoch. Es war dunkel, der Mond schien, kein Windzug wehte, alles war ruhig, bis auf das leise Schnarchen der anderen Mädchen. „Graaaaaaaaaaaaacie …"

„Oh, Nora!" Polly stand auf und ging rüber zum Bett der blauen Nora. Aber nein, die war es nicht, die schlief tief und fest.

„Graaaaaaaaacie …"

Polly wurde wütend. Warum hörten die anderen nicht, dass jemand rief?

Sie verließ das Zimmer. Auf dem Flur war alles ruhig. Woher kam dann dieser Ruf? Sie tapste über den Flur, die Dielen knarrten ab und zu. Sie ging eine Treppe nach oben. Dort schliefen die Erzieher und auch die Direktorin. Doch irgendwas in ihr sagte, dass sie aus dem Fenster schauen sollte. Dieses eine Fenster im Giebel, von dem man einen prächtigen Blick auf den Garten und das Meer hatte.

Polly öffnete es. Das Rufen war längst verstummt, was sie nun hörte, war das Rauschen der Wellen an den Strand.

Es war der wohl schönste Ort im ganzen Haus, und eigentlich durfte sie nicht hier sein, doch jetzt hatte irgendetwas sie genau hierhergeführt.

Polly blickte nach unten, weil ein Gefühl ihr sagte, sie sollte das tun.

Enten.

Schüsse.

Polly legte die Unterarme auf das Fensterbrett, sog die kaum merkliche Meeresbrise bei Nacht ein, hatte weder Angst vor der Dunkelheit noch davor, was auf sie zukommen mochte. Sie hatte gelernt, stark zu sein. Bei Gott, sie hatte gelernt, im Leben manchmal irgendwie „da durchzumüssen".

„Ich möchte heute gern noch mit dir über das Thema reden, das dich viel Überwindung kostet, was ich aber sehr wichtig finde."

„Wie sieht es mit deinen Erinnerungen aus? Siehst du ihn noch?"

„Siehst du ihn jetzt gerade?"

Polly schloss die Augen.

„Letztens hast du mir doch gesagt, dass du dich an den Vorhang in seinem Zimmer erinnern kannst ... Was war da drauf?"

Sie öffnete sie wieder, starrte in den Garten und entdeckte es: Über den Rasen verteilten sich schwarze Schatten, die nur durch das matte Licht der Laternen zu erkennen waren.

Polly zuckte zusammen. In ihren Ohren hörte sie wieder diese Explosionen. Und sein Rufen: „Graaaaaaacie ..."

„Auf wessen Vorhang waren Enten? Sag es mir!"

Polly krallte sich am Fensterrahmen fest. Starrte auf Hunderte tote Enten, blutig und mit ausgerissenen Federn, überall auf dem Rasen.

Sie lügt!

Sie lügen alle!

Da war niemand!

Du verbindest Sachen, die überhaupt nicht zueinandergehören.

Polly schüttelte den Kopf und holte tief Luft. *So, wie du es dir selbst beigebracht hast.*

Nora ist nicht blau.

Niemand ruft Gracie.

Und im Garten liegen keine toten Enten.

Polly schaute gen Himmel.

Und in jener Nacht, als deine Eltern starben, warst du nicht allein ...

KAPITEL 6

An Pollys 15. Geburtstag rief die Direktorin sie in ihr Büro. Vom Lunch hatte sie noch ihren Apel in der Hand, kaute darauf herum, als sie in das Zimmer im Erdgeschoss neben den Klassenräumen trat.

Eine Frau stand vor dem blauen Sofa, adrett gekleidet, etwa Mitte fünfzig. Sie lächelte auffallend, ließ perfekt weiße Zähne aufblitzen.

„Grace, das ist deine Tante. Polly Ferrington." Die Direktorin stellte sich zwischen die beiden. „Mrs. Ferrington, das ist die Tochter ihres Bruders, Grace."

Polly schluckte das Apfelstück hinunter. Zum Glück wollte die fremde Frau ihr nicht die Hand geben, denn die war klebrig.

„Schön, dich kennenzulernen, Grace." Das Gesicht dieser Frau wirkte falsch, konstruiert, genau wie ihr Lächeln.

Polly war vorsichtig. „Hi."

„Nun, Grace, deine Tante hat dir etwas ganz Besonderes zu deinem Geburtstag zu verkünden." Die Direktorin legte die Hände aneinander.

Mrs. Ferrington legte ihre Hand auf Pollys Schulter. Polly konnte das Parfum und den Zigarettenrauch vernehmen, der an ihrer Kleidung haften musste. „Du kommst mit mir nach Hause, Grace. Schon heute."

„Was?" Polly wich von ihr weg. „Wieso?"

„Weil sie deine Tante ist. Die Schwester deines Vaters." Die Direktorin schenkte Polly einen Blick, der ihr wohl zu verstehen geben sollte, gefälligst dankbar zu sein.

Doch das war sie nicht. „Und wo warst du damals, als ich dich gebraucht habe?"

„Grace!"

Mrs. Ferrington fasste sich verlegen ans Ohr, an dem ein riesiger goldener Klunker hing. „Nun ... Dein Vater und ich, wir hatten kein gutes Verhältnis, und ich habe ... Ich wollte keine Kinder. Jetzt bist du groß, und ich habe ein leeres Haus, das ich gern mit Stimmen füllen würde."

„Ich habe nur eine Stimme. Und reden tue ich selten. Ich bleibe." Polly wandte sich zum Gehen.

Mrs. Ferrington kam hinterher. „Wir machen es uns schön, Grace! Es wird dir gefallen! Ich verspreche es dir! Was sagst du?"

„Ich sage Nein." Polly ließ den Apfel sinken. Er schmeckte plötzlich furchtbar sauer.

„Grace!" Die Direktorin sprach ruhig und sachlich. „Du hast gar kein Mitspracherecht. Wenn ein Familienangehöriger dich adoptieren möchte, dann wirft der Träger dich sozusagen raus." Jetzt seufzte sie. „Ich glaube, du verstehst gar nicht, wie glücklich du dich schätzen kannst, bei deiner Tante unterzukommen! Einem Teil deiner Familie! Sei froh, dass jemand aus deiner Familie gekommen ist."

Familie? Welche Familie? Abigail war ihre Familie. Aaron. Aber nicht diese Frau im Zimmer der Direktorin. „Ich will nicht weg."

„Tut mir leid, es ist beschlossene Sache. Der Zug fährt heute Nachmittag um vier Uhr."

„Ich ..." Polly suchte nach Worten. „Ich will hier gar nicht weg!"

Mrs. Ferrington schob sich an der Heimleiterin vorbei. „Du wirst bei mir ein wunderbares Leben führen! Ich habe ein großes Haus. Houma ist eine wunderschöne Stadt, wir gehen shoppen ..."

„Houma?" Polly schluckte.

„Ganz recht! Es geht zurück nach Louisiana, ist das nicht toll?"

Polly war keineswegs so entzückt wie diese Frau und die Direktorin, die ständig aufgeregt nickte und wahrscheinlich nur die Warteliste der Einrichtung im Kopf hatte, dass sie gleich das nächste Kind herholen könnte, damit die Kasse weiter stimmte.

„Ich denke, sie muss sich erst noch an den Gedanken gewöhnen." Mrs. Ferrington faltete die Hände. An ihrem Handgelenk pendelte eine winzige Handtasche. „Geh nach oben, Grace, und pack deine Sachen, damit wir heute noch in Houma ankommen."

Polly ging rückwärts aus dem Raum und stieß gegen Abigail, die eine Box mit Stiften, Klebern und Scheren transportierte. Die Box fiel samt dem Inhalt auf den Boden.

„O nein." Polly bückte sich, Abigail ebenfalls, und beide sahen sich in die Augen.

„Sag, dass das nicht wahr ist", flüsterte Abigail, und ihre sonst schon so rote Haut leuchtete noch röter.

„Ich habe keine Ahnung, bin auch überfordert gerade." Polly packte die Sachen zurück in die Box, während Abigail gar nichts tun konnte.

„Du wirst nicht gehen … oder?"

Polly stand auf, zog die Freundin an der Hand nach oben. „Ich … Ich habe keine Wahl …"

Abigail riss ihr die Box aus der Hand und rannte weg.

Ihr Hab und Gut ließ sich in einer einzigen Tasche verstauen. Die Tasche hatte Dad gehört. Er hatte sie mit auf seine Tournee genommen, die einzige, die er je unternommen hatte. Aber als Polly ihre Sachen hineinpackte, roch sie immer noch sein Aftershave, obwohl sich das nach den Jahren womöglich um Einbildung handelte.

Im Zimmer befand sich nur Nora, die auf ihrem Bett saß und ein Kuscheltier in den blauen Händen hielt, obwohl sie schon sechzehn war.

Nora hatte sie seit dem Vorfall in der Kammer in Ruhe gelassen.

Als Polly mit Packen fertig war, schaute sie sich um.

Nora ist nicht blau.

Polly atmete tief durch. „Mach's gut", sagte sie freundlich zu Nora, nahm dann ihre Tasche, schulterte ihren Rucksack, den sie heimlich zum Geburtstag von Aaron bekommen hatte, und verließ das Zimmer.

Abigail hockte auf der Treppe. Sie war extra nicht ins Zimmer gekommen, um ihrer Wut noch mehr Ausdruck zu geben. „Ich kann doch nichts dafür", hatte Polly beteuert, doch ihre Freundin hatte nichts hören wollen.

Jetzt war es Zeit, Abschied zu nehmen.

„Komm mich besuchen", sagte Polly und griff nach den Händen des Mädchens. „Ich schicke dir meine Adresse, und dann kannst du jederzeit kommen."

„Drei Jahre", sagte Abigail leise.

„Was?"

„In drei Jahren darf ich dich besuchen kommen und dann … willst du mich nicht mehr sehen. So war es bei Magda doch auch."

„Aber bei uns ist das anders", versicherte Polly. „Wir sind Freundinnen!" Ob Abigail es wollte oder nicht, Polly zog sie in ihre Arme, drückte sie fest. Abigail war die einzige Konstante im Heim gewesen.

„Versprich mir, dass du mich besuchen kommst", sagte Polly, als sie sich voneinander lösten und sie die Tasche griff.

„Du weißt doch, wie das mit diesen Versprechungen ist …"

Polly dachte an Mom. „Aber dir vertraue ich."

Abigail lächelte tapfer. „Danke", flüsterte sie.

„Okay. Dann … auf Wiedersehen!" Polly musste wegschauen, weil der Kloß in ihrem Hals sie dazu bringen würden zu weinen, doch sie wollte vor Abigail nicht weinen. Schnell ging sie die Treppe hinunter, versuchte, das Bild des unschönen Mädchens, der Außenseiterin, die allein im Flur stand, zu vergessen und nicht daran zu denken, wie einsam die nächsten Jahre für sie sein würden.

Der Abschied von Aaron fiel leichter. Sie machten Witze, er meinte, er würde definitiv kommen und sich dann für ein paar

Wochen einnisten, sollte Polly Ferrington nicht gelogen haben und wirklich ein tolles Haus besitzen.

Polly lachte mit ihm und war froh, die letzten Minuten im Heim in dieser Stimmung verbringen zu dürfen. Im Büro machte die Direktorin noch ihre Dokumente fertig. Ihre Tante wartete dort, während Polly an ihre Zeit im *Dougan House* zurückdachte.

Sie war froh, gehen zu dürfen, auch wenn es nicht gleich Freiheit bedeutete. Aber vielleicht war Dads Schwester ja wirklich in Ordnung. Sie hatte keinen Mann, keine Kinder, es gäbe nur sie beide, und vielleicht entpuppte sich das ja wirklich als Lottogewinn.

Mrs. Ferrington kam aus dem Büro. Die Direktorin gab Polly die Hand. „Ich wünsche dir alles Gute, Grace. Und denke immer daran, dass du selbst entscheidest, welches Leben du führen möchtest."

Polly schluckte. Vier Jahre hatte sie hier verbracht. Die Zeit war wie im Flug vergangen.

Sie schüttelte die Hand der Direktorin und machte sich hinter Mrs. Ferrington auf den Weg nach draußen zum Taxi. Während ihre Tasche in den Kofferraum geladen wurde, warf Polly einen letzten Blick zurück. Als sie gerade einsteigen wollte, entdeckte sie oben an dem Fenster, aus dem man in den Garten und zum Meer hinaussehen konnte, und zu dem die Kinder eigentlich keinen Zutritt hatten, Abigail.

„Abig…" Polly brach ab, schirmte ihre Augen mit der Hand ab. Etwas war seltsam an dem Bild, und es brauchte nicht lange, da begriff sie, was vor sich ging. Einige Kinder, die draußen spielten, begannen zu schreien, um Hilfe zu rufen, starrten nach oben, zeigten zum Fenster, aus dem Abigail aufs Dach gestiegen war.

Polly erstarrte, konnte nicht rufen, war sprachlos. Ihr ganzer Körper war steif und rührte sich nicht, als sie sah, wie das Mädchen sprang.

Ein Wimpernschlag, länger dauerte Abigails Flug ins Jenseits nicht.

Polly nahm wie in Trance wahr, was Sekunden später geschah: Sie sah sich selbst durch den Garten rennen, vorbei an vielen panisch gewordenen Kindern und wenigen fassungslosen Erwachsenen. Sie bahnte sich ihren Weg zu ihrer Freundin, die auf dem Rasen in einer abstrusen Pose lag, die Augen starr und gen Himmel gerichtet, das linke Bein angewinkelt, der Kopf voller Blut, das die Gänseblümchen rosa färbte.

Sofort war ein Lehrer da, verhinderte, dass Polly und die anderen näher an sie herankamen, rief nach einem Krankenwagen, den Abigail nicht mehr brauchen würde.

Polly stützte sich an der Hauswand ab. Aaron kam, nahm sie in die Arme, als Polly begriff, warum Abigail nicht versprochen hatte, dass sie sie besuchen kommen würde …

Houma, ganz im Süden Louisianas, war eine nette Stadt, aber nicht außergewöhnlich. In einigen Teilen war das Wasser allgegenwärtig. Wenn es heftige Regengüsse gab, liefen die vielen Kanäle, Gräben, Flüsse und Seen über, Sümpfe entstanden und blieben meist bis zum nächsten Unwetter bestehen.

In der Gegend, in der Polly Ferringtons Villa stand, gab es ebenfalls einen Fluss, allerdings war hier ein Deich errichtet worden, der den Wassermassen bei Starkregen standhielt und die imposante Nachbarschaft vor Überschwemmungen bewahrte.

Jede Villa im Ouiski Bayou Drive bot unendlich viel Platz, lange Einfahrten inmitten frisch gemähter Rasenflächen führten, zum Teil kunstvoll geschwungen, zu den Wohnhäusern. Das Landschaftsbild prägten jahrhundertealte Eichen mit dicken Stämmen und tief über der Erde hängenden Ästen, von denen Spanisches Moos wehte.

Einige Villen erreichte man nur nach vorheriger Anmeldung durch ein elektronisches Tor, wie Polly Ferrington erzählte. Wie die Villa der Carpenters, die nicht nur einen Pool, denn den hatte hier fast jeder, sondern auch noch einen Tennisplatz, eine Golfanlage und eine Garage für vier Wagen besaß.

Das Haus ihrer Tante wurde über eine Einfahrt ohne Tor befahren und lugte zwischen dichten Pinien hervor. Die Villa selbst war aus Backstein. Koloniale Säulen trugen das Vordach eines Gebäudes, das zu groß für eine einzige Frau war, die nicht einmal eine Katze besaß.

Polly stieg aus dem Taxi. Sofort empfing sie der süße Geruch des Ahorns neben der Garage und der Klang der Einsamkeit. Außer ein paar Vögeln war rein gar nichts zu hören. Kein Straßenlärm, kein Wellenrauschen, nicht der leiseste Piep eines Kindes.

Eine andere Welt.

„Mein Trinkgeld hat das Mädchen im Hotel bekommen", erklärte Mrs. Ferrington dem Taxifahrer. „Ich musste außerplanmäßig übernachten."

Ja, wegen Abigails Selbstmord waren sie nicht wie geplant abgereist. Mrs. Ferrington hatte im Hotel übernachtet, während Polly die ganze Nacht draußen mit Aaron versteckt im Park verbracht hatte. Weil Polly nicht mehr im Heim gemeldet war, interessierte sich niemand dafür, wo sie sich rumtrieb, und Aaron war eh alles scheißegal. Im Prinzip war es ihre beste Nacht überhaupt gewesen, mal abgesehen von dem Schock wegen Abigail. Aarons Zigaretten hatten sie noch besser gemacht.

„Laden Sie das Gepäck aus, bitte! Grace, kommst du?" Mrs. Ferrington stieg die drei Stufen zur Veranda hoch und öffnete die schwere Holztür. Polly ging hinterher. „Das ist dein neues Zuhause!"

Polly betrat das Haus. Der Wohnraum war gigantisch, mit Kamin und Fernseher, einer Bar in der Ecke. Eine Wanduhr tickte. Die Rollos waren allesamt heruntergelassen, wodurch das Haus sehr dunkel wirkte. Die Einrichtung war altmodisch und klassisch, aber edel, und so ein bisschen fühlte es sich an wie in dem Wohnhaus der Plantage, auf der sie während eines Schulausflugs neulich gewesen waren. Wie in vergangene Zeiten zurückversetzt, wandelte Polly über das knarrende Holz in die Zimmer des Erdgeschosses, inspizierte die Küche, das Gäste-WC, das Arbeitszimmer, den Salon, und schließlich das Wohnzimmer, in dem ihre Tante die meiste Zeit zu verbringen schien. Ihre Brille lag auf dem Tisch zwischen den Sitzmöbeln, ein Bademantel lag über der Lehne. Ein leeres Weinglas stand wackelig auf einem Hocker.

Als die Tür ins Schloss fiel, nahm Mrs. Ferrington ihre Sonnenbrille ab und zog sich die Handschuhe aus. Polly hatte keine Ahnung, warum sie die anhatte, doch sie passten zweifellos zu dem Kostüm, das ihre Tante heute zum zweiten Mal trug.

„Gefällt es dir?"

„Ja", sagte Polly ehrlich. Das Haus war der Wahnsinn.

„Schön." Mrs. Ferrington schlug dann einen Ton an, der Polly absolut neu war. „Ich will nur, dass du weißt: Mein Haus, meine Regeln. Das hier ist kein Urlaub. Es ist dein neues *Heim*. Und ich habe das Sagen." Sie grinste. „Haben wir uns verstanden?" Polly schluckte. „Ja, Tante Polly." Die Frau hob ihren Zeigefinger. „Für dich: Mrs. Ferrington."

Pollys Zimmer befand sich glücklicherweise am anderen Ende des oberen Stockwerkes, wo es genauso dunkel war wie unten, weil auf dieser Seite zwei Eichen vor dem Haus standen, dafür war es aber kühl, sodass sie den Ventilator gar nicht brauchte. Das Bett war bequem, der Schrank geräumig. Sie hatte sogar einen Fernseher und einen Schreibtisch mit einem Laptop, weil sie den wohl „für die Schule" bräuchte. Doch Polly wusste, dass sie nicht zur Schule gehen würde.

Das Haus war beeindruckend. Es gab keinen wirklichen Garten, nur ein Stück nicht eingezäuntes Land, das Mrs. Ferrington gehörte, mit dem sie aber nichts anzufangen wusste. Am Ende des Grundstücks verlief geschützt vom Deich der Fluss entlang. Die hintere Veranda wurde nicht benutzt, genauso, wie der Rasen nicht von Mrs. Ferrington gemäht wurde, das erledigte eine Firma.

Was Mrs. Ferrington anging, so stellte Polly schnell fest, dass sie gefangen war. Eine verlorene Seele in einer eigenen Welt, in die sie niemanden hereinließ. Und weil sie unglücklich war, nichts im Leben zu haben, worauf sie stolz sein konnte, verschrieb sie sich dem Alkohol.

Schon am ersten Abend gab es anstatt eines herrlich duftenden Abendessens im Esszimmer Chardonnay und Brandy im Wohnzimmer, dazu pappige Cracker, schon lange im Kühlschrank liegender Käse und Oliven, die nach nichts schmeckten. Nicht dass Polly sich beschweren wollte, aber im Heim hatte es immer richtig gutes Essen gegeben.

„Trinkst du?", fragte Mrs. Ferrington. Dabei lag sie auf einer Chaiselongue neben dem Kamin, der jetzt im Sommer nicht in Betrieb war.

Polly saß auf der Kante des Sofas gegenüber. „Nein, Ma'am."

„Aber du hast schon mal getrunken."

„Nein, Ma'am." Nur geraucht. Alkohol ins Heim zu schmuggeln, war selbst für Aaron zu gefährlich gewesen.

„Willst du mal probieren?"

Polly schüttelte den Kopf.

„Würde es dir was ausmachen, mir noch was aus der Küche zu holen?"

Sofort stand Polly auf und holte die Flasche aus der Küche, in der – so schaute der Induktionsherd jedenfalls aus – nie gekocht wurde.

Polly brachte ihr die Flasche, und Mrs. Ferrington schenkte sich ein. Dabei lag ein Lächeln auf ihrem mit Lippenstift verschmierten Mund.

„Also … morgen kannst du noch zu Hause bleiben, aber übermorgen gehst du … in die … in diese Schule hier in Houma."

Sie war betrunken. Schrecklich betrunken.

„Ich würde gern zu Hause bleiben."

Mrs. Ferrington lachte. „Ich kann dich nicht unterrichten, Darling, ich … Gerade, weißt du, da … müsste ich scharf nachdenken, wie alt ich eigentlich bin …"

„Sie sollen mich auch nicht unterrichten. Ich würde gern arbeiten gehen."

„Arbeiten? Wer will denn so was? Du bist vierzehn."

„Ich bin fünfzehn."

„Du bist in der achten Klasse eingeschrieben."

„Ich weiß, Ma'am, nur … ist mir die Schule nicht wichtig."

„War sie mir auch nicht. Ich wollte Schauspielerin werden. Hat nicht geklappt, aber das Haus hier …" Mrs. Ferrington lehnte sich zurück. Sie trug Unterwäsche und darüber einen ziemlich durchsichtigen Morgenmantel. Mit den blonden Locken, dem feinen Gesicht und den großen, blauen, geschminkten Augen wirkte sie tatsächlich wie eine Schauspielerin. „Weißt du … mein Mann, Gott habe ihn selig, war … Produzent. Er hat dieses Haus gekauft und ich … Ich habe einfach gelebt, weißt du."

Polly nickte. „Wann ist Ihr Mann gestorben?"

„Vor langer Zeit. Ich habe nicht getrauert, denn er hat mich betrogen, mit seiner Assistentin, die dreißig Jahre jünger war als er. Nur aus diesem Grund habe ich wieder meinen Namen angenommen, aber sein Geld wollte ich behalten. Es stand mir schließlich zu." Sie lachte. „Ich gebe dir also einen Tipp, Grace: Heirate einen reichen Mann, ob du ihn liebst oder nicht. Ihr seht euch sowieso kaum, und dann hast du keine Sorgen mehr."

Vom Thema Heiraten war Polly so weit weg wie vom Mond. Dachte sie an „Heirat" oder „Liebe", fielen ihr immer sofort Mom und Dad ein, und sie war sich sicher, dass es nicht noch einmal so ein Liebespaar geben würde. Also hatte Polly früh beschlossen, es erst gar nicht zu versuchen.

Mrs. Ferrington kippte noch mehr Alkohol in ihr Glas. Etwas schwappte über. „Geld ist wichtig, merk dir das. Und wenn man keines hat, hat man ein echtes Problem, denn Geld ist … überlebenswichtig. Ich habe Angestellte gehabt. Jemand muss ja das Bad putzen." Wieder so ein Grinsen, das nur durch ihren Rausch entstanden war, in der Hoffnung, ihre verzweifelte Situation zu überdecken. „Und das hat Geld gekostet, Grace, das glaubst du nicht. Unser Haus, unser schönes Haus, ist auch noch nicht abbezahlt und … na ja, ich habe einige Aufträge gehabt, ich bin Fotomodell, aber diese Aufträge wurden weniger, je älter ich wurde."

Polly bekam ein ganz ungutes Gefühl.

„Sprich: Es ist mir egal, ob du zur Schule gehst, denn arbeiten klingt für mich nach Geld verdienen wollen, und da, meine liebe Grace, klingelt es erfreulich in meinen Ohren." Sie trank das Glas leer und füllte erneut nach. „Geh arbeiten, Kind. Aber das Geld … Das lässt du hier bei mir, in Ordnung? Das Dach, unter dem du wohnst, finanziert sich nicht von selbst."

Polly schluckte. „Ja, Ma'am."

„Und … die Haushaltsaufteilung sieht wie folgt aus: Wenn du essen und trinken und mein Wasser benutzen willst, vom Strom ganz zu schweigen, musst du auch putzen. Alles klar?"

„Sicher."

„Kannst du kochen? Ein Klo sauber machen? Einkaufen gehen?"

„Warum sollte ich das nicht können?"

„Weil du in einem Waisenhaus gelebt hast."

Und da war er. Dieser Stempel, den sie immer aufgedrückt bekommen würde, egal, mit wem sie darüber sprechen würde. „Ja, Ma'am, das kann ich alles."

„Gut." Mrs. Ferrington streckte sich und aus ihrer Flasche tropfte Alkohol. „O verdammt, Grace, machst du das sauber? Ich muss ins Bett, ich bin müde." Sie stand auf, der offene Morgenmantel bauschte sich beim Gehen.

„Mrs. Ferrington?" Polly fand es seltsam, ihre Tante zu siezen und sie anzureden wie eine Fremde, obwohl die Direktorin doch das Wort „Familie" benutzt hatte.

„Was ist?"

„Würden Sie mir … vielleicht nicht heute, aber morgen oder … wann es passt, etwas über Ihren Bruder erzählen?"

„Über wen?"

„Meinen Vater. Ihren Bruder."

„Ja, aber er ist doch tot." Sie rollte die Augen. „Warum sollten wir über ihn reden?"

„Ich habe nichts von ihm, Ma'am. Keine Bilder. Kein Andenken. Nur seine Stimme und den Klang seiner Gitarre." Eine unendliche Traurigkeit überkam sie. „Doch so langsam verschwindet beides aus meinen Ohren."

Doch anstatt Empathie oder Verständnis zu zeigen, warf Mrs. Ferrington den Kopf in den Nacken und hielt sich den Bauch vor Lachen. „Das ist nicht mein Problem. Ganz ehrlich: Ich habe deinen Vater gehasst. Und ich denke nicht im Traum daran, mich mit dir zusammen an ihn zu erinnern." Sie machte eine Kopfbewegung zu dem verschütteten Wein. „Mach jetzt sauber!"

Und als sie ging, fragte sich Polly: *Warum zum Teufel hat diese Frau mich eigentlich aus dem Waisenhaus geholt?*

Die Frage war mehr als einfach zu beantworten: Nur drei Tage später wusste Polly, dass sie nichts weiter war als eine billige Hausangestellte und Fußabtreter für ihre Tante.

Mrs. Ferrington ließ Polly für sie sauber machen, einkaufen gehen und kochen – wobei man das noch nicht einmal so nennen konnte, denn ihre Tante aß wie ein Spatz. Sie lag den ganzen Tag auf der Chaiselongue im Wohnzimmer oder tanzte zu alter Musik durch den Raum, während sie qualmte wie ein Schlot und trank wie ein alter Seemann.

Eine Woche später wachte Polly morgens durch die Würgegeräusche ihrer Tante auf, fuhr hoch und starrte in den Flur. Dort hatte sich Mrs. Ferrington auf dem Teppichboden neben der Treppe übergeben. Bei einem Blick durchs Fenster erkannte Polly, dass die Sonne gerade erst aufging.

„Das ist deine Schuld!", beschuldigte Mrs. Ferrington ihre Nichte. „Warum hast du keinen Wodka gekauft?"

„Den, den du wolltest, hatten sie nicht!" Auf die förmliche Anrede verzichtete Polly mittlerweile. „Außerdem war es das letzte Mal, dass Hank mir Alkohol verkauft hat. Er glaubt mir nicht, dass du draußen im Auto auf mich wartest."

„Ach, so ein Jammer, der soll sich nicht so haben. Außerdem siehst du älter aus, als du bist." Mrs. Ferrington wollte Polly kränken – war klar. Sie hielt sich an der Kommode fest und zog sich hoch. In dem engen schwarzen Kleid, das sie immer noch trug, hatte sie gestern Gäste empfangen, die noch mehr gesoffen hatten als sie.

„Grace, nun los!" Wenn es richtig schlimm war, wimmerte sie wie ein Kind. „Mach das weg! Ich muss schlafen."

Polly blickte auf das Erbrochene im Flur. Wenn sie es nicht wegmachen würde, würde es ewig dort bleiben, denn eines stand fest: Mrs. Ferrington rührte keinen Finger.

Oft war ihre Tante schon morgens betrunken, hing dann mit einer Sonnenbrille draußen auf der Liege im prallen Sonnenschein, worauf sie Stunden später über Kopfschmerzen klagte.

Da die Schulbehörde Polly nach wenigen Wochen zum Erscheinen im Unterricht verdonnert hatte, war sie sowieso erst mal für mehrere Stunden aus dem Haus. Sie trug sich für mehrere Sportkurse ein und verbrachte viel Zeit mit den Jungs, weil die Mädchen sie nicht leiden konnten. Aber das war Polly schon gewohnt.

Da sie oft erst nach fünf Uhr nach Hause kam, Hausaufgaben aufhatte und lernen musste, bekam sie nur einen sehr schlecht bezahlten Nebenjob in einer Pizzeria, doch die paar Kröten, die sie dort abends verdiente, reichten nicht zum Leben und nicht zum Sterben. Schon gar nicht, da sie 70 Prozent davon an ihre Tante abdrücken musste.

„Ich hab mit Riley geredet. Er bezahlt dir mehr, als du abgibst!" Mit diesen Worten stand sie eines Nachts in Pollys Zimmer. „Wo ist mein Geld?"

„Ich hab nicht mehr." Es war unter dem Teppich. Nicht viel, aber ein Anfang.

Doch weil ihre Tante eine Irre war, fand sie es – und Polly am nächsten Tag ein völlig verwüstetes Zimmer. Sie brauchte ein Konto, doch das bekam sie ohne Vollmacht erst mit achtzehn. So gab sie ihrer Tante mehr Geld ab und sparte weniger in einem kleinen Geheimfach in ihrem Schrank, doch als sie eines Tages in der Schule einschlief, bekam sie ein Verbot vom Rektor und durfte überhaupt nicht mehr arbeiten gehen. Das ärgerte Mrs. Ferrington nicht weniger als Polly.

In den Ferien im Jahr darauf bekam Polly ihren ersten richtig guten Job in einem Laden, in dem man Kajak- und Ruderausrüstung kaufen konnte. Es gab viele Hobbysportler und Berufsfischer, die den Laden stets aufsuchten, und der Sohn ihres Chefs, Chuck, wollte Polly oft zum Kajakfahren in der Marsch mitnehmen. Er war etwas älter als sie, und die Stunden, in denen sie gemeinsam im Laden arbeiteten, waren angenehm, witzig und machten Spaß.

Vielleicht lag das aber auch nur daran, dass er ihr vertraute, was sie ausnutzte, indem sie versuchte, das Schloss der Kassette zu knacken, in der die Einnahmen seines Vaters verstaut waren.

Einige Monate später fuhr Mrs. Ferrington mit Polly nach New Orleans. Zwar glaubte Polly, dass ihre Tante ihren Alkohol- und Zigarettenvorrat aufstocken müsste, jedoch war diese Unternehmung tatsächlich das Beste, was sie in den letzten Monaten getan hatte.

Es war Januar, die ganze Stadt war noch weihnachtlich geschmückt, und Tante Polly verbrachte unglaublich viel Zeit in einem Laden, in dem es die Kostüme gab, die sie gern trug, wenn sie denn mal das Haus verließ.

Polly lungerte in dieser Zeit vor dem Gebäude herum, betrachtete die Eisenbahnbrücke, die über den Fluss führte, und schlenderte den schmalen Gehweg entlang.

Ein Mann saß auf dem Fensterbrett eines geschlossenen Ladens, eine Zigarette im Mundwinkel hängend, in der Hand schon die nächste Kippe drehend.

„Hey."

Polly fuhr herum. Sie wollte nicht antworten, der Mann sah gefährlich aus.

„Willst was haben?"

„Was?" Jetzt blieb sie stehen. Die Stirn in Falten. „Was soll ich haben wollen?"

Der Mann zog eine kleine Plastiktüte aus seiner Hosentasche heraus. „Schon mal ausprobiert?"

Drogen hatte Polly noch nie probiert. Tatsächlich hatte sie eines Nachts, als sie den Dreck ihrer Tante weggeräumt hatte, den letzten Schluck Brandy ausgetrunken, bevor die Flasche im Müll gelandet war, aber von harten Drogen wollte sie die Finger lassen.

„Nein."

„Ist cool!"

„Na dann …" Sie ging weiter.

„Kommst nicht von hier, oder?"

Polly blieb stehen und wandte sich um. „Nein."

„Wo wohnst du?"

„Houma."

„Und wie alt bist du?" Der Typ war mindestens fünfundzwanzig.

„Siebzehn."

Jetzt nickte er bewundernd. „Du bist hübsch."

Sie hatte das schon oft gehört. Aber noch nie von einem ‚echten Mann'. „Danke."

„Wie heißt du?"

Diese Frage brachte sie ins Grübeln. „Ich ... Ich heiße Grace. Im Heim nannten sie mich Grace."

„Im Heim, ja?" Der Mann hob die Brauen. „Ich war auch im Heim. Jacob." Er streckte ihr die Hand entgegen.

Polly nahm sie an. Ein kleines Lächeln huschte über ihre Lippen.

„Grace ist ein schöner Name."

Er verstand das nicht. Wie auch, niemand verstand es, außer Polly selbst.

„Meine Mutter hat mich immer ‚Häschen' genannt. Ich dachte damals, das wäre mein Name. Als sie starb, begannen alle, mich Grace zu nennen und ich ... Es fühlte sich so fremd an. Ich sehe in den Spiegel und ich sehe ... Ich sehe alles, aber keine Grace." Sie wusste gar nicht, warum sie dem Fremden so viel über sich erzählte. Vielleicht, weil er sie so ... verständnisvoll ansah. „Nach so vielen Jahren, war es schwer zu akzeptieren, dass ich nicht ‚Häschen' bin. Warum hat sie mich sonst so genannt? Ach ... Es gibt so viele Menschen mit so vielen Lügen ..."

Bis morgen, mein Häschen!

Der Kerl zuckte mit den Schultern. „Du kannst mein Häschen sein, wenn du willst. Komm mit mir. Zu Hause hab ich auch 'ne Möhre für dich."

Polly seufzte. Okay, er war doch 'ne Niete. „Nein, danke. Bis dann." Sie ging weiter.

„Warte mal!"

Ein letztes Mal drehte sie sich um. Dann warf der Mann ihr die kleine Tüte zu, die sie mit einer Hand auffing.

„Für schlechte Zeiten. Vertrau mir!"

Es gab wenige gute Zeiten in der Villa. Die meiste Zeit gingen sich beide Frauen aus dem Weg, und wenn Polly nicht in der Schule oder bei der Arbeit war, verrichtete sie die Hausarbeiten, die ihre Tante ihr aufgab, damit sie nicht mit ihr zusammen sein musste.

Als Polly ihren Schulabschluss bekam, blieb sie in der Villa und arbeitete mehr, um sich das Geld für die Miete zu sparen. Sie würde ausziehen, irgendwann, aber erst mal brauchte sie ein Startkapital, denn Mrs. Ferrington würde ihr kein Geld geben.

Ein College kam für Polly nicht infrage. Nein, sie würde, wie sie es damals zu Abigail schon gesagt hatte, gern an die Küste, ans Wasser. Sich dort eine gute Arbeit suchen, doch ohne Dach über dem Kopf funktionierte das nicht. Also blieb sie in dem Kajak- und Rudershop, sparte, und blieb genervt von ihrer Tante.

Das Schlimmste am Zusammenleben mit Mrs. Ferrington war jedoch der Umstand, dass sie nie über Pollys Vergangenheit reden wollte.

„Deine Eltern wurden abgeschlachtet. Das ist traurig, aber ich kannte deinen Vater nicht wirklich. Wir hatten einen lausigen Kontakt. Er hat die Familie verlassen, in einer Nacht- und Nebelaktion, weil er ein Mädchen aus dem Diner heiraten wollte." Polly zog an ihrer Zigarette. „Das ist kein Vorbild für dich, Grace. Mit siebzehn hatte er nichts. Seine Musik brachte ihm kein Geld. Er hat die erste Zeit unter einer Brücke geschlafen."

„Warum hat eure Mutter ihm kein Geld gegeben?"

„Mom und Dad hatten kein Geld. Wir waren arm. Und mein Bruder wollte ein besseres Leben und ist abgehauen."

Polly war sich sicher, dass er nicht „ein besseres Leben", sondern einfach weggewollt hatte. Sein Ding durchziehen. Mom heiraten. Musik machen. Glücklich werden.

Und genau das wollte Polly auch.

„Kann ich mit dir noch über eine Sache reden?"

„Mach schnell. Die Nachrichten beginnen. Ein Mädchen ist verschwunden. Das würde ich mir gern anhören."

Polly holte tief Luft. „Im Heim gab es diese Dr. Crawford. Meine Psychologin."

Mrs. Ferrington schaltete schon den Fernseher ein. Er war viel zu laut. „Und?"

„Sie sagte, dass … damals in dieser Nacht … Na ja, dass ich nicht allein war."

„Ja, sicher warst du nicht allein."

Polly gab sich Mühe, an alles zu denken, was sie über die letzten Jahre verdrängt hatte, um sich dann wieder zu erinnern und es erneut zu verdrängen.

Sie kniff die Augen zusammen, war hochkonzentriert.

Das Mädchen ist nicht blau.

Du verbindest Sachen, die überhaupt nicht zueinandergehören.

„Also … Kannst du mir nicht erklären, wer …?"

„Es geht los!" Tante Polly machte den Fernseher noch lauter. „Da! Das ist sie! Schau, wie schön sie ist. So hübsch war ich als Kind auch."

Polly starrte auf den Fernseher. Ein Mädchen war verschwunden. Langes, blondes Haar. War nach einer Party bei Freunden nicht nach Hause gekommen. War mit dem Fahrrad unterwegs gewesen. Niemand hatte sie begleitet.

„Welche Stadt?", fragte Polly.

„Ich glaube, Lafayette."

„Lafayette." Polly betrachtete das Gesicht des Mädchens, das man nun einblendete, zusammen mit dem Satz, dass es seit acht Tagen kein Lebenszeichen von ihr gebe.

Mrs. Ferrington schaltete den Fernseher aus. „Die ist tot. Die kommt nicht mehr wieder. Wurde verschleppt, vergewaltigt und ermordet. Bestimmt wie die andere, kurz vor Weihnachten, letztes Jahr. Erinnerst du dich? Henrietta hieß sie. Unsere Grandma hieß auch Henrietta." Sie stellte sich vor den Spiegel, betrachtete sich. Heute trug sie ein Kleid und hohe Schuhe. „Es ist das Leid hübscher Mädchen, wenn sie allein in der Nacht unterwegs sind."

Polly schaute zu, wie Mrs. Ferrington sich die Lippen nachzog. „Also, schließ die Tür ab, wenn ich weg bin. Ich komme spätestens um ein Uhr wieder." Das Taxi hupte, Mrs. Ferrington schnappte ihre Clutch und öffnete die Tür.

„Hab einen schönen Abend!"

„Ich werde mich mit dem Herrn wunderbar verstehen. Und denk an die Wäsche, Grace. Mein Bettzeug hat es dringend nötig. Wenn ich heimkomme, möchte ich, dass die Küche glänzt. Schluderst du wie beim letzten Mal, ist dein Laptop ab morgen mein Laptop, oder ich hinterlasse einen Haufen auf deinem Bett, wenn du nicht da bist – kannst du dir aussuchen."

Ja, das hatte sie schon mal gemacht. Mrs. Ferrington hatte auf ihr Bett gekackt, als Polly nicht zu Hause gewesen war.

„Haben wir uns verstanden?"

Polly rollte die Augen. „Sicher, Ma'am."

„Das will ich hören." Mrs. Ferrington verließ das Haus.

Polly ging in die Küche. Dort öffnete sie einen der Küchenschränke und starrte auf das verbliebene weiße Pulver in der Plastiktüte. Den Rest hatte sie in Mrs. Ferringtons Tequila gekippt, den sie vorm Losgehen getrunken hatte.

Es war viel zu viel gewesen, doch die Arbeit und das, was ihre Tante ihr zumutete, war ebenfalls zu viel. Strafe war nur gerecht, und am Ende bekam doch jeder meistens das, was er verdiente.

Polly leerte die Plastiktüte auf der Küchentheke, formte mit einem Teigschaber eine Linie, griff nach dem Flyer eines China-Restaurants und zog das Zeug in ihre Nase. Es fühlte sich unangenehm, fast schon schmerzhaft an, doch dieses Gefühl hielt nur ein paar Sekunden an. Kurz darauf war es dann einfach nur noch cool.

Die Musik war laut und absolut nicht ihr Geschmack, doch sie dröhnte durchs Haus und unterhielt sie bei der Suche nach Bargeld. Irgendwo musste Mrs. Ferrington doch das Geld verstecken, das sie von Polly bekam. Polly durchsuchte das Schlafzimmer der Frau, schaute unterm Bett, unter dem Teppich und in allen Schränken, fand aber nichts. Zwischendurch ging sie immer wieder in die

Küche und trank aus Tante Pollys Flaschen, kippte den Alkohol runter wie Wasser, bevor sie völlig erledigt im Wohnzimmer aufs Sofa fiel und trotz der lauten Musik einschlief.

In der Nacht wurde sie geweckt.

„Graaaaaaaaacie."

Es war dunkel. Die Musik war aus. Alles war aus. Draußen stürmte es. Der Regen klatschte gegen die Fenster. Ein typisches Unwetter, völlig normal für diese Jahreszeit in diesem Gebiet.

„Graaaaaaaaacie."

Polly hielt den Atem an. Sie sah nur die Fenster, durch die immer wieder das Licht eines Blitzes zu erkennen war. Ansonsten war die Welt schwarz.

Mrs. Ferrington hatte sie vorhin ihre Frage nicht stellen lassen: *„Kannst du mir nicht erklären, wer noch mit meinen toten Eltern und mir in jener Nacht im Haus war?"*

Heftiger Donner erschütterte die Villa nach einem Blitz. Polly hörte ihren eigenen Herzschlag, sah sich in der Dunkelheit um, bis ihr Blick auf den Türrahmen fiel.

Eine Silhouette. Ja, ganz deutlich.

Jemand ist hier!

Sie verengte die Augen. Nein, das konnte nicht sein! Niemand war hier! Es waren die Drogen.

Erneut ein Blitz.

Helligkeit.

Dunkelheit.

Und die Silhouette war noch da: „Graaaaaacie!"

Polly schrie, sank auf den Boden, umklammerte mit den Händen ihren Kopf und wartete, bis die Angst sich legte …

Am nächsten Morgen klopfte es an der Tür.

Polly wankte zum Spiegel, spähte hinein und richtete kurz ihr Haar, weil sie das Auto vor dem Haus schon durchs Fenster gesehen hatte.

„Guten Morgen, Officer", sagte sie freundlich, als sie den beiden Beamten in die Augen sah, die vor der Tür standen.

„Guten Morgen, sind Sie Grace Ferrington?"

Innerlich seufzte Polly. „Ja, Sir."

„Dann ist das da Ihre Tante?" Der eine Beamte sah über seine Schulter und Polly entdeckte Mrs. Ferrington, die wie ein Schluck Wasser auf dem Schaukelstuhl auf der vorderen Veranda hing. Ihre Augen waren geschlossen, der Mund stand offen. Sie schaute aus wie eine Vogelscheuche und schnarchte.

„Sie hat die Nacht in der Ausnüchterungszelle auf dem Revier verbracht", erzählte der andere Officer, ohne Pollys Antwort abgewartet zu haben. „War ein schweres Unwetter, und Passanten hatten Ihre Tante im Park gefunden."

Der erste Officer schüttelte abwertend den Kopf. „Keine Frau sollte nachts allein im Park sein, schon gar nicht jetzt, da sie den Mörder noch nicht haben."

„Mörder?" Polly wurde hellhörig. „Welchen Mörder?"

Die Beamten wechselten einen Blick. „Man hat die Leiche von Eloise Gerrey gefunden, haben Sie das noch nicht gehört? Der ganze Süden spricht davon."

Polly zuckte zusammen. „Oh, das wusste ich nicht."

„Deswegen war es sehr unklug von Ihrer Tante, sich im Park schlafen zu legen."

„Alkoholisiert und mit Drogen im Blut", fügte der zweite Officer hinzu. „Sie hat keine Papiere, meinte aber, sie wohne hier. Ist das richtig?"

Polly starrte zu ihrer Tante. Zu Mrs. Ferrington.

Familie.

„Wir machen es uns schön! Es wird dir gefallen! Ich verspreche es dir!"

Ich bin nicht deine Familie. Ich bin die, die deine Kotze wegmacht, weil der Alkohol deine Familie ist. Und du hast mich nur geholt, damit du nicht selbst darin hocken musst.

Heiraten wegen Geld.

Den Bruder anfeinden, weil er sich nicht kümmerte.

Sorry, Tante Polly, aber ich stehe auf der anderen Seite!

„Nein, Sir", antwortete Polly. „Sie ist nicht meine Tante. Und sie wohnt auch nicht hier. Keine Ahnung, wohin sie gehört."

Die Beamten stutzten, weil keiner von ihnen damit gerechnet hatte. „Aber ..."

„Einen schönen Tag noch." Polly schloss die Tür.

Die Villa, in der Polly Ferrington ihre Nichte aufgenommen hatte, hatte schon immer etwas vom Freigeist-Gefühl der 70er Jahre gehabt. Tante Polly war der Inbegriff einer sich in dieser Zeit herumtreibenden Person, wobei „treiben" dabei genau das richtige Wort war.

Wenn Polly von der Arbeit kam, trat sie aus der süßlich riechenden Luft draußen in den Smog einer verqualmten Raucherhöhle, in der ihre Tante den ganzen Tag nicht mehr getan hatte, als in einem durch die Luft flatternden Morgenmantel durchs Wohnzimmer ihrer Jugend nachzujagen. Mit Lockenwicklern im blonden Haar und der Zigarette im Mundwinkel schwang sie zu „Yes Sir, I Can Boogie" und „It Never Rains in Southern California" die Hüfte oder sang schräg und scheußlich schief zu „Bohemian Rhapsody" von Queen.

Das Haus stank nach Urin und nach billigem Parfum, weil Tante Polly ihrem Schweißgeruch nicht mit einer frischen Dusche den Garaus machte, sondern ihn lieber mit Haschisch und Alkohol übertünchte.

Polly blieb die Luft weg, als sie eines Tages mit einer Plastiktüte vom China-Restaurant, ihrem Zweitjob, nach Hause kam. Schon im Eingangsbereich wusste sie, dass ihre Tante betrunken, bekifft und nicht bei Sinnen war.

Zwei Seelen trafen aufeinander.

Beide einsam und in verschiedenen Welten gefangen. Je mehr Zeit Polly hier verbrachte, desto größer wurde ihre Angst, genauso zu enden wie ihre Tante.

Jedes Mal mehr wurde ihr bewusst, dass sie verschwinden musste, sobald sie genug Geld zusammenhatte.

Doch abhauen klang so einfach, wenn man jung war und keine Ahnung vom Leben hatte. Mit ihren nun achtzehn Jahren hatte Polly in ihrem Leben mehr erlebt, erfahren und gelernt als die verwöhnten Einzelkinder einer jeden Familie der Villen hier in der Straße.

Polly wusste, wie man arbeitete, anpackte und Geld verdiente.

Polly wusste, dass ohne Geld nichts lief.

Sie wollte ein Auto, um unabhängig und nicht auf die Bahn oder einen Bus angewiesen zu sein. Sie wollte etwas aus sich machen, vielleicht noch mal eine Schule besuchen, Pflegerin werden, Krankenschwester, irgendwie so was. Und sie wollte ein Haus, das sie ihr Eigen nennen konnte, selbst wenn es nur ein kleiner Bungalow wäre, so wie früher in … Sie bekam es nicht mehr zusammen. Wo war das Haus gewesen, in dem Mom und Dad und sie so ein schönes Leben geführt hatten?

Mehr und mehr bekam Polly den Wunsch, diesen Ort zu finden, das Haus ihrer Eltern noch einmal zu sehen, auch wenn sie wusste, dass es ihr dann immer noch nicht reichen würde. Denn Polly glaubte, nach etwas zu suchen, wusste jedoch nicht wonach.

„Ich will wieder zurück zu dem Haus, in dem wir gewohnt haben." Polly saß im Esszimmer am Tischende, ihre Tante auf der anderen Seite. Beide stocherten sie in ihrem chinesischen Essen herum. Polly, weil sie das Zeug nicht mehr sehen konnte, Mrs. Ferrington, weil sie zum Essen zu stoned war. „Ich erinnere mich an ein Haus an der Ecke. Eine Schaukel war dort auch. Der Zaun war weiß. Wie hieß die Stadt?"

Mrs. Ferrington zuckte mit den Achseln. „Keine Ahnung."

„Ich habe es ausgerechnet. Wir sind ungefähr zwölf Stunden Zug gefahren. Es muss also im Osten Louisianas liegen. Dieser Ort, meine ich, wo das Haus steht."

„Ist doch egal."

„Mir ist das nicht egal!", sagte Polly laut. „Du musst mir doch irgendwas sagen können! Wie hieß meine Mutter mit Mädchennamen? Vielleicht finde ich dann heraus …"

„Keine Ahnung, wie die Schlampe hieß!" Mrs. Ferrington warf die Gabel nach ihr. „Halt jetzt den Mund!"

Und da war es wieder. Dieses Gefühl, das in Polly aufstieg, wenn sie ihre Tante ansah. Manchmal kam es, wenn sie nur ihre

Stimme hörte. Und das Wasserglas, aus dem Mrs. Ferrington trank, wurde immer interessanter, fast genauso interessant wie das Päckchen mit den Pillen, das Polly oben versteckt hielt.

Irgendwann ...

„Hast du Erben?", fragte Polly. Für den Fall, dass sie ihre Tante irgendwann umbringen würde, sollte sie es nicht selbst schaffen, sich in den Tod zu saufen, wollte sie ihre Möglichkeiten kennen.

„Du bist meine Erbin." Mrs. Ferrington grinste, als hätte sie Pollys Gedanken gelesen.

Polly versuchte, sich nicht ansehen zu lassen, dass sie tatsächlich für eine Sekunde den Gedanken hatte, dass ihre Geldsorgen dann in null Komma nichts verschwunden wären. Mrs. Ferrington bräuchte nur zu sterben. „Noch jemand?"

„Wer denn noch?"

„Ich erinnere mich an einen Mann. Und ... seit ein paar Monaten träume ich von ihm. Kannst du mir etwas über ihn sagen?"

„Was weiß denn ich, von welchem Mann du träumst." Wieder ein Schmunzeln. „Du Luder."

„Er muss etwas mit *damals* zu tun haben." *Damals* war für Polly das Synonym für jene Nacht, in der Mom und Dad gestorben waren.

„Was hat man dir im Heim gesagt?"

„Nur, dass er Mom genauso sehr geliebt hat wie ich." Ihr Herz wurde schwer. Sie wollte doch nur Antworten. Und vor ihr saß eine Frau, die diese kannte, und sie ihr, aus welchem Grund auch immer, verheimlichte.

„Ich würde so gern wissen, ob er real ist, oder ob ich ihn mir einbilde, denn ... So, wie er in meinen Träumen aussieht, erinnert er mich an Mom, wie sie Türrahmen stand und sagte: ‚Bis morgen!'."

Im April desselben Jahres kam manchmal ein Mann zu Besuch. Sein Name war James. Er war sechzig, hatte drei Kinder, sein ältester Sohn übernahm gerade seine Firma in Lafayette. Er wollte

„sich etwas Ruhe gönnen" und reiste viel, weil er es zu Hause bei seiner keifenden Ehefrau nicht aushielt.

Mrs. Ferrington hatte ihn bei einem Casino-Trip in Lake Charles kennengelernt, wo sie eine Woche hingereist war, während der Polly nichts von ihr gehört hatte. Es war die wohl schönste Zeit in diesem Haus gewesen.

James wohnte neuerdings in Houma, hatte sich ein „kleines" Haus gekauft, direkt am Wasser, verbrachte aber dennoch die meiste Zeit in der Villa bei Mrs. Ferrington und ihrer Nichte.

Polly mochte ihn nicht. Zwar war er charmant, nett, aber er liebte ihre Tante, liebte ihre Gelassenheit, den Spaß am Leben, ohne etwas dafür zu tun, und so mied sie es, zu Hause zu sein, wenn er zu Besuch war.

„Ich habe genauso viel Kohle wie du", hörte Polly ihre Tante eines Abends zu James sagen. „Das Geld liegt in meinem Safe im Schrank. Bargeld. Ich würde sagen … 100.000 Dollar."

„Wieso hast du so viel Bargeld zu Hause rumliegen und nicht auf einem Konto bei der Bank?"

Mrs. Ferrington lachte affektiert. Ihren Verstand hatte sie vor Stunden an eine Weinflasche abgegeben. „Wenn jemand einbricht, weiß ich, wie ich ihn verjagen kann."

James und sie saßen auf dem Balkon ihres Schlafzimmers. Polly stand an der Tür und lauschte. Es war mitten in der Nacht. Sie war gerade aus dem Restaurant gekommen.

„Willst du den Code für den Safe wissen?"

Polly hielt den Atem an.

„Du musst ihn mir nicht sagen."

„Ich tue es aber: Es ist mein Geburtstag. 0903."

Polly schlug die Hand vor den Mund. Von ihrer Tante kam ein völlig übertriebenes Lachen, dann lallte sie: „Jetzt komm, fick mich!"

Polly rannte in ihr Zimmer und schlug die Tür hinter sich zu. 100.000 Dollar. Und sie hatte den Code. Es würde so einfach sein, und zusammen mit ihrem Gesparten hätte sie Geld für ein Haus, ein Auto und einen Neuanfang.

Am nächsten Morgen hatte Polly frei und öffnete die Tür ihres Zimmers. Das Schnarchen ihrer Tante kam aus deren Schlafzimmer. Sie kümmerte sich nicht weiter darum und huschte die Treppe hinunter, um sich in der Küche einen Kaffee zu kochen. Sie war überrascht, als sie James dort vorfand, ebenfalls einen Kaffee in der Hand.

„Guten Morgen." Er stand an der Theke und sah nach draußen, trug eine Jeans, ein Freizeithemd, keine Schuhe. Seine verbliebenen Haare waren silbern, sein Bauch dick, die Finger genauso, und an der linken Hand leuchtete der goldene Ehering. „Gut geschlafen?"

Polly nickte kurz und bediente sich an der Kaffeemaschine. Sie wusste genau, dass James sie von hinten betrachtete. Er musterte in diesem Moment sicherlich ihre nackten Beine und ihren Po, der unter dem Slip hervorlugte. Das T-Shirt, das sie noch vom Schlafen trug, war zu kurz, um die Pofalte zu verdecken. Sie war fest davon ausgegangen, als Erste wach zu sein, weswegen sie sich nichts übergezogen hatte.

„Du hast tolle Haare."

Die Kaffeemaschine mahlte die Bohnen. „Danke."

„Und tolle Beine."

Der Kaffee war fertig. Polly drehte sich mit ihrer Tasse zu ihm um. „Du hast schönen Schmuck." Sie machte eine Kopfbewegung zu seiner Hand.

„Der Ring?" Er lachte. „Der ist alt. Willst du ihn haben? Kannst ihn verkaufen."

Polly erschrak über den Gedanken, dass sie sich den Ring einfach nehmen könnte, wenn er tot wäre. Es war wie neulich: Sie hatte absolut kein Problem damit, darüber nachzudenken, ihre Tante und James umzubringen.

„Du bist gestern spät nach Hause gekommen."

„Das stimmt."

„Hier läuft ein Mörder rum. Hast du keine Angst? Es ist doch wieder ein Mädchen verschwunden. Eine Studentin. Angehende Journalistin. Hat eine Miss-Wahl gewonnen, bildschön ist sie. So wie du."

„Ich habe keine Angst."

„Weißt du, ich habe mir was überlegt." James stellte die Tasse ab. Dann kam er näher. „Du bist doch so ein richtig vorbildliches Mädchen, oder?" Er griff in ihr Haar, wickelte eine Strähne um seinen Zeigefinger. „Weißt du, deine Tante schläft noch, aber du und ich ... wir beide, wir könnten was rauchen, und ich kann dich massieren, wenn du willst ..." Sein Blick war lüstern, und wenn sie es richtig sah, erkannte sie eine deutliche Wölbung in seiner Jeans.

„James, du bist so widerlich." Sie rückte ein Stück von ihm weg. Das Haar, dessen Ende er noch immer in seinen Fingern hielt, spannte. Ihr Kaffee schmeckte scheußlich.

„Du willst nicht?"

„Niemals!"

Er ließ ihr Haar los und zuckte mit den Achseln. „Schade, du verpasst was."

Polly schlug seine Hand weg und rannte raus. Sie würde den ganzen Tag nicht wiederkommen.

Zwei Tage später kam Polly von der Arbeit, wieder mit chinesischem Essen, weil sie es vom Restaurant umsonst bekam. Es waren keine Reste, sondern zubereitetes Essen, das sowieso weggeworfen werden würde. Dass etwas nicht stimmte, wusste Polly auf den ersten Metern, die sie die Einfahrt hinaufging und vor dem Haus stand. Schon wieder dudelte Musik, die vor vierzig Jahren in gewesen war, alle Türen und Fenster waren geschlossen, über der Villa funkelten die Sterne einer milden Frühsommernacht.

Es war bereits Mai. Polly freute sich auf den Sommer, sie würde die Nächte wieder draußen verbringen können, wenn sie es in der Villa nicht aushielt.

Polly steckte eine Hand in ihre Jackentasche und zog zwei Pillen aus dem Tütchen, das sie normalerweise in ihrem Zimmer versteckt hatte. Sie hatte sie heute Morgen mitgenommen, für alle Fälle, und weil sie schon so ein Gefühl gehabt hatte. In ihrer Hand leuchteten die blauen Pillen im Mondlicht, und ohne weiter zu überlegen, schob sie sie sich in den Mund. Vielleicht würde sie dann heute

Nacht diesen Mann nicht sehen, vielleicht würde es ihr helfen zu schlafen, ohne auch nur einen Gedanken an das zu verspüren, wonach sie suchte.

Polly ging zur Haustür und öffnete sie. Anders als erwartet, sah sie ihre Tante auf dem Sessel sitzen. Ein Glas mit Wein in der Hand, den sie im Glas im Kreis schwenkte. „Komm rein!"

Polly stellte die Tüte mit dem Essen auf die Anrichte im Flur und betrat das Wohnzimmer. Ihre Tante machte die Musik leiser. „Setz dich!"

Polly setzte sich auf das Sofa, auf dem sie James und ihre Tante vor einer Woche beim Oralverkehr erwischt hatte. Schnell stand sie wieder auf und blieb lieber stehen. „Was ist?"

„Ich will mit dir reden."

„Ich auch mit dir." Polly räusperte sich. „Also pass auf: Ich hatte heute Nacht wieder diesen Traum. Der Junge war wieder da."

„Ist es nun ein Junge oder ein Mann? Da gibt es Unterschiede."

„Ich weiß es nicht so genau." Sie dachte nach. „Nachts ist es ein Mann."

„Und am Tag?"

Polly schluckte. „Da sehe ich einen Jungen."

„Steht er hinter mir?"

Sie schüttelte den Kopf. „Du machst dich lustig."

„Würde ich nie tun."

„Also … Ich habe geträumt, dass ich durch den Wald gerannt bin und etwas gesucht habe, ich aber nicht wusste, wonach ich suche, und dann …"

„Grace, verdammt!", unterbrach Polly Ferrington sie. „Halt doch mal den Mund! Du bereitest mir Kopfschmerzen mit deinen Fantasien." Sie drückte sich genervt die Hand gegen die Stirn. „Immer willst du dich in den Vordergrund stellen. Deine Bedürfnisse über meine stellen."

Bitte?

Polly schnaubte. „Worüber wolltest du mit mir reden?"

Mrs. Ferrington sah kaputt, alt und schrecklich aus. Die Haare in wilden Locken, ein Satinhemdchen unter dem Morgenmantel tragend. „James hat sich von mir getrennt."

Das verhieß absolut nichts Gutes. „Das tut mir leid für dich."

„Tut es das?" Mrs. Ferrington stand auf, griff nach der Weinflasche, die neben der fast geleerten Whiskeyflasche auf der Kommode stand. „Wein?"

Polly nahm an. Tat sie sonst nie, aber es würde gleich wohl sehr unangenehm werden, weshalb sie Mut brauchte. Ihre Tante goss Wein in ein Glas, reichte es ihr und Polly trank.

„Er hat mir von *der Situation* in der Küche erzählt."

Polly setzte das Glas ab. „Welche Situation?"

„Du hast geflirtet."

Polly schnaubte. Wein schoss ihr in die Nase. „Nein, das war er!"

„LÜG NICHT!" Mrs. Ferrington hob die Hand.

„Ich habe nichts von deinem James gewollt!", gab Polly zurück.

„Ich habe deinen Arsch noch nie gesehen. Ich hatte keine Ahnung, ob du Brüste hast. Du zeigst dich mir im Nonnen-Outfit, aber ihm … Ihm hast du alles gezeigt."

„Das war ein Versehen. Ich dachte, er liegt neben dir im Bett. Dass er schon aufgestanden war, wusste ich nicht."

Mrs. Ferrington lachte laut.

Oh, diese Frau ging ihr so verdammt auf die Nerven! Der Alkohol, jeden Tag, ohne den sie ihre Tante gar nicht kannte! Der Geruch im Haus, der Gestank aus ihrem Mund, wenn sie mit ihr sprach! Dieses Gehässige, dieses Verhalten, dieses Getue, dass ihr alles und jeder völlig egal war!

„Ich gehe ins Bett." Polly wandte sich zum Gehen.

„Du bleibst hier!", bestimmte Mrs. Ferrington. „Bis du es zugibst."

Blitzschnell fuhr Polly wieder herum. „Der Mann ist sechzig Jahre alt, verdammt!" Sie fühlte sich unwohl, schwindelig, ihr war schlecht. Der Wein war keine gute Idee gewesen, denn die Pillen hatten schon gereicht, damit sie nicht mehr sie selbst war.

„Du bist eine dreckige, kleine Schlampe und wagst es noch, mich anzulügen!", schrie Mrs. Ferrington nun.

Das Glas in Pollys Hand bebte, sie verschüttete etwas von dem Wein, doch ein paar Flecken mehr oder weniger auf dem Teppich machten nichts. „Das sagst du nicht noch einmal zu mir!"

„Was? Dass du eine dreckige, kleine Schlampe bist?"

Polly ließ das Glas fallen. Der Stiel brach ab, die Flüssigkeit spritzte auf den Boden.

„Du hast richtig gehört." Mrs. Ferrington setzte sich zurück in ihren Sessel. „Du bist Abschaum, genau wie dein Vater, der unsere Mutter verlassen hat, um mit seiner Schlampe zwei Bastarde zu zeugen! Oder warte mal …" Sie legte einen Finger ans Kinn. „Du bist wie deine Mutter! Einfach eine Schlampe!"

Pollys Sinne schwanden, sie schmeckte Blut, obwohl keines da war, sah vor sich die Frau, die sie hasste, mehr als alles andere auf der Welt.

„Wie kann man nur so widerlich sein wie du?" Mrs. Ferrington lehnte sich vor. „Du bist wie sie. Und keinen Deut besser."

„Sag's noch mal", meinte Polly, ballte die Hände zu Fäusten. Ihr Blick fixierte die Weinflasche. „Sag noch mal, was du eben gesagt hast."

„Das gefällt dir, hm? Ich sage es dir sehr gern noch mal!" Mrs. Ferrington legte den Kopf in den Nacken, lachte, beugte sich dann vor und hielt sich mit beiden Händen an den Armlehnen fest. „DU BIST EINE SCHLAMPE! EINE HURE!"

Polly griff nach der Weinflasche, stürmte auf ihre Tante zu und schleuderte sie gegen ihren Kopf. Die Flasche zersprang sofort, der Wein lief auf das Parkett, und weil Mrs. Ferrington sie schubste, verlor Polly das Gleichgewicht, landete rücklinks auf dem Boden. Ihr Kopf stieß gegen den kleinen Tisch, die Lampe geriet ins Wanken, kippte und zerbrach. Polly spürte etwas Spitzes unter ihrem Rücken, Scherben, überall lagen Scherben. Und als sie wieder sehen konnte, wo sie sich genau befand, sah sie ihre Tante, das Kaminbesteck über den Kopf erhoben, die mit einem lauten Schrei auf sie zustürzte.

Polly rollte sich über den Boden. Scherben bohrten sich in ihre Haut, sie rappelte sich dennoch auf, griff nach dem Flaschenhals der zerbrochenen Weinflasche. In ihrem Kopf drehte sich alles. Die Wände schienen sich aufeinander zuzubewegen, der Boden bebte, die Decke kam näher. Ihr Köper fühlte sich an, als wäre sie zwischen den Wellen des Ozeans gefangen, und als wäre es kein Wasser, in dem sie trieb, sondern Blut.

Da war so viel Blut.

Oder war es nur samtroter Wein?

Da waren so viele Scherben.

Polly wankte durch das Wohnzimmer, Mrs. Ferrington folgte ihr. Polly schubste sie, sah aus dem Augenwinkel den Türrahmen und wieder ihn. Den Mann. Er sprach mit der Stimme ihrer Mutter und sagte: „Bis Morgen!" Tränen glitzerten, folgten dem Lächeln ihrer Mutter aus ihren Erinnerungen.

So viel Liebe. Da war so viel Liebe in diesem Haus gewesen ...

Polly stieß gegen den Kamin, stolperte am Sesselfuß. Sie lag auf dem Boden, drehte sich um, und sah ihre Tante direkt vor sich stehen. Mrs. Ferrington schlug zu, im selben Moment, in dem Polly zustach, und alles, an was sie sich später noch erinnern konnte, waren die fröhlichen Klänge der Bay City Rollers aus dem Radio: *„Bye, bye, baby, don't make me cry. Bye, baby, baby, bye, bye ..."*

Polly erwachte vom Klingeln des Telefons.

Das Klingeln klang bedrohlich, dröhnte in ihren Ohren, als sie blinzelte und festzustellen versuchte, wo sie sich überhaupt befand. Sie erkannte die dunklen Tapeten, die gerüschten Stoffe, die kitschigen Möbel. Das Wohnzimmer.

Als sie sich bewegte, knirschte Glas unter ihrem Körper. Sie verzog das Gesicht, schmeckte dieses Mal wirklich Blut. Als sie ihre Hand an den Mund führte und ihre Finger begutachtete, klebte es am Daumen. Stöhnend setzte sie sich auf, während sie in ihrem Kopf eine Karussellfahrt durchmachte. Von ihrer Stirn fiel etwas ab, sie fing es auf. Ein Käfer. Nichts Ungewöhnliches in Polly Ferringtons Haus.

Ihre Tante!

Das Telefon verstummte und hinterließ völlige Stille.

Polly ließ den Blick durch den Raum gleiten. Es war dunkel, weil die Rollos hinunter und alle Vorhänge zugezogen waren. Draußen suchte die Sonne vergeblich einen Weg nach innen.

Neben ihr lag das Kaminbesteck. Mrs. Ferrington hatte also tatsächlich versucht, Polly damit zu verletzen. Weil Polly fast im Flur lag, konnte sie das Wohnzimmer aus dieser Position nicht gänzlich einsehen, also zog sie sich an dem kleinen Tisch hoch, wurde kurz danach aber wieder in die Knie gezwungen.

„Ahhhhhh!" Ihre Hände zitterten, als sie die dicke grüne Scherbe in ihrer Kniekehle entdeckte, aus der kaum Blut floss. Sie zog sie raus, ohne groß darüber nachzudenken, ob das nun richtig oder falsch war. Der Schmerz blieb. Sie entfernte weitere Scherben aus ihrer Haut, aber keine dieser Wunden konnte die Quelle für die Blutlache vor ihr sein.

Es musste von jemand anders stammen.

Krauchend, weil diese Position ihr weniger Schmerzen bereitete, robbte sie um den Tisch herum und gelangte ins Wohnzimmer.

Das Erste, was sie sah, waren Füße. Zierliche, schöne Frauenfüße, gefolgt von einem blutgetränkten Morgenmantel, einem Hemdchen und schließlich dem schlaffen Körper von Polly Ferrington. Sie hing auf dem Sessel, ihre Arme baumelten über der Seite. Ihr ganzer Körper war mit Blut bedeckt, die Augen weit aufgerissen, zwei Fliegen schwirrten darüber. Das blonde Haar war nicht mehr hell, sondern dunkelrot gefärbt.

Doch das, was Polly würgen ließ, war der Gegenstand im Mund ihrer Tante: Der Flaschenhals und seine Öffnung waren zu sehen, der zerbrochene Bauch der Flasche jedoch steckte in ihrem Rachen.

Polly zitterte am ganzen Körper, schluckte ihren Mageninhalt wieder hinunter, schaute noch einmal hin und war sich ganz sicher, dass ihre Tante in diesem Sessel durch die Flasche in ihrem Hals zu Tode gekommen war.

Das bestialische Bild brannte sich in ihr Hirn. Selbst der Anblick der toten Eltern war für die damals 9-Jährige nicht so furchtbar gewesen wie das Blut, die vielen Scherben und die auf grausamste Weise getötete Frau.

Polly hob die Hände. Sie waren voller Blut. Sah an sich hinab. Ihr T-Shirt, die Jeans, alles voller Blut. Der Teppich, auf dem sie stand. Blut.

Da war so viel Blut.

Da waren so viele Scherben.

Sie versuchte, sich an den Abend zu erinnern. Doch die Drogen hatten ihn fast gänzlich ausgelöscht. Sie hatten gestritten, Mrs. Ferrington hatte von ihrer Mutter gesprochen. Sie sei eine Schlampe gewesen, und Polly sei das ebenfalls.

Polly griff sich an die Stirn, hielt sich am Kaminsims fest.

Sie war so verdammt wütend auf diese Frau gewesen! Und ja, natürlich hatte sie schon so oft darüber nachgedacht, sie einfach zu töten!

Aber es wirklich zu tun?

War sie wirklich imstande zu töten?

Sie, Polly?

Es war Notwehr gewesen.

Du hattest gar keine Wahl.

Eine von euch musste sterben, es hat ja einen Kampf gegeben.

Sie betrachtete den Flaschenhals, der aus Mrs. Ferringtons Mund herausragte.

Hatte Polly ihn in ihrer Hand gehabt und zugestochen? Sie konnte sich nicht erinnern. Hatte sie die Flasche gegriffen, um sich zu wehren und ihre Tante zu töten, wenn es drauf ankam?

„Ich erinnere mich an Enten.“

„An Enten?“

Polly erinnerte sich an das Gespräch mit Dr. Crawford.

„Ja, sie waren aufgestellt. Ich habe den Zaun noch in Erinnerung. Und ich höre Schüsse. Einen nach dem anderen.“

„Von wem kamen die Schüsse?“

Sie ging durch den Raum, die Augen geschlossen, die Finger an den Schläfen. Dachte nach, konzentrierte sich.

„Das weiß ich nicht. Ich weiß nur, dass es mir nicht gefiel. Es war laut, und ich hatte Angst. Schüsse machen mir Angst.“

„Wer könnte diese Schüsse am ehesten abgegeben haben? Deine Mom? Dein Dad? Oder …“

Eine Explosion.

Polly schrak zusammen. Riss die Augen auf, hielt inne und starrte durch den Türrahmen in den Flur.

Es hatte keine Explosion gegeben, aber sie sah diesen Mann. Und gestern Abend hatte sie ihn auch gesehen …

Polly saß auf ihrem Bett, der Rucksack stand daneben. Er war gepackt mit Geld und ein paar wenigen Sachen, das meiste schwarz, weil sie seit der Zeit bei Mrs. Ferrington kaum etwas anderes getragen hatte.

Als sie ihr Zimmer ein letztes Mal betrachtete, während ihr Blick immer wieder auf den Rucksack fiel, dachte sie an den Moment von heute Mittag, als sie vor dem Safe ihrer Tante gestanden und mit vibrierenden Händen an dem Rädchen gedreht hatte. Sie hatte den Code 0903 eingegeben und der Safe war aufgesprungen. 25.000 Dollar. Keine 100.000 Dollar, aber auf Mrs. Ferringtons Wort war ja nie Verlass gewesen. Ihr eigenes Geld, das sie zwischen den Leisten und der Wand versteckt hatte, packte sie dazu.

Sie nahm Schmuck mit, ein paar Dinge, von denen sie glaubte, sie wären etwas wert. Beim Wühlen in Mrs. Ferringtons Sachen stieß sie zufällig auf eine Art Fotoalbum. Von wegen, sie hätte keine Ahnung, von wegen, sie könnte Polly nichts von ihrem Dad erzählen! Mit hochgezogenen Brauen betrachtete Polly jede Seite. Kinderfotos. Ihr Vater. Tante Polly. Tränen tropften aufs Papier, während sie unaufhörlich lächelte.

Kein einziges Foto von Mom, natürlich nicht, denn Mrs. Ferrington und Mom waren nie aufeinandergetroffen – und doch hatte sie sich erlaubt, Mom als Schlampe zu bezeichnen.

Dann kam ein Foto von ihr selbst, als kleines Kind. Pausbäckig, süß, dicke schwarze Locken. Auf der Rückseite stand ihr Name: „Grace". Während sie es in den Rucksack steckte, dachte sie an ein paar der letzten Worte ihrer verstorbenen Tante, auch wenn sie sich dafür wahnsinnig anstrengen musste, weil nur noch Fetzen des Abends in ihrem Kopf existierten. *„Du bist Abschaum, genau wie dein Vater, der unsere Mutter verlassen hat, um mit seiner Schlampe zwei Bastarde zu zeugen!"*

Polly richtete sich auf, stellte sich vor den Spiegel in ihrem Zimmer und betrachtete sich.

„Was hat man dir im Heim gesagt?"

„Nur, dass er Mom genauso sehr geliebt hat wie ich."

Sie schloss die Augen.

Das Mädchen ist nicht blau.

Du verbindest Sachen, die überhaupt nicht zueinandergehören.

Aber alle lügen, Polly!

Damals warst du nicht allein.

Und du hast ihn dir nicht eingebildet.

Es gibt ihn wirklich! Du musst ihn nur finden …

Polly schüttelte den Gedanken ab.

Es war an der Zeit zu gehen.

Sie hatte Geld und würde etwas finden. Ihn finden. Und dafür sorgen, dass alles wieder so schön wie früher werden würde.

Denn Mommy hätte es so gewollt. Mommy hätte gewollt, dass Polly ihren Bruder finden würde ...

Doch als sie das Haus verlassen wollte, fiel ihr Blick wieder auf ihre tote Tante. Gewiss, es gab vor der Reise etwas zu erledigen, und auch wenn es Polly größte Überwindung kostete, durch manche Dinge im Leben musste man eben durch.

Und jetzt bedeutete das, die Leiche von Mrs. Ferrington verschwinden zu lassen.

Sie warf den Rucksack in die Ecke, stieg aus ihren Sachen und zog einen viel zu warmen Mantel ihrer Tante über. Dann holte sie sich Gummihandschuhe aus der Küche, Müllsäcke und eine Atemmaske, obwohl sie kaum glaubte, dass ihr die etwas bringen würde. Damit stand sie vor dem Leichnam, wo sie auf den Mut wartete zu tun, was sie tun musste.

Polly erinnerte sich an das Beil in der Hand des Kochs im China-Restaurant, mit dem er mit Leichtigkeit Hühnchen oder Enten in Teile zerhackte.

Doch das hier war wohl kaum damit zu vergleichen.

Sie hatte auch kein Beil, aber eine Axt aus dem Keller, denn sie hatte sich daran erinnert, dass Mrs. Ferrington erzählt hatte, ihr verstorbener Mann hätte damit früher selbst Weihnachtsbäume im Wald geschlagen. Jene Axt wog nun schwer in Pollys Händen. Hinzu kam, dass sie keine volle Kraft in ihrem Stand hatte, weil die Wunde der dicken Scherbe in ihrer Kniekehle entsetzlich schmerzte.

Es dauerte drei Stunden. Drei Stunden, in denen sie immer wieder zum Türrahmen blickte und hoffte, dass der Mann kam, um ihr das Zerteilen von Mrs. Ferringtons Körper abzunehmen. Denn Polly tat es nicht. Sie konnte nicht.

Eine andere Lösung musste her.

Sie ließ die Axt fallen, setzte sich auf das Sofa, sprang schnell wieder hoch, weil es ja *das* Sofa war, als ihr Blick auf dem Plattenspieler haften blieb, über den Mrs. Ferrington ihre alten Hits abspielte. Und ganz plötzlich zauberte sich ein Lächeln auf Pollys Lippen.

In der Schule hatten sie drogenverherrlichende Berichte kritisiert und die Schüler dafür sensibilisiert, dass sie keine Lösung waren, doch eines hatte man ihnen dabei nicht beigebracht: Dass es in manchen Situationen des Lebens so viel leichter war, wenn man ihre Hilfe in Anspruch nahm.

Mit den letzten zwei Pillen in ihrem Körper, dem Rest des Whiskeys in ihrem Blut und den Tönen von Smokies *„It's Your Life"* im Ohr, verstaute Polly die Leiche ihrer Tante in einem schwarzen Sack und ließ ihn neben der Tür zur hinteren Veranda liegen, als wäre es Müll, der für die Tonne bestimmt war.

Dann klemmte sie sich zum Andenken an Mrs. Ferrington eine ihrer Zigaretten zwischen die Lippen und begann zu putzen. Sie sammelte das Glas vom Boden auf, reinigte den Sessel, den Tisch, entfernte Blut vom Parkett und aus dem Teppich, desinfizierte, spülte und wischte. Als sie fertig war, machte sie einiges davon noch einmal, weil doppelt besser hielt und sicher sicher war.

Der Geruch der Qualm- und Alkbude von Mrs. Ferrington verwehte und schaffte Platz für den angenehmen Duft der Reinigungsmittel und Raumsprays.

Polly wirbelte einmal, zweimal durchs ganze Erdgeschoss und je mehr Stunden vergingen, desto zufriedener wurde sie mit dem Ergebnis.

Schlussendlich musste nur noch „der Müll" raus.

Polly schob die Leiche ihrer Tante in einer Schubkarre durch den Garten. In der Dunkelheit der Nacht überquerte sie den Deich und zog Mrs. Ferrington in den Fluss. Der Sack schwamm ein paar Sekunden an der Wasseroberfläche, bevor er rasch unterging.

Die Überreste ihrer Putzaktion folgten, damit auch ja keine Spuren im Haus der Tante zu finden waren. All das Zeug würde östlich von Houma durch die Gabelung des Flusses in mehrere Richtungen fließen und vielleicht irgendwann im Golf von Mexiko landen. Wenn die Tiere denn etwas davon übrig ließen.

Als der Mond zum Vorschein kam, setzte sich Polly auf den Deich und betrachtete das fließende Wasser. Sie dachte an Abigail, an Aaron, der sie schlussendlich nicht besuchen gekommen war, und an ihre Eltern.

An das Gesicht ihrer Mutter, an *„Bis morgen!"*.

Sie dachte an das Heim.

Und ja, sie dachte auch an ihre Tante.

Dass sie starb, hatte sie nicht gewollt.

Jetzt seufzte Polly, während die Wirkung der Pillen nachließ und sie die frische Luft der Nacht in sich einsog.

Morgen würde sie Houma verlassen.

Und das Haus ihrer Tante sich selbst überlassen. Niemand würde Polly Ferrington vermissen. Und ihr Verschwinden, ihr Tod, vielleicht niemals ans Licht kommen.

Ein trauriges Ende für einen Menschen, doch wie gesagt, dass sie starb, hatte Polly nicht gewollt. So stand sie auf, lächelte zum Fluss und hauchte: *„Bye, bye, baby, don't make me cry."*

Westen.

Polly erinnerte sich, dass Dad manchmal nach Houston gefahren und es nie weit gewesen war. Sie erinnerte sich, dass es in der Nähe einen Fluss gegeben hatte, an den Mom mit ihr zum Baden gegangen war. Sie erinnerte sich an eine Kreuzung und an einen Ort, von dem Mom erzählt hatte, dass böse Menschen dort untergebracht seien, und dass dieser Ort ein Gefängnis sei.

„Oakdale", sagte der Mann in dem Diner, in dem sie sich, weil sie sparen wollte, nur ein Sandwich gönnte. Gestern hatte sie gestohlen, an einer Tankstelle, das war zwar scheiße, aber es hatte richtig gut funktioniert! „Der Ort heißt Oakdale und der Fluss müsste der Calcasieu River sein."

Das Diner war gemütlich. Hier hätte sie gern gearbeitet, aber sie musste weiter. Wohl nach Oakdale.

„Gehen Sie zu Fuß dorthin?"

Polly nickte, kaute rasch, weil sie so großen Hunger hatte. „Ich laufe gern."

„Lassen Sie sich nicht wegschnappen." Der Besitzer zeigte auf das Titelblatt der Zeitung. „Sie haben ihn immer noch nicht, dieses *Monster.*"

Monster.

Polly betrachtete das Foto einer jungen Frau auf der Zeitung. Die Überschrift lautete: *Paige Donovans Leiche in einem Kanal nahe Morgan City gefunden!*

„Ich passe schon auf."

Polly lief weiter.

Und weiter.

Die meisten Nächte verbrachte sie auf Bänken an Diners oder unweit von Familienhäusern, irgendwo, wo Menschen nicht fern waren. Unter eine Brücke wäre sie niemals gegangen, zu viel Angst hatte sie vor Übergriffen, denn zu wichtig war ihr der Rucksack, in dem das viele Geld steckte.

Ende Mai betrat sie jene Tankstelle, klaute eine Flasche Wasser und blickte einem jungen Mann in die Augen.

Zehn Minuten später parkte er vor ihr, schenkte ihr eine weitere Wasserflasche und einen Riegel, unterhielt sich mit ihr, als wäre sie eine völlig normale junge Frau.

Wenn dieser Mann wüsste, was sie vor wenigen Tagen getan hatte …

„Ich liebe das Wasser. Ich rudere, fische, paddle, schwimme – alles", erzählte der junge Mann. „Komm doch mal mit!"

Sie nickte. „Wenn ich mal in Oakdale bin, komme ich auf dein Angebot zurück."

Sie würden sich nicht wiedersehen, denn die Absicht, sich zu verlieben, hatte Polly nicht gehabt.

„Und wenn du dann nach Oakdale kommst", sagte er mit einem Lächeln und dem Blick auf den Boden gerichtet, „und in der Werkstatt erscheinst, in der ich arbeite, was wird mein Chef sagen?

Wie ist der Name der schönen Frau, die mich dann sprechen wollen wird?" Jetzt schaute er auf.

Polly schluckte. Ihr Name war Grace Ferrington.

Sie war die Tochter des Musikers Ferrington.

Aber Mommy hatte sie immer ihr ‚Häschen' genannt.

Etwas Schreckliches war geschehen, und das kleine Häschen hatte sich nicht mit Grace identifizieren können.

Doch wen kümmerte das jetzt?

Vor ihr lag ein neues Leben. Vor ihr lag eine Aufgabe. Sie würde stark sein, sie würde alles geben, also brauchte sie auch einen Namen, der für sie genau das verkörperte.

Sie wollte kein Heimkind mehr sein.

Nicht diesen mitleidigen Blick ernten, wenn jemand die Waise anschaute.

Auch wollte sie keine verlorene Seele sein, so wie sie ihre Tante Polly Ferrington beschrieben hatte.

Und dann hatte sie plötzlich eine Idee: „Mein Name ist Polly."

KAPITEL 7

Pollys Verschwinden

Der Tag versprach der schönste des Jahres zu werden. Kühle, frische Luft, ein kleines bisschen Wind, nur so viel, dass er ihm dann und wann über die Nase strich. Die Sonne strahlte von einem herrlich blauen Himmel. Für September hatte es genau die richtige Temperatur; nicht zu warm, und nicht zu kalt.

Sie waren schon immer Abenteurer gewesen.

Der Junge und das Mädchen.

In Melville war es der Plan, den Atchafalaya River über die Eisenbahnbrücke zu überqueren.

„Ich gehe", sagte Polly und drehte sich zu David um. Warum sie ihm einen Kuss gab, verstand er anscheinend nicht. Doch sie wusste, dass es ihr letzter Kuss war. „Bleib hier", bat sie ihn dann. „Ich gehe zuerst."

Er protestierte, aber sie ließ sich nicht reinreden. Sie wollte unbedingt allein gehen. Seufzend stemmte er die Hände in die Hüfte und ließ sie ziehen.

Auf der Hälfte angekommen, gab Polly David ein Zeichen hinterherzukommen. Sie wartete eine Weile, bis er die Hälfte des Weges über die Brücke hinter sich hatte, fuhr dann herum und zeigte erschrocken nach hinten.

Davids Blick folgte ihrem Fingerzeig. Er musste einen Zug vermuten, etwas Gefährliches, denn schließlich war dieses Abenteuer hier genau das: gefährlich.

Aber da war kein Zug.

„Was?", hörte sie ihn sagen, und kurz darauf folgte ein verwunderter Ruf nach der Frau, die er liebte. Das Rufen wurde aufgeregter, lauter und glich schon bald einem hektischen Schrei, der jäh verebbte, als Polly die letzten Sprossen an den Pfosten der Brücke hinuntergeklettert und in den Fluss gesprungen war.

Die Strömung riss sie in die Tiefe und anstatt aufzutauchen, tauchte sie weiter. Durch das braune, aufgewühlte Wasser sah sie rein gar nichts, ließ sich treiben, bis ihre Lunge nach Luft verlangte.

Als Polly auftauchte, hielt sie ihr Gesicht flach über der Wasseroberfläche, weil David sie auf keinen Fall entdecken durfte.

Sie war gegangen, weil sie gehen musste.

Weil ihre Suche sie verrückt machte, sie ihrem Ziel jedoch vielleicht ein Stück näher gekommen war.

An einigen ins Wasser ragenden Ästen zog sie sich an Land, den Rucksack fest in ihren Händen. Sie versteckte sich im Gebüsch und beobachtete David auf der Brücke, wie er fast wahnsinnig wurde. Sie war erstaunt, dass er ins Wasser sprang, von dort oben ganz schön gewagt. Die Strömung war nicht zu unterschätzen. Als er wieder an Land war, rief er ihren Namen immer und immer wieder.

Du hast ihm das Herz gebrochen. Jetzt leb' damit.

Polly versteckte sich heftig atmend hinter einem dicken Baumstamm, während David in gut fünfzig Metern Entfernung die Hände auf die Knie legte und verzweifelt sagte: „Ich habe das nicht gewollt."

Sie fragte sich, was er damit meinte, denn erklären konnte sie es sich nicht. Er hatte nichts getan. Er war zufällig in ihr Leben getreten, genauso wie sie in seines. Als sie damals von ihrer Tante Polly Ferrington weggegangen war, war Oakdale ihr Ziel gewesen, aber nicht dieser Mann.

Sie hatte David nie etwas davon erzählt, wie oft sie durch die Straßen dieser Stadt gewandert war, um ihr Elternhaus zu finden, bis sie eines Tages, durch Zufall, mit ihm daran vorbeigefahren war. Sie hatte sich den Ort gemerkt, war am nächsten Tag wiedergekommen und hatte nicht verstanden, wie dieses schöne

Haus in der Prater Street zu einer so hässlichen und heruntergekommenen Ruine geworden sein konnte.

Wo waren Moms Blumen?

Wo waren die Klänge von Dads Gitarre?

Wo das Lachen eines glücklichen kleinen Mädchens?

Sie hatte ihren Kopf angestrengt und sich zu erinnern versucht, ob wirklich eine vierte Person in diesem Haus aufgewachsen war, und ob es diese Person war, zu der man sie in jener Nacht hatte befragen wollen. Oder ob es nicht mehr war als das, was auch das blaue Mädchen in ihrem Kopf gewesen war: ein Hirngespinst.

Du verbindest Sachen, die überhaupt nicht zueinandergehören.

Doch das Gefühl, das ihre Suche nach Antworten antrieb, wollte nicht weggehen, und es hatte seinen Höhepunkt erreicht, als sie bei Beverly gewesen war und das Phantombild des Monsters im Fernsehen gesehen hatte.

Der Pecan Pie in ihren Händen war schwer geworden, als sie es angestarrt hatte.

Ich kenne ihn.

Es ist der Mann, den ich sehe. Im Türrahmen. Oder in der Nacht.

Er ist der Mann, den ich suche …

Nun war sie hier, allein, ohne David, mit schwerem Herzen, weil die Liebe es leider nicht hatte richten können, und ihr Herz ihr keine Ruhe gelassen hatte.

Der Weg nach Krotz Springs dauerte fünf Stunden. In dieser Zeit hatte es zu regnen begonnen, und während sie am Rand der Straße durch die einsame Landschaft wanderte, fragte sie sich, was David gerade unternehmen würde, um sie zu finden.

Sie wusste, dass er sie niemals aufgeben würde. Sie hatte seine Liebe gespürt. Und sie hatte ihn – so gut es ihr möglich war – auch zurückgeliebt.

In Krotz Springs befreite sie ihr ganzes Geld aus der Plastiktüte und wunderte sich, dass sie das Bild nicht mehr fand, das sie aus dem Album von Mrs. Ferrington mitgenommen hatte. Das Foto, das sie als Kind zeigte, so unschuldig, so voller guter Gedanken, weil das Leben magisch gewesen war.

Sie zählte das Geld nach, aß in einem Diner zu Abend und ließ sich von der netten Angestellten den Flyer eines Angelclubs am Atchafalaya River geben, der eine große Karte enthielt. Auf dieser Karte würde sie einen Weg einzeichnen und dann vielleicht irgendwann diesen Mann finden, der doch ebenfalls auf der Suche nach ihr sein musste.

Er war da gewesen. In Tante Pollys Haus.

Sie hatte ihn gesehen!

Das Atchafalaya Basin war ein Naturschutzgebiet und sie der Eindringling. Und wenn dieses *Monster* wirklich dort lebte, war es sein Refugium, zu dem sie keinen Einlass erhielt.

Polly ging durch die Straßen von Krotz Springs und überlegte sich, was sie tun sollte, würde sie diesen Mann wirklich finden. Ihn höflich darum bitten, mit ihr zu kommen? Ihn zu bitten, keine schönen, jungen Frauen mehr zu ermorden?

Würde das Geld reichen, ihnen beiden ein Leben zu schenken, das es wert war, gelebt zu werden?

Hatte sie keine Angst vor diesem Monster?

Während sie lief, dachte sie über so viele Erinnerungsstücke nach, die sich einfach nicht zusammensetzen ließen, weil sie so widersprüchlich waren: Immer nur Mom brachte sie ins Bett, warum nicht ein einziges Mal ihr Vater? Moms trauriges Gesicht. *„Bis morgen!"* Wo war Mom mit den Tränen in ihren Augen hingegangen, nachdem sie Pollys Zimmer verlassen hatte?

Polly überquerte eine Straße, bog in eine schmale Gasse, als sie Schritte hinter sich hörte. Sie fuhr herum, aber zu langsam, und jäh traf sie ein schwerer Schlag in die Magengrube. Sie krümmte sich zusammen und blinzelte in die Augenpaare mehrerer junger Männer. Der eine lachte, der andere fing sie auf, als sie nach vorn kippte, und ein Dritter schnappte nach ihrem Rucksack. „NEIN!" Sie griff danach, krallte die Finger in den Stoff, schrie, doch der Junge hatte viel mehr Kraft als sie, und zog einmal kräftig, und der Rucksack lag in seinen Händen. „NEIN!" Polly spürte nicht den

Schmerz des Aufpralls ihres Körpers, als der Junge, der sie hielt, sie auf den Bordstein zerrte, oder das Aufschlagen ihres Wangenknochens auf die Steinplatten. Was sie spürte, war der Schmerz in ihrem Herzen, als sie nichts weiter tun konnte als zuzusehen, wie die Jungs mit ihrem Rucksack wegrannten.

Als sei er eine menschliche Gestalt gewesen, der sie die letzten Wochen und Monate begleitet hatte, streckte sie den Arm nach ihrem Rucksack aus und schrie immer wieder: „Komm zurück! Bitte, bitte, komm zurück zu mir!"

Tränen flossen über ihr Gesicht, weil sie nicht aufzuhalten waren. Sie schluchzte, umklammerte nun ihren Bauch, und glaubte, eben gerade einen Freund verloren zu haben. Da war so viel Geld, so viel harte Arbeit, so viel Kummer, Verzweiflung und Hoffnung, verpackt in dem Geschenk von Aaron, und alles zusammen hatte ihr die Welt bedeutet.

Wie hatte das passieren können?

Sie haben dich gesehen.

Schon im Diner, ganz sicher.

Sie wussten, was du mit dir trägst … Du warst nicht vorsichtig genug.

Pollys Tränen wollten nicht versiegen. Den Bordstein in ihren Rippen, die Hände in einer Pfütze, weil es noch immer regnete, versuchte sie, sich aufzurichten. Als sie Schmerzen spürte, hielt sie inne, versuchte, die Wut auszuhalten, die sie dazu drängte, mit der Faust auf den Beton zu schlagen.

Sie hatte um diesen Rucksack gekämpft, hatte ihn verteidigt, hatte alles, was sich darin befand, beschützt wie ihr eigenes Leben, und hockte nun hier, weil sie nicht auf mögliche Beobachter geachtet hatte.

Polly sank wieder auf den Bordstein, drehte sich auf den Rücken, blickte zu den Sternen, die hinter den sich verziehenden Wolken hervorkamen, und dachte an David.

Ach, wärst du mal geblieben, sagte sie zu sich selbst, um in der nächsten Sekunde doch aufzustehen und ihre Suche fortzusetzen.

Denn Polly war stark.

Und Polly gab nie auf.

Fünf Tage später befand sie sich mitten in der Wildnis des Atchafalaya Basins. Wachte morgens mit dem Gesang der Vögel auf und legte sich abends zusammen mit ihnen zur Ruhe. Auf ihrem Rücken festgebunden befand sich ein Beutel gefüllt mit Proviant, der sich mehr und mehr dem Ende neigte.

Polly war am Ende ihrer Kräfte. Die Hitze war erbarmungslos. Die Feuchtigkeit raubte ihr den Verstand. Der unwegsame Boden verlangte ihr alle Kraft ab. Ihre Lunge rebellierte, ihr Herz klopfte ständig wild und schnell, ihr Puls war immer auf Anschlag. Doch sie zog es durch, weil Polly schon immer geglaubt hatte, eine Überlebenskünstlerin zu sein.

Sie war ihrem Ziel so nahe. Nachts glaubte sie, ihn hinter Bäumen zu sehen.

Am frühen Abend jenes sehr regenreichen Tages tat sich ein Hügel vor ihr auf. Er war baumbesetzt, und das nasse Laub des vergangenen Herbstes machte es nicht so einfach, ihn zu bezwingen, doch Polly wollte wissen, was sich oberhalb dieses Hügels befand.

Ein Biber schaute scheu aus seinem Bau. Polly blieb stehen und beobachtete das Tier. Ein Lächeln zauberte sich auf ihr Gesicht, bevor sie merkte, dass Blut an ihrem Schienbein hinunterlief. Stirnrunzelnd versuchte sie, die Quelle auszumachen und fand sie schnell: ein feiner, spitzer, langer Dorn eines Busches, der sich in ihr Fleisch gebohrt hatte. Der Schmerz kam spät, aber dafür umso heftiger.

„AHHH", rief sie laut, als sie den Dorn aus ihrem Bein zog. Als sie sich wieder aufrichtete, stand er vor ihr.

Polly erschrak so sehr, dass sie nach hinten trat, ohne an den Abhang zu denken, und ins Straucheln geriet. Ihre Hände griffen auf der Suche nach Halt ins Leere. Sie verlor das Gleichgewicht, stürzte, rollte auf dem Boden ab und landete mehrere Meter weiter unten, der Körper mit nassem Laub bedeckt, während sich in ihrem Kopf alles drehte.

Sie wusste kaum, wo oben oder unten war, wusste nur, dass sich jemand über sie beugte und ihre Suche hiermit beendet war.

Die Erinnerungsstücke setzten das Puzzle in Windeseile zusammen: *„Mommy muss noch zu deinem Bruder"*, hörte sie ihre Mutter an jenem Abend sagen. *„Hörst du ihn weinen?"*

Nein, sie hatte ihn nicht gehört. Weil sie ihren Bruder nicht hören *wollte*.

„Daddy ist bei ihm. Er braucht ganz viel Liebe. Er ist besonders." Viel Liebe. Ein Haus voller Liebe. *„Wir müssen uns immer gut um ihn kümmern, okay? Er darf nicht wie ein Außenseiter behandelt werden. Das hat er nicht verdient."*

Das Monster hatte Narben im Gesicht.

Er starrte sie an, und sie tat es ebenfalls.

„Ja, Mommy", hauchte Polly nun, weil alles wieder hochkam. Jede einzelne Erinnerung, während sie in das Gesicht dieses Monsters, ihres Bruders, sah.

Sie hatte recht gehabt. Die ganze Zeit.

Das Mädchen war blau.

Und in jener Nacht damals warst du nicht allein.

„Graaaaaaaaacie …", krächzte der Junge nun. „Graaaaaaaaaaaacccccie!"

9 Jahre nach Pollys Verschwinden

Die Luft wurde immer schlechter.

David japste. Sein Puls raste, seine Stirn war klitschnass. Er wusste, dass der Sauerstoff in dem Loch, in dem er steckte, fast gänzlich aufgebraucht war. Die Schmerzen traten in den Hintergrund, weil seine Sinne immer häufiger schwanden. Er musste so schnell wie möglich hier raus.

Durch den Spalt war niemand zu sehen. Er war offenbar allein im Zimmer. Mittlerweile hatte er herausgefunden, dass es eine Küche sein musste. Auf der Anrichte auf der anderen Seite der Wand standen Töpfe, darüber hingen Kellen. Und das Geräusch, das er dumpf vernahm, könnte das Blubbern einer Flüssigkeit auf einem Herd sein.

Doch natürlich war sich David nicht sicher. Er wusste nur, dass er bald hier ersticken würde, fände er keinen Weg hinaus.

Er musste nachdenken. Bei Verstand bleiben. Und herausfinden, worin genau er gefangen war.

Seit sich seine Augen an die Dunkelheit gewöhnt hatten, erkannte er Ruß und Eingebranntes an den Wänden, zwischen denen er steckte. Er hatte ungefähr einen Kubikmeter Platz. Es gab Schienen an zwei Wänden. Er brauchte nicht viel Fantasie, um zu begreifen, dass er wohl in einem Ofen steckte.

Er hatte schon ein paarmal versucht, sich gegen die Tür zu drücken, es hatte aber rein gar nichts gebracht. David vermutete, dass sich ein Schrank vor dem Ofen befand, irgendetwas, das verhinderte, dass er die Tür aufdrücken konnte.

Als er daran dachte, dass der Ofen wahrscheinlich noch funktionstüchtig war, bekam er Panik. Denn was, wenn der Psychopath, in dessen Hände er geraten war, ihn anschaltete? Es dauerte einige Minuten, ehe er wieder ruhiger atmen konnte.

David drückte erneut gegen die Tür, doch sobald sie nachgab, rutschte der schwere Gegenstand davor laut scharrend über den Boden. Daraufhin ließ er es wieder, betete, dass niemand außer ihm dieses Geräusch vernommen hatte.

Er lauschte, hielt den Atem an.

Ein Pfeifen. Ja, irgendjemand pfiff.

Irgendjemand war hier.

David biss sich auf die Unterlippe. Faktencheck: Er war eingesperrt, mit viel Krach würde er den Ofen vielleicht aufbekommen. Wenn dann jemand käme und hinter ihm herrannte, wäre er schneller, weil er jung und sportlich war. Er könnte es darauf ankommen lassen.

Das hier war ein schlechter Albtraum. Das hier glich einem Horrorfilm.

Und dann fielen ihm Freddie und Nathalie ein.

David überlegte nicht mehr lange, biss die Zähne aufeinander und drückte mit aller Kraft gegen die Tür. Er stöhnte dabei, seine Augen traten hervor, als er sich mit seinem gesamten Körpergewicht gegen den schweren Gegenstand stemmte. Mit einem lauten Scharren bewegte sich der Schrank, die Tür öffnete sich, Luft und der Gestank nach verbranntem Essen drangen in den Ofen.

David konnte sein Glück kaum fassen, als er endlich auf dem verdreckten Fliesen dieses widerlichen Ortes landete. Seine Muskeln brannten, seine Beine waren eingeschlafen, in seinem Kopf drehte sich alles, als er versuchte, sich zu orientieren. Sein Blick fiel auf nackte Glühbirnen, gelbe und grüne Fliesen auf Boden und an den Wänden, Werkbänke, einen großen Herd und ein flackerndes Licht über einem Tisch in der Ecke.

David robbte vorwärts. Unter seinen Handflächen spürte er Dreck und Schmutz, Krümel, Sand, Steine und Schalen von Gemüse. Fliegenkadaver, tote Mücken. Dann versuchte er aufzustehen. Er erkannte Schüsseln und Töpfe, wie den auf dem Herd, aus dem Dampf aufstieg. Aus einem alten Radio lief leise Musik, nichts Neues, ziemlich verzerrt. Es stank. Nach

Verbranntem, nach Fäulnis, nach Blut, was vielleicht auch an ihm liegen konnte, denn erst jetzt entdeckte er die vielen blutigen Schrammen an seinen Armen und durch die Löcher in seiner Jeans.

Als das Pfeifen näher kam, wusste David, dass er in Gefahr war, und krabbelte unter den Tisch, versteckte sich hinter Eimern, in denen irgendwelches Zeug lagerte. Die Deckel steckten nicht richtig drauf und was er vom Inhalt sehen konnte, erinnerte an getrocknetes Blut.

Schritte.

Pfeifen.

Ein Mensch kam herein.

David weitete die Augen. Es war ein stämmiger Mann, der eine Lederschürze um die Hüfte trug, seine Hände ähnelten Pranken. Das Gesicht konnte David nicht sehen. Doch er hörte sein Brummen. Keuchend und knurrend blieb der Fremde vor dem geöffneten Ofen stehen.

David konnte nur seinen Rücken sehen, bis sich der Mann umdrehte und sein Gesicht freigab: Dicke Narben übersäten seine Haut, die Augen klein, fast nicht zu sehen. Das Haar war hell und dünn, und sofort erinnerte sich David an jenes Phantombild von vor neun Jahren, als ganz Louisiana nach dem „Monster" gesucht hatte.

Es lebte hier!

David hatte es gefunden.

Der Mann sah sich suchend um, machte langsame Schritte um die Theke in der Mitte des Raumes herum.

„Idiot", fluchte der Mann, als er aus dem Raum stürmte. David sackte erleichtert in sich zusammen. Ganz leise kam er hinter den Eimern vor, schaute nach links und rechts und huschte dann durch die offene Tür in einen dunklen Gang. Das Holz unter seinen Sohlen gab glücklicherweise nicht nach, als er den Gang passierte und auf eine Tür zusteuerte, die nicht weit entfernt lag.

Er hörte den Mann in einem anderen Zimmer schimpfen. Es hörte sich elend und schaurig an, sodass David sich beeilte, während er versuchte, das Beben seines Körpers unter Kontrolle zu bringen. Die Holztür musste nach draußen führen, er erkannte das Holzmuster von vorhin, als Freddie und er sich auf den Weg zu dem Gebäude gemacht hatten.

Er betete zu Gott, dass sie sich öffnen ließ. Als erneut Schritte zu hören waren, umfasste er den Knauf mit beiden Händen, kniff die Lider zusammen – und öffnete die Tür.

Frische Luft kam ihm entgegen, als er das Haus verließ und rannte. Es war dunkel, stockfinster, als er über hohen Rasen rannte, ohne zu wissen, in welche Richtung er lief.

Wo waren die Sümpfe, woher waren sie gekommen? Sollte er sich wieder in diese Richtung begeben oder versuchen, zu der Straße zu gelangen, die Freddie erwähnt hatte?

Er rannte weiter, bog um eine Kurve, und in dem Moment, als er an Freddie dachte, kam er an einem Käfig vorbei. Die Gitter wurden von einem Licht angeschienen, einer Laterne, zerbrochenes Glas quietschte unter seiner Sohle.

„David!"

David blieb stehen. Links von ihm befand sich der Käfig. Er spähte hinein, sah Finger, die die Gitterstäbe umfassten, ein Gesicht, lädiert, mit blauen Flecken, roten Schlieren und verkrustetem Blut. „Freddie?" David eilte zu ihm, steckte die Hand durch das Gitter, legte sie um das Gesicht seines Freundes. „Ich hol dich da raus, Mann!"

„Nein", krächzte Freddie. „David, du … musst rennen! Dort steht ein Auto, geh daran vorbei und … dann geradeaus, dann kommst du zur Straße!"

„Ich lass dich hier nicht zurück!"

Freddie zitterte am ganzen Körper, seine Augen füllten sich mit Tränen. „Doch, das musst du!"

„Warum?" Niemals würde er Freddie hier allein zurücklassen. Er würde einen Weg finden, wie er ihn aus dem Käfig befreien könnte.

Freddie zeigte nach unten. „Da … Da ist eine Bärenfalle um meinen Fuß … Ich schaff's nicht … Ich … Ich habe schon so viel Blut verloren."

Erst jetzt sah David, was mit Freddies Fuß los war. Er steckte in einer Bärenfalle, und David wusste, dass sich diese ohne Gerätschaften nicht von seinem Fuß lösen würde.

„Sie war hier drin … in diesem Käfig. Ich bin aufgewacht und direkt hineingetappt." Der Käfig lag zu einem Dreiviertel in Dunkelheit, kein Wunder, dass Freddie die Falle nicht gesehen hatte. „David … Ich … halt's nicht mehr lange aus."

„Freddie …" Panisch dachte David darüber nach, wie er seinem besten Freund helfen konnte. „Scheiße, Mann …" Er inspizierte jedes Gitter, prüfte das Schloss, das davor hing, ein robustes, festes Schloss, nicht mit dem eines Fahrrads zu vergleichen. „Hier muss doch irgendwas sein, womit ich es aufbekomme …" David sah sich nach einem Schraubenschlüssel um, einem rostigen Nagel im Holz der Verkleidung, irgendwas, womit er das Schloss knacken könnte.

„David!", stöhnte Freddie. „Spar dir die Energie! Hau ab!"

David schloss die Augen, stemmte die Hände in die Hüfte und dachte nach.

Du kannst ihn hier nicht allein lassen!

Wenn er stirbt, weil du leben wolltest, kannst du dir das nicht verzeihen.

Doch dann entdeckte er das Blut in dem Käfig, in dem Freddie wie ein Hund gehalten wurde. Der Boden war voll damit, es klebte an Freddies Händen, an den guten Klamotten, in seinen Haaren. Freddie sank am Gitter nach unten, lächelte, bebte, weil sein Zustand kritisch war. Und David begriff, dass er nichts tun konnte. Also ging er in die Hocke, nahm die Hand seines Freundes, drückte sie fest, während sich Tränen in seinen Augen sammelten.

Freddies Gesicht war klitschnass, der Schweiß mischte sich mit Blut, seine Lippen waren blau, die Haut weiß. „Hör mal …", sagte Freddie. „Wenn ich … also … Was ich gesagt habe, tut … mir leid."

„Schon gut, Mann."

Die Bärenfalle schob sich klirrend über den Boden, als Freddie sein Bein anzog. Er schrie vor Schmerz auf. „Du musst gehen, David … GEH!"

„Ich hol Hilfe", versprach David mehr sich selbst als seinem Freund, stand auf, und konnte kaum zurücksehen. Es war so schwer, Freddie zurückzulassen. „Ich schwöre dir, ich hole Hilfe!" Freddie lächelte ein letztes Mal, nickte, und dann ging die Tür auf. Jemand humpelte aus dem Haus. „RENN!"

David lief los, am Käfig vorbei und passierte den Wagen, so, wie Freddie es gesagt hatte. Dahinter ging er in die Hocke, weil er hörte, dass der Mann das Schloss vom Käfig öffnete.

„Ich weiß nicht, wo … er ist! Ich … habe niemanden gesehen!", rief Freddie.

Das Gegrunze des Mannes wurde immer lauter, bedrohlicher.

„Nein, nein!", hörte David Freddie dann schreien. „NEEEIN!"

David hielt sich am Wagen fest, die Augen weit aufgerissen, als er sah, wie der Mann an der Bärenfalle zog und Freddie vor Schmerz ohnmächtig wurde. Dann griff der Mann nach einer Axt, ließ sie niedersausen, ohne auch nur einen Moment zu zögern, und trennte Freddies malträtierten Fuß von seinem Bein ab.

David wurde schlecht. Spätestens als dieses Monster, in der einen Hand noch die Axt, die Bärenfalle mit dem Fuß darin vor sein Gesicht hob, wusste er, dass er Freddie umbringen würde.

„Wo bist du?", fragte der Mann knurrend, verließ den Käfig und schaute sich um.

David kroch in die hohen Büsche neben dem Wagen, bewegte sich leise, aber schnell vorwärts, passierte ein paar Schuppen, weitere Gitter, und einen Bereich, der wohl ein Hühnerstall war. Gerümpel lag dahinter, zu erkennen, weil der Mond nun sein Licht hell auf die Lichtung warf.

David machte in der Ferne zwischen dichten Bäumen eine freie Fläche aus und war sich sicher, dass es sich dabei um die Straße handeln musste, ehe er über eine dicke Baumwurzel stolperte und mit dem Kopf in matschigem Boden landete. Er rappelte sich auf und entdeckte neben einem Haufen Müll ein schlankes Ruderboot.

Er hielt inne, betrachtete es genau. Es lag auf Holzlatten, war eingezwängt unter etwas, was in Planen eingewickelt war, und als er aufstand, um das Boot zu begutachten, gefror ihm das Blut in den Adern: *Elizabeth.*

„*Eine E-Gitarre?*"

„*Ja, ganz alt. Er nannte sie Elizabeth. Nach seiner Grandma, die ihm viel bedeutet hat.*"

Sie ist hier.

Sie ist am Leben.

Das hier ist ihr Boot.

David fiel auf die Knie, erstarrt in seinen Gedanken und unfähig, einen klaren Kopf zu bewahren.

Er hatte verdammt noch mal die ganze Zeit recht gehabt.

Was, wenn Polly damals verschwinden wollte, weil sie das Monster kannte?

„David?"

David drehte sich um und starrte in die Augen der einzigen Frau, die er je geliebt hatte. Doch im nächsten Moment schmeckte er Blut und alles wurde schwarz.

Es war so verdammt unwirklich.

Da stand die Frau, die er liebte, und die er neun Jahre lang gesucht hatte. Jeden Stein hatte er nach ihr umgedreht, weil er niemals an Pollys Tod geglaubt hatte.

Jetzt stand sie vor ihm, eine große Kapuze über dem Kopf, in einer dunkelgrünen Kluft, einem Regenmantel ähnlich, das Gesicht eisig und nicht zu vergleichen mit dem melancholischen Ausdruck jenes Mädchens, das so sonderbar, aber auch so faszinierend gewesen war.

Und neben ihr dieser stämmige Narbenmann, der nicht zu ihr gehörte und sie nicht zu ihm.

Warum war sie hier?

In einem Raum ohne Fenster, wo er neben Freddie mit gefesselten Händen und nach oben gestreckten Armen an einem Fleischerhaken aufgehängt war wie eine Jacke.

Freddie sah schlecht aus. Sein Kopf hing ihm auf die Brust, Blut tropfte von seinem Kinn, weil der Kerl ihn ziemlich übel verprügelt hatte. Seinen Fuß – oder eher den Stumpen – hatte Polly mit einem Tuch umwickelt, das mittlerweile komplett blutdurchtränkt war. Der Fuß in der Bärenfalle lag auf einer Werkbank in der Mitte.

David selbst hatte weniger abbekommen, von dem Schlag auf den Hinterkopf mal abgesehen. „Wo ist Nathalie?", fragte er nun.

Der Mann, der neben Freddie stand und ihn beäugte, knurrte.

Polly antwortete nicht.

David schaute durch den Raum: An der Wand hingen zwei gefüllte Säcke, ebenfalls an Fleischerhaken. Er wollte sich nicht vorstellen, was sich darin verbarg. Er versuchte, sich daran zu erinnern, was Brenda Lang, die vor Jahren einzige Überlebende des Monsters, über dieses Haus gesagt hatte: Es sei ein nach Tod und Verwesung stinkendes Loch gewesen, wie das Szenario eines Horror- oder Splatterfilmes.

Sie hatte geglaubt, sterben zu müssen, während sie hatte zuschauen müssen, wie der stämmige vernarbte Mann ihre Freundin Allison Fitzpatrick mit einem Axtschlag in den Nacken getötet hatte.

Das war neun Jahre her. Spätere Verbrechen im Staat Louisiana hatten nicht in einen Zusammenhang mit dem „Monster" gebracht werden können. Als hätte der Serienmörder aufgehört. Und vor neun Jahren war Polly aus Davids Leben verschwunden.

Jetzt wusste er, wohin sie gegangen war.

„Polly!", sprach er sie nun direkt an. „Polly, bitte! Wo ist Nathalie?"

Freddie begann, sich wieder zu bewegen, Polly ging in die Hocke, prüfte seine Wunde, worauf er mit seinem gesunden Bein austrat und mit dem Fuß ihre Stirn traf. Polly fiel nach hinten, ihre Kapuze rutschte ab, das schwarze, lange Haar kam zum Vorschein.

Sofort trat das Monster auf Freddie zu, ballte die Hand zur Faust und schlug ihm in den Bauch.

„Freddie!" Hektisch sah David von seinem Freund zu Polly, die sich aufrappelte und den Schmutz des Schuhes von Freddie mit der Hand von ihrer Stirn wischte. Anklagend starrte sie zu David.

Der Mann ließ währenddessen von Freddie ab, der nur noch mehr in sich zusammensackte. Jammernd und winselnd warf er den Kopf vor und zurück. „Mach … mich … los! Bitte …"

David suchte Pollys Blick. „Er wird sterben, Polly! Tu doch was!"

Polly rührte sich nicht.

David machte seine Optionen aus: Neben der Werkbank lag ein Messer. Die Klinge war abgerundet und vorn spitz, daneben lagen ein Beil, ein Fernglas und auf einem Tisch an der Wand ein totes Schwein, fellig, die Augen geöffnet und in ihre Richtung schauend. Die Pfoten und Hinterläufe nach vorn gestreckt, riesig und dick, den ganzen Tisch ausfüllend. An einem Haken hing ein Jagdgewehr.

Aus dem Wasserhahn über der Spüle daneben tropfte Wasser in das Becken, zeichnete Kreise, immer schneller.

Doch was David am schrecklichsten fand, war das Rinnsal, das aus dem einen Sack am Fleischerhaken ihnen gegenüber in eine Schüssel lief. Ein feiner roter Strahl. Er wusste ganz genau, dass sich in der Folie eine Leiche befinden musste. Er hoffte inständig, dass es kein Mensch war.

„Komm mal mit", sagte Polly nun und zog am Arm des Mannes, der in einem völlig verdreckten, mit sämtlichen Flüssigkeiten übersäten T-Shirt steckte. Sie zog ihn aus dem Raum, öffnete dazu die anscheinend schwere Tür aus Stahl.

„Freddie", zischte David, als sie allein waren. „Hörst du mich?"

„Uhhh."

David dachte nach, blickte nach oben. Der Mann hatte ihm die Hände gefesselt und das Seil dann über den Haken gehängt. Wenn er dazu fähig wäre, die Fesseln zu lösen, oder nein, einfach das Seil vom Haken …

„Warum … bist … du nicht … gerannt?"

„Ich bin gerannt", sagte David. „Doch dann … Habe ich etwas entdeckt." Das Ruderboot. *Elizabeth.* Elizabeth war kein ungewöhnlicher Name, und doch war er sich ganz sicher, dass Polly dem Boot diesen Namen gegeben hatte.

„Er ist es … oder? Er ist … dieser Mörder … den sie gesucht haben."

„Ja."

„Hast du … es gewusst?"

David suchte nach Worten. „Ich weiß es nicht, Freddie … Ich … Niemand konnte wissen, ob dieser Mann noch lebt. Die Morde hörten auf. Und es war nie mein Plan, ihn zu finden, sondern sie."

„Du … hättest uns warnen müssen."

„Ihr wolltet unbedingt mit", verteidigte er sich. „Ich habe euch niemals darum gebeten! Ich wollte allein gehen, niemanden in Gefahr bringen! Ihr habt darum gebettelt mitzufahren!"

„Und doch hättest du … Du hättest wenigstens so ehrlich … sein können, uns zu sagen, dass du … sie suchst!"

„Ihr habt Polly gehasst! Ihr beide! Was hätte ich mir anhören dürfen, hätte ich dir gesagt, dass ich sie suchen will."

„Eine Frage … David … Ich kenne die Antwort zwar bereits, nur will ich es … aus deinem Mund hören, du verdammtes Arschloch …" Freddie gab sich größte Mühe, seinen Kopf zu drehen, damit er David in die Augen sehen konnte. „Hast du … mein verdammtes Boot manipuliert, damit es kentert?"

David schluckte. Er hatte unbedingt allein weiterziehen wollen. Er hatte zu Fuß gehen wollen, hatte gewollt, dass Freddie und Nathalie zurückfuhren, doch sein Plan war nicht aufgegangen. „Ja."

Freddie lachte leise auf. Speichel, Rotz und Blut spritzten aus Mund und Nase. „Verdammter Wichser."

„Es tut mir leid, ich … Ich konnte nicht ahnen, dass … Ich meine, ihr hättet einfach nur zurückpaddeln müssen. Nathalie in ihrem Kajak und du in meinem. Ich wollte zurückgelassen werden, doch ihr wolltet nicht auf mich hören."

„Weil wir dich lieben, Mann! Man lässt … seinen besten Freund … nicht zurück! Du … hättest das auch nie getan! Und jetzt sieh dir an, was du … angerichtet hast! Ich sterbe, Mann! Und Nathalie …" Seine Stimme brach, und er begann zu schluchzen. Urin durchtränkte seine Hose, floss auf den Boden, mischte sich dort mit seinem Blut.

David bebte. Ja, er war verantwortlich für die Situation, in der sie sich befanden, und er war es, der einen Ausweg finden musste. Noch einmal starrte er auf das Seil im Haken und suchte krampfhaft nach einer Lösung.

„Ich bringe uns hier raus", sagte er tapfer, als im selben Moment die Tür aufging, und der vernarbte Mann zielstrebig auf Freddie zuging, ein Messer in der Hand.

„Nein, nein, nein", jammerte Freddie.

David stockte der Atem.

Der Typ schnitt das Seil durch und zog Freddie an den Fesseln über den Boden.

„FREDDIE!", schrie David, rüttelte am Seil, versuchte, es über den Haken zu ziehen, doch seine Kraft ließ es nicht zu. Mit den Zehenspitzen erreichte er gerade so den Boden, er konnte nicht springen, sich nicht lang machen, und jedes Mal, wenn er den Blick nach oben richtete, schrie er von dem Schmerz, den sein Kopf ihm bereitete.

Die Tür ging auf, Freddie wurde hinausgeschleift, David blieb allein zurück.

„AHHHHHH!", schrie er verzweifelt, glaubte, wahnsinnig zu werden, fühlte Hass, Kummer, Angst, aber auch Durst, und war überzeugt, dass sein Körper immer mehr schlappmachte.

Es verging eine lange Zeit, und irgendwann siegte die Erschöpfung. Er ließ den Kopf sinken, während seine Gedanken in die Vergangenheit jagten, ihn an Dinge denken ließen, an die er schon lange nicht mehr gedacht hatte. Wie er mit Dad, als er noch ganz klein war, Baseball auf dem Feld in der Schule gespielt hatte, wo er Lehrer gewesen war. Und an Mom, wie sie mit ihm zusammen sein erstes Kajak gekauft hatte.

So viele schöne Erinnerungen …

David schloss die Augen, die sich mit Tränen füllten.

Bis jemand hereinkam, leise und fast unmerklich, sich gegen den schweren Stahl lehnte und ihn betrachtete.

David hob den Blick.

Polly tat es ihm nach.

Und er konnte nicht begreifen, sie einst geliebt zu haben. „Warst du hier bei ihm?", fragte er in einem Ton, der verdeutlichen sollte, wie abscheulich er das fand. „Bei diesem Menschen?"

Sie nickte.

„Warum? Warum, Polly? Siehst du nicht, was er uns antut? Was *ihr* uns antut?"

Keine Antwort.

„Polly!" David weinte nie. Doch jetzt liefen Tränen über seine Wangen. „Polly … wieso?"

„Ich hatte keine Wahl", schrie sie. „Du weißt gar nichts, David!"

KAPITEL 8

Pollys Verschwinden

Es war Brady.

Er war ihr Bruder.

Sie erkannte ihn, weil sie sich an die Narbe erinnerte, die quer über seine linke Gesichtshälfte verlief. Er war aus einem Hotelzimmer gestürzt, aus dem dritten Stock, und hatte operiert werden müssen. Damals war Polly noch sehr klein gewesen, hatte das gar nicht richtig mitbekommen. Mommy, Daddy, Brady und sie waren zu einem von Daddys Konzerten gegangen und hatten die Nacht in dem Hotel verbracht.

Die Narbe hatte dazu geführt, dass sein linkes Auge kleiner war als das rechte. Schmutz lag auf seinem Gesicht – oder hatte Brady schon immer so braune Haut gehabt? Die Haare waren etwas länger, schwarze Strähnen, die so aussahen, als hätte er sie selbst geschnitten.

Er war stämmig, aber nicht dick, kräftig und groß. Mit seinen gewaltigen Pranken hatte er ihr hochgeholfen, als sie tief in der Wildnis des Atchafalaya Basins am Boden gelegen und er sie gefunden hatte.

Brady hatte sie erkannt.

Er war bei ihr gewesen. Im Haus von Mrs. Ferrington, hier im Wald, er war immer da gewesen. Weil auch er sie gesucht hatte.

Aber Brady sprach nicht.

Aus seinem Mund kamen unverständliche Laute, Wörter verschwammen in einem Brabbeln, nur am Ton dieses Gewirrs konnte sie erkennen, ob er wütend oder erfreut war.

Er führte sie durch den Wald zu einer Lichtung, wo Polly ein Haus ausmachen konnte, ein langes Gebäude aus Holz mit mehreren Schuppen und Vordächern, unter denen allerhand Müll gelagert wurde. Ein Auto stand vor dem größten Gebäude, ein grüner Wagen mit Scheinwerfern auf dem Dach.

Polly folgte ihrem Bruder schweigend, während dieser auf das große Haus zuging, bis er die Tür für sie öffnete. Er stand im Rahmen, grunzte und machte eine Handbewegung, die ihr wohl bedeuten sollte, sie wäre willkommen.

Polly lächelte. Es fühlte sich gut an. Zum ersten Mal, seit sie ein kleines Mädchen war, das mit Magda in einem Zug gesessen hatte, weil es die Eltern verloren hatte, spürte sie eine Zugehörigkeit, wie es sie nur innerhalb einer Familie gab. Brady war Familie. *Ihre Familie.*

Doch die Euphorie über das Zusammentreffen mit ihrem Bruder erlosch jäh, als sie die ersten Schritte in sein Haus tat. Ein Schauer lief ihr über den Rücken und eine Stimme in ihrem Kopf flüsterte: *Ich hab's dir doch gesagt.*

Brady wirbelte im Zimmer herum, gestikulierte, versuchte zu reden, während Pollys Blick durch das Zimmer schweifte. Sie konnte nicht fassen, wie ihr Bruder lebte.

Da war so viel Tod in diesem Haus.

Da gab es eine Leine vor dem Fenster, das mit einem Rollo voller Staub und Fliegenleichen verdunkelt worden war, an der Polaroidfotos von Brady hingen. Er hatte sie selbst geschossen, trug dabei einen Alligatorenkopf auf dem seinen, und auf dem anderen hatte er den blutigen, abgetrennten Kopf eines Tieres, das Polly nicht so rasch erkannte, auf einem Baumstamm platziert und abgelichtet.

Über einer der Türen, die wohl in eine Küche führte, hingen Fleischerhaken, an denen zwei Hühner befestigt waren, wie die

Enten aus ihren Erinnerungen baumelten ihre leblosen Körper im Nichts.

Polly erstarrte.

Brady selbst stand neben einer Schubkarre, Spaten, Beil und Axt waren darin, und alles war voller Blut. Irgendwas Totes musste darin liegen, höchstwahrscheinlich von ihm erlegt, ein Gewehr stand an die Wand gelehnt daneben.

Es war ein Ort des Grauens, wie in einem Horrorfilm, und wenn sie bedachte, dass dieser Mensch all die Frauen umgebracht hatte, konnte sie nicht glauben, dass er ihr Bruder war.

Eine Träne lief über ihre Wange. Still und einsam. Die Frage keimte in ihr auf, warum sie das Gefühl gehabt hatte, ihn finden zu müssen. Welches Bedürfnis hatte dazu geführt, dieses Monster wiedersehen zu wollen?

„Kooomm, Graaacie!", sagte er und zog an ihrem Shirt.

Polly ging mit ihm, ließ sich von ihm in sein Schlafzimmer führen. Kurz zuckte sie zusammen, weil der stickige Raum voller dicker Schmeißfliegen war, die um die Deckenlampe kreisten, ihr direkt ins Gesicht flogen, und es entsetzlich nach Kot und Urin stank. Das Bett, ein normales Doppelbett mit Metallgestell, stand etwas schräg, durch das mit einem riesigen Loch versehene Spannbettlaken war die versiffte Matratze zu erkennen. Decken und Kissen lagen zur Hälfte auf dem Boden.

Brady holte etwas unter dem Bett hervor und präsentierte es ihr wie einen Schatz: eine Kiste mit einem Deckel, die tatsächlich an eine Schatzkiste erinnerte.

„A-uff!"

Polly legte ihre Finger an das Holz und öffnete sie. Das Blut gefror in ihren Gliedern, als sie Schmuck, verkrustet mit Schlamm oder Blut oder vielleicht beidem, darin erkannte. Ohrringe, große Kreolen, Halsketten, ein wunderschönes Armband mit Charm-Anhängern. Schmuck junger Mädchen, filigran und edel, teuer und einzigartig.

Ein Kloß bildete sich in ihrem Hals. „Von den Frauen?", fragte sie.

Er nickte wild, stellte die Kiste ab und zog eine Kette heraus, von der etwas abfiel, irgendein Klumpen Dreck, Polly wollte es nicht wissen.

Brady trat hinter sie, legte ihr die Kette um, während ihr Kinn bebte und sie weitere Tränen nicht aufhalten konnte. Dann zog er sie zu dem großen Schrank, wo sich ein mannshoher Spiegel an der Tür, die aus den Angeln hing, befand.

Es war Blut, das an den Kettengliedern klebte, denn es mischte sich mit dem Regenwasser von draußen und wurde heller, ein feines Rinnsal lief in ihren Ausschnitt.

Er lächelte, zeigte ihr seine hässlichen, gelben, zum Teil verfaulten Zähne, was den widerlichen Mundgeruch erklärte, der ihr immer wieder entgegenkam. „Schö-schön!"

Sie nickte, presste die Lider aufeinander und antwortete: „Ja, schön!"

Polly konnte sich nicht an dieses Haus gewöhnen. Sie konnte nicht einmal sagen, was am schlimmsten war: Die Schatzkiste mit den Schmuckstücken seiner Opfer, die er wie Trophäen gesammelt hatte, oder die bizarren Ausdrücke von Gewalt, Macht und Tod in Form von ausgestopften Tieren, die blutverschmierten Wände, wo er versucht hatte zu malen. Oder vielleicht doch der Raum, in dem ihr Bett stand, eine Kammer mit einem sehr schmalen Fenster oben an der Decke, deren Wände mit Zeitungen, Papier und Kartons geschmückt waren, auf denen immer dasselbe geschrieben stand: *I hate him*. Es stand überall, tapezierte jeden Zentimeter.

Am Abend desselben Tages saß sie in diesem Zimmer, auf dem Bett und der Matratze. Bettzeug gab es keines. Sie war froh, dass das Bett unbenutzt schien. Die Matratze wies keine großen Flecken auf, stank nicht, nur ein paar Spinnen hatten es sich in großen Weben zwischen Metallgestell und Wand bequem gemacht. Sie ignorierte sie.

Als es dunkel wurde, machte sie Licht und hörte kurz darauf seine lauten, schweren Schritte kommen. „AUS!", rief er und stürmte in ihr Zimmer. „AUS! NACHT AUS!"

„Warum?", fragte sie. Mit Licht fühlte sie sich besser. Nicht so einsam, nicht so ängstlich, in einem Haus, in dem ein Psychopath wohnte.

„AUS! AUS! AUS!"

„Schon gut!", beschwichtigte sie ihn, während sich schon wieder die nächste Tränenflut anbahnte. „Ich mach's aus!" *Aber bitte geh weg!*

Brady verließ ihr Zimmer, als sie das Licht löschte und in der Dunkelheit zu ihrem Bett zurückschlich. Sie stieß sich den Zeh an einem der Pfostenbeine, schrie auf und fiel auf die Matratze. Dann grub sie das Gesicht in beide Hände und weinte bitterlich.

Als der Mond aufging, der sein Licht in ihr Zimmer warf, hörte sie auf zu weinen. Irgendetwas lief über ihre nackten Füße. Sie wollte nicht nachsehen, hatte noch nie Angst vor Spinnen gehabt. Hier im Sumpf war es besser, sie zu Freunden zu machen, anstand sich mit ihnen anzufeinden, denn sie waren definitiv in der Mehrheit.

Während sie Brady im anderen Zimmer keuchen hörte, träumte sie sich zurück nach Oakdale. In den Trailer. Zu David.

Das Gefühl, auf der Suche zu sein, war verschwunden. Diesen Drang nicht mehr verspüren zu müssen, angenehm. Und doch wünschte sie sich, einfach bei ihm geblieben zu sein …

Am nächsten Morgen wurde Polly von einem lauten Scheppern geweckt. Der Lärm ließ sie aufspringen. Nachdem sie die Orientierung wiedergefunden hatte, stürmte sie aus dem Zimmer und blieb übernächtigt in der Küche vor einem Scherbenhaufen stehen. Brady stand in der Mitte, Teller und Tassen, eine dreckiger als die andere, waren zu Bruch gegangen. Er stampfte auf, die Hände geballt. Brüllend. „AAHHHHHHH!"

„Ich helfe dir!", sagte sie und entdeckte in diesem Moment die Pfanne auf dem Herd und den dreckigen Eimer daneben. Eier, Dutzende Eier. Er hatte wohl Frühstück machen wollen.

Den Rest des Tages verbrachte Polly mit Putzen. Sie putzte ihr Zimmer, entschied sich doch gegen eine Freundschaft mit den

Bananenspinnen, lüftete das ganze Haus, was durch die feuchte Hitze kaum möglich war.

Die Poster aus ihrem Zimmer legte sie in einen Karton und darauf Lumpen und Müll, den sie verbrennen würde. Zum Teil auch seine Sachen, von Motten zerpflückte Klamotten aus dem Schlafzimmer, Dinge, von denen sie dachte, sie könnten weg. An die ausblutenden Tiere an den Fleischerhaken wagte sie sich nicht, auch hatte sie ständig Angst, in diesem Haus einer Leiche zu begegnen.

In die Vorratskammer trat sie an diesem Tag zum ersten Mal und wappnete sich, indem sie die Luft anhielt. Doch es brachte nichts: Sie öffnete sie, und sofort krochen ihr die noch nicht verdauten Eier die Kehle hoch. Sie erbrach sich ins Waschbecken der Küche, die Tür der Vorratskammer blieb offen stehen. Sie hatte noch nie einen bestialischeren Gestank gerochen. Langsam ging sie näher und entdeckte geschlossene Eimer. In der Ritze unter dem Deckel räkelten sich Maden und Würmer. Polly gab auf, warf die Tür ins Schloss und schwor sich, nie wieder einen Schritt in diese Kammer zu setzen.

Am Nachmittag war sie so müde, dass sie auf dem Schaukelstuhl auf der Veranda vor dem Haus einschlief. Es war hier vorn heiß, aber schattig, und weil sie keinen Kaffee gefunden hatte, hatte die Müdigkeit irgendwann gesiegt.

Bis sie von seinem Toben erwachte.

Sie schrak zusammen, stand auf und ging ins Haus, wo er den Karton, in dem sie all seinen Müll zusammengetragen hatte, um ihn zu verbrennen, wieder auspackte. Dabei schimpfte er wild auf seine Weise, stampfte auf den Boden und hielt bedrohlich sein Zeug in die Höhe.

„MEIN!", schrie er sie an und zeigte auf seine Klamotten.

Polly antwortete nicht. Ihr Herz pochte wild und ja, sie hatte Angst.

Er warf die Kleidung zu ihren Füßen, war nun bei den Postern, *I hate him.* Er knurrte laut, sein Gesicht wurde rot, und er biss die Zähne aufeinander. Seine Augen traten weiter heraus. „DEIN!"

„Okay …" Sie zitterte, verstand. Das hier war sein Haus. Seine Regeln. Sie konnte nicht kommen und alles anders machen.

Mit einem kräftigen Tritt trat er den Karton um, die restlichen Sachen polterten heraus. Auch ein ausgestopftes Gürteltier, das ziemlich unglücklich und unprofessionell haltbar gemacht worden war. Er schleuderte es gegen den Türrahmen der Haustür, Polly ging in Deckung.

Dann rannte er auf sie zu. „MEIN!", brüllte er und hielt sie an den Schultern fest. „ALLES MEIN!"

Polly rollten die Tränen über die Wangen, sie befreite sich von ihm und rannte nach draußen. Rannte über das hohe Gras, ummantelt vom Zirpen der Grillen, vom süßen Duft des Hochsommers im Süden und von der Wärme der Sonne am strahlend blauen Himmel.

Auf einem Sandhügel stürzte sie auf die Knie und versuchte, sich selbst davon zu überzeugen, dass es besser wäre zu gehen.

Sie vermisste David, dieser Ort war grauenhaft. Und schon bald hörte sie wieder sein Grunzen, weil er bei jedem behäbigen Schritt Geräusche von sich gab, die an ein Tier erinnerten.

Polly wollte ihn nicht hören, wollte ihn weghaben, doch sie sah seinen Schatten über sich fallen, fuhr herum und schaute in das Gesicht ihres Bruders.

„Nicht weg … Gracie", kam es sanft von ihm.

Sie kämpfte mit sich.

„Nicht weg … Mommy!"

Am Abend kochte Brady für sie Abendessen.

Sie saß an dem Tisch, den sie vor wenigen Stunden erst geputzt hatte und der schon wieder voller dicker Flecken war, die er einfach nicht wegwischte. Es gab ja auch kein Putzmittel in diesem Haus. Sie hatte ein Laken zerrissen, es als Lappen benutzt und alles mit Wasser abgewischt, bevor er gekommen war und alles wieder schmutzig gemacht hatte.

Jetzt stand er am Herd, trug eine Schürze, die wahrscheinlich noch nie gewaschen worden war, an der er sich ständig die fettverschmierten Hände abwischte, und rührte in einem blubbernden Topf, von dem heißer Dampf aufstieg.

Polly saß die ganze Zeit mit verzogenem Mund da, weil sie wusste, dass das kein Festmahl werden würde. Die Messer, Gabeln und Löffel hatte sie nicht mehr sauber bekommen. Da sich ihr Bruder hauptsächlich von Eiern ernährte, aber nie abwusch, klebte an sämtlichem Besteck eine dicke gelbe Schicht. Ohne Spülmittel hatte sie keine Chance.

Auch der Holzlöffel, den er im Topf schwenken ließ, war nicht sauber gewesen.

Polly kratzte sich am Hals. Ihr waren tagsüber schon einige rote Flecken auf ihrer Haut aufgefallen, die gestern noch nicht dagewesen waren.

Er drehte sich zu ihr und rümpfte die Nase. „Hmmmmm."

Sie wusste nicht, was er ihr sagen wollte, lächelte nur kurz. Vielleicht wollte er ihr deutlich machen, dass er sich aufs Essen freute oder dass es lecker werden würde. Polly kannte den Geruch nicht. Sie wusste, wie es roch, wenn Fleisch zubereitet wurde. Der Geruch von Rind war ihr bekannt, auch von Hähnchen. Sie war zwar keine Vegetarierin, aß aber selten Fleisch und war ein Mensch, der gut und gern komplett darauf verzichten könnte, obwohl sie zugab, für ihr Leben gern Burger zu essen.

Doch dieser Geruch war ihr neu. Es war jedenfalls weder Rind noch Hühnchen.

Dann bemerkte sie, dass die Tür zur Vorratskammer einen Spalt offen stand.

Wenige Minuten später füllte Brady ihren Teller mit seinem Eintopf. Es schwamm Möhre und Kartoffel darin herum. Sie hatte Brady vorhin mit zwei Papiertüten davon zum Haus kommen sehen, obwohl er heute nicht bei *Ida's Farm Market* eingekauft hatte. Außerdem hatte er den Truck ein ganzes Stück weiter den Sandweg runter geparkt, was ihr Spanisch vorgekommen war.

„Was ist das?", fragte Polly nun, während sie den Löffel nahm und rührte. Da waren Krümel, die auf dem Boden des Tellers wie Sand knirschten, doch das viel Fragwürdigere waren die großen hellbraunen Brocken, etwas zäh und nicht mit dem Löffel trennbar. „Brady, was ist das?"

„Hmmmm!" Er löffelte lautstark seine Suppe.

Polly legte das Besteck zur Seite. „Ich kann das nicht essen."

„ESSEN!" Er schlug mit der Faust auf den Tisch.

„Nein!", gab sie bestimmt zurück.

„ESSEN!" Jetzt stand er auf. Speichel gemischt mit Suppe spritzte auf den Tisch. „ESSEN!"

Angeekelt stand sie ebenfalls auf und starrte ihn wütend an.

Brady setzte sich wieder. Sie tat es auch. Dann überwand sie sich, weil ihr Magen vor Hunger schon schmerzte, und löffelte los. Erst nur die Brühe und das Gemüse, während sie versuchte, sich einzureden, dass die Brocken kein Menschenfleisch waren.

Brady holte Nachschlag, und Polly steckte sich einen der Brocken in den Mund. Sie riss die Augen auf, spuckte das Zeug wieder aus, und rannte nach draußen. Im hohen Gras steckte sie sich den Finger in den Hals. Es musste raus, die ganze Suppe musste raus. Sie hatte es geahnt und recht behalten. Sie kotzte sich die Seele aus dem Leib und stand danach schwach und müde, völlig ausgehungert auf dem Hügel und stützte ihre Hände auf den Knien ab. Noch nie hatte sie etwas Widerlicheres gegessen als das, was Brady ihr auf den Teller gegeben hatte.

Die Sonne ging unter, es dämmerte auf der Lichtung, auf der sich sein Haus befand. Das Zirpen der Zikaden wurde durch das Surren von Schmeißfliegen durchbrochen. Polly blickte auf. Ein paar Meter entfernt befand sich eine Art Schuppen, nur viel kleiner, vielleicht ein mal ein Meter groß und zwei Meter hoch. Eine Tür. Ein Plumpsklo!

Bei genauerem Hinsehen entdeckte sie, dass besonders viele Fliegen da rauskamen, und runzelte die Stirn. Dann ging sie auf die Tür zu und schob sie auf: Es war ein Klo. Ein Mann kniete davor, die Hände hinter dem Rücken gefesselt, der Kopf steckte in der Schüssel, die mit Holz verkleidet war.

Das Licht des Abends war zu schwach, um viel zu erkennen, doch war das gar nicht nötig, denn Polly wusste genau, dass der

Mann tot war und schon ein Weilchen hier liegen musste. Die Haut an den Händen war grau und unter seinen Knien befand sich eine Lache aus getrocknetem Blut.

Ihr wurde bei seinem Anblick weder schlecht noch fand sie es grausam. Polly dachte nur eines: dass neben all dem Ekel, der sie den ganzen Tag in der Hand gehabt hatte, ein Gefühl viel zu kurz gekommen war. Und das war ihre Wut.

„BRADY FERRINGTON!" Sie fuhr herum, starrte zum Haus, wo ihr Bruder gerade aus der Tür kam und innehielt.

Das hier war vielleicht sein Haus, aber wenn er wollte, dass sie blieb, mussten ihre Regeln genauso gelten wie seine.

Also stürmte sie auf ihn zu. „WAS HAST DU DIR DABEI GEDACHT!", schrie sie ihn an, blieb nur einen Meter vor ihm stehen.

Und sofort hob Brady beide Arme, schüttelte den Kopf und senkte den Blick.

„MAN TÖTET NICHT!" Ihr rutschte die Hand aus, sie flog direkt an sein Ohr. Sie erschrak selbst vor ihrer Handlung, als Brady auf die Knie ging und sie um Verzeihung bettelnd anstarrte.

„WIESO HAST DU DAS GETAN?"

„Esssssen …"

„Um ihn zu essen?"

„Nein … Er …"

Und dann fiel es ihr ein. *Ida's Farm Market* … Er selbst war nicht da gewesen, aber jemand anderes … Polly legte die Hand an die Stirn. Sie schloss die Augen, während Brady anfing zu weinen und an ihren Schuhen herumfummelte, wie ein Kind, das nach Aufmerksamkeit lechzte.

Sie ging auf die Knie, packte ihn am Kragen. Schüttelte ihn, hatte keine Angst. Nicht mehr.

„Biiitte", wimmerte er. „Graaacie …"

„POLLY!", schrie sie. „Mein Name ist jetzt Polly!"

„Pooolly …"

Sie ließ von ihm ab, unsanft fiel er zu Boden. „Das hört auf!", befahl sie harsch. „Und jetzt wirst du ein Feuer machen!"

In der Dunkelheit schossen die Flammen auf der Lichtung in den Nachthimmel empor. Funken und Fetzen des verbrannten Holzes stiegen nach oben, während Polly im Haus erneut den Karton packte.

In seinem Schrank hatte sie Kleidung gefunden, die ihm nicht gehören konnte, handelte es sich doch um Sachen, die junge Frauen gern trugen. Da war ein Sport-Set und ein wunderschönes Abendkleid. Relikte zahlreicher Verbrechen, für die der Mensch verantwortlich war, der jetzt um die Flammen tanzte wie ein Feuerteufel. Ein *Monster* eben.

Während Polly den Karton nach draußen transportierte, wurde sie an den Moment erinnert, in dem sie die Schubkarre mit Mrs. Ferrington zum Fluss gebracht hatte.

Monster.

Draußen stellte sie den Karton ab. Ein Blick zum Plumpsklo verriet, dass Brady diese Aufgabe bereits erledigt hatte. Nach und nach warfen die Geschwister den Inhalt des Kartons in die Flammen, die dann aufloderten und wieder kleiner wurden. Dieses Spiel wiederholte sich mehrere Male.

Stille herrschte.

Irgendwann, als der Karton leer war und Brady kaputt auf einem Baumstamm saß und Polly sich Gedanken gemacht hatte, wie sie ein Maisbrot backen könnte, sagte sie zu ihm: „Du wirst nie wieder einen Menschen töten."

Brady antwortete nicht, obwohl er zu einem einfachen Ja fähig gewesen wäre.

„Brady, du wirst nie wieder einen Menschen töten, hast du verstanden?"

Sein Haus.

Ihre Regeln.

„SAG ES!" Sie verschränkte die Arme, wusste, dass sie zwar die kleine Schwester war, der Junge aber seine Mutter verehrt hatte, genau wie Polly selbst, und in diesem Moment gab es wohl niemanden auf der Welt, der ihrer Mutter mehr ähnelte als sie. „Ich will es hören!"

Und dann schaute der Junge auf. „Nie … wie-der!"

– 2 –

Zeit verging.

Tage, Wochen, Monate und Jahre.

Brady hielt sein Wort – die Mordserie des Monsters hörte auf.

Eines Tages war Polly im Wald unterwegs. Nicht allzu weit entfernt gab es an einen Nebenarm des Atchafalaya Rivers eine Lichtung mit einem Steg. Hier war sie oft, beobachtete Tiere und saß im Gras, während die Rufe des Waldes sie umhüllten. Als sie an jenem Tag mit ihrem Rucksack und Proviant hier ankam, lag ein verlassenes Ruderboot am Steg.

Suchend sah sie sich um. Das Boot war leer, war lose an einem Stamm festgemacht, und weit und breit keine Menschenseele, dem es gehören könnte. Polly ging näher und überprüfte es auf Schäden. Von David hatte sie gelernt, wie man sein Boot vor jeder Tour auf Schäden prüfte, und so tat sie es genauso jetzt bei diesem. Außerdem hatte sie in einem Kajak- und Rudershop gearbeitet, und erinnerte sich noch gut an alles.

Es war perfekt. Und jetzt war es ihres.

„Hast du Farbe in deiner Werkstatt?", fragte Polly ihren Bruder am Abend.

Er nickte eifrig und präsentierte ihr grünen Lack, der sich für ihr Vorhaben eignete. Schon am nächsten Tag gingen sie beide zurück zum Steg, wo das Ruderboot glücklicherweise noch immer im seichten Wasser lag.

Brady trug es allein nach Hause, und dort polierte Polly es auf. Hobelte, feilte und schliff, säuberte und strich. Brady kümmerte sich um die zwei Ruder, die nicht mehr auf dem neuesten Stand gewesen waren und überraschte Polly mit schwarzer Farbe, mit dem sie einen Namen auf den nun grünen Bug schreiben konnte: *Elizabeth*.

Brady wollte nicht mitfahren. Er stand am Ufer und sah ihr zu, als sie die erste Tour wagte. Und bei Gott, jeder Meter, den sie vorankam, erinnerte sie an David.

Jauchzend drehte sie sich zu Brady um, der von einem auf das andere Bein hopste, sich für die Schwester freute und gleichzeitig Angst haben musste, sie zu verlieren.

Doch Polly kam immer zurück.

Auch wenn sie oft auf dem Wasser das Bedürfnis hatte, einfach weiter, immer weiter, zu fahren. Oder ganz zurück …

Polly ging mit ihrem Bruder auf die Jagd, weil er es ihr unbedingt beibringen wollte. Stundenlang hockten sie in Verstecken und warteten auf ihr Ziel.

Als es zum Vorschein kam, schoss meistens Brady – bis irgendwann Polly das erste Mal sein Gewehr in den Händen hielt. Anfängerglück hieß es wohl, als sie ein Reh erlegte, nur zwei Tage nachdem sie das Schießen von ihm gelernt hatte. Doch das Röcheln und der Blick in den Augen des Tieres, als es da so im Geäst lag und starb, tat ihrem Herzen weh. Sie sagte zu Brady, dass sie es nicht noch einmal tun könnte.

So jagte er allein weiter und sorgte alle paar Tage für genug Fleisch. So viel, dass sie genug hatten, um einen Teil davon an *Ida's Farm Market* ein paar Kilometer nördlich zu verkaufen, dessen Besitzer über achtzig, aber immer noch in Topform war, und der Polly während all der Zeit als so ziemlich einziger Gesprächspartner diente.

Da Polly nie gelernt hatte, einen Wagen zu fahren, war Brady immer mit ihr zum alten Ida gefahren und nutzte dafür einen Truck, der aus dem letzten Loch pfiff. Beim Einkaufen war sie stets sparsam, obwohl Bradys Erträge aus dem Verkauf von Fleisch, Gemüse und Eiern gar nicht schlecht waren. Sie hatten immer Geld, gaben aber nicht viel aus, weil Bradys Farm sie ernährte. Brady kaufte nie ein. Aus der Angst, dass doch noch jemand seine Identität rausbekommen konnte, fand Polly das gut so.

Brady und sie lebten nebeneinanderher. Das Haus war nun zwar immer sauber, dennoch fühlte Polly sich nicht zu Hause. Das größte Problem hatte sie mit der Einsamkeit. Dachte sie so darüber nach, war sie in ihrem Leben schon immer allein gewesen, bis auf die Zeit mit Mom und dann die schöne Zeit mit David. Im Heim war sie allein gewesen, weil jeder dort allein war, und auch jede noch so gute Freundin konnte die Einsamkeit in den Zeiten dazwischen nicht füllen.

So begann Polly irgendwann, mit den Hühnern im Hof zu reden. Ihnen gehörte ein großes, mit einem Netz gesichertes Stück Land auf Bradys Farm. Siebzehn Hühner hatte er, und wenn eines starb oder er es töten musste, weil es nicht mehr legte, holte er ein neues.

Polly liebte diese Hühner.

Besonders das eine. Und warum auch immer, sie taufte es Nathalie. Sie war etwas größer als die anderen und hatte rotbraune Federn.

Eines Tages war sie im Hof und sammelte die Eier ein. Ihre Gummistiefel waren voller Matsch, weil es seit dem Vorabend geschüttet und sich das große Loch im Hof mit schlammigem Wasser gefüllt hatte. Sie redete leise mit den Tieren, als sie einen Wagen hörte. Brady war noch nicht von der Jagd zurück, weshalb sie stutzig wurde, mit der Eierpackung den sauber gefegten Hof verließ und durch das Gebüsch an den Sandweg trat, der zur Straße führte. Eine Wagentür fiel ins Schloss und sie hoffte, dass es David wäre.

Als sie an dem üppig blühenden Oleanderbusch vorbei nach vorn trat, sah sie, dass es nicht David war, aber ein Mann aus Texas, dem Schild an seinem Wagen nach zu urteilen.

Polly blieb wie angewurzelt stehen und betrachtete den Mann. Er war älter als sie, auch älter als Brady, mittleres Alter vielleicht. Gut aussehend, Jeans und Hemd, ganz normale Turnschuhe. Er trug einen Bart und schwarzes Haar und hielt seinen Schlüssel in der Hand. „Hi!" Er lächelte freundlich. „Ich habe mich verfahren, und ich habe keine Ahnung, wo ich bin." Jetzt hielt er sein Telefon nach oben. „Mein Akku ist leer und ich habe kein Navi. Mein Dad hat immer gesagt, nimm einen Atlas mit, eine Karte, aber so was wird doch gar nicht mehr verkauft, oder?"

Polly schwieg.

Der Mann räusperte sich. „Also … ähm, würden Sie mir freundlicherweise sagen, wie ich wieder in die Zivilisation komme?"

„Nach Lafayette?"

„Ja, von mir aus! Irgendwo … wo ich … Schilder habe." Er lachte. „Das letzte Straßenschild ist Meilen her."

„Sie fahren einfach wieder zurück." Polly hob die Schultern. „Ganz einfach."

Der Mann musterte sie mit einem Grinsen. „Ganz einfach, hm?"

Sie schluckte. Dann starrte sie auf ihre Hände. „Möchten Sie Eier mitnehmen? Sie sind frisch, ich habe sie gerade erst geholt."

„Ich kann nicht kochen, Ma'am. Und ich … Wissen Sie, ich bin ein 35-jähriger Junggeselle, ich … Danke." Sein Grinsen wurde kokett. „Aber … Nun, halten Sie mich nicht für unverschämt, aber … Ich habe noch Zeit, und in Lafayette gibt es doch sicherlich ein Lokal oder ein Café?"

Polly dachte nach. Sie wollte nicht mit einem Mann ausgehen. Wenn sie ehrlich war, hatte sie keinerlei romantische Absichten, keinem Mann gegenüber. Wenn sie sich alle paar Wochen mal in ihrem Bett selbst befriedigte, dachte sie an nichts. Nicht einmal an David.

Zwar war sie in einem Alter, in dem manche Frauen schon den Mann fürs Leben gefunden hatten und mit der Familienplanung begannen, während andere noch auf den Prinzen auf dem weißen Pferd warteten. Polly wusste jedoch, dass es diesen Prinzen nicht gab. Er war erfunden, ein Märchen verbitterter Jungfern, die daran festhielten, dass irgendjemand sie irgendwann schon haben wollen würde. Solche Frauen wie Nathalie eben.

„Nein, danke. Ich … habe zu arbeiten." Und dann fragte sie sich, was die Zeit bei ihrem Bruder aus ihr gemacht hatte.

„Außerdem ist Lafayette sehr weit weg, und ich fahre mit keinem fremden Mann mit."

„Das ist auch völlig richtig so!" Der Mann war wirklich nett. Sah gut aus. Und sicherlich war er schwer in Ordnung. Deswegen war er auch recht enttäuscht, als er nickte und dann rückwärts zu seinem Wagen ging. „Schade. Aber ... vielleicht ein andermal. Also ... bye!"

„Bye." Sie sah zu, wie er der Wagen wendete und dann langsam zurück zur Straße fuhr.

Polly drehte sich um, wollte gehen, als sie hörte, wie Bradys Wagen angelassen wurde. Sie blickte über den Busch zu seinem Truck.

Und dann ging alles ganz schnell. Brady sauste an ihr vorbei, sodass sie nur einen kurzen Blick auf sein wütendes Gesicht erhaschen konnte. Dreck und Matsch wurden aufgewirbelt, als er Richtung Straße schoss.

„BRADY, NEIN!", schrie sie hinterher, ließ die Eier fallen und rannte. Zweimal stolperte sie über Wurzeln im Boden, weil sie mit ihren Gummistiefeln kaum laufen konnte, hetzte weiter, als sie sehen konnte, dass ihr Bruder, fast an der Straße angekommen, das mit Wasser gefüllte Schlagloch übersah. Der linke Vorderreifen blieb darin stecken, während die hinteren Reifen im Nichts rotierten.

Völlig fertig blieb Polly stehen, stützte die Hände auf den Knien ab und verschnaufte, während Brady ausstieg und tobend um den Wagen herumlief. Von dem Auto des Mannes war keine Spur mehr zu sehen.

Brady stampfte auf den Boden, zeigte immer wieder zur Straße. Er fletschte die Zähne, Speichel flog im hohen Bogen aus seinem Mund. „NEIN! NEEIN! NEEEIN!"

„Es ist in Ordnung", sagte sie ruhig. „Ich bin ja nicht drauf eingegangen."

„NEIN! KEEEIN ..."

„Kein Mann, okay." Sie trat näher. Und dann sah sie Tränen der Wut in seinen Augen und das Gewehr auf seinem Platz im Wagen.

Er hätte diesen Mann erschossen, hätte es gestern nicht geregnet, sodass Bradys Fahrzeug im Matsch stecken blieb.

Er tötet, wenn du gehst.

Sie zog ihn in ihre Arme, drückte ihn fest.

So oft hatte sie darüber nachgedacht, doch zu gehen. Immer wieder hatte sie geglaubt, dass die Zeit seine Wunden heilen könnte und er sie irgendwann nicht mehr brauchen würde, um nicht zu morden. Doch noch war es nicht so weit.

Sie konnte nicht gehen.

„Ist ja gut", sagte Polly und hielt ihren Bruder in den Armen. Spürte, wie seine Atmung langsamer wurde und das Schnaufen verebbte.

Polly glaubte nicht daran, dass ein Mensch als Monster geboren wurde. Was war schiefgelaufen, dass Brady zu einem Psychopathen geworden war? Er war im selben Haus wie sie aufgewachsen, hatte dieselbe Liebe der Eltern erhalten.

Was war passiert?

Im Winter, als sie trotz der milden Temperaturen vor dem Kamin saßen, trank Polly Tee und Brady seinen Kakao. Sie hatte auch einen gewollt, aber das Pulver hatte nur noch für eine Tasse gereicht, weil Brady in einem Wutausbruch die Packung genommen und auf den Boden geworfen hatte. Polly hatte ihn mahnend zurechtgewiesen, dass sie solch ein Verhalten nicht duldete. Doch die Packung war fast leer gewesen.

„Was denkst du, wenn du an Mom und Dad denkst?", fragte sie ihn nun.

Im Kamin knisterte das brennende Holz. Im Haus war es warm.

Brady schaukelte im Stuhl von der Veranda, den sie über Winter reingeholt hatte. „Mommy", antwortete er.

„Ja, Mommy." Polly lächelte. „Und Dad?"

Er zuckte die Schultern. „Nicht … Dad."

Sie seufzte, rührte in ihrer Tasse. „Was ist mit den Frauen, Brady? Warum hast du das getan?"

„Sie … schön!"

„Und du liebst schöne Sachen, nicht wahr?" Das wusste sie. Auf seinem Nachtschrank sammelte Brady schöne Dinge: Da stand eine sich auf einer Spieluhr drehende Ballerina, da gab es das flauschige Fell eines Kaninchens, das es sich selbst ausgerissen hatte, um ein Nest zu bauen. Sie hatte Bilder aus Magazinen von schönen Schauspielerinnen gefunden, und – und das war das Schönste – Moms Kleid, eingewickelt und mit einer roten Satinschleife zugebunden. Sie war überrascht gewesen, als sie es in Bradys Nachtschrank gefunden hatte, und war glücklich darüber gewesen, dass es völlig unversehrt geblieben war. Es war blau und glitzerte. Da Mom so schöne blonde Haare gehabt hatte, hatte sie darin wie Marylin Monroe ausgesehen. Das Kleid hatte nicht einmal 30 Dollar gekostet, und doch hatte Polly es als das Schönste in Erinnerung, was sie je besessen hatte. Sie hatte es an einem besonderen Abend angezogen, als es einen Ball in Oakdale gegeben hatte, einen Benefiz-Ball, und Dad unbedingt mit seiner schönen Frau hatte hingehen wollen. Polly erinnerte sich noch gut an diesen Abend. Wenn sie einst glaubte, an diesem Abend allein gewesen zu sein, so wusste sie heute, dass Brady damals auf sie aufgepasst hatte.

Enten.

Schüsse.

Polly schüttelte die Gedanken ab. Wollte nicht an den Zaun denken, nicht an das Gewehr in seinen Händen, nicht daran, dass es wohl in dieser Nacht gewesen sein musste, in der er die Enten auf dem Zaun drapiert hatte.

„Aber nur weil Dinge schön sind, darf man sie doch nicht töten."

Brabbeln.

„Du hast sie ausgezogen. Ihre Kleider haben wir verbrannt. Was hast du mit ihren Körpern gemacht?"

„Gepuzzelt." Er grinste und zeigte seine widerlichen Zähne. „Mag … puzzeln."

Das verstand sie nicht. Man hatte die Leichen mehr und weniger versteckt am Rand der Sümpfe gefunden. Jedes Mal woanders. „Hast du sie wie Puzzleteile zerstreut? Die … Mädchen?"

„Ja, puzzeln!"

„Wie viele Puzzleteile sollte es denn noch geben?", spottete Polly. „Bis sie ein Ganzes ergeben?" Schlagartig erinnerte sie sich an eine Szene von damals. Ein Kind puzzelte auf dem Boden. Stundenlang. Und mehr war Brady auch heute nicht: ein Kind im Körper eines Erwachsenen, das Puzzle mochte, besonders dann, wenn sie unlösbar waren.

Was sollte sie für ihn empfinden?

Was war es?

War es Liebe? Schwierig.

War es Mitleid? Ja, ein wenig. Wie er so dasaß, dieser große Mensch mit dem Hirn eines Kleinkindes, der sich nach Mommy sehnte.

Oder war es einfach das Gefühl, ihn beschützen und verteidigen zu müssen? Weil sie seine einzige verbliebene Familie war?

„Du fandest das spannend. Sie sollten gefunden werden, richtig? Das war dein Plan."

„Puzzeln!"

Sie schluckte. „Schon gut, ich … Du weißt ja jetzt, dass du das nie wieder tun darfst, nicht wahr?"

Er nickte.

Polly dachte an Mom. An ihr Verständnis für alles, was Brady getan hatte. An die vielen Streits mit Dad, weil es eben nicht nur Liebe gegeben hatte, denn Dad ließ nicht so viel durchgehen. Doch Polly glaubte, dass Mom jetzt stolz auf sie wäre, dass sie ihren Bruder beschützte und ihn nicht aufgab.

Natürlich hatte sie daran gedacht, ihn der Polizei auszuliefern, doch das hätte ihr selbst das Herz gebrochen, und wenn sie an den Himmel dachte, wagte sie es gar nicht aufzusehen, um Moms Enttäuschung nicht ins Auge blicken zu müssen.

Zwei Monate später stand der Frühling in den Startlöchern.

„Brady, ich gehe zu Ida rüber, wir brauchen Rohrzucker", rief sie ihm zu, als sie ihn im Hühnerstall arbeiten sah. Er hob die Hand und sagte etwas, was sie nicht verstand.

Sie ging an seinem Truck vorbei und entdeckte aus dem Augenwinkel eine Frau auf der Ladefläche.

Polly stockte der Atem.

Wie angewurzelt blieb sie stehen und starrte auf das junge Mädchen, bekleidet mit Jeans, einem Top und einem Schuh. Ihre Hände waren gefesselt, auf ihrem Mund klebte ein dicker Streifen Klebeband.

Aber sie lebte.

Sie bewegte sich, gab Laute von sich, hielt aber die Augen geschlossen, als würde sie gerade erst erwachen. An ihrem Körper konnte Polly kein Blut ausmachen.

Was sollte sie tun?

Polly blickte zum Hühnerhof. Brady befand sich an einer Stelle, an der sie ihn nicht sehen konnte. Dann entschied sie sich für das einzig Richtige: Sie setzte sich hinter das Steuer des Wagens, ließ ihn an, während ihr Fuß auf der Kupplung ruhte, und konzentrierte sich auf das, was sie bei David gelernt hatte.

„Es ist so einfach! Fuß auf die Kupplung. Starten. Gang rein. Kupplung kommen lassen, Gas geben. Fahren."

„Okay." Ihr Herz klopfte wild. Sie hatte nur eine einzige Chance, denn Brady würde sie hören und in null Komma nichts am Wagen sein. „Kupplung kommen lassen, Gas geben", wiederholte sie Davids Worte. Der Wagen rollte rückwärts vom Hof. Polly wendete, der Motor ging aus. „Scheiße, scheiße, scheiße!"

Sie spähte nach draußen. Brady hatte sie entdeckt. Er hielt die Mistgabel in der Hand und schrie irgendwas.

Neustart. Der Wagen kam in Gang, sie fuhr vorwärts, und das ziemlich gut, über den Sandweg und entfernte sich immer weiter vom Haus ihres Bruders. Euphorisch jauchzte sie auf, lachte, als sie die Straße erreichte und etwas zu weit rechts abbog, aber dennoch rasch über den Asphalt fuhr.

Es dauerte ganze drei Minuten, da begann der Wagen zu tuckern und Polly warf einen Blick auf die Tankanzeige. Nur Sekunden später wurde der Wagen langsamer und fuhr irgendwann gar nicht mehr.

Polly stieg aus und schaute über den Rand der Ladefläche. Das junge Mädchen hielt die Augen geschlossen und bewegte sich nicht.

Seufzend schaute sich Polly die Umgebung an: dichter Wald auf der einen, Wiese und Büsche auf der anderen Seite. Es würde Ewigkeiten dauern, bis ein Wagen käme. Doch sie hätte eine Chance.

Polly öffnete die Klappe und griff der jungen Frau unter die Schultern. Dann zog sie sie vom Wagen und bettete sie im Schatten eines laubarmen Busches. Der Schatten würde wandern, aber sie hatte keine Kraft, sie zum Waldrand zu schleppen. Außerdem waren hier ihre Chancen, gesehen zu werden, höher.

In dem Moment, als Polly sie niederließ, öffnete das Mädchen die Augen.

Polly erstarrte.

Grüne Augen. Es hieß, dass nur wenige Menschen grüne Augen besaßen.

Dann ließ Polly von ihr ab und rannte.

Oh, Brady war wütend. So hatte sie ihn noch nie erlebt. Er war ihr hinterhergelaufen, und so trafen sie sich auf halber Strecke. Vorausschauenderweise hatte er einen Benzinkanister mitgeschleppt.

Er drohte ihr, spuckte, erhob die Hand gegen sie, ging dann aber weiter, um den Wagen zu holen.

Das Mädchen lag nicht mehr da.

Auf dem Rückweg beteuerte Polly, dass es ewig dauern würde, bis sie die Stadt erreichen würde. Außerdem würde sie sich nicht mehr an die Stelle erinnern können, weil ihre Orientierung versagen würde und jeder Meter dieser endlos scheinenden Straße dem anderen glich.

Ja, es war dumm von ihr gewesen, beteuerte sie, und leichtsinnig, aber sie hätte „das gutmachen müssen, was du verbrochen hast".

Auf dem Hof angekommen, redete er kein Wort mehr mit Polly, ging ins Haus und schlug die Tür zu. Sie ließ ihn schmollen. So war er nun mal, und sie würde ihn nicht ändern können. Niemals. Das Einzige, was sie tun konnte, war alles, was er tat, zu mindern. Auch wenn das irgendwann nicht mehr möglich sein würde.

Am nächsten Morgen stand sie früh auf. Ein Lehrer aus dem Heim hatte mal gesagt, dass man am Abendhimmel des Vorabends herausfinden könne, welches Wetter einen am nächsten Tag erwartete. Seiner Theorie zufolge müsste es heute sonnig und heiß werden. Und schon jetzt spürte Polly in ihren Gliedern die Hitze des kommenden Tages.

Sie richtete sich auf, ging ein paar Schritte, hob die Hand zum Türknauf und starrte auf Blut. Ihre Hand war voller Blut. Die andere ebenfalls.

Polly bewegte sich nicht, starrte.

Du verbindest Sachen, die überhaupt nicht zueinandergehören.

Sie schüttelte den Kopf, rannte ins Bad und wusch sich siebenmal die Hände, die sauberer nicht werden konnten. Beim Blick in den Spiegel fragte sie sich, warum sie noch hier war, und ob es wirklich *ihre* Aufgabe im Leben war, das Töten ihres Bruders aufzuhalten.

Hätte Mom das für sie gewollt?

Ihr Dad nicht.

Dad hätte Brady wegsperren lassen und hätte Polly wohl persönlich zurück nach Oakdale gefahren, wo sie an Davids Seite ein wunderschönes, geschätztes Leben führen könnte.

Polly sah in ihr Spiegelbild. Die langen schwarzen Haare glänzten, ihre blauen Augen funkelten. Ihre helle Haut war eine Nuance brauner geworden. Ihre Schönheit war geblieben, während ihre Seele immer dunkler wurde.

War das hier richtig?

Richtig für dich?

Und wenn nicht — kannst du gehen? Kannst du einfach gehen?

Was würde David ihr raten, wenn er sie jetzt sehen würde?

Oh, in letzter Zeit waren die Gedanken an David allgegenwärtig. Oft saß sie auf ihrem Bett und dachte an alles, was sie miteinander erlebt hatten. Daran, dass sie für ihn alles gewesen war und er sich sein ganzes Leben nur mit ihr hatte vorstellen können.

Nur hatte sie es aufgegeben. Irgendwann. Ganz allein.

Jetzt war David sicherlich verheiratet, hatte vielleicht schon Kinder. Ein Leben ohne sie. Und sie wünschte sich, dass er glücklich war, auch wenn dieser egoistische Gedanke ihrem Herzen einen Schmerz versetzte.

Dachte David noch an sie?

So, wie Polly es tat?

Dachte er an damals? Wie sie sich an der Tankstelle kennengelernt hatten? An die Zeit im Trailer? An den Vorfall auf der Brücke? Hatte er sie gesucht?

Was hatte es aus ihm gemacht?

Polly ging in die Küche. Kochte Kaffee. Teilte ihn sich gut ein, weil er viel Geld kostete. Von Brady keine Spur. Seine Jagdsachen lagen nirgendwo herum, also war er wohl weg. Sie trank den Kaffee draußen auf der Veranda, hörte eine Vogelschar in den Bäumen neben dem Haus und das wilde Gegacker der Hühner im Hof. Doch etwas war anders. Es klang nicht wie sonst, klang nervös und aufgebracht, sodass Polly einen Blick auf Nathalie, ihr Lieblingshuhn, werfen wollte. Mit ihrer Tasse ging sie zum Hühnerhof und entdeckte den in die feste Erde gesteckten Stiel der Mistgabel. Auf den Zinken hatte Brady Nathalie gesteckt. Ihr langer Hals hing schlaff nach unten, Blut tropfte zu Boden. Ihre Freundinnen und Freunde gackerten durcheinander, öffneten ihr Gefieder und beschwerten sich über das, was Brady getan hatte.

Es ist deine Strafe. Für gestern.

Weil deine Regeln nicht für ihn gelten.

Polly behielt die Kaffeetasse in der Hand, trank weiter. Tränen hatte sie nicht mehr. Nicht für ihn. Sie weinte gar nicht mehr, schon seit Jahren nicht mehr. Das letzte Mal war wohl gewesen, als sie auf diesem Sandhaufen gehockt hatte und er sie Mommy genannt hatte.

Als der Kaffee leer war, nahm sie Schaufel und Eimer, um ein Loch zu graben und ihr Huhn dort zu beerdigen. Um den Dreck wegzumachen, den ihr Bruder hinterlassen hatte.

Jedes Mal.

Sie machte sauber, wenn er mordete.

Das war jetzt ihr Leben, aber es würde sie nicht brechen. Polly wollte sich nicht brechen lassen. Polly wollte nur eines: Ihre Aufgabe richtig machen.

Sie war nicht wütend auf ihn. Sie sprach ihn nicht einmal darauf an. Die Geschwister gingen sich aus dem Weg und jeder machte sein eigenes Ding. Brady ging auf die Jagd, während sie kochte oder die wenigen Sachen wusch, die sie beide am Körper trugen. Polly hatte sich neulich für 10 Dollar Unterwäsche und zwei Tops gekauft. Alles in ihrem Leben war so wertlos geworden, so unwichtig. Was war Stoff auf der Haut, wenn er nur dem Zweck diente, ihre Genitalien oder ihre Brüste zu verstecken? Warum kleidete man sich überhaupt?

Sie zog die Sachen von der Wäscheleine hinten im Hof, und stellte fest, dass sie immer noch nur schwarz besaß. Gleichzeitig dachte sie an Moms blaues Kleid in der Schublade von Brady.

War es nicht an der Zeit, es einmal anzuziehen und sich an sie zu erinnern?

Polly brachte ihre Sachen weg und dachte an jenen Abend auf Melissas Party, an dem sie zusammen mit David im Mondlicht getanzt hatte. Noch ganz genau hatte sie seine Worte im Ohr, dass er derjenige sein wollte, mit dem sie das erste Mal tanzte, um ihn nicht vergessen zu können. Wie recht er doch hatte …

Sie schloss in ihrem Zimmer die Augen, träumte sich zurück, wusste sogar noch, welches Lied gelaufen war, als sie Hand in Hand über den Steg geschwebt waren.

Jetzt schwebte sie mit diesen Klängen im Ohr rüber zu Bradys Schlafzimmer und blieb abrupt an der Tür stehen: Da stand er, ihr Bruder, hielt Mommys Kleid ausgebreitet und trug die langen

Ärmel links und rechts in seinen Händen. Er bewegte sich zu den Tönen, die er von sich gab, die keinen Sinn und schon gar keine Musik ergaben.

Und doch wurde sie durch ihn zurückversetzt in eine Zeit, in der wohl genau die Musik gespielt worden war. In dem kleinen Haus in Oakdale, wo Gitarrenklänge und die wunderschöne Stimme ihres Vaters alle Räume fluteten. Sie sah noch einmal ihre Mom, wie sie die Arme um den Hals des Vaters legte, ihr Strahlen, ihr Glück.

Brady hielt die Augen geschlossen, das Kinn schräg, und bewegte sich durch das Zimmer. Es sah so aus, als würde er diesem Kleid jene Liebe geben, die einer Frau gebührte, vielleicht jener, die er liebte, vielleicht seiner Mom. Denn so verschieden die Geschwister waren, gemeinsam teilten sie die unabdingbare Liebe zu ihrer Mutter, die ihre Kinder viel zu früh verlassen hatte.

Polly blieb am Türrahmen stehen, fühlte Schmerz und Mitleid. Mitleid für ein Kind, das Zeuge am Mord seiner Eltern gewesen war. Ein Kind, das früh Gewalt erfahren hatte, weil man ihm damit begegnet war, wenn er nicht anders konnte, als auf unmögliche Weise seine Kraft zu demonstrieren. Daddy hatte ihn sicher geliebt, aber niemals behalten wollen. Wäre Mommy nicht gewesen, wäre Brady schon viel früher in ein Heim gekommen.

Es war keine Entschuldigung, dass zwanzig Jahre danach jenes Monster aus ihm geworden war, das junge Frauen umbrachte, aber es zeigte das, was Polly von Anfang an vermutet hatte: Er verkraftete Mommys Tod nicht.

Niemand hatte Schuld daran.

Nicht einmal Dad. Dad hatte doch nur Angst gehabt. Angst um seine Frau, um Polly und um sich.

Aber all das trug dazu bei, dass sie nun hier stand und ihren „großen Bruder", mit der Seele und der Traurigkeit eines Kindes darin, mit dem Kleid der Mutter tanzen sah, um ihrer Liebe nur noch einmal ganz nahe zu sein.

Ich kann nicht gehen, entschied Polly. *Er braucht mich. Ich bin stark.* Dieser Junge brauchte eine Schulter. Es sollte die ihre sein, denn für das, was er getan hatte, trug er keine Schuld. Sie würde da sein, wenn die Wut ausbrechen wollte, würde verhindern, was sie verhindern konnte, aber eines würde nicht geschehen: Er sollte nicht noch einmal verlassen werden.

Sie rannte raus. Zu viel Traurigkeit lag in ihrem Herzen. Trauer, weil das Schicksal Wendungen traf, die kaum zu steuern waren, und das Leben Richtungen vorgab, die man einschlagen musste, obwohl man lieber vorher abgebogen wäre.

Polly rannte zur Lichtung. Es war nicht weit, der Weg aber anstrengend, gerade bei Hitze. Dennoch ging sie zu *Elizabeth*, denn jetzt brauchte sie ihn, jetzt brauchte sie David, zumindest die Verbindung zu ihm, die sie immer spürte, wenn sie sich auf dem Wasser befand.

Sie fuhr hinaus, raus auf den Atchafalaya River, verbrauchte Kraft und Energie, genug, um nicht daran denken zu müssen, dass sie David nach der Entscheidung, die sie getroffen hatte, nie wiedersehen würde.

Auf dem Fluss ließ sie sich treiben, schaute gen Himmel. Mom würde sie beobachten und zufrieden lächeln. Es war richtig, wie sie entschieden hatte. Doch immer wenn Pollys Blick auf die Wasseroberfläche glitt, sah sie David und wie er die Hände nach ihr ausstreckte, wie damals auf der Brücke in Melville. Sie hörte ihn ihren Namen rufen, und ihr Herz zerbrach, wenn sie daran dachte, wie weh sie ihm getan hatte.

Ich werde ihn nie wiedersehen.

Ein tiefer Seufzer entfuhr ihr, als die letzten vier Jahre in ihr Gedächtnis drangen. Sie fragte sich, wie viele Jahre noch vergehen würden, bis sie David vergaß.

Vielleicht nie, sagte ihr eine innere Stimme. *Denn du hast ihn geliebt.*

Und insgeheim dachte Polly daran, dass er vielleicht kommen würde, wenn sie nicht zu ihm gehen konnte. Wie dieser Prinz auf dem Pferd, an den sie nicht glaubte.

Doch wie sollte David sie hier finden?

Wie sollte David nach all den Jahren noch glauben, dass sie am Leben war?

Was musste passieren, damit er auf eine Spur zu ihr stieß? Polly legte die Ruder auf die spiegelglatte Wasseroberfläche. Niemals.

Ja, David würde Polly niemals finden …

KAPITEL 9

– 1 –

9 Jahre nach Pollys Verschwinden, 8 Tage vor dem Kajakausflug

Harry Sullivan arbeitete seit Jahrzehnten auf dem Kutter, den er einst von seinem Vater übernommen hatte. Fast jeden Tag schipperte er damit durch das Marschland bei Dulac, im Süden Houmas, und immer war er dabei allein. Seine Enkel interessierte es nicht mehr, seit sie erwachsen geworden waren. Als Betty in Rente gegangen war, war sie mitgekommen, doch sie vertrug das Schaukeln nicht und motzte, wenn der Wind stärker und die Wellen höher wurden.

Harry störte das nicht. Er war eins mit dem Marschland, war jeden Tag nass, kannte es gar nicht, dass seine Füße mehr als zwölf Stunden am Stück über Land liefen. Nachts träumte er vom Wasser. An das Gefühl in seiner Körpermitte, als würden sich seine Gedärme mit dem Wellengang wiegen, hatte er sich gewöhnt.

Ihr Haus stand auf Pfählen. Es war Bettys Haus, Harry selbst nannte die Hütte am Kanal sein Zuhause. Sie war klein, hatte ein Klo und eine Küchenzeile, die er nie benutzte, das Goldstück daran aber war die Veranda zum Wasser hin. Manchmal, wenn ein Sturm wütete und es Hochwasser gab, konnten die Wellen hier schon mal auf die Dielen peitschen, doch das machte ihm nichts – dann saß er halt in Gummistiefeln in seinem Schaukelstuhl und ließ den Tag ausklingen.

Morgens fuhr er in aller Herrgottsfrühe mit dem Truck her und kochte Kaffee. Während der in die Glaskaraffe lief, bereitete er den

Kutter vor. Meistens vor Sonnenaufgang, bevor der Kanal voller Kutter, Schiffe und Boote war, fuhr er, gefolgt vom Geschrei der Möwen, ins Marschland hinaus.

Dort gab es Inseln mit feinstem, sich im Wind biegenden Schlickgras, und glaubte man, morgen sähe der Ort genauso aus wie heute, konnte das manchmal ein Irrtum sein: Über Nacht formte das Wasser neue Inseln, während es andere verschwinden ließ. Reiher standen im flachen Wasser, Sumpfvögel tapsten durchs dichte Gras. Über ihm zogen Möwen und Kraniche dahin.

Mit seiner Zigarette im Mundwinkel betrachtete er das Glitzern der aufgehenden Sonne. Der Himmel und der flache Wind versprachen einen wunderschönen Tag. Harry hatte sich daran gewöhnt, dass jeder Tag den gleichen Ablauf hatte, und er nie andere Menschen als jene traf, die er schon kannte. Morgens schnarchte Betty, während er aufstand, und sein Kumpel Lorry war meistens schon vor ihm in seiner Hütte, doch der fuhr nicht mehr raus.

Während Harrys Fangtouren aber begegnete er keiner Menschenseele, erst abends wieder, am Kai, wo Marshall wartete, sein Cousin dritten Grades, frisch vierzig geworden, der mit ihm den Fang des Tages ablud und zum Hafen transportierte, wo er gewogen und gewaschen wurde. Es war auch Marshall, der Harry seinen Lohn gab, jeden Freitag, worauf Harry ihm meistens 50 Prozent davon zurückgab. Marshall hatte eine kranke Ehefrau und sieben Kinder, Harry war alt und fischte, weil es in seinem Leben nichts Schöneres gab als das.

Der Tag versprach einzigartig zu werden, denn mit der aufsteigenden Sonne ließ der Wind nach, nur noch leise schwappten Wellen gegen den Bug, während er die Richtung einschlug, in die er fahren wollte. Er ließ die Netze unweit einer Insel nieder, in der Kammer betrachtete er den Monitor. Das Radar zeigte, dass der Platz eine gute Wahl war, und nun hatte er Zeit zu frühstücken, während seine Netze die Arbeit machten.

Pute und Mayonnaise hatte Betty ihm gemacht. Früher waren die Sandwiches noch mit Salat, Gurke und manchmal sogar mit

Tomaten belegt gewesen, aus denen sie den Strunk geschnitten hatte. Heute konnte er froh sein, wenn sie es durchgeschnitten hatte und er nicht so ein fettes Riesenteil in den Händen halten musste.

Er setzte sich auf den Stuhl, auf dem vor Jahren schon sein Vater gesessen hatte, und biss genüsslich in das Sandwich. Heute Abend wollte Betty Jack und Sarah einladen, eine Crawfish Boil kochen – hm, ja, der Tag würde ein guter werden.

Am Nachmittag holte Harry die Netze ein. In der Zwischenzeit hatte er ein Nickerchen gemacht, und junge Kollegen gegrüßt, die mit ihren viel moderneren Kuttern an ihm vorbeigefahren waren. Sie wunderten sich über seinen Fang. Jedes Mal versuchte Harry, ihnen zu erklären, dass das Shrimpsfischen eine Kunst und ein Talent sei, kein Job, für den man nur angeln können musste.

Der Fang breitete sich auf der Heckseite des Bootes aus, als er das Netz einholte. Oft waren die Möwen schneller als Harry, gerade in den letzten zehn Jahren, in denen er merklich alt geworden war. Doch meistens konnte er seinen Fang rasch vor den gierigen Schnäbeln schützen, und oft gab es ein paar Überraschungen zwischen den Shrimps, so wie heute.

Harry verengte die Augen, als er unter den Shrimps und dem Schlamm einen glatten Stein entdeckte. Er ging näher heran, verjagte die Möwen, wischte die Meerestierchen von dem Gegenstand und musste feststellen, dass dieser Stein kein Stein war – sondern der Schädel eines Menschen.

„Grundgütiger!" Harry stand auf. Nun wusste er, dass dieser Tag tatsächlich ein besonderer Tag werden würde …

„Das Netz hat wahrscheinlich den Boden aufgewirbelt, und dabei geriet der Schädel dort hinein." Police Detective Monroe wandte sich an Harry, der neben Marshall am Kai stand. Um sie herum wimmelte es von Leuten. Nicht nur Beamte, sondern auch viele Einwohner von Dulac hatte es an den Kai gezogen, als sie davon gehört hatten, dass Harry Sullivan einen Schädel in der Marsch gefunden hatte.

„Detective, entschuldigen Sie die Frage, aber … Kann man herausfinden, wem der Schädel gehört?", fragte Marshall und legte dabei seinen Arm um den Cousin, dem es die Sprache verschlagen hatte. Betty hatte es nicht glauben können und war schon auf dem Weg.

Der Detective notierte etwas in seinen Block. „Da der Schädel noch ein paar wenige Zähne aufweist, werden wir es wohl herausbekommen."

„Es ist doch kein Kind?", fragte Harry leise. „Der Schädel war so … klein."

„Es ist kein Kind", versicherte der Detective. „Der Coroner meinte, es handelte sich um eine Frau."

„Lassen Sie es mich wissen, Detective? Ich meine, wer sie war?"

Der Beamte nickte. „Das werden Sie sicher aus den Medien erfahren. Schönen Tag, die Herren."

Dachte David noch an sie?

So, wie Polly es tat?

Dachte er an damals? Wie sie sich an der Tankstelle kennengelernt hatten? An die Zeit im Trailer? An den Vorfall auf der Brücke? Hatte er sie gesucht?

Was hatte es aus ihm gemacht?

Neun Jahre nach Pollys Verschwinden hatte David immer noch viel mit Freddie zu tun. An diesem Abend im Juni verließen sie beide leicht angetrunken *Janine's Bar* im French Quarter in New Orleans, in den Ohren noch die Klänge einer Jazz-Band, die mittlerweile zu Blues gewechselt hatte.

Freddie trug seinen weißen Anzug, darunter ein blaues Hemd, teure Schuhe und hatte ein Mädchen an der Hand. „Ich sag dir, die waren gut! Die waren richtig gut! Nächstes Mal, wenn die hier auftreten, bin ich wieder dabei. Du auch?" Er drückte die junge Frau an die mit Blumen geschmückte Häuserwand, küsste ihren Hals, während sie kicherte und ihre Arme um seinen Hals legte.

David zündete sich eine Zigarette an. „Na dann, macht's gut."

„Warte mal, Buddy!" Freddie eilte hinter ihm her, vergrub lässig die Hand in der Hosentasche. „Du fährst doch am Wochenende rüber, oder?"

„Ja, das *Allen Parish Sheriff's Office* hat mich angerufen und will mit mir über Mom sprechen."

Sofort änderte sich der Blick auf Freddies Gesicht. „O Mann, das … Wie geht's ihr?"

David zuckte mit den Achseln. „Keine Ahnung. Letzte Woche sagten sie mir, sie sei weder wach noch schlafe sie. Aber man sorge dafür, dass sie keine Schmerzen habe."

Freddie klopfte ihm auf die Schulter, dabei drehte er sich zu der jungen Frau um, die ein paar Meter hinter ihnen auf ihn wartete. „Sorry, Mann!"

„Alles okay." David lächelte. „Lass sie nicht warten, geht heim!" Freddie zog David in die Arme, dann sah er zu, dass er zu dem schönen Mädchen kam. „Wir sehen uns, Kumpel! Grüß mir die Heimat!"

David hob die Hand zum Gruß, dann ging er durch die noch recht vollen Straßen der Stadt nach Hause. Sein Zuhause war ein Apartment in der Nähe des Bahnhofs, schon sehr alt, sodass man nachts den Boden beben und die Wände wackeln spürte, wenn ein Güterzug über die Schienen fuhr. Er wurde davon jedes Mal wach, konnte sich einfach nicht daran gewöhnen. Doch die Miete war günstig und seine Autowerkstatt lief mäßig.

Einmal war Regan zu Besuch gekommen, doch der alte Mann war mittlerweile Ende siebzig und die Fahrt hierher strengte ihn an. Er hatte David Tipps gegeben, hatte ein paar Tage in der Werkstatt mitgearbeitet, aber besser lief sie trotzdem nicht. „Es ist die Konkurrenz", hatte David erklärt. „Es gibt so viele Werkstätten in New Orleans, in Oakdale waren wir die einzige weit und breit."

Als David in dieser Nacht nach Hause kam, schaltete er das Licht an und ließ seinen Blick durch das Loft schweifen: Backsteinwände, tiefe Fenster, ein Raum, in dem es Küche, Wohn- und Esszimmer gab. Die Couch, der Sessel, der Tisch und der Fernseher standen auf einem 20 cm hohen Podest, eine Wand des Badezimmers war aus Glas. Man könnte meinen, er hätte hier ein regelrechtes Prachtstück ergattert, wären da nicht die Gleise direkt daneben und die Fressbuden darunter sowie das Parkhaus einen Steinwurf entfernt.

David war müde, zog die Sachen aus, steckte sein Telefon auf die Ladestation und trat ins Badezimmer. Sein Rücken tat weh und wenn er trank, hatte er am nächsten Morgen immer Magenschmerzen. Ja, irgendwer hatte mal gesagt, dass ab dreißig die Wehwehchen anfingen, und dem konnte er nur zustimmen. Dabei würde er erst nächstes Jahr dreißig werden.

Er putzte sich vor dem Spiegel die Zähne und wie immer zur späten Stunde drängte sich Polly in seine Gedanken. Er dachte oft an sie. Jeden Tag. Fühlte aber dabei nicht diese Sehnsucht oder dass er sie vermisste. Er hing nur gern der Zeit mit ihr nach und fragte sich, wann er endlich aufhören würde, sich zu fragen, wo sie gerade steckte. Denn tot war sie nicht, das wusste er.

„Ich weiß nur eines: Ich werde sie finden. Irgendwann."

David schaltete nach seinem Klogang das Licht aus und ließ sich in seinem Bett nieder. Die Wäsche war grau, er mochte grau. Durch das Fenster fiel der Schein zweier Straßenlaternen. Er sah direkt hinein, während er sich daran erinnerte, wie er am ersten Tag nach Pollys Verschwinden auf der Eisenbahnbrücke in Melville mit Regan den Fluss abgesucht hatte. Zunächst mit dem Wagen, immer stromabwärts, ein paar Tage später war er dann mit dem Kajak losgefahren, ohne Mom, Regan, Freddie oder Nathalie davon zu erzählen. Wenn niemand nach Polly suchte, weil Mom sich weigerte und ihre „Versuche, sie zu finden" zu 100 Prozent gelogen waren, dann wenigstens er selbst.

Wochen später war er zu einer weiteren Suche aufgebrochen, und dann ein halbes Jahr später noch mal. Und noch mal. Und noch mal.

Jahre später, als er das Kajak aus dem Wasser gezogen und es im Bootshaus seines Onkels in Simmesport verstaut hatte, war ihm bewusst geworden, dass Polly sich nicht finden lassen würde.

Sie hatte einen Grund gehabt zu gehen, und das musste er, wohl oder übel, akzeptieren.

Freddie verließ Oakdale immer mal wieder, um bei seinem Bruder Alex in New Orleans im Laden zu arbeiten, weil sich dort die Hauptfiliale des Geschäfts seines Vaters befand. Doch Oakdale ganz den Rücken kehren, würde er wohl nie. In den neun Jahren seit Pollys Verschwinden war Freddie zweimal verlobt gewesen und hatte ein uneheliches Kind mit einer Touristin aus Sacramento. Jetzt hatte er eine junge Frau aus *Janine's Bar* abgeschleppt und vernaschte sie wahrscheinlich gerade in der Wohnung seines Bruders.

Nathalie war dabei, Chirurgin zu werden, und David war stolz auf sie. Sie war kurz nach Pollys Verschwinden nach Houston gezogen und kam nur selten nach Oakdale zurück, um ihre Mutter zu besuchen. Mit Nathalie hatte David wenig Kontakt. Er hatte sie zweimal besucht, und sie war während der neun Jahre zweimal bei ihm gewesen.

Sie hatten sich nie geküsst, obwohl Nathalie wahrscheinlich gern in die Vollen gegangen wäre. Sicherlich hätte sie sich auch eine Beziehung vorstellen können, denn Nathalie hatte während der neun Jahre lediglich einen festen Partner gehabt.

David selbst konnte ein Lied davon singen. Es gab Frauen, die sein Apartment von innen gesehen hatten, aber keine war länger geblieben als eine Nacht. Es hatte junge Mädchen gegeben, die ihn angehimmelt hatten, und er hatte die eine oder andere in sein Herz geschlossen, doch schon bald wieder freigelassen.

Er sagte sich, dass es nicht an Polly läge. Sie hatte ihm wehgetan, und ihr Verschwinden hatte Spuren auf seiner Seele hinterlassen. David glaubte, dass er einfach nicht dafür geboren war, eine Beziehung zu führen. Das Singleleben war etwas für ihn, er war frei und unabhängig, konnte tun und lassen, was er wollte. Es reichte. Für ihn.

Und doch lag in seinem Nachttisch das Bild eines kleinen Mädchens, das er als junge Frau kennengelernt hatte. Er hatte sich nicht erklären können, warum er das Foto der kleinen Polly damals behalten hatte, war jetzt aber froh, es zu besitzen, nachdem sie gegangen war.

David fuhr an diesem Samstag nach Oberlin, ins *Allen Parish Sheriff's Office*. Hier hatte Mom siebzehn Jahre als Police Detective gearbeitet, bevor sie einen schweren Unfall gehabt hatte. Vor drei Jahren war sie zu einem Schusswechsel im Haus eines Vergewaltigers und Psychopathen gerufen worden. Der hatte seine Tochter und deren Freundin, beide sieben Jahre alt, in seinem Haus versteckt gehalten und sie missbraucht. Als Mom und ihre Kollegen dahintergekommen waren, war der Mann ausgerastet, hatte geschossen, und während Mom hinter ihm hergejagt war, war sie gestürzt und über das Geländer der Galerie in die Tiefe gefallen.

Der Notarzt, der erst gekommen war, nachdem ihr Kollege den Mann erschossen hatte, hatte einen Genickbruch und den Hirntod von Gloria O'Brian festgestellt, doch im Krankenhaus hatte man gemeint, dass es noch nicht zu spät wäre und man versuchen könne, sie zu retten. Es waren sieben Monate Krankenhaus und vier Monate Reha gefolgt, doch Mom blieb ein Pflegefall. Die Ärzte waren sich nicht einmal sicher, ob sie ihren Sohn erkannte.

David hatte dafür gesorgt, dass Mom nach Hause kam, und eine Homecare organisiert, weil er definitiv in New Orleans bleiben und nicht wegen Mom zurückkommen würde.

Fortan besuchte er sie alle zwei Monate, mal waren auch drei oder vier dazwischen. Mom war ihm nicht mehr wichtig. Mom musste auch nicht wissen, dass David wieder Kontakt zu seinem Vater hatte. Zunächst hatten sie telefoniert, dann hatte David ihn in seinem riesigen Haus in Alexandria besucht, wo er mit seiner Frau, die ihm Kaffee und Kuchen serviert hatte, und dem Golden Retriever wohnte. Dad hatte ihn lange umarmt und dann ins Wohnzimmer mit Blick auf den See geführt. An der Wand hingen Bilder der drei erwachsenen, wunderschönen Töchter.

„Wie geht es deiner Mutter?", hatte Dads Frau gefragt, eine bezaubernde Lady, gütig, freundlich und zuvorkommend.

Dad hatte besorgt in Davids Gesicht geschaut.

„Keine Ahnung", hatte David geantwortet. Das war vor ein paar Monaten gewesen.

„Und wie geht es *dir*?"

„Ganz gut."

„Fährst du noch Kajak?"

David hatte das Leuchten in den Augen seines Vaters gesehen. In diesem Moment hatte er begriffen, dass er bei dem falschen Elternteil aufgewachsen war.

David öffnete jetzt die Tür zum Revier und wurde schon am Empfang von Police Detective Ferdinand Bridge begrüßt. Er war damals Moms Partner gewesen und hatte an jenem Tag den

Psychopathen erschossen. „David! Schön, dich zu sehen! Komm, lass uns in mein Büro gehen."

In seinem Büro saß nun ein neuer Detective an Moms altem Platz. Früher hatte David in der Ecke mit Lego gespielt, während Mom hier gearbeitet hatte. Der kleine rote Tisch war tatsächlich noch da – Akten stapelten sich darauf.

Detective Bridge machte Kaffee für beide und hielt David, der nun an der Stirnseite des Schreibtisches saß, ein Zigarettenpäckchen hin.

David nahm an. „Was gibt es?", fragte er.

Detective Altman ging an das klingelnde Telefon, Detective Bridge sprach leiser. „Deine Mom hat im Lager noch ein paar persönliche Gegenstände, die sie damals bei der Scheidung hier gegen Gebühr eingelagert hat."

David hob die Brauen. „Ach du Scheiße."

„Ja, ich sag's dir, wie es ist: Ich hab's fast drei Jahre bezahlt, aber ich denke, wir sollten das jetzt auflösen. Vielleicht kannst du was verkaufen. Ich habe mich mal umgesehen. Da sind tolle Dinge dabei. Eine Skulptur habe ich gesehen, geht momentan für 500 Dollar weg, da gibt's aber eben auch so Zeug, das keiner will, Geschirr und so Kram."

„Pass auf, Ferdinand, ich habe keine Zeit, Fotos zu machen und sie ins Internet zu stellen und all der Unsinn hat mir die Jahre nicht gefehlt. Ich bestell eine Firma, die das abholt und verschrottet."

„Klar."

David zog an der Zigarette.

Vom anderen Tisch kam ein Zischen.

David sah Detective Altman den Arm heben. Er machte ein Zeichen, dass David und Ferdinand leiser sein sollten. Dann sprach er ins Telefon: „Verstehe. Und die kommt woher?" Er schrieb etwas in sein Notizbuch. „Wie ist noch mal der Name? Polly?"

David fuhr zu dem Detective rum.

„Alles klar, ja, ruf noch mal an. Danke! Bye!" Altman beendete das Gespräch.

„Was Neues?", fragte Detective Bridge seinen Partner.

„Nein, in unserem Fall nicht, eine neue Sache."

„O Mann", sagte Bridge stöhnend. „Ich wollte gleich Feierabend machen. Ist Samstag! Muss morgen schon her, weil der Chief nicht anders kann."

David sah vom einen zum anderen. „Ein spannender Fall?"

„Das werde ich dir nicht erzählen!" Altman lachte. „Wer bist du eigentlich?"

„Ruhig, ruhig, das ist der Sohn von Gloria", mahnte Bridge, einige Jahre älter als Altman.

„Ach so." Altman winkte ab.

„Schieß los, David kann das ab. Gehörte früher zum Staff, hat dem Chief immer die Akten beschriftet und Kaffee für alle gekocht. Dafür mussten wir in der Pause mal ein paar Tore schießen." Bridge zwinkerte David zu. „Was haben wir?"

„Polly Ferrington, vor ungefähr neun Jahren verstorben. Ihr Schädel wurde vor ein paar Tagen von einem Fischer gefunden."

David wurde heiß und kalt zugleich.

„Polly?" Bridge prustete. „Ist das ein Name? Polly?"

„Ja, er sagte Polly."

„Wie alt?", fragte David. „Entschuldigung. Wie alt … ist diese Polly?"

Altman schaute skeptisch. Er war gar nicht begeistert, diese Informationen offenzulegen. „Laut Obduktion ist sie siebenundvierzig gewesen, als sie starb."

David atmete erleichtert auf, ließ sich nichts anmerken.

„Und wo wurde sie gefunden?", fragte Bridge.

„Im Marschland bei Dulac."

„Dulac?" Bridge schüttelte den Kopf. „Und was zur Hölle haben wir damit zu tun?"

„Sie hatte hier Verwandtschaft. Einen Bruder. Musiker. Der ist tot, aber die Kollegen wollen trotzdem eine Akte herschicken. Hier, sieh mal!" Altman drehte seinen Bildschirm auf. Darauf zu sehen war ein Gitarrist auf einer Bühne, in der Hand hielt er eine Flying V-Gitarre.

Bridge und David schauten beide auf das Bild. „Elizabeth", flüsterte David.

Altman verengte die Augen und drehte den Bildschirm zurück.

„Von mir aus." Bridge stand auf, als Zeichen dafür, dass es für David Zeit war zu gehen. „Also, David, wenn du dich um die Sachen kümmern würdest, wäre ich dir sehr dankbar."

David nahm die ihm angebotene Hand. „Klar, das mach ich!"

Zwei Stunden später saß er am Bett seiner Mutter. Eine ganze Stunde hatte die Pflegerin mit ihm gesprochen, während David ihr kaum zuhören konnte.

Polly Ferrington.

Dulac. Dulac war ziemlich nahe bei Houma, wo Polly gelebt hatte, bevor sie nach Oakdale gekommen war.

Der Musiker. Die E-Gitarre.

Irgendwas musste das alles zu bedeuten haben.

In der nächsten Stunde hatte er im Zimmer seiner Mutter herumgewühlt, in ihren Schränken, in ihren Sachen, in ihrem Ankleideraum, dort oben, wo die Kisten mit alten Akten standen. Er hatte geschrien und geschimpft und sie beleidigt, weil er nicht das fand, wonach er suchte.

Er hatte auf der Fahrt vom Revier nach Oakdale einen Plan gefasst, der gefährlich und verrückt war, und der ihn – wenn er von der falschen Person erwischt wurde – vielleicht sogar in den Knast bringen würde.

Doch er musste wissen, um wen es sich bei Polly Ferrington handelte, denn eines stand fest: Er war Polly so nahe wie seit neun Jahren nicht mehr.

Moms Maschinen piepsten nicht, weil er den Ton ausgeschaltet hatte. Es war unerträglich gewesen und hatte ihn schon bei der Suche den letzten Nerv geraubt.

„Scheiße, Mom, wo ist der verdammte Schlüssel?" Er blickte zum Bett, wo Mom unter ihrer Decke lag. Das Gesicht eingefallen, die Haare dünn und grau.

Sie war dem Tod so nahe, weil sie entgegen der Einschätzung der Ärzte eben nicht mehr gerettet werden konnte.

Und tatsächlich tat sie ihm kein bisschen leid.

Auf dem Boden war das Innere sämtlicher Schubladen und Schränke ausgebreitet, und mittendrin saß David und starrte seine Mutter an.

Er erinnerte sich an ihre letzte Begegnung vor ihrem Unfall. Er war nach Oakdale gekommen, und sie hatten sich zum Burgeressen im Diner verabredet, weil David keine Lust gehabt hatte, sie zu Hause zu treffen. Mom hatte kaum was gegessen, ihn mit Fragen gelöchert, ihn an die Steuererklärung erinnert, die er schon längst fertig hatte, und gefragt, wie er sich vorstellte, wie es weitergehen würde, wenn die Werkstatt nicht bald besser lief.

„Mom, hör auf", hatte er gezischt. „Ich bin erwachsen!"

„Ich meine ja nur! Wie kannst du immer so blauäugig sein? Wie …"

„MOM!" Er hatte auf den Tisch geschlagen. „Ich schaffe das allein!"

„Nein, David, tut mir leid, das schaffst du nicht! Du wirst mich brauchen! In spätestens zwei Jahren wirst du vor meiner Tür stehen und um mein Geld betteln, weil du nicht imstande warst, dir einzugestehen, dass eine eigene Werkstatt zu führen riskanter ist, als sich einfach irgendwo einstellen zu lassen!"

Er hatte sie angesehen, als wäre sie eine Fremde, obwohl er wusste, Mom schon lange nicht mehr gekannt zu haben. Vielleicht seit Polly, vielleicht, weil sie ab da die Kontrolle über ihn verloren hatte und damit nicht zurechtgekommen war.

„Verkauf die Werkstatt!"

„Niemals."

„David!"

„Ich mach, was ich will!" Er hatte den Burger fallen lassen und war aufgesprungen.

„Du machst immer, was du willst! Genau deswegen steckst du jetzt in dieser Scheiße!"

Er hatte sie angesehen und in ihren Augen das gesucht, was er noch nie darin gesehen hatte: Stolz, Anerkennung, Liebe. Irgendwas, das ihm sagte, dass Mom an ihn glaubte.

„Ich gehe!"

Mom hatte gelacht. „Ja, geh doch! Machst du doch immer, wenn es brenzlich wird! Hau ab und mach dein Ding! Aber eines sage ich dir …" Sie hatte den Zeigefinger gehoben. Alle im Diner hatten diese unschöne Szene mitangesehen. „Wenn du jetzt gehst, brauchst du nicht wiederzukommen!"

David hatte die Hand schon an der Tür und noch im Raum gesagt: „Ich hasse dich."

Jetzt saß er hier auf dem Boden und wusste, dass es einen beschisseneren Abschied nicht hätte geben können. Doch das Leben war, wie es nun mal war, und er hatte sich die Worte seiner Mutter nicht ausgesucht. Schließlich war es sein Vater gewesen, der ihm vor Kurzem einen Berater an die Seite gestellt hatte, mit den besten Grüßen und den Worten: „Gib nicht auf, ich helfe dir!"

„Das wäre deine Aufgabe gewesen, Mom", sagte David nun und ging zum Bett seiner Mutter. Als er auf die Uhr schaute, war es schon kurz vor zwölf. Zeit für ihre Medizin, weil er die Homecare für den Abend abbestellt hatte.

Er öffnete die Schublade des Schränkchens neben dem Bett, als er die Kramkiste entdeckte, die neben der Schale mit den Infusionen stand. David verengte die Augen. Sein Fahrradschlüssel, Knöpfe, ein Angelhaken und der kleine blaue Zweitschlüssel, den er Detective Bridge damals nicht zurückgeben konnte, weil er ihn schlichtweg nicht gefunden hatte …

Das Gute war, dass Mom in Oakdale in der Polizeistation auch einen Schreibtisch gehabt hatte und David daher wusste, dass man auf sämtliche Akten, die in Oberlin angelegt wurden, auch hier zugreifen konnte. Er musste also mitten in der Nacht nicht nach Oberlin fahren, wo er zwingend mit dem Wagen hingemusst hätte, sondern eilte in der Nacht zu Fuß zum Polizeirevier. In schwarzen Klamotten und mit Basecap japste er nach Luft und fragte sich, ob draußen schon immer eine Lampe geleuchtet hatte, nachts, wenn hier niemand war.

Lässig ging er an der Vordertür vorbei, tat so, als würde er ganz woandershin wollen, bog ums nächste Haus, lief zurück zum Polizeigebäude und kletterte dort über den hohen Drahtzaun, der den Parkplatz abgrenzte. In Oberlin gab es Codes, die die Beamten an sämtliche Türen eingeben mussten, hier aber nicht. Zumindest bei der Nebeneingangstür, die nur mit einem Schloss versehen war. David konnte hier hinten keine Überwachungskamera ausmachen, weshalb er einfach den Schlüssel ins Schloss steckte und betete, dass nicht gleich ein Alarm losgehen würde.

Es funktionierte.

Die Tür ging auf, der Bewegungsmelder machte das Licht im Korridor an. Schnell huschte David ins erste Büro, ließ das Licht dort aus und war erleichtert, als das im Korridor ebenfalls erlosch. Durch das Mondlicht konnte er ganz gut erkennen, dass es sich um das gewöhnliche Police-Officer-Büro handeln musste. Drei Plätze, etliche Unterlagen.

David setzte sich in der Dunkelheit an den Platz in der Ecke und gab Moms Namen sowie das Passwort ein, das er selbstverständlich kannte, weil sie ihm beigebracht hatte, wie man Passwörter erstellte. Moms war eine Mischung aus Zahlen, Buchstaben und Zeichen, unglaublich kompliziert, aber es war dasselbe, das er für sein Online-Banking benutzte.

Error.

„Scheiße."

Person nicht registriert.

Okay, man hatte Mom wohl schon aus der Datenbank gelöscht. Dem Tode geweiht, warum sollte sie hier noch existieren, wenn man sogar das Lager aufgeben wollte, weil jeder davon ausging, sie bräuchte es eh nicht mehr?

Es musste anders gehen.

David ging zur Tür und erinnerte sich an den Tag von Pollys Verschwinden. Damals hatte er mit Police Officer Doris Pierce in ihrem Büro gesessen. Sie war nicht mehr im Einsatz, arbeitete all das ab, was das Sekretariat ihr übergab. David schlich in Doris' Büro. Der Computer war angeschaltet, er musste lediglich ihren vollen Namen eingeben. Und alles war verfügbar. Doris rechnete nicht mit einem Datenklau eines jungen Mannes, der die Frau finden wollte, die er liebte.

Er setzte sich auf ihren Stuhl, während das blauweiße Licht sein Gesicht erstrahlte. Er öffnete die Datenbank, gab „Polly Ferrington" ein und fand eine Akte. Er zückte seinen USB-Stick, weil er hier nicht sitzen und 29 Seiten durchforsten konnte, und lud die Daten der Akte darauf. Dann zog er den Stick ab, wollte aufstehen, als in diesem Moment die Vordertür aufging.

David erstarrte und suchte nach einem Versteck. Es blieb ihm nichts anderes, als unter den Tisch zu kriechen. Er hörte zwei Männer, die den Flur entlanggingen und die sich über zu viel Salz in den Pommes Frites aus dem Diner unterhielten.

„Feierabend?", fragte der eine.

„Feierabend. Ich geh noch aufs Klo … Ach nein, ich geh zu Hause."

Lachen.

„Stellst du den Alarm an?"

„Ja, mach ich."

David kroch zur Tür. Okay, es gab eine Alarmanlage, und anscheinend war er in dem Moment, als die zwei Officer drüben beim Diner waren, hier eingebrochen.

Er lugte am Türrahmen vorbei. Der eine Officer spreizte die Beine, ging ein Stück in die Hocke und furzte laut, der andere schüttelte belustigt den Kopf.

„Du perverses Schwein!"

„Vielleicht sollte ich doch hier gehen."

David rannte. Rannte zur Nebeneingangstür, zum Abschließen war keine Zeit. Er hechtete über den Zaun, blieb auf der anderen Seite liegen, drehte sich um und sah durch die Glastür, dass die Beamten das Gebäude verließen. Sie wirkten nicht, als hätten sie ihn gesehen.

Erleichtert rappelte sich David auf. Er musste heim. Nach New Orleans, denn er hatte weder seinen Laptop noch seinen Drucker mit nach Oakdale genommen.

Mom war ihm egal. Er hatte sich nicht mal verabschiedet, sondern seine Sachen gegriffen und war zu seinem Wagen gegangen.

Auf halber Strecke zurück nach New Orleans fiel ihm ein, dass er der Homecare noch Bescheid geben musste, die er für das ganze Wochenende gecancelt hatte, und die sich jetzt doch wieder um sie kümmern musste.

Um sieben Uhr begrüßte ihn die Stadt am Mississippi unter tiefen Schleierwolken und kräftigem Nebel. Der würde sich nachher auflösen und den Touristen, die noch in den Hotels schliefen oder bereits in den Cafés frühstückten, ein unheimlich schönes Fotomotiv liefern.

Während David sich auf den Weg in seine Wohnung machte, telefonierte er mit einem Kunden, der auf dem Highway stehen geblieben war und seine Hilfe brauchte. Das Abschlepp-Team würde den Wagen zu Davids Werkstatt bringen, und sie verabredeten sich für neun Uhr. Bis dahin hatte er Zeit, in die Akte zu schauen.

Ungeduldig wartete er, während die Daten auf seinen PC geladen wurden. Minuten kamen ihm wie eine Ewigkeit vor. Er holte sich Kaffee, setzte sich zurück an den Tisch und ließ das Ganze ausdrucken, griff sich sogleich die erste Seite und las sie.

Polly Ferringtons Schädel war letzte Woche in der Marsch bei Dulac gefunden worden. Sie hatte in Houma in einer Villa gewohnt, die ihr gehörte. Nachdem irgendwann die Rechnungen für den Strom und das Wasser nicht mehr bezahlt worden waren, hatte der Gerichtsvollzieher angegeben, sie sei verschwunden. Vermisst wurde sie von niemandem, keiner hatte sie gesucht. Der Vorgarten wurde, wie bei vielen Villen in solchen Gegenden üblich, von der Stadt gepflegt, der hintere Garten sei hochgewachsen, was die Nachbarschaft zwar schon immer gestört hatte, aber niemanden gewundert hatte, weil Mrs. Ferrington die Gartenpflege anscheinend noch nie ernst genommen und sowieso ein Alkoholproblem gehabt hatte.

Die Nachbarschaft wurde befragt. Dass sie nicht da war, hatte niemand so richtig mitbekommen, da Polly Ferrington meistens für sich gewesen war.

Da niemand irgendetwas über diese Frau wusste, und die Gerichtsmedizin keine Anhaltspunkte bei dem Schädel finden konnte, die einem Verbrechen zuzuschreiben wären, würde der Fall tatsächlich zu den Akten gelegt werden.

Es gab aber einen Beamten, Detective Monroe, frisch aus der Ausbildung, der dem Braten nicht ganz traute und den Fall nicht abschließen wollte. Er war bei der Durchsuchung der Villa dabei gewesen und hatte herausgefunden, dass Polly Ferrington die Schwester von Donald Ferrington war – einem getöteten Musiker aus Oakdale.

Davids Smartphone klingelte so laut, dass er einen heftigen Schreck bekam. „Freddie, was gibt es?"

„Wo bist du?"

„Zu Hause."

„Hier? Oder in Oakdale?"

„Ich bin heute Morgen schon wieder hergefahren."

„Okay … äh … Hier steht ein Wagen vor deiner Werkstatt. Und mehrere Menschen!"

„Ja, ja …" David schaute auf die Uhr. 8.50 Uhr. „Ich bin gleich da." Dann dachte er kurz nach. Was machte Freddie in dieser Herrgottsfrühe an seiner Werkstatt? „Was machst du um diese Zeit an meiner Werkstatt?"

„Ach, Daddys Sportwagen hat eine Macke, und ich dachte, du schaust mal drauf. Ich wollte die Tage ebenfalls nach Oakdale fahren, vielleicht sogar schon morgen oder heute noch, und außerdem fängt der frühe Vogel den Wurm. Ich war gestern nicht aus, ich habe mit Tiffany *The Notebook* geschaut!"

David hatte absolut keinen Nerv für seinen Freund. „Hör mal, Freddie …"

„Ach, komm schon, David!"

Er las weiter: Donald Ferrington und seine Frau Evelyn waren bei dem Einbruch eines Unbekannten in ihr Haus in Oakdale getötet worden. Der Täter war anscheinend beim Stehlen der wertvollen Flying V-Gitarre aus dem Jahr 1956 vom Hausbesitzer erwischt worden, der erst ihn und dann seine Ehefrau erschossen hatte und dann verschwunden war. Der Täter hatte bis heute nicht ausfindig gemacht werden können.

„Ich mach mich gleich auf den Weg …"

Die beiden Kinder der Getöteten, Grace und Brady Ferrington befanden sich ebenfalls im Haus, waren unversehrt. (Anlage: Foto Grace und Brady Ferrington).

Davids Herz machte einen Aussetzer. Lautstark ließ er das Telefon fallen, während er in seinem Stuhl zurückkippte und auf dem Boden landete.

„David? David?", hörte er Freddies Stimme dumpf aus seinem Telefon.

David hechtete zu seinem Nachttisch. Er zog das Foto der kleinen Polly heraus und betrachtete das Bild. Eins zu eins das gleiche wie in der Akte. Dann drehte er es um und las noch einmal die längst verblasste blaue Kugelschreiberschrift: Grace.

Er hatte immer angenommen, mit Grace sei die Frau gemeint, die das Foto von Polly geschossen hatte. Nein, wie unrecht er doch gehabt hatte. Auf dem Bild war Grace abgebildet, weil der Name dieses Mädchens Grace und nicht Polly lautete.

„Scheiße", entfuhr es ihm, und er strich sich die Haare aus der Stirn.

„David!"

David hob sein Telefon auf. Dann drückte er auf den roten Hörer, weil ihm alles egal war. Neun Jahre lang hatte er Polly gesucht. Neun Jahre lang war er sich sicher gewesen, dass sie nicht tot, sondern auf ihrer Suche war. Jetzt hatte er das Gefühl, ihr auf die Spur gekommen zu sein, denn er hatte die Antwort darauf, nach was oder besser gesagt nach wem sie gesucht hatte.

Weiter im Text: Police Detective Monroe hatte ermittelt, dass beide Kinder (Grace 9, Brady 13 Jahre alt) in einem Waisenhaus in Georgia untergekommen waren, getrennt voneinander, weil der Junge unter extremen Angstzuständen litt und ernstzunehmend gewaltbereit war. Ein paar Jahre später war er aus dem Heim geflohen – von ihm fehlte bis heute jede Spur. Es gab Aufzeichnungen einer Überwachungskamera eines Krankenhauses in St. Martinville, wo er gesehen worden war. (Anlage).

David sah sich das Foto an. Es war schwarzweiß und in der Nacht aufgenommen worden, man erkannte lediglich das Profil des Mannes, und laut dem weiteren Text war man sich der Identität nicht zu 100 Prozent sicher.

Weiter stand geschrieben, dass Grace Ferrington mit fünfzehn Jahren von ihrer Tante Polly Ferrington aufgenommen worden war und sie beide in deren Villa in Houma gelebt hatten. Dort hatte Grace mit siebzehn Jahren die Highschool beendet, gejobbt und war irgendwann nirgendwo mehr aufgetaucht.

Es passte alles zusammen.

David schaltete sein Telefon auf stumm, da mehrere Anrufe reinkamen, sogar von der Homecare seiner Mom, die ihm schließlich eine SMS schickte, in der sie auf Glorias schlechten Gesundheitszustand und das Gespräch von gestern hinwies.

Immer wieder starrte David jedoch auf das, was ihn wirklich interessierte: Der Artikel in der Akte. *„Nach 9 Jahren gefunden: Schädel in der Marsch gehört Polly Ferrington aus Houma. "*

Diese Frau war im selben Jahr gestorben, in dem er Polly kennengelernt hatte.

Und Polly war auf der Suche gewesen.

Es konnte nur einen Menschen geben, den sie hatte finden wollen: ihren Bruder.

Der Kunde fuhr zufrieden mit seinem Wagen vom Hof, als David sich Freddies Auto zuwandte. Freddie saß auf einem Reifenstapel, in seinen dafür viel zu guten Klamotten, und plauderte drauflos.

David schob sich unter den Wagen und werkelte daran herum. Freddie ging mit dem teuren Schlitten unmöglich um.

„Ich fahre morgen wieder nach Oakdale."

„Hä? Du bist heute erst zurückgekommen."

„Schon, aber ich muss noch mal zurück. Ich muss da was mit Mom klären und …"

„Nathalie reist heute auch nach Oakdale!"

Nathalie war das Letzte, an das David nun denken wollte. „Aha."

„Wie gesagt, ich fahre heute oder morgen." Freddie aß Chips, und verursachte durch das Knistern ein unheimlich nervendes Geräusch. „Hey … Lass uns doch was machen! Wir drei!"

„Kann nicht."

„Wieso nicht?"

„Weil ich was klären muss mit Mom, und dann will ich … Ich will mit dem Kajak raus."

„Bin ich dabei!"

„Ich fahre allein."

„Fährst du nicht! Wohin willst du?"

David seufzte. Als Polly vor neun Jahren ohne ersichtlichen Grund und Hals über Kopf hatte losmarschieren wollen, war sie auf der Eisenbahnbrücke in Melville verschwunden. Diese Brücke führte über den Atchafalaya River. „Atchafalaya." Und er wusste, dass ihr Bruder dort sein musste. Und somit auch sie.

„Uhhhhh", machte Freddie. „Das kannst du nicht allein machen."

„Ich bin den Mississippi allein gepaddelt."

„Na, na, na!" Freddie hob den Zeigefinger. „Zwei Drittel bin ich mitgekommen."

David knabberte auf seiner Unterlippe. Zur Not würde er nachts losfahren, wenn Freddie nicht damit rechnete, doch eines schwor er sich: Er würde nicht von dieser Paddeltour zurückkehren, ehe er Polly gefunden hatte ...

9 Jahre nach Pollys Verschwinden, Gegenwart

„Er steckt in meiner Hosentasche", sagte David. „Greif rein!"
Mittlerweile stand Polly an der Wand des Raumes, an dessen
gegenüberliegender Seite David noch immer mit den Händen nach
oben gefesselt an einem Fleischerhaken hing. „Ich soll dir in die
Hose greifen?"

„Ja, da ist der Artikel drin, über den ich dich gefunden habe."

Seufzend ging sie mit schnellen Schritten auf ihn zu, verzog
dabei keine Miene. Er sollte nicht glauben, dass er eine Chance
hatte, nur weil sie beide mal etwas verbunden hatte. Das Ganze war
neun Jahre her. Sie war jetzt ein anderer Mensch.

Doch David schien das zu wissen, er sah sie nicht einmal an, als
sie ihre Hand in seine Hosentasche grub und einen Artikel
rausholte. Weiches, vergilbtes Papier mit verblasster schwarzer
Schrift und einem Foto ihrer Tante Polly Ferrington in der Mitte.

Sie überflog die Zeilen. Sie hatte nicht gewusst, dass man vor
rund einer Woche Pollys Kopf gefunden hatte. Dieser Gedanke
machte sie nervös. Hatte man die Person identifiziert, würde es
Ermittlungen geben, bis sichergestellt wurde, dass es sich nicht um
Mord handelte. Würde man nach neun Jahren noch eine Spur zu
Polly finden können? Hatte sie irgendwann einen Fehler gemacht?
Und wenn ja – wäre Brady dann ebenfalls in Gefahr? „Weiß man,
wer sie getötet hat?"

„Wie du lesen kannst, weiß man es nicht." David machte eine
kurze Pause. „Warst du's?"

Sie öffnete den Mund, wollte etwas sagen. „Ich?"

„Hat sie dir was angetan?"

„Nein, ich … Sie kam eines Tages nicht mehr heim, und weil
sie Alkoholikerin war, habe ich geglaubt, sie wäre irgendwo
sturzbetrunken in einen Kanal gefallen und für immer verschollen."
Polly ging zur Werkbank und holte ein Feuerzeug aus einer

Schublade. Dann zündete sie das Blatt an. Der Rand wurde schwarz. Die Flamme war klein, breitete sich aber aus.

„Wie geht es weiter?", wollte David wissen. „Du bleibst hier und passt auf, dass dein Bruder nicht weiter mordet?"

Sie betrachtete die Flamme, steckte das Feuerzeug in ihre Hosentasche. „Dank mir ist aus ihm ein besserer Mensch geworden."

„Wo ist Nathalie?"

„Er hat sie gefunden, als sie sich von eurem Camp entfernt hat."

David schüttelte den Kopf, was ihm Schmerzen bereiten musste, denn sein Gesicht verzog sich. „Das kann nicht sein. Das ist einen Tagesmarsch von hier entfernt."

„Ist es nicht. Freddie und du, ihr seid nur im Kreis gelaufen."

David war entsetzt. „Was? Nein … Es fühlte sich an wie mehrere Kilometer durch tiefstes Dschungelgebiet."

„Wenn man sich nicht auskennt, verliert man im Atchafalaya schnell die Orientierung. Euer Camp liegt auf einer Lichtung, an der ich ins Boot steige, wenn ich aufs Wasser will. Ich weiß, wovon ich spreche."

„*Elizabeth*?"

Polly seufzte. Die Asche des verbrannten Papiers fiel in kleinsten Partikeln zu Boden. „*Elizabeth*, ja."

„Und noch mal: Wo ist Nathalie?"

„Sie ist draußen."

David rüttelte an seinen Fesseln. „Was hat er mit ihr gemacht?"

„Ich kam zur rechten Zeit, mach dir keine Gedanken um Nathalie …"

„Polly!"

„Ich habe ihm gesagt, dass er die Finger von ihr lassen soll, und das hat er getan. Mehr musst du nicht wissen."

„Und du glaubst ihm?"

„Ja. Wie gesagt, er ist mein Bruder!", rief sie aus. „Und ich weiß, dass ich ihm vertrauen kann!"

David stemmte sich gegen die Fesseln. „Wie kannst du nur so naiv sein? Aber was rede ich? Ich weiß ja schon, dass ich mich in dir getäuscht habe."

Seine Worte erregten ihr Interesse. Sie starrte David an, hielt inne. „Wie bitte?"

„Ich hätte dich damals, in dieser Tankstelle, einfach ignorieren sollen. Ich hätte dich weder ansehen noch mich auf die Suche nach dir machen sollen. Was war ich dumm!"

Pollys Inneres begann zu brodeln.

„Ich habe alles für dich getan, Polly, ich hätte dich mein Leben lang geliebt, du hättest nur bleiben müssen."

„Genau, *bleiben müssen*! Immer und immer wieder hast du es gesagt!" Jetzt lachte sie auf. „Weißt du, was du mal erwähnt hast? Damals, als wir auf Melissas Party getanzt haben? Du hättest keine Frau, keine Freundin, weil du dich für jede Frau verstellen müsstest, und dann hast du mich angesehen und dir gedacht, außer bei mir. Bei mir musst du das nicht tun. Was ist daraus geworden, ‚jeder lässt den anderen, wie er ist'?"

„Daraus ist geworden, dass du mich verlassen hast und nicht ich dich."

„Weil du mich nicht so genommen hast, wie ich bin. Du hast mich halten wollen, obwohl du wusstest, dass ich wegwollte!"

„Du bist gekommen!", rief er laut. „Du bist gekommen, Polly! Nach Oakdale! In mein Leben! In mein Herz! Was hast du erwartet? Dass ich mich verliebe und die Frau einfach gehen lasse? Ach … Weißt du, tu es doch noch mal! Verlass mich wieder! Nimm das Messer, da! Schneid mir mein Herz raus, nimm es, trample darauf rum und wirf es in den Fluss! Es ist mir egal! *Du* bist mir egal!"

Wütend griff Polly nach dem Messer, wusste aber, dass sie David niemals töten könnte. Der Griff in ihrer Hand vibrierte. Sie wagte es nicht, sich zu ihm umzudrehen.

„Er hat das nicht verdient", sagte sie leise in den Kragen ihres Mantels hinein. „Brady … Er hat dieses Leben nicht verdient. Er verdient ein schönes Leben, ein Leben, in dem er geliebt wird. Und ich bin hier, weil ich denke, dass er das dann bekommt …"

„Aber du verdienst das auch, Polly." David lehnte sich weit nach vorn. „Das hier bist nicht du. Und du musst nicht für die Taten deines Bruders geradestehen."

„Wenn ich gehe, tötet er."

„Nein, wenn du gehst, kommt er in den Knast!"

„Das kann ich nicht zulassen! Daddy wollte Brady immer wegsperren, aber Mom …"

„Deine Mom würde ein anderes Leben für dich wollen, das weiß ich!"

„Das weißt du nicht!"

„Doch … denn …" David atmete hörbar. „Polly … Ich habe den Polizeibericht gelesen, damals, als deine Eltern erschossen wurden. Hast du mal darüber nachgedacht, ich meine … Man hat den Täter nie gefunden, es gab keine fremden Fingerabdrücke. Die Gitarre war auch noch da."

Sie fuhr herum. „Was willst du damit sagen?"

David seufzte. „Hast du mal überlegt, ob es sein kann, dass … dein Bruder deine Eltern getötet hat?"

Pollys Hand fuhr an ihren Hals. An ihren Beinen bildete sich eine Gänsehaut, die Stück für Stück ihren gesamten Körper einnahm. Ihr wurde kalt, als sich Davids Worte in ihrem Kopf wiederholten: *Hast du mal überlegt, ob es sein kann, dass dein Bruder deine Eltern getötet hat?* „Nein …" Sie begann zu zittern.

„Polly!" David starrte ihr eindringlich in die Augen. „Denk nach! Was weißt du wirklich?"

Sie musste sich festhalten, fand Halt an einer Schraubzwinge an der Tischkante der Werkbank.

Brady?

Brady hatte Mommy getötet?

Polly ging in die Knie, sie konnte nicht mehr stehen. Ihre Beine gaben einfach nach. Ihre Hände ertasteten den dreckigen Holzboden, unter ihren Handflächen fühlte sie Tausende von Flusen, Krümel und Spuren von Blut. Freddies Blut. Davids Blut.

Blut, für das ihr Bruder verantwortlich war.

Da war immer noch ein Kind gewesen. Ein Kind, das anders war als sie. Während Mommy Liebe für sie beide gehabt hatte, hatte Dad nur eines seiner Kinder geliebt.

Da war immer ein Kind gewesen, das gestört hatte, wenn Dad für Mommy gesungen hatte. Abends in der Küche, während die Grillen draußen gezirpt hatten und der Mond die Sonne abgelöst hatte.

Da war immer noch ein Kind gewesen, wenn Mommy mit ihr auf den Spielplatz gegangen war, das die anderen Kinder geärgert, geschlagen und ihnen die Sachen weggenommen hatte.

Es war ein Kind gewesen, das seinem Vater gedroht hatte, es würde ihn umbringen, wenn es keine Pasta zum Dinner gäbe, was auf sein Zimmer geschickt worden war, weil Dad sonst die Hand ausgerutscht wäre.

Und da waren Mommys Tränen gewesen, jeden Abend, weil das eine Kind so schwierig war und nicht von allen geliebt wurde.

Polly war in ihren Erinnerungen gefangen. Hob die Hände an den Kopf und schloss die Augen, während wieder die Schreie aus dem Zimmer drangen, die Polly hatte ignorieren können, weil Mommy alles dafür gegeben hatte, dass sie sich keine Gedanken darüber machen musste. Und doch hatte sie manchmal gefragt, weil Kinder neugierig waren, und so war es auch Polly gewesen.

„Er tut anderen Kindern weh, deswegen kann er nicht in eine Schule gehen. Ich weiß nicht, woher er das hat, aber manche Menschen werden einfach so geboren."

Polly hatte den Kopf geschüttelt. „Das glaube ich nicht, Mommy, niemand wird als Monster geboren."

Mommy hatte ihre Hand auf Pollys Wange gelegt. „O doch, mein Kind. Du wirst es früh genug glauben."

Dutzende kleine Steine setzten sich nun zu einem großen Felsen zusammen, weil all ihre Erinnerungen zurückkamen.

Erinnerungen an eine Mutter, die immer für dieses Kind gekämpft hatte, war es doch der Vater gewesen, der es nicht gewollt hatte, und der immer und immer wieder gesagt hatte: Dieses Kind muss hier weg! Dieser Junge, Brady, muss hier weg.

Warum hatte sie sich daran nicht eher erinnern können?

Wieso hatte sie geglaubt, dass Brady nichts mit dem Tod der geliebten Eltern zu tun gehabt hatte?

Pollys Augen weiteten sich nun, als ihre Erinnerungen zu jener Nacht zurückkehrten, in der sie „die Explosionen" gehört hatte. Sie erinnerte sich an ihre nackten Füße, die zur Tür getapst waren. An die Dunkelheit. An die Kälte. An Moms Arm, den sie ausstreckte, nach ihr, nach Polly, während der Vater schon tot war. Bei einem Blick in die Augen ihrer Mutter hatte Polly verstanden: Brady hatte Dad getötet, und Mom hatte eingreifen wollen. Bis ein Schuss auch sie getroffen hatte.

Mommys Arm war schließlich zu Boden gefallen, und Polly erinnerte sich daran, wie sie über ihn gestiegen war und sich umgesehen hatte. Und daran, dass ihr Bruder nicht zu sehen gewesen war, sie aber ein Rumpeln aus der Kammer gehört hatte.

An den toten Körpern ihrer Eltern vorbei war sie in die Kammer gegangen, wo ihr Bruder die Latten vom Boden gerissen hatte. „Da unten ist das Gewehr drin. Dad hat dort auch schon mal was versteckt und gesagt, das findet niemand!" Er hatte gestresst und nervös gewirkt. „Niemand darf erfahren, was heute Nacht passiert ist, hast du verstanden?"

Sie hatte genickt, und dann waren sie beide in ihre Betten gegangen, bis die Polizei angekommen war.

Polly saß noch immer apathisch und teilnahmslos auf dem Boden neben der Werkbank, während David unermüdlich versuchte, auf sie einzureden. Doch ihr Kopf war leer und ihre Seele verzweifelt. Heiße, unfassbar schwere Tränen rollten über ihre Wangen.

Und dann hörten sie den Schrei.

Polly sprang auf.

David riss die Augen auf.

Der Schrei war von Nathalie gekommen.

„Mach mich los, Polly!" David rüttelte an seinen Fesseln, Speichel spritzte aus seinem Mund. „POLLY! MACH MICH LOS!"

Wie erstarrt stand Polly an der Werkbank, das Messer in der Hand. David wusste nicht, ob sie es genommen hatte, weil Nathalie geschrien und sie etwas zur Verteidigung gesucht hatte, oder ob sie ihn damit befreien wollte. Fest stand, dass Polly sich nicht bewegte und entgeistert zur Tür blickte.

„Polly", versuchte David, sie zu erreichen. „Bitte! Mach mich los, sonst bin ich der Nächste!" Sie sah von der Tür zu David, wieder zurück, und als er erneut ihren Blick auffing, flehte er: „Wenn du mich nicht losschneidest, wird er mich umbringen!"

Endlich rang sie sich durch und kam mit schnellen Schritten auf ihn zu. Sie schnitt das Seil durch, und David landete auf dem Boden. Er fühlte seine Arme nicht mehr, während seine Beine von einem Krampf durchzogen wurden.

„Ich bin nicht die, für die du mich hältst."

Er hielt sich das Bein, blickte auf, doch Polly eilte zur Tür hinaus.

David krümmte sich vor Schmerzen. Und doch pumpte das Adrenalin durch jede Faser seines Körpers. Er rappelte sich auf, hielt sich an der Werkbank fest, bevor seine Knie nachgaben und er sämtliches Zeug von der Platte mit sich auf den Boden riss.

Glas zersprang, Deckel flogen ab. David kroch über den Boden zur Tür, biss die Zähne aufeinander und zog sich am Türknauf nach oben. Er verließ den Raum. Er nahm denselben Weg nach draußen wie vorhin und stolperte bald ins Freie.

Kein einziger Windzug streifte sein Gesicht, doch fiel der Regen auf ihn hinunter, als David auszumachen versuchte, woher Nathalies Schreien kam. Es mischte sich mit den Klängen der Natur, mit dem Quaken der Frösche, dem Ruf der Nachtvögel und dem der Insekten im Gras.

Er huschte an der Hauswand vorbei zur Ecke, wo er eine Art Plumpsklo entdeckte. Ein kastenförmiger Schuppen mit einer Tür, die weit offen stand. David riss die Augen auf, als er erkannte, was sich in ihm befand. Da lag Freddies Körper, das einst weiße Shirt blutgetränkt, mit den Knien auf dem Boden über die Schüssel gebeugt. Er konnte seinen Kopf nicht sehen, nur die Hände, die hinter dem Rücken gefesselt waren.

Freddie bewegte sich nicht mehr. Freddie war tot.

David kämpfte gegen den Drang an, zu ihm zu rennen und ihn zu schütteln, ihn anzuschreien, er solle sich bewegen, weil er nicht wahrhaben wollte, dass das hier gerade wirklich passierte. Er setzte alles darauf, wenigstens Nathalie retten zu können, und fand sie auf dem Boden liegend vor einem weiteren Schuppen, in dem Licht brannte.

Nathalie lag auf dem Bauch, strampelte und zappelte, ihr Gesicht und ihr ganzer Körper war voller Matsch. Sie konnte ihn nicht sehen, aber so weit David es einschätzen konnte, fehlte ihr nichts. Er nahm all seinen Mut zusammen, sah noch mal hinter sich, bevor er zu rennen begann, direkt auf sie zu, als sich etwas vor ihm aufrichtete, das zuvor am Boden gesessen haben musste: Ein großer Kerl, versteckt in einem toten Winkel, aus dem er nun hervorkam. Wie einen Baseballschläger hielt er ein langes Stück Holz in der Hand, das er David ins Gesicht schleuderte.

David ging sofort zu Boden. Der Himmel mit all seinen Sternen begann, sich über ihm zu drehen, er hörte einen monotonen pfeifenden Ton und spürte, dass sein Körper in Ohnmacht fallen wollte, um den Schmerz zu ertragen. Er reagierte unbewusst, ertastete Gras und dann wieder Matsch, kroch, obwohl er liegen wollte, und hörte Nathalies Stimme, als wäre sie weit, weit weg.

„DAVID!"

Er schaute in ihre Richtung, versuchte, dorthin zu krabbeln, doch kam er nicht vorwärts. Sein Körper sank nach unten. So konnte er nicht verhindern, dass sich Brady Ferrington über ihn beugte und das Holz über seinen Kopf hob. Er würde ausholen und ihn erschlagen.

„Du hast der Falschen vertraut", raunte die tiefe, aber klare Stimme des Mannes über ihm.

„BRADY!"

Der Schatten über ihm verschwand.

„Lass ihn in Ruhe!" *Polly!*

David rollte sich auf die Seite, versuchte, den Kopf zu heben, als er Polly mit einem Gewehr in der Hand an der Seite des beleuchteten Schuppens sah.

„Lass! Ihn! In! RUHE!", forderte sie erneut.

Als der schwere Mann sich von ihm entfernte, stemmte sich David auf die Knie. Sein Kopf schmerzte unfassbar, genau wie jeder andere Zentimeter seines Körpers.

Der Mann zeigte auf Nathalie, die am Boden lag und versuchte, sich aufzusetzen, damit sie eine Chance hätte zu fliehen, doch erst jetzt entdeckte David die Leine um ihren Hals. Dieses Scheusal hatte sie angebunden wie ein Tier.

„Es reicht jetzt, Brady!", rief Polly. Sie hielt die Waffe auf ihren Bruder gerichtet.

Jetzt stampfte der Mann wütend auf den Boden, Dreck und Matsch spritzten auf sie. Er zeigte auf die in der schlammigen Erde liegende junge Frau.

David beobachtete die Szene, kam langsam auf die Füße.

Polly zielte mit der Waffe noch immer auf ihren Bruder. Nathalie kroch über den Boden.

„SCHIESSEN!", schrie der Kerl, machte den Arm lang und die Faust zur Kralle. „WAFFE!", rief er seiner Schwester zu.

„Polly!" David mobilisierte alle Kräfte, richtete sich auf. „Gib sie ihm nicht!"

Polly zögerte. Beide Männer standen seitlich von ihr, die Waffe in ihrer Hand vibrierte.

„WAFFE!" Brady Ferringtons Stimme wurde lauter, bedrohlicher.

„Polly", schrie David. „Nicht!"

„WAFFE!"

Polly wich einen Schritt zurück, das Gewehr in ihren Händen schwankte, ihre Kraft ließ nach. „SEID BEIDE VERDAMMT NOCH MAL RUHIG!"

David hielt den Atem an. Er konnte sich kaum auf den Füßen halten. Der Kerl, der vor Polly stand, gab ihr einen kräftigen Schubs und riss ihr das Gewehr aus den Händen. Das geschah so schnell, dass David keine Zeit hatte zu reagieren: Brady hielt das Gewehr in den Händen, fuhr herum und in der nächsten Sekunde ertönte ein Schuss.

Vögel stachen aus den Kronen der Bäume, David presste die Hände an seine Ohren. Nur wenige Meter vor ihm fiel Nathalies Kopf mit einem Platschen in die Pfütze, vollkommen still und ruhig blieb er dort liegen.

David blinzelte nicht, starrte, während ein unkontrolliertes Zittern seinen Körper ergriff. Es war so stark, dass er sich nicht allein daraus befreien konnte, also sanken seine Knie in den schlammigen Boden. „WAS HAST DU GETAN?", schrie er in die Richtung der Geschwister.

Brady Ferrington rannte am Schuppen vorbei, Polly aber blieb. „Er ..."

„DU!", brüllte David verzweifelt. „Was hast *du* getan?"

Polly schüttelte den Kopf, das Gesicht wie versteinert, zu keinem Wort mehr fähig.

„Das warst du!", schimpfte David. „Für den Tod zwei der besten Menschen in meinem Leben, die mich nie im Stich gelassen haben, bist du verantwortlich!" Er zeigte mit dem Finger auf sie, während der Regen Blut und Tränen von seinem Gesicht wischte. Niemals hätte er gedacht, solche Worte vor ihr auszusprechen, doch war es genau das, was sie hören sollte: die Wahrheit.

„David!" Polly streckte den Arm nach ihm aus.

David aber sah verächtlich von ihr weg. „Ich hasse dich, Polly!"

Sie zuckte zusammen, ihr ganzer Körper begann zu beben. Und während er vor Nathalie kniete und um sie weinte, hatte Polly nichts mehr zu sagen und rannte ihrem Bruder hinterher.

– 6 –

Brady stand am Waldrand, in der Nähe seines Wagens, sein Gewehr lehnte am Reifen. Polly überlegte für einen Moment, es zu greifen, entschied sich aber dagegen.

Durch den starken Regen und die Dunkelheit war Brady schwer zu erkennen, also öffnete sie die Tür vom Truck und schaltete das Licht an. Ein heller Lichtkegel beleuchtete nun ihren Bruder, der mit schräg gelegtem Kopf in einiger Entfernung stand und sie angrinste. Der Regen hatte das Blut von seinem Gesicht gewaschen, lediglich seine Kleidung war noch beschmutzt. Das Blut auf seinem Shirt zeugte davon, was er Freddie und Nathalie angetan hatte.

Polly trat vor den Wagen, genau in die Mitte der Scheinwerfer, und starrte den Menschen an, mit dem sie seit neun Jahren zusammenlebte. Sie fragte sich, welches Gefühl er in ihr auslöste, und musste feststellen, dass es in ihrem Herzen gerade nur sehr wenige Gefühle gab, aber eines ziemlich deutlich hervorstach. „Hast du Mom und Dad getötet?" Sie musste es wissen, die Frage brannte lichterloh wie ein Feuer auf ihrer Seele.

Brady lachte leise auf.

„Ich meine es ernst." Sie hatte es satt. Neun Jahre lang hätte sie den Mörder ihrer geliebten Eltern geschützt. Sie musste die Wahrheit wissen, ob David recht hatte. „Ich frage dich noch mal: Hast du Dad getötet? Und unsere … Mutter?" Ihr wurde schlecht bei dem Gedanken.

Bradys Lachen wollte nicht verstummen. Es war ein fieses Lachen, eines, das sie noch nie von ihm gehört hatte, und wenn sie sich nicht ganz irrte, klang es, als würde er sie auslachen.

„Du bist ein Monster", sagte sie aufgeregt. „Sie haben es immer gesagt. Ich habe es zunächst nicht glauben wollen, aber du bist ein Monster! Du hast unsere Eltern umgebracht, du hast so viele Mädchen getötet, du hast Nathalie und Freddie …"

345

„Bist du jetzt fertig?"

Sie schluckte und zog die Stirn in Falten. Es war ihr vorhin schon aufgefallen, doch sie hatte geglaubt, sich verhört zu haben, weil es so laut gewesen war. Der Regen, die Schreie, der Puls, der ihr bis zum Anschlag schnellte. *„Bist du jetzt fertig?"* Klar und deutlich. Dieses Lachen, kein Stottern. „Was meinst du damit?"

„Ich will wissen, ob du fertig bist, Schwesterchen."

Polly erschrak. Fasste sich ans Herz, fühlte das Schlagen, doch beruhigte sie das nicht, sodass sie weiter zu dem Mann starrte, der nun ein Stück näher kam. Er bewegte sich mit seinen kurzen Beinen und dem gewaltigen Körper immer noch behäbig, fast langsam, doch in seinem Gesicht hatte sich etwas verändert.

„Du sprichst", schlussfolgerte sie, als ihr in den Sinn kam, getäuscht worden zu sein. Von einem Mann, der in seinem Inneren längst kein Kind mehr war, sondern eben das, was alle sagten: ein Monster.

„Ich habe immer gesprochen", erklärte Brady laut, „doch du wolltest mich nie hören!"

Du verbindest Sachen, die überhaupt nicht zueinandergehören.

„Was?"

„Ich sollte dieses Monster für dich sein! Du wolltest, dass ich nicht normal bin!"

„Das … Das stimmt nicht!" Sie starrte ihn an, weil sie nicht mehr als Hass für ihn empfand. „Warum hast du Mom und Dad getötet?" Ihre Stimme klang wie ein Hecheln, das Herz schlug ihr bis zum Hals. Auch wenn sie Angst vor der Wahrheit hatte, war es längst an der Zeit, sie zu erfahren.

„Oh, ich habe sie nicht getötet", gab Brady übertrieben lässig zurück. „Das wäre so einfach, oder? *Du hast Mom und Dad getötet*", äffte er sie nach. *„Du hast meinen Daddy getötet, du hast die böse Nathalie getötet und Freddie, den ich dumm fand, hast du auch umgebracht.* Aber soll ich dir was sagen, Schwester?"

Polly stand wie angewurzelt am Wagen.

Brady kam näher, so nahe, dass sie seinen Atem riechen konnte. Er bewegte das Gesicht zu ihrem Ohr. „Das warst alles du!"

Ihr Herz rutschte ihr in die Hose. „Nein, das war ich nicht", flüsterte sie.

„Natürlich warst du das nicht, du bist schließlich gar nicht Grace, sondern Polly. Du bist das arme, kleine Mädchen von damals aus dem Haus, in dem die Eltern abgeschlachtet wurden, das arme, traumatisierte Mädchen." Brady beugte sich vor, stützte die Hände auf die Knie, um auf ihrer Höhe zu sein und ihr in die Augen sehen zu können, als sie sie wieder öffnete. „Die Wahrheit tut weh, ist es nicht so?"

„Ich habe ... nichts getan." Ein Schauer lief ihr über den Rücken. Er musste unrecht haben! Er hatte unrecht! Niemals hätte sie einen Menschen ...

Du verbindest Sachen, die überhaupt nicht zueinandergehören.

Das Mädchen ist nicht blau.

Oder doch?

„In jener Nacht warst du nicht allein. Ich lag im Zimmer neben dir", sagte Brady. „Ich wachte auf, weil ich einen Schuss gehört hatte. Ich ging vor die Tür, und da sah ich dich. Die Waffe in der Hand. Qualm aus dem Lauf. Du hattest den Arm ausgestreckt, zieltest noch immer auf Dad, während Mom panisch aus dem Schlafzimmer eilte. Sie stürzte sich auf Dad, blickte dich an, schrie: ‚Was tust du da, Grace!' und ‚Nimm die Waffe runter!'"

Das kann nicht sein!

Polly konnte das beißende Gefühl in ihrer Brust nicht zum Stoppen bringen. „HÖR AUF!" Sie presste beide Hände auf die Ohren.

„Nein, die Geschichte ist zu gut! Lass sie mich zu Ende erzählen, pass auf: Also, Mom schrie und wollte dir die Waffe entreißen, du wurdest panisch und hast auch auf sie geschossen."

„Das habe ich nicht getan!", wimmerte Polly und schüttelte heftig den Kopf. „Niemals hätte ich Mommy erschossen! Niemals, Brady! Sag mir, dass ich das nicht getan habe!"

„Doch, das hast du getan", erklärte Brady nüchtern. „Ich sag dir auch warum: Am Abend hatte es einen Streit gegeben, denn Mom und Dad stritten dauernd. Hörst du ihre Stimmen nicht mehr?

Draußen im Garten an der Eiche? Dort stritten sie, damit wir es nicht hören, aber wir haben es gehört, du auch! Aber du bist immer weggerannt, wolltest nicht wahrhaben, dass es eben nicht nur Liebe in diesem Haus gab!"

„Nein, nein … nein." Polly sank zu Boden. Zitterte und suchte Halt am Auto.

„Dad hatte eine Affäre. Er war Musiker. Beliebt. Die Frauen lagen ihm zu Füßen. Und Mom hatte es an diesem Abend erfahren. Du weißt davon, denn wir hatten gelauscht. Du warst so wütend auf Dad!"

„Nein!"

„Doch, das warst du!" Brady lachte auf. „Erinnere dich an diesen Abend! Erinnere dich. Mom hat dich zu Bett gebracht und dann …?"

Polly starrte auf den matschigen Boden. Vor ihrem inneren Auge sah sie ihre Mutter auf der Bettkante sitzen. Dann war sie aufgestanden, aus der Tür rausgegangen. *„Bis morgen!"*, hatte sie gesagt und Tränen hatten in ihren Augen geglitzert. Nicht wegen Brady, sondern wegen Dad!

„Warum hat Daddy dir so wehgetan?", hörte sie ihre eigene Stimme, als ihre Mutter aus dem Schlafzimmer gestürmt kam, nachdem der erste Schuss ertönt war. Mommy hatte nicht geantwortet, hatte nach Polly gegriffen und diese hatte Panik bekommen und geschossen. Mom war auf den Boden gesunken, die Hand noch nach ihr ausgestreckt. *„Ich habe das nicht gewollt!"*, hatte Polly gewimmert, denn niemals hätte sie ihre Mommy töten wollen!

„Ich hatte dich bewundert", sagte Brady nun. „Du hast Mut bewiesen. Dann hattest du den Vorschlag gemacht, die Waffe in der Kammer zu verstecken. Du hast mich sogar um Hilfe gebeten. Ich sollte die Latten heben, erinnerst du dich?"

Polly konnte nicht glauben, was er da sagte, doch sie sah es, ganz deutlich, und hörte ihre eigenen Worte von damals: *„Da unten ist das Gewehr drin. Dad hat dort auch schon mal was versteckt und gesagt, das findet* *niemand! Niemand darf erfahren, was heute Nacht passiert ist, hast du verstanden?"*

Es waren nicht Bradys, sondern Pollys Worte gewesen.

„Ich habe dir geholfen. Ich war froh, dass du so bist wie ich. Es brauchte nur einen Grund, der das Böse aus dir herauskitzelte, und der Grund war unser Vater, der dich tief, ganz tief enttäuscht hatte. Und dann ... PENG!"

Polly fühlte sich leer. In der regennassen Pfütze erkannte sie das kleine Mädchen, das Poster an ihrer Wand: *I hate him.* Unendlich viele Poster, in jener Nacht, an jeder Wand. *I hate him! I HATE HIM!*

Gemeint war ihr Vater.

„Niemand, wirklich niemand hat dich beschuldigt! Eher mich, weswegen sie mich in dem Heim, in dem sie uns beide unterbrachten, auch weggesperrt haben! Da waren Gitter vor meinem Fenster, ich durfte nie das Tageslicht sehen, während du dein Leben genossen hast."

„Hab ... ich nicht."

Enten im Hof. *Bähm.* Enten, auf die gezielt wurde. Ihre Worte dabei, ihre Erinnerungen, wenn sie Brady schießen gesehen hatte: *Bähm, Daddy, bähm!*

„Ach nein? Stimmt, verzeihe mir, ich hab davon gehört. Als ich schon lange das Weite aus diesem Irrenhaus gesucht hatte und Dads Schwester dich zu sich holte, gab es ja diesen ‚Unfall' mit Abigail."

„Wieso sagst du das so?"

Brady lachte. „Warum ich das so sage? Weil es kein Unfall war, Schwesterchen."

„Ich war am Taxi." Polly schnaufte, rang nach Luft. „Ich ... Ich habe nichts ... mit ihrem Tod zu tun!"

„Doch, hattest du! Lass mich nachdenken. Sie war wie eine Klette, hm? Vielleicht war sie sogar in dich verliebt. Und hat sie nicht immer und immer wieder beteuert, dass sie dich besuchen käme, so oft, dass du Angst hattest, du würdest sie dann nicht mehr los?"

Polly begann zu schluchzen. „Ich … habe ihr nichts getan. Sie ist … gesprungen.“

„Ja, du hast es gut kaschiert. Was war dein Geheimnis, was hast du gesagt, damit sie springt?“

„Ich …“

„Polly! Was?“

„ICH …“

Brady schüttelte den Kopf. „Na, na, na. Was?“

„Ich habe ihr gesagt, dass ich sie hasse!“, schrie Polly. „Ich … Ich habe mich verabschiedet und ihr gesagt, dass sie … es nicht wagen soll, mir nachzukommen. Ich sagte ihr, dass ich sie nicht liebe, weil sie niemand je lieben wird. Weil sie hässlich ist und dumm und … dass die Jungs alle recht haben. Und dass ich froh bin, sie jetzt endlich los zu sein. Ich … Ich habe ihr so schlimme Sachen gesagt, dass sie … geweint hat und … mich angestarrt hat, wie ein … wie ein …“

„… Monster?“

Polly hob die Hände vors Gesicht. „Was hab ich nur getan?“

Brady schüttelte lachend den Kopf. „Das ist echt fies!“

„Es tut mir so leid“, schniefte Polly. „Ich … wollte das doch gar nicht.“

„So, wie du Polly Ferrington nicht töten wolltest?“

Polly hielt den Atem an. Sah dann zu ihrem Bruder auf. Da war eine Gestalt, eine Junge, ein Mann, immer in der Nacht und manchmal auch am Tag. Im Türrahmen. Sie hatte ihn deutlich gesehen. Sie hatte irgendwann geahnt, dass es Brady sein musste. Sie hatte ihn sich nicht eingebildet, er war da gewesen, in jener Nacht, in der aus Polly eine Mörderin geworden war. Es waren nicht die Drogen, es war nicht sie – er war doch da gewesen!

Das Mädchen ist nicht blau.

„Sieh mich nicht so an“, sagte Brady verächtlich. „Ich habe nichts mit Pollys Tod zu tun.“

„Aber du warst da!“

„Ich war nie bei Polly Ferrington. Ich weiß nicht einmal, wo sie wohnt.“

„Doch, ich habe dich gesehen!"

„Glaubst du, ich habe sie umgebracht?"

„Ja, ich … Ich habe doch unsere Tante nicht …"

Brady steckte die Hände in die Taschen seiner Hose. „Doch, das warst du, ganz allein du, Polly."

„Und wenn, dann war es Notwehr! Sie hat mich angegriffen! Außerdem … Jetzt tu nicht so, als hättest du nichts getan!" Sie sprang auf und zeigte durch den Regen zum Haus. „Du hast fünf Frauen getötet! Du hast mehrere Menschen umgebracht! Und heute Nacht waren es Freddie und Nathalie …"

„Und wer hat sie hierhergebracht?", brüllte er. „Ich kannte diese Menschen nicht! Du wolltest zu der Lichtung! Du wurdest überrascht, als sich dort Menschen befanden! Und dann waren es noch ausgerechnet *diese* Menschen! Ich habe hier geackert, als du angerannt kamst und mir gesagt hast, du hättest einer alten Feindin fast den Kopf eingeschlagen! Ich habe sie nur hergeholt, weil du zu schwach dazu warst! Und die zwei Jungs sind einfach hinterhergekommen und der eine ist in die Bärenfalle getappt, die du aufgestellt hast!"

„Nein, so war das nicht!" *Doch, Polly, so war es.* In diesem Moment begannen die Striemen an ihren Armen zu jucken, zu brennen, Einschnitte von den dichten Sträuchern, als sie durch den Wald gerannt war, um ihren Bruder zu holen, der dieses Mal den „Dreck für sie wegmachen musste".

„Ach, wie schön hätte es werden können … nicht wahr, Polly?"

Polly starrte auf das Gewehr. „Warum sagst du mir das alles erst jetzt?" Sollte sie ihm all seine Lügen glauben? Sollte sie wirklich glauben, dass sie selbst für den Tod ihrer Eltern verantwortlich war?

„Denk mal nach, Polly. Liegt es vielleicht daran, dass du das alles bereits wusstest und nie hören wolltest?"

Polly umfasste das Gewehr. Brady zeigte keinerlei Anstalten, sie davon abzuhalten, als würde er wissen, dass sie die Waffe niemals auf ihn richten würde.

„Warum bist du hergekommen, Polly?" Brady seufzte. „Hättest du mich doch allein gelassen, so, wie du es immer getan hast."

„Ich ..."

„Es war das schlechte Gewissen, hm? Du wolltest gutmachen, was du versäumt hast. Du hast mich gehasst, als wir Kinder waren, und im Heim wolltest du auch nichts von mir wissen. Doch irgendwann holte dich das schlechte Gewissen ein."

„Ich hatte kein schlechtes Gewissen."

„Wie nennst du den Grund, weshalb du nach mir gesucht hast, denn dann?" Brady zeigte auf das Haus. „Ich wollte dich nicht mehr, du warst mir so egal. Du bist aber geblieben, weil du mich gebraucht hast!"

„Das stimmt nicht!"

„ICH WOLLTE DICH NICHT!"

Sie erinnerte sich an diverse Nächte, in denen er in ihrem Zimmer gestanden hatte. Auf sie einredete. Sie bat zu gehen. Es sei genug, sie solle gehen!

Ihre Hände, mit denen sie das Gewehr umfasste, waren voller Blut, genau wie damals, an jenem Morgen hier auf der Farm. Als sie das Blut an ihren Händen gesehen und es rasch abgewaschen hatte. Die toten Hühner im Hof. Hühner, die sie getötet hatte.

Bähm, Daddy, bähm!

Und alles ergab Sinn.

Brady streckte den Arm aus, wollte ihr das Gewehr abnehmen. „Es wäre alles so einfach, oder? Es war alles so einfach, wenn ich es war, wenn ich all das war, was du nicht mit dir vereinbaren kannst. Wenn du mit dem Finger auf mich zeigen und sagen könntest: *Du warst es, du hast unsere Eltern umgebracht!* Es wäre so einfach! *Ja, da gab es wirklich einen Mann, dessen Schatten ich in der Nacht gesehen habe. Es war mein Bruder, der mich verfolgt hat, es war mein Bruder, der meine böse Tante umgebracht hat.* Aber soll ich dir was sagen? Ich nehme dich bei mir auf, aber all deine Schuld nehme ich nicht. Als du mich in Polly Ferringtons Haus gerufen hast, mich gesehen haben willst, meine Stimme zu hören glaubtest, weil du mich brauchtest, um einen Schuldigen für *deine* Taten zu haben, bin ich nicht gekommen, so, wie du nicht gekommen bist, als ich dich gebraucht habe.“

„*Graaaaaaaaaaaacccie.*“ Damals im Heim.

„Wo war meine Schwester da?“

„Ich war ein Kind.“

„Ein Kind, das seine Eltern getötet hat, weil der Vater einen Fehler gemacht und Mom dich erwischt hat!“

„Das mit Mom war ein Versehen!“

„Dreh es, wie du willst. Dreh es von mir aus dein Leben lang so, dass ich der Schuldige bin. Weil es so am einfachsten ist.“

„Ich … Ich kann das doch nicht getan haben …“ Sie bibberte. „Ich …“

„Du glaubst es immer noch nicht?“ Spöttisch spuckte er Schleim und Blut und Dreck neben ihr aus. „Aber dann frage ich dich: Warum bist du geblieben? Warum bist du immer noch bei mir, Polly?“

Sie schaute auf. Kannte die Antwort, doch wie schon immer wollte sie den Worten nicht glauben, die sich in ihrem Kopf zu einer widerlichen Wahrheit zusammenfügten: *Weil auch ich ein Monster bin. Genau wie du. Und ich sehnte mich danach. Gleiches zu Gleichem.*

Sie fühlte das Feuerzeug in ihrer Hosentasche. Das Gewehr in ihrer Hand. Und das Metall des Wagens ihres Bruders an ihrem Rücken.

Gleiches zu Gleichem.

Polly lächelte. Das schwarze Haar klebte in ihrem Gesicht, der Regen war so heftig, dass sie öfter blinzeln musste, doch glücklicherweise hatte er ihre Tränen abgewaschen. Denn die brauchte sie nicht mehr. „Okay.“

„Nur okay?“ Brady richtete sich vor ihr auf. „Was, okay?“

„Mit okay meine ich das, was du mich gefragt hast.“ Ein letztes Mal schenkte sie ihm ihr Lächeln und fragte sich ein ebenso letztes Mal, welche Gefühle sie für Brady, ihren Bruder, hatte, die sie vielleicht davor bewahren würden zu tun, was zu tun war. Doch da war nichts.

Er lügt!

Er kann nur lügen!

Ich war es nicht!

Und dann ertönte ein weiterer Schuss, der die Raben und Krähen der Umgebung wieder aufscheuchte.

Als die Flammen in den Himmel stachen, fand Polly David an einen Baum gelehnt weit vor dem Haus. Sie musste den Sandweg überqueren, um ihn zu erreichen. Er saß im Regen, die Arme nach unten, die Beine ausgestreckt, den Kopf an den Stamm gelehnt. Er hielt die Augen geschlossen und öffnete sie erst, als Polly sich zu ihm setzte.

„Hast du … ihn umgebracht?"

Sie wusste, dass er sich nach dem Gewehr umschaute, denn sein nervöser Blick galt ihren Händen. Doch sie umfasste ihre Knie und starrte in die Flammen, die von dem brennenden Auto voller Benzin auf das Holz der Schuppen und auf das Wohnhaus der Farm von Brady Ferrington übersprangen.

„Ja." Sie fühlte nichts.

„Kann ich mir sicher sein?"

Polly lachte leise auf. Sie war nicht traurig, dass Brady tot war, sie war nicht wütend über all das, was er gesagt hatte, denn schließlich war es nur die Wahrheit gewesen.

Sie war ein Monster, genau wie er eines war.

Polly war kein Mensch, denn sie hatte das Leben von anderen gelöscht.

Mommy hatte einmal gesagt, dass sie nicht wisse, warum Brady ein so schwieriges Kind sei, und dass er einfach so geboren worden sei. Polly hatte ihrer Mommy gesagt, dass kein Mensch als ein Monster geboren wurde. Und Mommy hatte ihr geantwortet: *„O doch, mein Kind. Du wirst es früh genug glauben."*

Jetzt wusste sie, dass Mommy recht gehabt hatte.

Hätte es so weit kommen müssen?

Was hatte diese intensive Liebe, vielleicht sogar übertriebene Liebe ihrer Mutter mit ihr gemacht?

Hatte es diese überhaupt gegeben? Oder war die Liebe vielleicht genauso ein Hirngespinst wie alles andere in Pollys Leben? Es hatte

Streit zwischen ihren Eltern gegeben, es hatte diesen Bruder gegeben, der schon im Kindergarten Bilder mit Blut und Tod gemalt hatte, es hatte Vaters Gewehr und ein Mädchen gegeben, das nicht wusste, wo sein eigener Platz im Leben war, wenn die schützende Hand der Mutter nicht über ihm gelegen hatte.

Polly senkte den Kopf. Einmal hatte sie über Polly Ferrington, ihre Tante, gesagt, dass sie eine verlorene Seele sei. Jetzt fiel ihr auf, dass sie das ebenfalls war. Während Mrs. Ferrington sich im Alkohol verloren hatte, hatte Polly sich in einer Welt verloren, in der sie allein ziemlich schwach war. Eine verlorene Seele ohne feste Wurzeln. Ein Kind im Körper einer jungen Frau, die versuchte, alles richtig zu machen, und dabei nur Fehler machte.

Polly seufzte. Sie wollte keine Mörderin sein. Und immer wieder erfanden ihre Gedanken Dinge, die gar nicht da waren, um von ihrer Schuld abzulenken.

Der einzige Ort, an dem sie nie das Gefühl gehabt hatte, einen mörderischen Ausweg zu suchen, war Davids Trailer. War David.

Sie schaute zu ihm rüber. Neun Jahre waren vergangen. All die Zeit war nur vergangen, weil sie – wieder einmal – nur an sich gedacht hatte. Die Liebe war erloschen, spätestens jetzt.

„Hast du ein Telefon?", fragte David. Er suchte ihre Nähe nicht, blieb sitzen und hatte anscheinend starke Schmerzen.

„Nein, hier gibt es kein Telefon."

„Wir müssen die Feuerwehr rufen. Und die Polizei."

„Die Feuerwehr kommt. Sie kommen immer, wenn es ein Feuer gibt. Sehr schnell. Und die anderen … werden auch kommen."

David nickte. „Und was wirst du ihnen sagen?"

In Pollys Augen brannten Tränen. „Ich weiß es nicht." Sie blickte ihn an, versuchte zu lächeln. „Sag du es mir."

Und im Gegensatz zu vorhin und anders als damals, erwiderte er ihr Lächeln nicht, weil in seinen Augen genau dasselbe lag, was Polly für sich selbst empfand: Hass. Blanker Hass.

„Sie war kurz davor, ihren Doktor zu machen, Polly." David schluchzte. „Sie wollte Menschenleben retten. Nathalie wollte genauso erfolgreich werden wie ihr Vater, der für seine bahnbrechenden medizinischen Erfolge Auszeichnungen ausgezeichnet wurde."

Polly hörte zu und verdrängte die Erinnerung an das Entsetzen in Nathalies Augen. Sie hatte es sehr wohl bemerkt, als sie das Stück Holz gehoben und auf ihren Schädel geschlagen hatte. Vor nicht einmal vierundzwanzig Stunden, im Gebüsch der Lichtung.

„Und Freddie, er ... Mein Gott, was habe ich diesen Mann geliebt! Er war mein bester Freund! Und er war voller Leben, das ... hat er nicht verdient!"

„Ich weiß."

David wischte sich mit dem Unterarm über den Mund, dann stützte er sich am Baumstamm ab und versuchte aufzustehen.

Sofort sprang sie auf, um ihm zu helfen, doch David schlug ihre Hand weg. „Lass mich!"

Sie zog ihre Hand zurück, wich ein Stück weg und ließ ihm Zeit. Und als sich ihre Blicke wieder fanden, wusste sie, dass es vorbei war. Dass David entschieden hatte, so, wie sie es einst getan hatte.

Seine Ablehnung war vielleicht die Strafe dafür, was sie getan hatte.

Die Sirenen ertönten gerade dann, als der Regen aufhörte und nur noch die Tropfen, die von den Bäumen kamen, auf ihre Häupter fielen.

David humpelte auf den Sandweg und zuckte zusammen, als ein lautes Krachen ertönte.

Polly schaute zum Feuer und sah, dass das Dach des Wohnhauses eingestürzt war und die Flammen nun rasch immer höher wurden. Sie sah, dass David die Arme über den Kopf streckte und winkte, als sich die Lichter der Streifenwagen und der Feuerwehr näherten. Die Vögel stoben beim Klang der Sirenen erneut in den Himmel.

Polly umklammerte ihren Oberkörper, als eine Beamtin auf David zulief, und er erleichtert zu erzählen begann. Ja, sie hatte es ja damals auf dem Fluss schon gewusst: Sie würden sich nie wiedersehen, denn schon morgen würde Polly wieder an einem Ort sein, an dem man sie einsperren würde. Doch das hatte sie verdient.

„Da … Da war Brady Ferrington drin, es ist seine Farm!", hörte sie David wild erzählen.

„Ganz ruhig! Wie viele Menschen sind insgesamt noch da drin?"

„Keine mehr." David konnte sich nicht mehr halten, sank auf die Knie. „Sie sind alle tot!"

„Okay." Die Beamtin drehte sich um, holte mit einer Handbewegung Verstärkung. „Sagen Sie mir Ihren Namen, Sir!"

„David … O'Brian." Er zeigte auf das Haus. „Und das ist die Farm des Mannes, der vor neun Jahren für diese Morde verantwortlich war … Erinnern Sie sich? Allison … Fitzpatrick, Amanda Sorrow?"

Die Beamtin hockte sich vor ihn. „Woher wissen Sie das?"

Dann blickte David zu Polly, und der Blick der Beamtin folgte dem seinen.

Polly seufzte leise. Ja, es war vorbei. Hätte sie sich doch in die Flammen gestürzt …

„Das ist … seine Schwester. Sie … wurde gefangen gehalten. Neun Jahre lang. Ich … Ich habe sie retten können."

Polly riss die Augen auf. Ihre Knie wurden weich. Ein Kloß bildete sich in ihrem Hals. „David", flüsterte sie.

„Sie ist unschuldig."

Ein weiterer Polizist kam auf Polly zu und bat sie zum Wagen. „Sind Sie verletzt, Ma'am?"

Zusammen gingen sie zu dem Polizeiauto, und als Polly an David vorbeikam und stehen blieb, legte der Beamte seinen Arm um sie und zog sie weiter, sodass sie nicht bei ihm sein konnte. Das Einzige, was sie tun konnte, war, über ihre Schulter zu blicken. „David!"

David fing ihren Blick auf und senkte dann rasch den Kopf.

Schluchzend setzte sich Polly in den Wagen, bekam eine Wasserflasche und einen weiteren Beamten an ihre Seite, der sofort begann, ihr Fragen zu stellen. Fetzen von Funksprüchen dröhnten durch den Wagen. Es roch nach Leder und kaltem Rauch. Der Sitz war eisig – oder es lag an ihren nassen Klamotten.

Draußen tobte noch immer das Feuer, das all die Geschichten auslöschen würde, die in den neun Jahren und der Zeit davor erzählt worden waren.

„Also, Ma'am." Der Beamte war jung, und sicherlich hatte er in dieser Nacht keinen Dienst gehabt, sondern war geweckt worden. In seinen Augenwinkeln klebte Schlaf. „Fangen wir erst mal damit an: Wie ist Ihr Name?"

Polly senkte den Kopf.

Dein Name ist nicht Polly.

Du möchtest keine Mörderin sein.

Das Mädchen ist nicht blau.

Aber denk daran, dass das Leben auch nicht immer fair zu dir war! Hättest du das alles ertragen, wenn du Grace geblieben wärst? Mommys kleines Häschen Gracie? Siehst du, alles hast du eben auch nicht falsch gemacht! So wie sie, so wie ...

„Polly", antwortete sie und lächelte. „Mein Name ist Polly."

EPILOG

Das Kajak schaukelte auf den kleinen Wellen, die der Calcasieu River bildete, weil es an diesem herrlichen Sommertag doch ziemlich windig war.

David verstaute das Papier des Schokoriegels, der ihn am Vormittag gesättigt und seinen Blutzuckerspiegel in die Höhe getrieben hatte, und die leere Wasserflasche in seinem Rucksack.

Sein Ford stand im Schatten der jahrhundertealten Eichen, das Spanische Moos kitzelte sein Dach. Er schob es beiseite, als er das Boot darauf befestigte.

Im Inneren des Wagens herrschten hohe Temperaturen, die Luft war stickig und abgestanden. David setzte sich dennoch hinein und schaltete die Musikanlage ein. Depeche Mode war immer eine gute Wahl.

Über die eingetrocknete Erde fuhr er auf die Straße zurück, passierte den Teil Oakdales, in dem sich der Trailerpark befand, in dem er einst gewohnt und mit die schönsten Jahre seines Lebens verbracht hatte.

In Oakdale selbst war wieder mal viel los, geschäftige Menschen überquerten die Parkplätze und liefen zu ihren Wagen, an der Ampel stand er lange an, bevor er vor dem Laden der Familie Morshawn hielt. Das *Open*-Schild leuchtete rot, die Tür ging auf und zu, das Glöckchen über der Tür existierte noch immer.

Als David eintrat, stieg ihm sofort der Geruch der Zimtschnecken in die Nase. Kaffee wurde gerade gemahlen, eine Frau transportierte eine verpackte Mikrowelle zur Kasse des Ladens, in dem es einfach alles gab. Vollgestopfte Regale, sodass er nie wirklich ordentlich wirkte, aber eine Atmosphäre innehatte, die immer vertraut und immer schon besonders war.

„David", sagte Mr. Morshawn, sichtlich ergraut, die Stirn faltig, genauso wie der Hals und die Hände. „Deine Lieferung ist angekommen."

„Wunderbar." David trat an die Kasse und beobachtete, wie Freddies Vater einen Karton auf den Tresen wuchtete. „Ich bin ja neidisch, das muss ich zugeben."

„Sie können gern mal vorbeikommen und sie sich ansehen."

Der Blick des Mannes wurde traurig. „Sehr gern, mein Junge."

Automatisch glitt Davids Blick an die Wand hinter ihm. Dort hing ein Bild. Goldumrandet, mit einem jungen Mann darauf in einem weißen Anzug und mit einem Hut auf dem Kopf, den er neckisch nach unten zog. Ein wunderschönes Bild von Freddie Morshawn, wie er leibte und lebte. *In Memory* hieß es in der Unterschrift.

„Darf ich fragen, wie viel du bezahlt hast?"

David grinste. „Ich muss noch sehr viele Autos reparieren, um die Rechnung zu begleichen." Er umklammerte den Karton und machte sich auf den Weg zur Tür.

„Das will ich dir glauben." Mrs. Morshawn hob die Hand. „Mach's gut, bis morgen!"

„Bye, Sir!" Er trat hinaus in die Sonne und verstaute sein Paket im Kofferraum. Das Bild von Freddie ging ihm nicht aus dem Kopf, und wenn es solche Tage gab, fuhr er in jene Siedlung, in der er seine Jugend verbracht hatte, um jenen Zeiten zu gedenken, in denen alles noch halbwegs in Ordnung gewesen war.

Vorbei an *Regan's Auto Repair*, die Werkstatt, die nun den Namen *David's Auto Repair* trug, fuhr er in die Straße, in der er mit Mom gewohnt hatte, und wendete in der Sackgasse am Ende. Moms Haus hatte nicht lange leer gestanden, eine Familie war eingezogen, nur sechs Monate, nachdem er Moms letzte Sachen hinausgeschleppt hatte. Vater. Mutter. Kind.

Gegenüber stand das Haus von Brigitte Elman und ihrer Tochter Nathalie. Brigitte wohnte noch immer dort, David hatte

361

sie erst vor ein paar Tagen gesehen. Doch im Gegensatz zu Mr. Morshawn konnte Nathalies Mutter ihm nicht einmal in die Augen schauen.

Dabei hatte David nichts verbrochen.

Ganz im Gegenteil.

Er fuhr nach Hause. Und „nach Hause" bedeutete seit längerer Zeit nicht mehr die Fahrt von Oakdale nach New Orleans, sondern lediglich ein paar Straßen weiter, zu einem Haus, weder klein noch groß, jedoch perfekt für ihn, am Rande des Waldes und in völliger Alleinlage.

Als er die Tür öffnete, roch es noch immer nach Beverlys Cajun-Küche, als wären die Gewürze ins alte Holz gezogen, das er hier und da gelassen hatte, um nicht alles zu verändern, was Regan und Beverly Williams einmal aus dem Haus gemacht hatten. Den Charme sollte es behalten, genauso wie die Wärme und die Gedanken an glückliche Zeiten, als sie noch am Leben gewesen waren.

Manchmal, auch in der Nacht, hörte er noch ihr Lachen und die dunkle, kratzige Raucherstimme des gutmütigen Mannes. Und sehr oft vermisste er Regan und ging dann zu seinem Grab, um ihm zu danken. Nicht nur für das Haus und für die Werkstatt in seiner Heimatstadt Oakdale, sondern dafür, dass er wie ein Vater und Beverly wie eine Mutter für ihn gewesen war.

Immer hoffte er, eines Tages genauso zu sein wie Regan. Ja, Regan war sein Vorbild, und wenn er an die Nacht dachte, in der er Pollys Geheimnis erfahren hatte, einen Frauenmörder als Bruder zu haben und diesen zu verteidigen, war er froh, Regans Stimme im Ohr gehabt zu haben.

„Ich glaube, sie ist absichtlich weggelaufen", hatte David einmal zu ihm gesagt, vor vielen Jahren.

„Vertraust du ihr?"

David hatte mit den Schultern gezuckt. „Ich weiß nicht. Sie hat mich verlassen."

„Vielleicht hat sie das aber gar nicht. Vielleicht gibt es nur etwas zu klären. Und du musst ihr die Zeit geben, bis sie damit fertig ist.

Und wenn du an eure Liebe glaubst, dann vertraue darauf, dass sie zurückkommt, wenn alles geklärt ist."

Als er Polly in dieser Nacht auf der Farm ihres Bruders wiedergesehen hatte, war sie ein anderer Mensch gewesen. So hatte es sich jedenfalls angefühlt. Aber er wusste, dass Regan der Meinung gewesen wäre, dass sie nur deswegen anders wäre, weil er sie gefunden hatte, obwohl sie noch nicht bereit gewesen war.

Regan hatte Polly immer vertraut. Und als die Polizei gekommen war, und David ausgesagt hatte, dass Polly unschuldig sei, hatte David so entschieden, obwohl sein Herz noch nicht geheilt war.

Er hatte Polly nie wiedergesehen.

Wusste nicht, wo sie sich aufhielt und was aus ihr geworden war. Was er wusste, war, dass die Eltern der ermordeten jungen Frauen nun den Täter hatten, dessen Überreste allerdings nicht auf der Farm von Brady Ferrington gefunden worden waren. Seine Schwester Grace Ferrington hatte während ihrer „Gefangenschaft" bei ihrem eigenen Bruder sämtliche Beweise gefunden und sie sehr detailreich an die Polizei weitergegeben. Daran, dass sie aus Notwehr auf ihren Bruder geschossen hatte, der sie in derselben Nacht entführt hatte, in der Mrs. Polly Ferrington aus Houma von ihm getötet worden war, gab es keinen Zweifel.

„Kann ich mir sicher sein?", hatte David Polly in jener Nacht gefragt, als er wissen wollte, ob sie ihren eigenen Bruder wirklich getötet hatte. Sie hatte nicht geantwortet. Und ihn somit zumindest nicht angelogen.

Doch damit war jeder weitere Hinweis über die junge Frau erloschen.

Mittlerweile glaubte David, dass Polly ihn nicht erschossen hatte, denn Polly war keine Mörderin. Was in ihrer Vergangenheit passiert war, würde David wohl nie erfahren, doch das war auch nicht wichtig.

Was zählte, war die Zeit, die er mit ihr verbracht hatte, und in dieser hatte er Polly als einen wahnsinnig starken Menschen mit einem Herz aus Gold kennengelernt, der doch nur eines wollte: Leben, Liebe und Freiheit.

Jetzt widmete sich David aber erst einmal seiner besonderen Lieferung. Er hockte auf dem Boden im Wohnzimmer, und ein Lächeln lag auf seinen Lippen, als er die Gitarre auspackte. Es handelte sich um eine äußerst wertvolle Flying V-Gitarre, eine E-Gitarre, die er sich nun auf die Knie setzte, bevor er fast schon ehrfürchtig seine Finger über den Korpus fahren ließ.

Sein Herz schlug schneller, und noch bevor er zu spielen begann, fiel sein Blick auf die Terrassentür.

Es war dunkel draußen.

Und die Tür war noch nicht offen. Es war doch schon so spät!

David legte die Gitarre weg und öffnete die Terrassentür weit. Die Fliegengittertür fiel ins Schloss, als er sich auf den Dielen bewegte und die Sommerluft seine Nasenflügel weitete. Grillen und Zikaden zirpten im hohen Gras, im Wald begann das Konzert der Nachtvögel.

Die Sterne am Himmel funkelten. An diesem Abend war kein Platz für Regenwolken. Der Mond schien hell und ließ das Land um ihn herum ein kleines bisschen heller als die dunkle Nacht wirken.

Und dann wartete er.

Wie jeden Abend.

Nur, um dann doch enttäuscht zu werden.

David ging zurück ins Haus, setzte sich auf den Boden, griff nach der Gitarre und schaute zur Terrassentür, die jeden Abend um die gleiche Zeit nur für *sie* geöffnet wurde ...

Denn wenn David auf jemanden hörte, dann auf seinen alten Freund Regan: *Wenn du an eure Liebe glaubst, dann vertraue darauf, dass sie zurückkommt, wenn alles geklärt ist.*

Seufzend studierte er die E-Gitarre, behandelte dieses außergewöhnliche Instrument mit Sorgfalt und Vorsicht, noch bevor die ersten Töne das Zimmer erfüllen konnten.

David hielt inne, weil er ein Geräusch hörte, das von draußen kam. Dann hob er den Kopf, hoffte inständig, dass es kein

Hirngespinst war, das ihm einen Streich gespielt hatte, und blickte zur offenen Terrassentür. Er begann zu lächeln: „Du."